LE SEIGNEUR
DE
LA MER

DU MÊME AUTEUR
DANS POCKET

Aspirant de marine
Lieutenant de marine
Seul maître à bord
Trésor de guerre
Pavillon haut
Retour à bon port
Lord Hornblower

C.S. FORESTER

LE SEIGNEUR DE LA MER

PHÉBUS

Titre original
Commodore
Traduit de l'anglais par
Maurice Beerblock

ISBN : 2.266-05295-0

I

LE NOUVEAU SEIGNEUR

Assis dans son bain, le capitaine Sir Horatio Hornblower regardait avec une répugnance évidente ses deux jambes se balancer par-dessus le bord de la courte baignoire. Maigres et velues, elles lui rappelaient les pattes de ces araignées géantes qu'il avait rencontrées dans le centre de l'Amérique. Accroupi, ou presque, tel enfin qu'on était forcé de se tenir à l'intérieur de ce sabot ridicule. Il lui était difficile de penser à autre chose ; la position de ces jambes, presque sous son nez, les imposait inéluctablement à son attention. Elles émergeaient mollement de l'eau, à l'un des bouts, tandis que le buste de Sir Horatio émergeait de l'autre. Seul le milieu du corps, le tronçon qui allait de la ceinture au-dessus des genoux, se trouvait immergé ; encore était-il replié sur lui-même, presque doublé.

Bien que Hornblower trouvât un peu irritant d'être obligé de prendre son bain dans une posture aussi peu commode, il faisait ce qu'il pouvait pour ne pas s'abandonner à sa mauvaise humeur ; de grands efforts, désespérés, pour écarter de sa mémoire le souvenir des milliers d'autres bains, tellement plus agréables, pris sur le pont de l'un ou de l'autre navire, sous le jet de la pompe à laver le pont, inondé de la tête aux pieds par une affusion ininterrompue de cette eau de mer, autrement stimulante que la tiède savonnée de ce baquet-ci.

Il finit par saisir la serviette et le savon et se mit à frictionner les parties de son corps qui émergeaient de l'eau. Il opérait d'un mouvement irrité, avec une telle vigueur que l'eau jaillissait par-dessus les bords, éclaboussant tout alentour le parquet de chêne ciré du cabinet de toilette. Quand il lui faudrait éponger cela, la femme de chambre serait bien embêtée. Tant mieux ! Dans l'état présent de son humeur, Hornblower était enchanté d'embêter la femme de chambre, d'embêter tout le monde, n'importe qui.

Il se mit debout, par un rétablissement si maladroit que, de nouveau, l'eau jaillit partout ; se savonna le milieu du corps ; se rinça ; enfin, du haut de sa voix, il cria, pour appeler Brown.

Brown parut sur-le-champ, sortant de la chambre à coucher. Un bon domestique eût deviné l'humeur de son maître et tardé exprès, une seconde ou deux, le temps de lui donner l'occasion de jurer un bon coup. Couvrant d'une serviette chaude les épaules du capitaine, Brown en souleva adroitement les coins, pour éviter qu'elle trempât dans l'eau du bain, tandis que Sir Horatio sortait, l'un après l'autre, ses deux pieds de l'eau savonneuse, enjambait, agacé, le bord de sa baignoire, et s'engageait sur le plancher ciré, laissant derrière lui un sillage de gouttes d'eau et d'empreintes mouillées.

Sans cesser de se frictionner le corps, Hornblower s'immobilisa devant la porte ouverte de la chambre à coucher, pour considérer d'un œil morne les vêtements que Brown avait disposés là.

Brown crut à propos de dire :

— Beau temps, monsieur !

— Le diable t'emporte ! fit Hornblower.

Que lui importait le temps qu'il faisait ! Il allait falloir endosser ce sacré costume, enfiler ces bottes vernies, mettre la ceinture et la chaîne d'or. Le costume était bleu et chamois ; Sir Horatio ne l'avait jamais porté encore ; mais il l'avait pris en horreur dès l'instant où le tailleur le lui avait passé pour la première fois, détesté le jour où sa femme, l'apercevant ainsi fagoté, avait témoigné d'une admiration sans réserve. Il sentait qu'il continuerait à le haïr jusqu'à sa dernière heure, sans jamais pouvoir se soustraire à l'obligation de le porter. Haine double : d'abord aveugle, irraisonnée ; haine aussi pour un vêtement qui, Hornblower en était convaincu, ne l'avantageait pas, et, même, le faisait paraître ridicule, lui qui ne s'aimait que mis simplement, sans recherche.

Par-dessus sa tête, il passa la chemise de toile (coût : deux guinées), puis (au prix de quelle peine !) enfila cette culotte de daim qui lui collait aux cuisses à peu près autant que sa propre peau. Ce ne fut que lorsqu'il l'eut enfin revêtue, et que Brown, s'étant glissé derrière lui, eut serré à fond la ceinture, qu'il se rendit compte qu'il avait oublié de mettre ses bas. Enlever sa culotte eût été reconnaître qu'il s'était trompé. Il y renonça, lâchant même un nouveau juron en réponse à la suggestion de son valet qui l'invitait à la défaire. Brown encaissa le juron sans broncher ; puis, philosophe, s'agenouilla, voulut retrousser la culotte ; mais elle était si étroite qu'il ne put même réussir à la relever jusqu'au genou. Chausser les longs bas s'avérait donc tout à fait impossible. Il était inutile d'essayer.

— Pour l'amour de Dieu, coupe-moi ces sacrés machins ! bégaya Hornblower, postillonnant de colère.

Encore à genoux, Brown leva sur son maître un œil scandalisé. Ce qu'il lut sur le visage du capitaine coupa net ce qu'il allait dire. Discipliné, il se remit debout, alla prendre les ciseaux sur la toilette. Et je te coupe ! Et je te coupe ! D'abord l'un des bas, puis l'autre ! Les morceaux churent sur le plancher. Passant les pieds dans les bas mutilés, Hornblower éprouva, quand il sentit Brown dérouler et rabattre enfin la culotte, la première satisfaction qu'il eût connue de la journée. Le sort pouvait bien lui être contraire, il leur ferait bien voir, corbleu, qu'il savait encore ce qu'il voulait !

Il chaussa les bottes vernies, trop étroites pour lui, les garces ! Si étroites qu'il dut se tenir pour ne pas se remettre à jurer. Non sans rancœur, il se rappelait à quel point il avait manqué de courage ; en présence de l'élégant bottier, il n'avait osé ni dire que les bottes lui faisaient mal, ni demander qu'on les fît un peu plus faciles. Et pourquoi n'avait-il rien dit ? Parce que sa femme était là, debout devant lui, veillant à ce que les sacrés préceptes de la mode fussent strictement observés.

Presque à cloche-pied, il gagna la table de toilette, et noua tout seul sa cravate. Puis Brown s'approcha de nouveau, et lui boucla son col. Chaque fois qu'il tournait la tête, le carcan ridicule lui sciait les oreilles, lui donnant l'impression que son cou se trouvait doublé de longueur. De sa vie, il ne s'était senti aussi mal fagoté. Engoncé dans ce maudit garrot que Brummell et le Prince-Régent avaient mis à la mode, jamais il ne pourrait respirer à l'aise.

Enfin, il endossa le gilet à fleurs, bleu, ramagé de rose, puis la tunique de gros drap beige, aux grands boutons bleus, l'intérieur des pattes de poches, le dessous des revers et du col d'un bleu assorti. Depuis vingt ans, Hornblower n'avait porté que l'uniforme. L'image que le miroir renvoyait à ses yeux prévenus était ridicule, grotesque, monstrueuse. L'uniforme était agréable, rassurant ; s'il ne lui allait pas, personne du moins ne pouvait le blâmer ; il fallait le porter, voilà tout ! Mais, dans ces vêtements civils, il était censé, bien que marié, afficher un choix, un goût personnel ; les gens auraient le droit de rire de lui à cause de ce qu'il portait.

Brown attacha la montre en or à la chaîne, l'introduisit de force dans la pochette de la ceinture. Elle faisait sur le ventre du capitaine une bosse disgracieuse ; mais Hornblower écarta, rageur, l'idée de s'en aller sans montre, à seule fin de permettre à ses vêtements d'aller mieux. Il fourra dans sa manche le mouchoir de toile que Brown venait de lui passer après l'avoir discrètement parfumé. Sir Horatio était prêt.

— Joli costume, monsieur ! dit le valet modèle.

— Une jolie ordure, oui ! fit Hornblower.

Et, pivotant sur les talons, il fit quelques pas, clopinant, pour aller frapper à la porte du fond.

Sa femme lui cria d'entrer.

Barbara était encore dans son bain, ses jambes pendant par-dessus le bord du sabot, comme celles du capitaine tout à l'heure.

— Que tu es beau, mon chéri ! dit-elle. Quel changement ! Quel repos que de te voir ainsi, sans uniforme !

Même Barbara, pourtant la femme la plus gentille du monde, n'était pas libérée de ce tyrannique péché qui consiste à célébrer un changement, uniquement parce que c'est un changement ! Hornblower se retint toutefois de riposter de la façon dont il avait riposté tout à l'heure. Il dit : « Merci ! Merci beaucoup ! » faisant ce qu'il pouvait pour paraître gracieux.

— Hébé ! Ma serviette ! cria Barbara.

La petite servante de couleur s'avança, l'air de glisser sur le plancher, et enveloppa sa maîtresse, déjà presque sortie de l'eau.

— Vénus émergeant de l'onde ! fit galamment le capitaine.

Il faisait de son mieux pour lutter contre le sentiment de gêne qui s'emparait toujours de lui quand il voyait sa femme nue en présence d'une autre femme, bien qu'Hébé ne fût qu'une servante, et noire.

— Je suppose, dit Barbara, debout, tandis qu'Hébé lui tamponnait le corps pour la sécher partout, je suppose que le village est déjà informé de l'étrange habitude que nous avons de prendre des bains tous les jours ? Je me demande ce qu'il en pense.

Hornblower, lui, ne se le demandait pas ; il le savait, car il avait été enfant dans un village. Barbara rejeta la serviette et, de nouveau, fut entièrement nue, tandis que Hébé lui passait par-dessus la tête une chemisette de soie. Une fois les barrières tombées, les femmes n'avaient vraiment nul sentiment de la décence. Sous ce linge trop transparent, Barbara était plus impudique encore que nue. Elle s'assit devant la table de toilette pour s'enduire de crème le visage, pendant qu'Hébé lui brossait les cheveux. Il y avait sur cette table une myriade de pots, de flacons, de petits bocaux ; Barbara puisa, dans l'un, des onguents ; dans un autre, elle eut l'air de préparer un savant breuvage de sorcière.

— ... Je suis bien contente, dit-elle, le nez tout contre le miroir, qu'il fasse du soleil. Une belle journée. C'est ce qu'il nous fallait, pour la cérémonie !

La pensée de cette cérémonie n'avait pas quitté l'esprit d'Hornblower depuis qu'il était réveillé. On n'eût pas pu dire que la perspective lui déplaisait, mais il n'était pas non plus tout à fait à l'aise. Ce premier contact avec le village allait être comme un repère dans sa vie, et Sir Horatio éprouvait une méfiance assez explicable à l'égard de ce que seraient ses propres réactions en présence du changement. Barbara l'observait du coin de l'œil, ou du moins observait le reflet que le miroir lui renvoyait de son époux.

— ... Bienvenue au nouveau seigneur de Smallbridge ! fit-elle tout à coup, se tournant vers lui, souriante.

Ce sourire ne se bornait pas à modifier l'expression du visage de Barbara. Il colorait dans sa perspective tout l'avenir de Sir Horatio. Au sein de ce décor rustique, Barbara cessait d'être la grande dame, la fille d'un comte, la femme dans les veines de qui coulait le sang le plus bleu de l'aristocratie anglaise, de qui l'aisance magique et le parfait aplomb avaient le don d'accabler son époux, toujours victime de ce manque de confiance en soi qui le faisait tellement souffrir ; Barbara redevenait celle qui, sans manifester de crainte, s'était tenue, en plein Pacifique, sur les ponts de la *Lydia* balayés par la mitraille ; celle qui avait palpité d'amour entre ses bras ; la maîtresse adorée, et aussi la bonne camarade, la compagne. En cet instant, le cœur du capitaine le portait irrésistiblement vers elle. Il l'eût serrée dans ses bras, embrassée sur l'heure, n'eût été la présence d'Hébé. Le regard de Barbara rencontra le sien ; elle lut dans ses yeux à quoi il pensait, et lui fit un nouveau sourire. Ils étaient en accord parfait, partageant les mêmes secrets. Depuis qu'ils étaient l'un à l'autre, le monde, pour tous deux, était devenu un lieu enchanté.

Barbara chaussa des bas blancs, lia au-dessus du genou des jarretières de soie rouge. Hébé lui tendit sa robe ; elle y entra la tête, puis les épaules, et la robe resta un instant suspendue en l'air, agitée de larges vagues, tandis que Barbara en cherchait l'issue. Enfin elle émergea, battant l'air de ses bras qui erraient, cherchant à tâtons l'ouverture des manches, ses cheveux tout ébouriffés. Quelle femme reste une grande dame en un tel moment ? Hornblower l'en aimait plus fort que jamais.

Hébé ordonna les plis de la robe, mit sur les épaules de sa maîtresse une ample cape de dentelle, se disposant à bâtir enfin l'édifice savant de la coiffure. La dernière épingle mise en place, fignolée la dernière boucle, les pieds introduits dans les souliers par Hébé, à genoux, armée d'un chausse-pied, Barbara mit toute son attention à bien établir sur sa tête l'immense chapeau garni de rubans et de roses.

— Quelle heure est-il, mon cœur ?

Hornblower réussit, non sans mal, à tirer sa montre de la poche de sa culotte :

— Neuf heures !

— Parfait ! dit Barbara, prenant les longs gants de soie blanche venus de Paris, par les voies tortueuses de quelque savante contrebande. Hébé ! Richard doit être prêt ! Dites à Nounou de me l'amener ! Et quant à vous, mon cher, je trouve que le ruban et l'étoile seraient assez dans l'esprit de la cérémonie de ce matin....

— Quoi ? fit Hornblower. Pour me montrer chez moi, à ma porte ?

— Mon Dieu, oui !

Elle secouait, sur l'immense chapeau, la pyramide de rubans et de roses, et ce n'était, cette fois, pas tant un sourire qu'elle lui adressait qu'un rire un peu moqueur. Toutes les objections d'Hornblower contre le port de l'étoile s'évanouirent sur-le-champ, comme par miracle. Sur l'heure, il fut tacitement admis qu'en ce qui les concernait personnellement, Barbara n'attachait pas plus d'importance que lui à cette bienvenue du village à son nouveau seigneur. Tout se passa comme si un augure venait de lui faire un clin d'œil. Hornblower alla prendre le ruban rouge de l'Ordre du Bain dans le tiroir de sa garde-robe ; Brown lui trouva les gants de peau de chien que le capitaine enfila, à grand-peine, tout en descendant l'escalier. Une femme de chambre effarée lui fit une profonde révérence. Dans le vestibule, Wiggins, le maître d'hôtel, avait à la main le chapeau en poil de castor ; près de lui se tenait John, le valet de pied, dans la livrée toute neuve choisie par Barbara.

Barbara elle-même parut, avec Richard aux bras de sa nourrice, un Richard très digne, les boucles molles de ses cheveux un peu figées par excès de pommade. La nourrice le mit par terre, défripa le petit jupon, lissa le grand col de dentelle. Hornblower se hâta de saisir une main de son fils, tandis que Barbara s'emparait de l'autre : Richard n'avait pas encore beaucoup l'habitude de se tenir debout ; laissé à lui-même, il y eût eu trop de chances pour qu'il choisît plutôt de se traîner à quatre pattes, de se comporter, pour tout dire, d'une manière qui pouvait ne pas convenir au caractère et à la dignité de la cérémonie imminente. Wiggins et John ouvrirent chacun un battant de la porte ; le trio sortit, Barbara, Hornblower, Richard entre eux deux, et soudain se trouva en pleine lumière, sur la plus haute marche du perron qui dominait l'allée sablée. Hornblower se souvint juste à temps qu'il lui fallait se couvrir du soyeux haut-de-forme avant de franchir le seuil.

Il semblait que tous les habitants de Smallbridge fussent présents, disposés en bon ordre aux pieds de leur nouveau seigneur : d'un côté, le pasteur et sa troupe d'enfants ; face au perron, les quatre fermiers vêtus de drap noir mal coupé et leurs ouvriers de culture, dans leurs sarraux ; de l'autre côté, un essaim de femmes en bonnet et en tablier. Derrière les enfants, le patron de l'auberge du *Coche et du Relais* fourra soudain son violon sous son menton et se mit à racler une ritournelle. Sur quoi le pasteur agita la main, et le chœur des petites voix éclata, criard, pareil à un pépiement d'oiseaux apeurés :

Voici venir le héros conquérant !
Tambours, battez ! Sonnez ! sonnez, trompettes !

De toute évidence le compliment s'adressait à Hornblower, qui, ne sachant pas très bien comment se tenir, enleva son chapeau en poil de castor. La musique ne disait rien à Sir Horatio ; à ses oreilles, aucune musique n'avait jamais eu aucun sens ; mais quelques-unes des paroles arrivaient jusqu'à lui. Le chœur cessa, pas aussi brusquement que le pasteur l'eût souhaité, car il y eut quelques retardataires ; puis le prêtre fit un pas en avant et se mit à parler :

— Madame, et Sir Horatio ! dit-il. Bienvenue à vous deux, au nom de ce village. Bienvenue à vous, capitaine, tout vêtu de la gloire que vous nous rapportez du pays de la guerre contre le tyran corse ! Et bienvenue à vous, madame, épouse du héros que nous avons le grand bonheur de contempler ici de nos yeux, sœur d'un autre héros qui commande notre vaillante armée en Espagne, à vous, la descendante de la plus haute noblesse de ce pays. Bienvenue...

— Dada ! cria Richard.

Le pasteur prit fort bien la chose. Il était si lancé qu'il n'eut pas de peine à poursuivre. Il parla de la joie qu'éprouvait le village à avoir pour seigneur un marin si fameux, déroula mollement d'écœurantes louanges. Heureusement, Hornblower n'écoutait que d'une oreille distraite, occupé qu'il était par la nécessité de serrer la main de Richard qui cherchait à lui échapper. Il était évident que, si Richard parvenait à se dégager, il se mettrait à quatre pattes et se lancerait jusqu'au bas des marches dans son désir de faire plus ample connaissance avec les enfants du village.

L'œil du capitaine errait sur le vert moelleux des pelouses. Au-delà du parc ondulaient les courbes sévères des collines ; d'un côté, du sein d'un bouquet d'arbres, se dressait le clocher de l'église ; tout auprès, un verger était en fleurs. Tableau délicieux ! Ce parc, ce verger, cette église, ces arbres, tout cela lui appartenait ! C'était lui le seigneur, le seigneur de Smallbridge, le gentilhomme, le marin débarqué sur la terre, le possesseur de ces nombreux hectares, l'homme à qui ses locataires venaient souhaiter bon accueil. Derrière lui, c'était sa maison, pleine de serviteurs ; le ruban et l'étoile d'or d'un ordre de chevalerie ornaient sa poitrine ; à Londres, Coutts et Cie, banquiers notoires, gardaient dans leurs caves voûtées une réserve de guinées d'or qui n'étaient pas moins à lui que le reste. Gloire, fortune, amour, enfant, sécurité, il avait tout ce qu'un cœur peut jamais désirer. Il avait atteint l'apogée, le plus haut point de l'ambition à laquelle un homme pût aspirer. Pourtant, debout sur les marches de ce perron, écoutant le pasteur bourdonner son hommage, Sir Horatio demeurait perplexe, intrigué de s'apercevoir qu'il n'était pas encore heureux, que ce n'était pas encore ça, le bonheur. Il en était même irrité contre lui-même. Au lieu de déborder d'orgueil, de bonheur et de joie, il envisageait l'avenir d'un cœur serré, presque épouvanté à l'idée de vivre ici toujours, et sincèrement dégoûté à la pensée d'aller passer à Londres la saison des grandes élégances, même si Barbara devait être tout le temps près de lui.

Le désordre de ses pensées fut tout à coup interrompu. Une chose venait de frapper son oreille, une chose qui n'aurait pas dû être dite. Et comme le pasteur était seul à parler, c'était lui qui avait dû la dire, bien qu'il poursuivît son ronron, dans l'évidente ignorance d'avoir commis une bévue.

Hornblower jeta un coup d'œil à Barbara ; il vit les belles dents blanches s'enfoncer dans la lèvre inférieure. Pour qui la connaissait, il était clair qu'elle venait d'être vexée. Elle n'en continuait pas moins d'afficher ce flegme stoïque qui est le propre des hautes classes britanniques. Qu'est-ce donc qui avait été dit pour émouvoir ainsi Barbara ? Hornblower essayait de forcer sa mémoire à retrouver les derniers mots dont le pasteur s'était servi, les mots qu'il avait entendus sans que son esprit y prît garde. Ah ! voici qu'ils lui revenaient. C'était bien cela. Ce pasteur idiot avait parlé de Richard comme d'un enfant né de Barbara, et Barbara était irritée de ce que l'on prît le fils d'Horatio pour son propre enfant. Plus elle s'attachait à Richard, plus cette confusion l'irritait. Cela n'était-il pas bizarre ? D'autre part, comment blâmer le pasteur de s'être trompé ? Quand un couple de gens mariés survient dans un pays flanqué d'un bébé de seize mois, n'est-il pas naturel de supposer que ce bébé est leur enfant ?

Le pasteur finit par conclure. Un silence suivit, un silence gênant. Il était clair qu'il fallait répondre quelque chose et que c'était à Hornblower qu'il appartenait de parler.

— Euh... Hum ! fit-il.

Il n'y avait pas assez longtemps qu'il était l'époux de Barbara pour s'être débarrassé de cette très ancienne habitude. Au sein de son affolement, ce « Hum ! » devait l'aider à trouver quelque chose à dire. Il est clair qu'il eût mieux fait de s'y préparer, d'imaginer un speech, au lieu de rêver devant le paysage. Enfin, il dit :

— Euh !... Hum !... C'est avec une grande fierté que je jette les yeux sur ce coin d'Angleterre...

Sans embarras visible, il poursuivit ainsi, réussissant à dire ce qu'il fallait, tout ce qu'il fallait : sur la Corse, sur le tyran, sur la race des fermiers anglais... sur le Roi et le Prince-Régent... sur Lady Barbara, sur Richard...

Quand il se tut, il y eut un nouveau silence, aussi gênant que le premier. Les assistants se regardaient, l'air intrigué. Enfin, l'un des fermiers s'avança en criant :

— Trois hourras pour notre maîtresse ! Un ! Deux ! Trois !

Les hourras éclatèrent ; le jeune Richard fut si surpris qu'il poussa un grand cri.

— Et trois pour Sir Horatio ! Un ! Deux ! Trois ! Et un cri d'enthousiasme !

C'était fini. Il n'y avait plus rien à faire, rien d'autre qu'à se retirer gracieusement, à regagner la maison, à laisser le village se disperser. Dieu merci, la cérémonie était terminée ! John, le valet de pied, se tenait à l'entrée du vestibule dans une attitude qu'il devait prendre pour celle du soldat au garde-à-vous. Hornblower prit note de ne pas oublier de lui dire que, dans le garde-à-vous, le soldat doit se tenir les coudes au corps. S'il fallait qu'il eût un valet de pied, il entendait que ce fût un valet de pied bien stylé. Nounou venait ensuite, penchée tout à coup sur Richard, pour voir à quel point l'enfant avait mouillé son linge. Et s'avançait aussi le maître d'hôtel, un peu hésitant, portant une lettre sur un plateau.

Quand il reconnut le cachet, un flot de sang monta aux joues du capitaine. A sa connaissance, il n'y avait que l'Amirauté pour user de ce cachet-là sur ce gros papier de chiffon. Il y avait des mois (des mois qui lui paraissaient des années) qu'il avait reçu pour la dernière fois un pli de l'Amirauté. Il saisit celui-ci d'un geste avide, et il fallut toute la bonté de la Providence pour qu'il se souvînt, avant de briser le cachet, de jeter à Barbara un regard d'excuse.

Les Hauts Commissaires de l'Amirauté
Whitehall
10 avril 1812

Sir,

Les Hauts Commissaires me chargent de vous informer que leurs Seigneuries désirent utiliser sans délai vos services en tant que commodore, avec un capitaine sous vos ordres, et ce, dans un emploi que Leurs Seigneuries tiennent pour digne d'un officier de votre ancienneté et de votre réputation. Par les présentes, vous êtes prié et requis de vous présenter en personne et sans tarder en leurs bureaux, afin d'entendre de Leurs Seigneuries vous délivrer verbalement toutes instructions utiles et vous habiliter à recevoir celles de tel ministre d'État à qui il pourrait être jugé nécessaire que vous vous adressiez. Je vous prie, Sir, de me croire,
votre très obéissant serviteur.
Pour les Hauts Commissaires de l'Amirauté,
Le secrétaire,
(signé) E. Napean.

Hornblower dut relire la lettre deux fois. La première lecture n'avait eu pour lui aucun sens. Mais, dès la seconde, la radieuse signification de la lettre éclata en lui comme un coup de foudre. La première chose dont il se rendit compte, c'est que la vie qu'il allait mener ici à Smallbridge ou dans le West End ne devait pas irrémédiablement se poursuivre. Il était dégagé de tout ça ! De nouveau, Dieu merci, il allait pouvoir prendre son bain sous la pompe à laver les ponts, et non dans ce sacré sabot avec à peu près autant d'eau que dans une casserole. Il pourrait faire les cent pas sur son propre pont, respirer l'air marin, enlever cette saleté de culotte collante et ne plus jamais la revoir ! Il serait dispensé de recevoir des députations, de parler à de maudits fermiers, de renifler l'odeur des soues à cochons, de taper sur le dos d'un cheval. Et ce n'était pas tout. Il était nommé commodore, et de première classe encore. Avec un capitaine sous ses ordres ! En somme, il serait un peu comme un amiral ! Il aurait un large guidon claquant à la pomme du grand mât, et le respect, et les honneurs. Non que les honneurs comptassent beaucoup pour Hornblower, mais ce seraient les signes visibles de la confiance qu'on mettait en lui, de la promotion à son nouveau grade. Il éclatait aux yeux que l'amiral Louis devait avoir bonne opinion de lui pour le promouvoir commodore alors qu'il n'était qu'à peine à mi-chemin sur la liste des capitaines ! Sans doute les mots « digne d'un officier de votre ancienneté et de votre réputation » n'étaient qu'une formule, une formule qui, d'avance, autorisait l'Amirauté à le mettre à la demi-solde au cas où il refuserait ; mais les derniers mots, les mots relatifs à des entretiens éventuels avec des ministres étrangers avaient une importance énorme. Ils signifiaient que la mission qui allait lui être confiée comportait des responsabilités d'importance internationale.

L'émotion déferlait en lui, par vagues, par bouffées. Il réussit à retirer sa montre du gousset : dix heures quinze ! A l'étalon civil, la journée était jeune encore.

— Où est Brown ? fit-il, tourné vers Wiggins.

Dans l'instant même, Brown fut là, corps présent, surgi du décor comme par miracle. Peut-être pas tellement par miracle, après tout ; car toute la maison devait déjà être informée qu'un pli de l'Amirauté venait d'arriver pour le maître.

— Brown, sortez mon meilleur uniforme et mon épée ! Et faites atteler le carrosse ! Vous m'accompagnerez. Je désire que ce soit vous qui conduisiez. Préparez aussi tout ce qu'il me faut pour la nuit ! Et ce qu'il faut pour vous aussi !

Les domestiques s'éparpillèrent dans toutes les directions. Il ne fallait pas seulement obéir aux ordres du maître ; il s'agissait d'une affaire d'État, et, donc, doublement importante. De sorte que, quand Hornblower émergea de ses préoccupations, Barbara était encore devant lui, debout, et seule !

Dans son émotion, il avait complètement oublié Barbara. Et elle s'en était aperçue ! Elle était là, tête baissée, un des coins de sa bouche un peu fléchi. Leurs regards se croisèrent. Pendant une seconde, le coin de la bouche remonta, mais presque aussitôt, retomba encore.

— C'est l'A... l'Amirauté ! bégaya Hornblower, l'air gêné, mais visiblement ému, en manière d'excuse.

Piètre explication.

— ... Ils veulent me nommer commodore, avec un capitaine sous mes ordres !

Dommage qu'Hornblower fût capable de s'apercevoir que Barbara faisait mille efforts pour paraître heureuse.

— C'est un très grand honneur, dit-elle. Pas plus grand, pourtant, que ce qui vous est dû, chéri ! Vous devez être bien content ! Je ne le suis pas moins moi-même.

— Cela va m'éloigner de vous ! fit Hornblower, guettant l'effet de son propos.

— Chéri, j'ai passé six mois près de vous. Six mois de ce bonheur que vous m'avez donné, c'est plus que peut mériter une femme. Et puis, n'est-ce pas, vous me reviendrez ?

— Bien sûr ! Bien sûr ! fit Sir Horatio, soulagé.

II

COMMODORE

Une vraie journée d'avril. Miraculeusement baignée de soleil pendant la cérémonie au pied du perron de Smallbridge, elle changea pour déverser une pluie torrentielle au début du trajet de vingt-cinq milles qui séparait Smallbridge de Londres. Un peu plus tard, le soleil reparut, réchauffa et sécha les deux voyageurs. Mais, comme ils traversaient Wimbledon Common, le ciel de nouveau devint noir, des gouttes se remirent à tomber, une nouvelle averse à leur fouetter le visage.

Hornblower s'enveloppa dans son manteau, boutonna son col, posa sur ses genoux son bicorne orné de dentelle et d'un bouton d'or, l'abrita sous les pans du lourd vêtement comme sous une tente, car un bicorne, exposé longtemps à la pluie, recueille l'eau dans son bord, dans sa coiffe et reste déformé pour toujours.

Ensuite, il y eut encore un vrai grain, pluie et vent opérant ensemble, en contraste presque inconcevable avec le temps délicieux qu'il avait fait une demi-heure auparavant. Le vent d'ouest leur sifflait aux oreilles ; le cheval de gauche, sur qui chassait l'averse, cherchait instinctivement à se dérober. De la mèche de son fouet, Brown toucha la croupe luisante ; la bête aussitôt pesa de tout son poids dans le collier, en un renouveau d'énergie.

Brown savait excellemment se servir du fouet. A quoi, d'ailleurs, Brown n'excellait-il pas ? Il avait été le meilleur patron de canot qu'Hornblower eût jamais eu ; au cours de l'évasion à travers la France, il s'était comporté en loyal serviteur ; ensuite il était devenu le meilleur valet de chambre qu'un être humain pût désirer. Serrant le cuir mouillé des guides dans sa grosse main bronzée par le soleil, il supportait philosophiquement la pluie que le vent rabattait sur lui. La main, le poignet, l'avant-bras opéraient avec la souplesse d'un ressort pour maintenir sur le mors cette pression subtile, pas assez forte pour gêner l'effort des chevaux, suffisante pour leur donner confiance en la route glissante, pour les avoir bien en main, en cas de surprise. A vive allure, les bêtes remorquaient le carrosse sur le macadam visqueux de la côte raide de Wimbledon ; elles tiraient avec un courage qu'elles n'avaient jamais quand c'était Hornblower qui les conduisait.

Le capitaine sortit soudain de son mutisme :

— Aimerais-tu encore naviguer, Brown ?

Le seul fait de s'abandonner à tenir un propos aussi superflu prouvait à quel point l'émotion causée par la lettre de l'Amirauté arrachait Hornblower à lui-même.

— Sûr que oui ! fit Brown.

Réponse un peu brève, après laquelle Sir Horatio en restait réduit à deviner ce que Brown avait voulu dire ; si sa concision n'était que la forme de cette pudeur de l'Anglais à cacher un réel enthousiasme, ou si seule une élémentaire politesse avait poussé le cocher à se mettre à l'unisson de l'humeur présente de son maître.

La pluie ruisselait des cheveux mouillés d'Hornblower, lui coulait dans le cou, et jusque dans le col de sa chemise. Il se disait : « J'aurais bien fait de prendre mon ciré ! » Ramassé sur lui-même, presque plié en deux sur le siège capitonné de cuir, il avait posé les deux mains sur la poignée de son épée, l'épée de cent guinées d'or offerte par la Caisse des Patriotes. Plantée verticalement, l'épée soutenait le manteau mouillé à distance convenable du bicorne placé sur les genoux. Un autre filet d'eau ruisselait sous les vêtements, forçait Hornblower à se tortiller sur son siège.

Lorsque enfin l'averse cessa, Sir Horatio était tout trempé, et fort mal à l'aise. Fort heureusement, le soleil reparut, radieux. Sur les ronces, sur les ajoncs, des gouttes de pluie brillaient comme des diamants ; dans la lumière revenue, la robe des chevaux s'entourait de vapeur ; très haut dans le ciel, les alouettes s'étaient remises à chanter. Hornblower rouvrit son manteau, essuya ses cheveux mouillés, s'épongea le cou avec son mouchoir. Parvenu au sommet de la côte, Brown remit les chevaux au pas pour les faire souffler, avant la descente rapide.

— Voilà Londres, monsieur ! dit-il.

Et, en effet, Londres était là. La pluie avait abattu fumée et poussière, si bien que, même à cette distance, on voyait la croix dorée et le campanile de Saint-Paul briller dans le soleil. Rapetissés par le voisinage du dôme, les clochers de l'église se détachaient avec une netteté presque irréelle. Même les arêtes faîtières des toits étaient parfaitement visibles. Brown fit claquer sa langue pour réveiller son attelage ; les bêtes se remirent au trot ; et, ferraillant à toute allure, le carrosse dévala la pente raide par où la route pénétrait dans le bourg de Wandsworth.

Hornblower tira sa montre. Il était deux heures à peine ; il avait largement le temps de faire ses affaires. Bien que son linge restât mouillé sous sa tunique, cette journée était de très loin meilleure que ce à quoi il s'était attendu, le matin même, dans son bain.

Brown tira sur le mors ; les chevaux stoppèrent devant l'Amirauté. Un enfant vêtu de haillons surgit à point nommé pour soulever le manteau du capitaine, le protéger contre la boue pendant qu'Hornblower, enjambant la roue de la voiture, mettait enfin pied à terre.

— Rendez-vous à la *Croix d'Or*, Brown ! dit Sir Horatio, se fouillant pour offrir quelque monnaie à l'enfant.

Déjà le cocher faisait faire demi-tour à son attelage.

Hornblower ajusta soigneusement son bicorne, rectifia les basques de sa tunique, ramena au milieu du corps la boucle de son ceinturon. A Smallbridge, il était Sir Horatio, maître de sa maison, seigneur de son manoir ; un autocrate indiscuté ; ici, il n'était plus qu'un simple capitaine convoqué par les lords de l'Amirauté britannique.

Par bonheur, l'amiral Louis fut la cordialité même. Sir Horatio n'attendit que trois minutes dans l'antichambre, c'est-à-dire pas plus qu'il ne fallait à l'amiral pour se débarrasser d'un visiteur. Dès qu'il aperçut Hornblower, sa poignée de main trahit, sans erreur possible, le plaisir qu'il éprouvait à le voir paraître. Il sonna, chargea un commis de débarrasser le visiteur de son manteau mouillé, avança lui-même un siège auprès du grand feu qui brûlait, été comme hiver, dans sa cheminée, depuis qu'il avait quitté le Gouvernement général de l'Inde.

— J'aime à croire, dit-il, que la santé de Lady Barbara ne laisse rien à désirer.

— Elle se porte bien, monsieur. Je vous remercie.

— Et le jeune Hornblower ?

— Très bien aussi. Merci.

D'abord un peu décontenancé, Hornblower se ressaisissait rapidement ; sa timidité fondait à vue d'œil. Il s'enfonça plus confortablement dans son fauteuil, accueillant avec un visible plaisir la douce chaleur du foyer. Ce portrait de Collingwood accroché au mur était chose nouvelle ; il avait remplacé l'ancien portrait de Lord Barham. L'air épanoui, Hornblower considérait le ruban rouge et l'étoile sur le portrait, puis abaissait les yeux sur lui-même, comme pour s'assurer que c'était bien la même croix qui ornait sa poitrine.

— Vous n'en avez pas moins quitté le bonheur domestique dès réception de notre message ?

— N'est-ce pas tout naturel ?

Dans le même temps qu'il parlait ainsi, Hornblower se rendit compte, tout à coup, qu'il serait peut-être plus habile de ne pas laisser voir que la chose était aussi naturelle ; qu'il serait préférable d'adopter une autre attitude, et, par exemple, de feindre de ne s'être résolu qu'à contrecœur à remplir de nouveau ses obligations professionnelles ; de faire en sorte que l'on comprît qu'il faisait, en les acceptant, un sacrifice à son pays. Mais, sa vie eût-elle été en jeu, jouer pareille comédie n'était pas en son pouvoir. Il était trop heureux de la promotion qui venait de lui échoir, trop avide surtout d'apprendre quelle mission l'Amirauté se préparait à lui confier. L'amiral l'observait, le pénétrait d'un regard qu'Hornblower supportait avec une pleine franchise.

— A quoi, monsieur, projetez-vous de m'employer ? dit-il tout à coup.

Il n'avait pu attendre que l'amiral parlât le premier.

— La Baltique ! fit Louis.

La Baltique ! C'était donc cela ? Le mot de « Baltique » mettait le point final à toute une matinée de conjectures désordonnées ; il déchirait, pour ainsi dire, la toile d'araignée d'innombrables éventualités. On eût pu employer

Hornblower en n'importe quel point du monde : à Java, à la Jamaïque, au cap Horn, au cap de Bonne-Espérance, dans l'océan Indien, ou dans la Méditerranée ; en somme, n'importe où à l'intérieur de l'immense horizon de vingt-cinq mille milles de la surface de la terre où flottaient les couleurs de la Grande-Bretagne. La Baltique ! Ce serait la Baltique ! Hornblower tâchait de se remémorer ce qu'il savait de la Baltique. Depuis le temps où il était jeune lieutenant, il n'avait plus navigué dans ces eaux du nord de l'Europe.

— C'est l'amiral Keats, n'est-ce pas, qui commande là-bas ?

— Pour l'instant oui, dit l'amiral. Mais Saumarez va le remplacer. Et l'ordre lui sera donné de vous accorder *la plus grande liberté d'action !*

Propos bizarre, qui laissait entrevoir un partage du commandement. Situation proprement surprenante, même. Ou fallait-il dire : dangereuse ? Un mauvais commandant en chef valait mieux qu'un commandement partagé. Dire à un subordonné que son supérieur avait reçu l'ordre de lui accorder « la plus grande liberté d'action », c'était chose scabreuse, à moins que le subordonné fût d'une loyauté, d'une sûreté de jugement à toute épreuve. Hornblower en éprouva d'abord comme un haut-le-corps, au point d'oublier que, dans la circonstance, le subordonné en question, c'était lui. L'Amirauté britannique lui attribuait donc cette loyauté, ce jugement d'une sûreté à toute épreuve ?

L'amiral Louis l'observait toujours avec une curiosité soutenue.

— Ne désirez-vous pas, dit-il, connaître l'étendue des pouvoirs qui vous sont confiés ?

— Si, bien sûr !

Mais, à dire vrai, la chose ne le souciait guère. Le fait qu'il allait avoir à commander quelque chose lui semblait beaucoup plus important que ce qu'il aurait le droit de commander.

— Eh bien, on vous confie le commandement du *Nonsuch,* dit Louis. Soixante-quatorze canons ! Donc, un bâtiment de police, au cas où cela serait nécessaire. En outre, vous aurez sous vos ordres tout le fretin que nous avons pu réunir : deux petites corvettes, le *Lotus* et le *Raven ;* deux galiotes à bombes, le *Moth* et le *Harvey ;* enfin le cotre *Clam.* C'est tout pour l'instant ; mais, au moment où vous serez sur le point de prendre la mer, il se peut que nous ayons quelques autres bâtiments à mettre à votre disposition. Nous désirons que vous soyez prêt à assurer toute la surveillance côtière qui, le cas échéant, pourrait vous incomber. Il est probable que ce ne sera pas peu de chose...

— J'y compte bien, dit Hornblower.

— Je ne sais encore si vous combattrez pour ou contre les Russes, fit l'amiral, comme se parlant à lui-même. De même en ce qui concerne les Suédois. Dieu seul sait ce qui se manigance là-bas ! Mais Chose vous en dira plus long que moi là-dessus !

Le regard de Hornblower eut l'air d'interroger. Louis comprit. Il poursuivit :

— Je veux dire : votre beau-frère, le très noble et très respecté marquis de Wellesley, chevalier de l'ordre de Saint-Patrice, secrétaire d'État aux Affaires étrangères de Sa Majesté britannique. C'est lui que nous appelons Chose, pour abréger. Nous allons d'ailleurs aller le trouver. Mais, d'abord, il nous faut régler une autre question, et d'importance ! Qui aimeriez-vous appeler au commandement du *Nonsuch* ?

Hornblower en resta un instant bouche bée. Un tel droit équivalait à une initiative considérable. Il lui était arrivé de désigner des aspirants, des aides-médecins ; un pasteur, de réputation discutable, mais désireux d'être nommé aumônier sur son bâtiment, l'avait un jour sollicité. Avoir son mot à dire dans le choix du capitaine d'un vaisseau de ligne était tout autre chose. Ils étaient quelque cent vingt, de ces capitaines plus jeunes que lui, des hommes qui avaient derrière eux de belles carrières, de brillants exploits, des gens de qui l'on ne parlait qu'en baissant la voix, aux quatre coins du monde ; qui avaient conquis leur grade au prix de leur sang, pour avoir accompli des exploits dont l'audace et l'habileté étaient sans parallèle dans l'Histoire. La moitié de ces jeunes capitaines, peut-être même davantage, eussent bondi de joie à l'idée de commander un vaisseau de soixante-quatorze canons ; Hornblower se rappelait le bonheur que lui-même avait éprouvé lorsque, deux ans plus tôt, il s'était vu confier le commandement du *Sutherland.* Capitaines en demi-solde, d'autres aussi, nommés à des postes à terre, et qui se rongeaient dans l'attente d'un commandement à la mer, voilà qu'il était tout à coup en son pouvoir de changer d'un mot leur carrière, de transformer leur existence. Or, il n'hésita pas. Pas une seconde. De plus brillants, de plus intelligents étaient peut-être disponibles, il n'en souhaitait qu'un, un seul.

— S'il est libre, dit-il, je voudrais avoir Bush !

— Prenez-le donc, dit l'amiral, l'encourageant d'un signe de tête. Je m'attendais à ce que vous me demandiez cela. Vous ne pensez pas que sa jambe de bois soit un handicap trop sérieux ?

— Non, dit Hornblower, je ne le crois pas.

Prendre la mer avec tout autre capitaine que Bush lui eût été au plus haut point désagréable.

— Alors, très bien ! dit l'amiral.

Il se tourna, regarda l'heure :

— ... Allons voir Chose, si vous voulez bien !

III

UNE NUIT BLANCHE

Hornblower était assis dans son salon particulier, à l'auberge de la *Croix d'Or*. Un feu brûlait dans la cheminée, et pas moins de quatre chandelles de cire sur la table. Tout ce luxe : salon, feu, chandelles, causait à Sir Horatio un plaisir mêlé de malaise. Il avait été pauvre si longtemps, il avait, au cours des années, dû vivre parfois si chichement, que la prodigalité ne faisait naître en lui qu'une sorte de plaisir trouble, une joie, certes, mais une joie coupable. Sa note d'auberge, demain matin, porterait au moins une demi-couronne pour la seule lumière ; elle n'eût pas dépassé deux pence si Hornblower avait voulu se contenter de chandelles en moelle de jonc. Le feu coûterait au moins un shilling. On peut se fier à un aubergiste pour compter le maximum à un client qui, selon toute apparence, pouvait aisément se payer tout cela ! Un chevalier de l'Ordre du Bain, flanqué d'un domestique et descendu d'un carrosse à deux chevaux ! Au total, le montant de la note se monterait plutôt à deux guinées qu'à une.

D'un geste machinal, Hornblower tâta la poche intérieure de son vêtement, comme pour s'assurer que la grosse liasse de bank-notes d'une livre était bien à sa place. Dépenser deux guinées par jour était une chose qu'il pouvait se permettre.

Rassuré, il se pencha de nouveau sur les notes qu'il avait prises durant son entretien avec le secrétaire d'État. Elles étaient sans aucune ordonnance, écrites selon qu'une chose ou une autre s'était présentée à l'esprit de Wellesley. Il était évident que les ministres eux-mêmes ignoraient si les Russes prendraient ou non l'offensive contre Bonaparte. Ou plutôt non : présenter les choses ainsi n'était pas exact. Il fallait dire : personne ne savait si Bonaparte songeait ou non à s'attaquer à la Russie. Quelle que fût la mauvaise volonté dont le tsar faisait preuve à l'égard des Français (et cette mauvaise volonté était évidente), il était bien certain qu'Alexandre n'entrerait pas en guerre sans y être contraint, c'est-à-dire à moins que Bonaparte prît délibérément le parti de marcher sur Saint-Pétersbourg. Plutôt que de combattre, le tsar ferait toutes les concessions imaginables, surtout en ce moment où il était encore occupé à tenter d'organiser, presque de « recréer » son armée. Wellesley avait dit : « Il semble difficile d'admettre que Bonaparte puisse être assez fou pour chercher querelle à l'empereur, quand il peut obtenir presque tout ce qu'il veut sans combattre ! »

Toutefois, si la guerre devait un jour être déclenchée, il était désirable que l'Angleterre eût dans la Baltique une force capable de frapper.

« Si Bonaparte renversait le trône de Russie, je désire que vous soyez à point pour cueillir le tsar, avait dit Wellesley. Nous trouverons un moyen de nous servir de lui ! »

Les rois en exil étaient personnages utiles pour soutenir la résistance des pays que Bonaparte avait envahis. Sous son aile protectrice, l'Angleterre abritait déjà les souverains de la Sardaigne et de la Sicile, des Pays-Bas, de la Hesse et du Portugal, tous s'efforçant d'entretenir l'espoir au cœur de leurs anciens sujets, écrasés sous la botte du tyran.

Qu'avait dit encore Wellesley ?

— Tant de choses dépendent de l'attitude des Suédois ! Personne ne peut deviner ce que fera Bernadotte. La conquête de la Finlande par la Russie n'a pas manqué d'irriter la Suède. Nous nous employons à lui démontrer qu'entre les deux, Bonaparte est pour elle la menace la plus dangereuse ; car il est à l'embouchure de la Baltique tandis que la Russie n'est qu'au fond. Mais, sans doute, pour la Suède, choisir entre la Russie et Bonaparte n'a évidemment rien de bien agréable !

De quelque façon que l'on envisageât la chose, la situation dans le Nord offrait une fameuse confusion : Suède gouvernée par un kronprinz qui, vaguement parent de Bonaparte par alliance, était, voilà trois ans à peine, encore un général français ; Danemark et Norvège aux mains du tyran ; Finlande récemment conquise par la Russie ; côtes méridionales de la Baltique grouillant de soldats ennemis.

— Les armées de Bonaparte, avait dit encore Wellesley, campent à Dantzig, à Stettin. Des troupes levées dans le sud de l'Allemagne sont échelonnées en profondeur jusqu'à Berlin, sans parler des Prussiens, des Autrichiens, et d'autres alliés encore.

L'Europe ainsi toute à ses pieds, Bonaparte pouvait drainer dans son sillage les armées de ceux qui, hier encore, étaient ses ennemis. S'il devait faire la guerre à la Russie, il semblait bien qu'une notable partie de ses troupes se composerait d'étrangers, d'Italiens, d'Allemands du sud, de Prussiens, d'Autrichiens, de Danois, de Hollandais.

— On me dit qu'elles comptent même des Espagnols et des Portugais, avait dit le ministre. J'espère que ces méridionaux auront savouré le récent hiver en Pologne ! Vous parlez l'espagnol, je crois ?

— Oui.

— Le français aussi ?

— Oui.

— Et le russe ?

— Le russe ? Non.

— L'allemand ?

— L'allemand non plus.

— Le suédois, le polonais, le lituanien ?

— Aucune de ces langues.

— Dommage ! Mais on m'assure que la plupart des Russes ayant un peu d'éducation parlent le français mieux que leur langue maternelle ! Si cela est vrai, il faut qu'ils soient bien ignorants de leur propre langue ! Pour le suédois, nous avons un interprète à votre disposition. Vous vous arrangerez avec l'Amirauté pour déterminer comment l'inscrire sur les listes du bateau... C'est ainsi qu'on dit, n'est-ce pas ?

Railler ainsi était dans le caractère de Wellesley. Ancien gouverneur général de l'Inde, aujourd'hui secrétaire d'État aux Affaires, aristocrate, homme du monde, et des plus élégants, ces quelques mots lui permettaient de faire étalage de son ignorance, c'est-à-dire de son dédain pour les choses de la marine, et aussi de ce sentiment qu'avait l'homme du monde de sa supériorité méprisante sur un loup de mer au geste emprunté, même quand ce loup de mer se trouvait être son beau-frère. Hornblower s'était senti un peu piqué. Il était encore suffisamment satisfait de lui-même pour tenter d'irriter Wellesley, par mesure de représailles.

— Vous êtes connaisseur, Richard ! Tous les métiers vous sont familiers ! avait-il dit, doucement, la voix neutre.

Il n'était pas mauvais de rappeler à l'homme du monde que le loup de mer était assez son parent pour avoir le droit de l'appeler par son prénom. Et puis, le marquis trouverait peu agréable d'entendre dire qu'il avait affaire avec des « métiers » quels qu'ils fussent.

— Pas le vôtre, Hornblower ! avait riposté le marquis. Pas le vôtre, je le crains. Jamais je ne pourrais retenir tous ces bâbords et ces tribords, ces coiffer sous le vent, tous ces mots-là ! Il faut avoir appris cela tout jeune, comme on apprend, le *hic, haec, hoc !*

Mais, à la réflexion, piquer la suffisance du marquis n'avait rien d'agréable. Hornblower s'était hâté d'abandonner ce jeu pour en revenir aux affaires sérieuses. Les Russes avaient une marine de guerre assez considérable ; tant à Reval qu'à Cronstadt, elle devait compter quatorze bâtiments de ligne ; la Suède en avait à peu près autant ; les ports d'Allemagne et de Poméranie fourmillaient de corsaires français ; une part importante de la tâche qui allait incomber au nouveau commodore consisterait à protéger le trafic anglais contre ces chacals de la mer. Ses échanges avec la Suède étaient pour l'Angleterre d'importance vitale : de la Baltique venaient les approvisionnements qui lui permettaient de régner sur les mers : goudron, térébenthine, pins servant à faire les mâts, cordages, bois de construction, huile, résine. Si la Suède décidait de marcher avec Bonaparte contre les Russes, la contribution suédoise au commerce anglais, qui surpassait de loin la moitié du chiffre global, se trouverait tarie. Pour poursuivre la lutte, l'Angleterre en serait réduite à se contenter de ce qu'elle pourrait tirer de la Finlande et de l'Estonie. Ce serait peu. Il faudrait convoyer ce peu à travers la Baltique, contre le gré de la marine suédoise, et franchir le Sund, Dieu sait comme, alors que Bonaparte était maître du Danemark. Et puis, ces approvisionnements, la Russie elle-même en aurait besoin pour sa propre marine ; il faudrait trouver le moyen de la décider à se priver de la part nécessaire à maintenir la marine anglaise sur les mers.

Au fond, c'était une bonne chose que l'Angleterre n'eût pas volé au secours de la Finlande attaquée par le tsar Alexandre. L'eût-elle fait, qu'il y eût bien moins de chance de voir le tsar entrer en guerre un jour contre le tyran. Appuyée sur la force, la diplomatie pourrait peut-être empêcher la Suède de conclure alliance avec Bonaparte, assurer la sécurité du trafic dans la Baltique, permettre des expéditions punitives contre les communications françaises sur les côtes nord de l'Allemagne. Grâce à une pression de cette nature, si par miracle Bonaparte pouvait un jour essuyer des revers, la Prusse elle-même pourrait peut-être se laisser persuader de changer de camp. Ce serait là l'une des tâches de Hornblower : contribuer à amener la Suède à renoncer à sa méfiance héréditaire envers la Russie, aider à décider la Prusse à rompre son mariage avec Paris. Tout cela, sans faire rien qui pût mettre en danger le trafic anglais dans la mer Baltique. Une manœuvre maladroite pouvait ruiner le plan tout entier.

Hornblower posa ses notes sur la table, les yeux fixés devant lui, sur la muraille. Mais, bien qu'il regardât le mur, il ne le voyait pas. Ce qu'il voyait, c'étaient tour à tour, la brume, les glaces, le danger des hauts-fonds, les bâtiments de guerre, russes ou suédois, les corsaires français ; et puis le trafic dans la mer Baltique, l'alliance avec la Russie, l'attitude du roi de Prusse. Politique savante et commerce vital. Durant les mois qui allaient suivre, le sort de l'Europe, l'histoire du monde allaient tenir en équilibre sur une lame de couteau. Cette responsabilité-là, un homme allait la porter seul sur ses épaules, et cet homme-là, c'était le commodore Hornblower, c'était lui !

Hornblower sentait son cœur battre plus vite, ses muscles se tendre et durcir, comme naguère devant la perspective du danger. Depuis la dernière fois qu'il avait éprouvé ces symptômes, presque une année avait passé ; c'était le jour où il était entré dans la grande cabine du *Victory* pour y entendre le verdict d'une cour martiale qui pouvait le condamner à la peine de mort.

La promesse de ces dangers nouveaux, la perspective d'une responsabilité aussi énorme ne lui causaient aucun plaisir. Il n'avait envisagé rien de pareil tandis qu'il roulait gaiement, le matin même, pour venir recevoir ses ordres. Était-ce donc pour ceci qu'il avait tout quitté, l'amour et la gentillesse de Barbara, sa vie de seigneur d'un village, le calme, la paix d'un foyer nouvellement conquis ?

Or, tandis qu'il était assis là, désolé, désespérant presque, l'intérêt des problèmes posés n'en commençait pas moins à lui apparaître. L'Amirauté lui donnait carte blanche. Y avait-il là de quoi se plaindre ? Reval était pris par les glaces dès le mois de décembre, et Cronstadt souvent dès novembre. Aussi longtemps que durerait l'hiver, il lui faudrait chercher un point d'appui plus bas dans la Baltique. Le port de Lübeck était-il bloqué en hiver ? Il n'en savait rien. Il serait en tout cas préférable...

Brusquement, il fit reculer sa chaise, s'éloigna machinalement de la table. Penser assis était pour lui une chose impossible ; il ne pouvait pas plus penser longtemps assis qu'il pouvait se retenir longtemps de respirer. Comparaison d'autant plus juste que, contraint de rester assis quand il avait le cerveau occupé, il ne tardait pas à éprouver les symptômes d'un étouffement progressif ; sa tension artérielle montait, il s'agitait sur son siège, bougeait nerveusement les bras.

Rien, ce soir, ne l'obligeait à rester assis, ou immobile. Ayant dégagé sa chaise, il était libre d'arpenter le salon, de la table à la fenêtre et vice versa ; traite tout aussi longue, et peut-être plus libre d'obstacles que l'espace dont il avait disposé sur plus d'un gaillard.

A peine avait-il fait quelques pas que la porte du salon s'ouvrit doucement et la tête de Brown parut par l'ouverture ; le bruit de la chaise raclant le plancher l'avait alerté. Un coup d'œil lui suffit : le capitaine s'était mis à marcher ; cela signifiait qu'il ne se coucherait pas avant très longtemps.

Brown n'était pas bête ; et de toute son intelligence, il s'appliquait à veiller sur son capitaine. Il referma la porte, sans faire plus de bruit qu'il n'en avait fait pour l'ouvrir, laissa s'écouler dix minutes pleines et puis reparut. Il savait qu'au bout de dix minutes, Hornblower était lancé, sa marche avait trouvé son rythme, sa cadence, ses pensées suivaient un cours torrentiel qu'il n'était plus facile de troubler. Brown put donc se glisser dans le salon sans déranger son maître ; il serait même difficile de dire si Hornblower s'aperçut qu'il était entré. Réglant ses déplacements pour ne pas croiser le parcours du capitaine, Brown put aller jusqu'aux chandelles et les moucher (elles avaient commencé à couler, à sentir mauvais), s'approcher du foyer, mettre du charbon sur un feu qui n'offrait déjà plus qu'un amas de cendres rougeâtres. Il réussit de même à sortir et alla s'installer, en vue d'une très longue attente. D'ordinaire, Hornblower était un maître plein d'égards, qui n'eût jamais rêvé de garder levé un valet dans l'unique dessein de se faire aider à se mettre au lit. Brown savait cela ; aussi n'en voulait-il nullement au capitaine d'avoir, pour une fois, oublié de lui dire qu'il pouvait aller se coucher.

De long en large, donc, Hornblower arpentait le salon, d'un pas régulier, toujours le même ; arrivé à deux pouces du lambris, sous la fenêtre, d'un côté, il pivotait sur les talons ; à l'autre bout, il faisait demi-tour, quand sa hanche frôlait le coin de la table. Les Russes, la Suède, les convois, les corsaires, Stockholm, Dantzig, tout cela donnait à réfléchir ! Il ferait froid dans la Baltique ; il faudrait prendre des dispositions pour garder l'équipage en bonne santé, par les grands froids. La première chose à faire, dès sa flottille réunie, serait de veiller à disposer, sur chaque bâtiment, d'un officier sur qui pouvoir compter pour lire et transmettre correctement les signaux. Car, sans des communications parfaites, organisation, discipline ne serviraient à rien. Autant n'avoir pas de plans du tout. Les galiotes à bombes avaient cet inconvénient de ne...

Hornblower fut distrait par un coup frappé à sa porte. D'une voix irritée, il cria :

— Entrez !

La porte tourna, lentement, révélant Brown en compagnie d'un aubergiste terrorisé, en tablier de gros drap vert.

— Qu'est-ce que c'est ? fit Hornblower.

Maintenant qu'il avait cessé d'arpenter son gaillard à terre, il sentait une fatigue l'envahir. Bien des choses s'étaient passées depuis la bienvenue au seigneur de Smallbridge par ses fermiers ; ce qu'il ressentait dans les jambes lui rappelait qu'il avait dû marcher longtemps.

Brown et l'aubergiste échangèrent un rapide coup d'œil ; l'aubergiste se décida, comme on plonge après avoir hésité :

— Eh bien, mossieu, y a ceci, fit-il, encore mal rassuré. Y a que Sa Seigneurie occupe le quatre ; qu'est juste au-dessous du salon de mossieu, et Sa Seigneurie est un homme emporté, je m'excuse de dire ça à mossieu, et il dit, sauf vot' respect, il dit que deux heures du matin c'est bien tard pour arpenter encore le plancher au-dessus de sa tête. Sa Seigneurie...

— Deux heures ? fit Hornblower.

Il n'en revenait pas.

— Même plus près de trois que de deux ! dit Brown, intervenant avec toute la prudence désirable.

— Oui, mossieu. C'était la demie de deux heures quand Sa Seigneurie m'a sonné pour la deuxième fois. Elle dit que si vous chantiez une chanson, ou si vous faisiez tomber quelque chose, ça ne le gênerait pas tant. Mais vous entendre marcher sans arrêt, aller et venir, aller et venir, elle dit, Sa Seigneurie, que ça lui fait penser à la mort, au jugement dernier ! Elle trouve que c'est trop régulier. La première fois qu'elle a sonné, j'y ai dit qui est mossieu. Maintenant, elle dit...

Hornblower était revenu à lui. Sa conscience du présent émergea de l'océan de ses pensées. Il regarda ; il vit le geste nerveux de l'aubergiste, pris entre ce seigneur inconnu, en bas, et ce capitaine ici ; et il ne put retenir un sourire. En fait, ce ne fut qu'au prix d'un effort qu'il réussit à s'empêcher de pouffer. Il se représentait la scène : l'irascible pair au-dessous, l'aubergiste tremblant d'offenser l'un ou l'autre de deux clients riches et influents ; et, couronnant le tout, compliquant le tout, Brown refusant obstinément toute intrusion dans les délibérations de son maître.

Hornblower surprit l'air soulagé des deux hommes lorsqu'ils virent qu'il souriait et, cette fois, il rit ouvertement, sans retenue. Son humeur avait été brusque ces derniers temps ; Brown s'était attendu à une explosion de fureur, et le malheureux aubergiste à rien de mieux. Les aubergistes ne s'attendaient jamais à autre chose qu'à un accès de colère de la part des gens que le sort obligeait à loger chez eux. Hornblower se rappelait avoir, le matin même, et sans la moindre provocation, envoyé Brown au diable. Pour intelligent qu'il fût, le fidèle valet n'était pas tout à fait aussi intelligent qu'il eût fallu pour se dire que, ce matin, l'irritation de son maître n'était que celle d'un officier de marine en disponibilité d'emploi, d'un marin condamné à la vie rurale ; ce soir, Hornblower était un commodore, à la tête d'une flottille qui n'attendait que sa venue ; rien au monde ne pouvait troubler son humeur. Non, Brown n'avait pas tenu compte de cela.

— Présentez mes respects à Sa Seigneurie, dit Hornblower. Dites-lui que la marche au jugement dernier va cesser. Brown, je vais me coucher !

L'aubergiste ne se le fit pas dire deux fois. Il s'éclipsa, grandement soulagé, et dégringola l'escalier quatre à quatre, pendant que Brown se saisissait du chandelier où ne restait qu'un petit bout de chandelle. Précédant son maître pour l'éclairer, il gagna la chambre à coucher. Hornblower défit le lourd vêtement aux épaulettes frangées d'or, que Brown put saisir juste à temps pour l'empêcher de choir sur le plancher. Les souliers, la chemise, la culotte suivirent. Enfin, Sir Horatio endossa la robe splendide étalée sur le lit, vêtement de nuit brodé d'épaisse soie de Chine, avec jours au col et aux poignets, que Barbara avait commandé tout exprès là-bas, en Orient, par le canal de ses amis de la Compagnie des Indes. Bien qu'enveloppée de laine, la brique dans le lit s'était refroidie, mais après avoir agréablement diffusé sa chaleur. Hornblower se pelotonna dans la tiédeur accueillante des draps.

— Bonne nuit, monsieur, dit Brown.

Il souffla la chandelle ; l'ombre surgit de partout, envahissant la chambre. Des rêves tumultueux surgirent avec elle. Endormi, ou encore éveillé (le lendemain matin, Hornblower n'eût pu dire si c'était l'un ou l'autre), son cerveau brassa jusqu'au jour les contradictions infinies que soulevait cette campagne dans la Baltique, perspective où, une fois encore, sa vie, sa réputation, sa dignité allaient être en jeu.

IV

AU REVOIR, BARBARA !

Assis sur le siège avant de la voiture, Hornblower se pencha pour regarder par la portière :

— Le vent tourne au nord, dit-il. Je dirais qu'il est ouest quart nord-ouest.

Barbara fut toute patience :

— Oui, mon cœur.

— Pardon, chère, je vous ai, je crois, coupé la parole ? Vous parliez de mes chemises...

— Non, mon cœur, j'avais fini de parler de cela. Je disais qu'il ne fallait pas laisser déballer votre coffre avant les grands froids. La veste en peau de mouton et le grand manteau de fourrure sont rangés là-dedans, avec beaucoup de camphre ; à condition de n'y pas toucher, ils seront à l'abri des mites. Faites descendre ce caisson dès que vous monterez à bord.

— Oui, mon cœur.

La voiture dansait et ferraillait sur les mauvais pavés d'Upper Deal. Barbara bougea un peu, prit la main d'Hornblower.

— Je déteste vous parler fourrures ! dit-elle. J'espère, oh oui, de tout mon cœur, que vous serez de retour avant qu'il fasse vraiment froid !

— Je l'espère aussi, mon cœur.

Il l'espérait. C'était vrai. L'intérieur de la voiture était sombre, mais le jour qui entrait par la portière éclairait le visage de Barbara, comme s'éclaire la tête d'une sainte dans une église. Sous le nez pointu, aquilin, les lèvres demeuraient pincées ; aucune douceur dans les yeux gris-bleu. A voir en ce moment Lady Barbara, nul n'eût pu deviner que son cœur se brisait ; mais elle avait défait son gant, et sa main chaude se tortillait nerveusement dans celle de son mari.

— Revenez, mon cœur ! Surtout revenez-moi !

La voix était très douce.

— Bien sûr, voyons, bien sûr ! fit Sir Horatio.

Sa naissance patricienne, son esprit aiguisé, son sang-froid inflexible n'empêchaient nullement Barbara de dire de ces choses un peu folles par quoi elle était pareille à l'épouse ordinaire, à la femme du premier matelot venu. Qu'elle pût, de cette voix pathétique, dire : « Revenez-moi ! », comme si Hornblower avait le moindre pouvoir sur les boulets français ou russes, la lui faisait aimer plus tendrement que jamais. Mais, dans le même instant, comme un cadavre monte, tout boursouflé, du limon du fond de la mer, une horrible pensée venait de surgir dans l'esprit du nouveau commodore. Une fois déjà Lady Barbara avait vu un mari partir pour la guerre, et ce mari n'était pas revenu ; il était mort à Gilbraltar, sous le scalpel du chirurgien ; un éclat lui avait labouré l'aine au cours de la bataille de la baie de Rosas ; Barbara pensait-elle à ce mari défunt ? Hornblower fut tout secoué d'un frisson ; malgré l'étroite communion qui avait toujours existé entre eux, Barbara se méprit à ce mouvement :

— Mon cœur ! fit-elle. Mon cœur !

Elle avait levé l'autre bras, et, de la main, lui caressait la joue. Ses lèvres cherchèrent les siennes. Il l'embrassa, luttant contre le malaise terrible qui l'assaillait. Lui qui, pendant des mois, avait réussi à ne pas souffrir du passé, s'en voulait de laisser, en un tel moment, cette jalousie reparaître. Elle ne faisait qu'aggraver le diabolique brouet des émotions qui l'agitaient.

Le contact des lèvres de Barbara eut raison de ses doutes ; l'amour l'emporta sur la jalousie ; il l'embrassa avec toute la fougue de sa passion tandis que la voiture faisait sur les pavés bossus de folles embardées. L'énorme chapeau de Barbara faillit tomber ; elle dut se dégager des bras qui l'entouraient pour le remettre à peu près d'aplomb et retrouver sa dignité habituelle. Bien qu'elle se fût méprise sur la cause du trouble qui avait saisi son mari, elle était consciente du tumulte qui l'agitait. Aussi prit-elle le parti d'engager la conversation dans une voie nouvelle qui les aiderait tous les deux à se ressaisir, à se préparer à paraître en public. La chose, d'ailleurs, n'allait plus tarder.

— Je suis heureuse, dit-elle, chaque fois que je pense au magnifique hommage que vous rend le Gouvernement en vous nommant à cette fonction nouvelle.

— Et moi je suis content que vous soyez heureuse, mon cœur.

— Votre nom était à peine à mi-chemin de la liste des capitaines. Cela ne les a pas empêchés de vous confier ce commandement. En somme, vous allez être un peu un amiral, comme qui dirait un amiral *in petto.*

Elle n'eût rien pu trouver qui pût calmer Hornblower davantage. Il sourit, à part lui, de l'erreur que venait de commettre sa femme. Elle avait voulu dire qu'il allait être un amiral au petit pied ; peut-être eût-on dit, en français : « amiral en petit ». Mais *en petit* ne signifiait rien qui ressemblât à : *in petto. In petto,* c'était de l'italien ; cela voulait dire : « dans la poitrine ». Par exemple, quand le pape désignait un cardinal *in petto,* cela signifiait qu'il entendait garder pendant un certain temps la nomination secrète, ne pas la rendre immédiatement publique. Entendre Barbara se rendre coupable d'un barbarisme de cette sorte flattait le commodore. Une telle erreur la rendait à ses yeux plus humaine, faite de la même argile que le roturier qu'il était. De nouveau il se sentit violemment attiré vers elle ; la tendresse, l'affection venaient s'ajouter à son amour, à sa passion, les compléter.

La voiture fit halte dans un cahot, dans un crissement de freins brusquement serrés. La portière s'ouvrit ; Hornblower sauta dehors, et, avant même de jeter les yeux autour de lui, tendit la main pour aider Barbara à descendre. Un vent frais soufflait. Ouest quart nord-ouest, sans erreur possible. Ce n'était, le matin, qu'une bonne brise de suroît ; le vent avait donc tourné et pris de la force. Qu'il vînt encore un peu plus au nord, et on serait retenu au mouillage des Downs jusqu'à ce que le vent consentît à redescendre. Dans ces conditions, perdre une heure pouvait signifier perdre plusieurs jours.

Le ciel et la mer étaient gris ; il y avait beaucoup de crêtes blanches. Le convoi des Indes était là, à l'ancre à peu de distance. Pour lui, le vent n'avait qu'à tourner un peu plus ; il pourrait lever l'ancre ; embouquer la Manche. Vers le nord, d'autres navires étaient visibles : le *Nonsuch* et la flottille devaient être par là ; mais, sans lunette, il était impossible de distinguer un bâtiment de l'autre. Le vent fouettait Hornblower aux oreilles, le forçant à tenir son bicorne. De l'autre côté de la chaussée, c'était la jetée. Une dizaine de lougres de Deal faisaient route vers l'accostage.

Le cocher et le valet de pied tiraient les bagages du coffre ; Brown attendait des ordres.

— Je prendrai un batelier pour me conduire, dit Hornblower. S'il te plaît, engages-en-un !

Il aurait pu faire lancer du château un signal au *Nonsuch* pour qu'on lui dépêchât un canot ; mais cela aurait pris du temps, et le temps était précieux. Barbara était près de lui, une main agrippée à son chapeau ; le vent faisait claquer sa jupe ; ses yeux étaient gris, ce matin ; si la mer et le ciel avaient été bleus, ils eussent été bleus aussi. Elle s'imposait de sourire :

— Mon cœur, dit-elle, si vous prenez un lougre pour rejoindre, je pourrais vous accompagner. Le lougre me ramènerait !

— Vous serez trempée et vous aurez froid, dit Hornblower. Au plus près et avec le vent qu'il fait, le passage sera mauvais !

— Croyez-vous que cela me fait quelque chose ? dit Barbara.

A l'idée qu'il allait la quitter, il sentait de nouveaux tiraillements de cœur. Brown était déjà de retour ; deux bateliers de Deal l'accompagnaient ; ils avaient des mouchoirs noués autour de leurs têtes, des anneaux aux oreilles, le visage brûlé par le vent, décapé par le sel, d'un brun couleur de bois. Ils se saisirent des coffres, les emportèrent comme des plumes dans la direction de la jetée. Au cours de dix-neuf années de guerre, combien d'officiers avaient eu leurs coffres ainsi emportés vers cette même jetée de Deal !

Brown les suivit ; Hornblower et Lady Barbara fermèrent la marche, Hornblower serrant fortement contre lui la serviette de cuir contenant les ordres. « Ordres strictement secrets... »

— Bonjour, capitaine !

Le patron du lougre se toucha le front du revers de la main.

— Bonjour milady ! lança-t-il, avant d'ajouter : On a aujourd'hui tout le vent qu'on veut et même davantage ! Mais vous pourrez doubler les Goodwins, capitaine, même avec ces galiotes qui ne viennent pas facilement au vent. La brise est bonne pour le Skager-Rak, une fois que vous serez au large des Downs !

Dans cette sacrée Angleterre, c'était donc ça, les secrets militaires ? Ce batelier savait de quelles forces Hornblower disposait ! Il connaissait sa destination ! Demain, aussi sûr que probable, il aurait rendez-vous au milieu de la Manche avec un chasse-marée français avec qui il échangerait du tabac contre de l'eau-de-vie, et, naturellement, nouvelles contre nouvelles ! Dans trois jours, Bonaparte à Paris saurait qu'Hornblower avait mis à la voile pour la Baltique avec un vaisseau de ligne et une flottille...

— Mollo ! Mollo ! Vas-y mollo avec ces coffres ! rugit soudain le patron du lougre. Ces machins-là, c'est pas en fer !

De la jetée, on lançait dans le lougre le reste des bagages et le supplément de provisions que Barbara avait commandées pour son mari, provisions dont elle avait soigneusement vérifié la qualité : une caisse de vin, une caisse de vivres, et un colis de livres, son cadeau spécial.

— Milady ne veut-elle pas entrer s'asseoir dans la chambre ? dit le patron du lougre, avec cette politesse un peu rude des gens qui n'ont pas reçu d'instruction. Le passage jusqu'au *Nonsuch* sera humide !

Ayant consulté Hornblower du regard, Barbara refusa poliment. Le commodore les connaissait, ces chambres d'autrefois, malodorantes, étouffantes. Mieux valait rester au grand air.

— Alors, un prélart pour milady ?

On attacha aux épaules de Barbara la grosse toile goudronnée qui retombait, tout autour d'elle, sur le pont, la faisant ressembler à un éteignoir de chandelle. Comme le vent cherchait sans cesse à lui enlever son chapeau, elle leva la main et, d'un geste, l'enleva, le fourra sous le prélart. Tout aussitôt, le vent l'ébouriffa, éparpillant les mèches libres, ce qui ne fit que la faire rire ; d'une secousse de la tête, elle envoya sa chevelure tout entière voler dans le vent. Ses joues étaient rouges ; ses yeux brillaient ; Hornblower la revoyait telle qu'elle était restée dans sa mémoire, le jour où ils avaient doublé le cap Horn, à bord de la *Lydia*. Il eut une folle envie de l'embrasser.

— Débordez, vous autres ! Aux drisses ! rugit le patron, se portant vers l'arrière, et tenant négligemment la barre contre sa hanche.

Les hommes s'affairaient aux manœuvres ; le taille-vent montait pied à pied ; le lougre cula et s'arracha de la jetée.

— George, bon Dieu ! Grouille-toi !

Le patron mit la barre au vent ; le lougre stoppa, pivota sur sa quille, puis fonça en avant, avec la docilité d'un cheval aux mains d'un bon cavalier. Comme il passait sous le vent de la jetée, la brise le saisit et l'inclina, mais le patron mit la barre sous le vent et George borda jusqu'à ce que la voile fût comme une planche ; le lougre serra au plus près, et même dangereusement pour qui n'eût pas été familier avec son type, vint en plein dans le vent, des nappes d'embruns giclant du bossoir bâbord vers l'arrière. Même dans le mouillage abrité des Downs, il y avait assez de courant pour que le lougre s'élevât facilement à la lame, le tangage succédant au roulis chaque fois qu'une vague passait sous lui, du bossoir bâbord à la hanche tribord.

Soudain Hornblower se mit à penser que le moment était venu où il eût dû, en bonne logique, commencer à se ressentir du mal de mer. Il ne pouvait se rappeler un seul début d'un des voyages précédents où il n'avait pas été malade. Si quelque chose devait produire sur lui son effet, c'était bien l'extrême mobilité de ce petit lougre espiègle. Or, chose curieuse, il n'éprouvait rien ; à sa grande surprise, il enregistrait que l'horizon pouvait tour à tour apparaître par-dessus l'avant, puis disparaître lorsque le lougre se cabrait, appuyé sur l'arrière, sans qu'il ressentît le moindre malaise. Qu'il eût gardé le pied marin, la chose n'avait nullement de quoi surprendre ; après vingt ans de mer, perdre cet avantage n'était pas facile ; il se tenait debout, balançant le corps avec aisance pour épouser les vives gambades du bateau ; ce n'était que lorsque le mal de mer lui donnait le vertige qu'il cessait d'avoir le pied marin ; or, cette fois, le mal ne faisait pas mine d'apparaître.

Il faut dire que, lors des précédents voyages, il embarquait toujours à bout de forces, éreinté d'avoir équipé et armé son bâtiment, plein de fatigue et de souci, donc prédisposé à être malade, même avant de prendre la mer. Tous ces embêtements avaient été épargnés au commodore. L'Amirauté, le Foreign Office, le Trésor avaient pu l'abreuver d'ordres, de recommandations, mais la responsabilité, les ordres étaient loin d'être aussi accablants que les ennuis mineurs qui vont de pair avec le recrutement d'un équipage et l'obligation de traiter avec l'arsenal. Bref, Hornblower se sentait, cette fois, tout à fait à l'aise.

Barbara était obligée de se cramponner à la lisse. Maintenant qu'elle levait les yeux, il était évident que son estomac n'était pas aussi bien d'aplomb qu'elle eût souhaité. Le moins que l'on pût dire, c'est qu'elle se sentait inquiète. Hornblower, lui, n'éprouvait que plaisir et fierté ; il trouvait bien agréable d'aller en mer sans être malade, plus agréable encore de faire mieux que ne faisait Barbara, laquelle excellait en toutes choses. Il fut même sur le point de la taquiner, de faire étalage de sa propre immunité. Son bon sens et aussi sa tendresse le sauvèrent d'une bévue aussi impensable. Barbara l'en eût détesté. D'ailleurs, lui-même se rappelait, avec une précision troublante, à quel point il avait pu haïr la terre entière dans les moments où il était en proie au mal de mer. Il fit donc, envers Barbara, ce qu'il y avait de plus sage : il lui dit :

— Mon cœur, quelle chance vous avez de n'être pas malade ! Ce lougre s'élève bien facilement à la lame. Mais voilà, vous avez toujours eu un bon estomac !...

Elle le dévisagea ; le vent fouettait ses cheveux défaits ; elle restait encore un peu indécise, mais les paroles du capitaine la réconfortaient. En ce moment, Hornblower lui faisait un sacrifice énorme, et qu'elle ignorerait toujours.

— ... Je vous envie, chère, dit-il encore. Je suis moi-même plein d'appréhension quant à mon propre état, comme toujours au début d'un voyage. Vous, vous êtes vous-même, heureuse et naturelle, comme toujours.

Non, un homme ne pouvait fournir meilleure preuve de son amour ; non seulement cacher le sentiment de supériorité qu'il éprouvait en ces minutes, mais prétendre, par égard pour elle, souffrir du mal de mer quand il n'en était rien. Barbara fut, sur-le-champ, toute sollicitude :

— Je suis navrée, mon chéri, dit-elle, lui mettant une

main sur l'épaule. J'espère tellement que vous ne serez pas forcé pour cela de renoncer à votre mission. Renoncer serait des plus fâcheux pour votre carrière, à l'heure où ce glorieux commandement vous échoit !

Le stratagème avait réussi. Obligée de penser à des choses plus importantes que l'état de son estomac, Barbara en avait oublié son malaise.

— Oh ! j'espère tenir le coup ! dit Hornblower.

Il tentait de sourire, d'un brave sourire un peu forcé ; et, bien qu'il n'eût rien d'un acteur, la perspicacité de Barbara était suffisamment émoussée par le tangage et le roulis du lougre pour qu'elle ne vît pas clair dans son jeu. Même, Hornblower eut un peu de remords quand il vit son faux héroïsme, sa fausse impassibilité n'aboutir qu'à pousser Barbara à l'aimer davantage. Le regard de l'épouse n'était que douceur.

— Pare à virer de bord vent devant ! beugla le capitaine du lougre.

Hornblower leva des yeux surpris. Ils étaient à toucher l'arrière du *Nonsuch*. Le bâtiment avait un peu de toile visible à l'avant, son hunier d'artimon masqué de manière à le mettre en travers du vent ; ainsi le lougre serait à l'abri sous la muraille tribord. Hornblower rejeta sa pèlerine, se plaça un peu à l'écart pour qu'on pût le voir du gaillard arrière du *Nonsuch ;* par égard pour Bush, sinon pour toute autre raison, il ne désirait pas monter à bord sans avoir prévenu. Puis, se tournant vers Barbara :

— Mon cœur, il est temps de se dire au revoir !

Elle demeurait impassible, le visage pareil à celui d'un matelot au cours d'une inspection.

— Au revoir, mon cœur !

Il l'embrassa ; les lèvres de Barbara étaient froides ; elle ne s'était pas penchée pour les lui offrir ; elle était restée tendue, raide, toute droite ; ce fut comme s'il embrassait une statue de marbre. Puis, brusquement, elle s'abandonna :

— Mon cœur ! Ô mon cœur ! Je soignerai tendrement Richard, Richard, notre enfant !

De tout ce qu'elle eût pu dire, rien ne pouvait la lui rendre plus chère. Il lui prit les deux mains, les écrasa dans les siennes.

Le lougre vint dans le vent, sa voile claquant, fonça vers

l'abri offert par le vaisseau à deux ponts. Ayant levé les yeux, Hornblower vit un palan se balancer en l'air, portant un siège, prêt à s'affaler jusqu'au lougre.

— Hissez-moi cette chaise ! cria-t-il.

Puis, tourné vers le patron du lougre :

— Accostez donc !

Il ne voulait pas être soulevé, porté sur le pont du *Nonsuch* dans un siège. Il trouvait indigne de lui ce moyen de prendre son nouveau commandement. Être hissé à bord, les jambes ballantes, non merci ! Le lougre monta à la lame, s'éleva au côté du gros navire. Hornblower se trouva l'épaule au niveau des sabords. L'eau verte, entre les deux bâtiments, moussait sous ses pieds. Instant critique. S'il venait à manquer le pas, s'il tombait à la mer, s'il finissait par être hissé à bord tout dégouttant d'eau, sa situation serait beaucoup plus humiliante qu'une arrivée à bord dans un siège suspendu entre ciel et terre. Il laissa tomber sa pèlerine, enfonça le bicorne sur sa tête, fit tourner sa ceinture afin que son épée ne gênât plus ses mouvements ; puis, par-dessus le trou d'eau, large à peu près d'un mètre, il sauta, s'agrippant aux saillies de la coque dès que ses doigts et ses pieds eurent pris contact.

Seul le premier mètre d'ascension était difficile ; après quoi, la rentrée de la muraille du *Nonsuch* facilitait l'escalade. Hornblower put même s'arrêter pendant une seconde pour se ressaisir avant d'arriver jusqu'à la coupée ; enfin, d'une grande enjambée, il descendit sur le pont, avec toute la dignité à laquelle on peut s'attendre de la part d'un commodore.

Professionnellement parlant, cet instant lui apparaissait vraiment comme le point culminant de sa carrière. Capitaine, il avait fini par prendre l'habitude des honneurs dus à un capitaine : sifflets des seconds-maîtres de manœuvre, quatre hommes de coupée et des fusiliers marins de faction. Aujourd'hui, il était un commodore qui vient prendre son commandement, et c'étaient six hommes de coupée qui se tenaient là, gantés de blanc ; c'étaient la garde tout entière d'infanterie de marine, avec fanfare, la longue haie double des seconds-maîtres avec leurs sifflets, et, enfin, tout au bout de la haie, la foule des officiers en grande tenue. Au moment où il mettait le pied sur le pont, les tambours firent entendre un doux roulement qui couvrit presque les appels du maître d'équipage. Puis les fifres de la fanfare entonnèrent le chant célèbre :

> De vrai cœur de chêne sont faits nos bateaux
> Joyeux loups de mer sont nos matelots.

La main à son bicorne, Hornblower parcourut la haie des seconds-maîtres et des hommes de coupée. Spectacle franchement réjouissant. Le commodore avait beau se dire que tous ces signes extérieurs de la dignité de sa position n'étaient au fond que bagatelles puériles, il dut se surveiller pour ne pas laisser monter jusqu'à ses lèvres un sourire qui eût été aussi stupide qu'extatique. Il eut franchement de la peine à simuler la contenance grave qui convient à un commodore.

Au bout de la haie, Bush saluait, raide, parfaitement d'aplomb, et même avec un air d'aisance, en dépit de sa jambe de bois. Il était si agréable de revoir Bush que Hornblower dut faire un nouvel effort pour ne pas sourire.

— Bonjour, capitaine Bush ! fit-il, l'air aussi bourru qu'il pouvait feindre, tout en tendant la main d'un geste aussi formaliste que possible, bien que tempéré d'un grain de cordialité.

— Bonjour, monsieur !

Bush avait abaissé la main qui faisait le salut et saisi celle du commodore ; lui aussi faisait effort pour bien jouer son rôle, exactement comme si cette poignée de main ne témoignait point d'une longue amitié, mais d'une simple estime professionnelle. Hornblower nota que la poignée de main de Bush était aussi solide que jamais ; sa promotion au grade de capitaine ne l'avait nullement amollie ; mais c'était en vain que Bush s'efforçait de feindre ; demeurer impassible était au-dessus de ses forces ; ses yeux bleus brillaient de plaisir ; ses traits rudes étaient comme adoucis par le sourire qui échappait à son contrôle. Hornblower n'en trouvait que plus difficile de garder sa propre dignité.

Du coin de l'œil, le commodore vit un matelot haler vivement aux drisses de signaux ; une boule noire monta ; comme elle atteignait la poulie, une secousse la fit se déferler : c'était la grande flamme du commodore, celle qui sert à distinguer le bâtiment à bord duquel il était. Dans le même temps que la flamme se déroulait, une bouffée de fumée à l'avant et une détonation sèche signalèrent le premier coup de la salve qui souhaitait la bienvenue au chef.

Instant suprême. Parmi les milliers d'officiers de marine, des centaines serviraient, leur vie durant, sans voir jamais la flamme distinctive hissée en leur honneur en haut d'un mât, sans entendre jamais un coup de canon tiré exprès pour eux. Cette fois, Hornblower ne put se retenir de sourire. Sa réserve s'était évanouie ; son regard croisa celui de Bush ; il se mit à rire, ouvertement ; et Bush rit aussi, avec lui. Ils étaient comme deux écoliers exultant d'avoir fait ensemble une mauvaise farce. Combien il était agréable de constater que Bush n'était pas seulement heureux de servir encore sous son ancien capitaine, mais heureux, simplement, de voir Hornblower heureux !

Bush finit par détourner la tête et par regarder par-dessus la lisse à bâbord. Hornblower suivit ce regard : le reste de l'escadre était là : les deux affreuses galiotes à bombes, les deux grosses corvettes gréées en trois-mâts franc et le gracieux petit cotre. A bâbord et à tribord de chacune, des bouffées blanches apparurent, que le vent, presque aussitôt, dissipa ; puis ce fut le vacarme des détonations, tandis que chaque bâtiment saluait la flamme, tirant coup pour coup, se réglant sur le tir du bâtiment du commodore. Les yeux clignés, Bush observait la manœuvre, pour voir si tout se passait convenablement. Dès qu'il fut rassuré, son sourire reparut. Le dernier coup tonna ; il y en avait eu onze pour chaque bâtiment ; et Hornblower se prit machinalement à calculer que cette cérémonie toute simple qui avait consisté à hisser sa flamme avait coûté à son pays quelque chose comme cinquante livres sterling, au moment même où l'Angleterre menait une lutte à mort contre le tyran qui dominait l'Europe.

Un coup de sifflet mit fin à la cérémonie. L'équipage reprit le travail, l'infanterie de marine remit l'arme sur l'épaule et s'en alla, les souliers faisant résonner le pont de leur rude cadence.

— Heureux moment, Bush ! fit Hornblower.

— Oui, monsieur, un heureux moment !

L'heure des présentations était venue. Un par un, Bush fit avancer les officiers du bord. A première vue, un visage ressemblait à l'autre, mais Hornblower se disait qu'au bout de peu de temps, dans la promiscuité de la vie à bord, chaque individu deviendrait distinct, un être dont les traits lui seraient familiers jusqu'à la limite de ce qui était supportable.

— J'espère, messieurs, dit-il, donnant un tour poli à la pensée qui venait de lui venir, que nous en viendrons peu à peu à nous mieux connaître.

C'était parler pour ne rien dire.

A la principale fusée de vergue, un palan enlevait du lougre les bagages, sous l'œil de Brown qui surveillait l'opération. Brown avait dû venir à bord par une voie discrète ; peut-être par l'un des sabords. Le lougre était donc encore accosté, et Barbara encore là ? Hornblower s'avança jusqu'à la lisse et se pencha. Oui, sa femme était là, encore debout, pareille à une statue, exactement comme il l'avait laissée. Les bagages qui venaient de monter devaient être les derniers colis. A peine Hornblower eut-il atteint la lisse que le lougre débordait, hissait sa grand-voile, et virait de bord, s'éloignant avec toute l'aisance et la grâce d'un goéland.

— Si vous voulez bien, capitaine Bush, dit Hornblower, nous partirons immédiatement. Hissez le signal à l'escadre.

V

MONSIEUR BRAUN

Brown finissait de déballer les bagages :

— Monsieur, dit-il, je vais mettre les pistolets dans ce caisson.

— Des pistolets ? fit Hornblower.

Brown montrait un écrin contenant des armes ; il savait qu'Hornblower en ignorait jusqu'à l'existence ; c'était même parce qu'il savait cela qu'il avait parlé.

C'était un bel écrin d'acajou, garni de velours. La chose qui, d'abord, attirait le regard, était un carton blanc portant quelques mots de la main de Barbara :

A mon cher mari, Dieu veuille qu'il n'ait jamais à s'en servir ! Mais s'il le faut, que ces armes fassent en sa main bon usage. Qu'elles lui rappellent du moins sa femme, qui l'aime, qui chaque jour priera pour sa sécurité, pour son bonheur, pour son succès.

Hornblower lut deux fois le message avant de poser le carton pour mieux examiner les pistolets. C'étaient des armes magnifiques, à deux canons, faites d'acier brillant incrusté d'argent ; les crosses d'ébène donnaient dans la main une prise parfaite. L'écrin enfermait aussi deux tubes de cuivre à ouvrir : ils ne contenaient que des balles, mais coulées sans un défaut, parfaitement sphériques. Le fait que l'armurier avait poussé le soin jusqu'à couler des balles spéciales et à les placer dans l'écrin incita Hornblower à reporter de nouveau son attention sur les pistolets. Des rainures, brillantes, spirales, apparaissaient à l'intérieur des canons ; il s'agissait d'armes rayées. Une autre boîte en cuivre contenait de minces rondelles de cuir gras ; elles devaient servir à envelopper la balle avant de l'introduire dans le canon, de façon à assurer un ajustement parfait, irréprochable. La tige de laiton et le petit maillet en cuivre étaient probablement prévus pour forcer les balles à leur place. La petite cupule, en laiton elle aussi, devait servir à mesurer la charge de poudre ; ses dimensions paraissaient bien réduites mais n'était-ce pas là le vrai moyen d'assurer la grande précision du tir : charge minime, balle pesante, canon bien dressé. Avec de telles armes, on pouvait compter sur soi pour faire mouche à cinquante mètres, à condition de bien viser.

Il y avait encore une boîte en cuivre à ouvrir. Celle-ci était pleine de petites lamelles carrées, découpées dans une mince feuille de cuivre. Bizarre ! Chacun de ces carrés avait au centre un renflement, où le métal, particulièrement aminci, laissait voir par transparence le contenu, qui était noir. Hornblower finit par comprendre que c'étaient là les capsules de fulminate dont il avait entendu parler depuis quelque temps. Pour s'en assurer, il mit sur son bureau un des petits carrés et frappa dessus avec le maillet. Il y eut une détonation sèche ; une bouffée de fumée partit sous le marteau. La capsule était déchirée et le bois du bureau marqué d'une tache sombre.

De nouveau, il examina les pistolets. Fallait-il qu'il eût été aveugle pour n'avoir pas remarqué tout de suite l'absence de pierre à fusil et de bassinet pour l'amorce ! Ici, le percuteur reposait sur ce qui, à première vue, semblait un simple bloc de métal ; mais, au toucher, ce bloc pivotait, révélant une cavité peu profonde, évidemment destinée à recevoir la capsule. Au fond de la cavité, un petit trou, parfaitement visible, devait communiquer avec la culasse. On mettait la charge de poudre dans le pistolet ; puis, dans la cuvette, une capsule, que l'on fixait en place en faisant glisser le bloc de métal. Alors, abattant le percuteur sur le bloc, on faisait exploser la capsule ; le feu passait à travers le trou, atteignait la charge, et le coup partait. Aucun risque de désaccord entre la pierre à fusil et l'amorce ; la pluie, les embruns, rien ne pourrait mettre de telles armes hors de service ; on ne risquait pas un raté une fois sur cent. Le cadeau était magnifique. C'était vraiment d'une prévenance rare, de la part de Barbara, de le lui avoir acheté. Dieu seul savait ce que cela avait coûté ; un habile artisan devait avoir travaillé pendant des mois, rien que pour rayer les quatre canons. Les capsules de cuivre (il y en avait cinq cents, toutes faites à la main) devaient valoir un joli sou, à elles seules ! Avec deux pistolets comme ceux-là, Hornblower tiendrait entre ses mains quatre vies humaines ; tandis qu'avec deux pistolets à pierre à double canon, il fallait s'attendre, par une belle journée, à un raté, sinon à deux ; s'il pleuvait, ou si l'air était plein d'embruns, pouvoir tirer une seule balle impliquait une chance remarquable. Hornblower se disait que le rayement était peut-être moins important que les capsules de fulminate ; dans la mêlée d'un abordage, quand on en venait à recourir à l'usage des pistolets, la précision n'était pas nécessaire : d'ordinaire, avant de tirer la gâchette, on appuyait le canon dans le ventre de l'adversaire.

Hornblower reposa les armes dans leur nid de velours et se replongea dans sa songerie. Chère Barbara ! Toujours, elle pensait pour lui, tâchant de prévoir tout ce dont il aurait besoin. Encore était-ce trop peu dire : ces pistolets ne fournissaient qu'un exemple de la façon dont elle s'efforçait de parer à des besoins auxquels lui-même ne songeait pas. Quand il lui avait dit que Gibbon [1] lui suffirait comme lecture, elle avait levé de grands yeux surpris et elle avait acheté et emballé un tas d'autres livres. L'un d'eux (il le voyait d'ici) était ce poème nouveau, écrit en strophes à la Spencer, et intitulé *Childe Harold.* Childe Harold ! Qu'est-ce que cela pouvait bien vouloir dire ? L'auteur était ce fou de lord Byron, de qui tout le monde parlait au moment où Hornblower était sur le point de partir. Il en convenait : il ne serait pas mécontent d'avoir l'occasion de le lire, mais jamais il ne lui serait venu à l'idée de l'acheter. Par la pensée, il se reporta à la vie spartiate, toute de privations, qui avait été la sienne autrefois ; il éprouvait le cuisant regret qu'elle eût pris fin. Il se hâta de se lever, de marcher ; un instant de plus, l'envie lui serait venue de souhaiter n'être pas marié avec Barbara ! C'était stupide !

En bas, dans sa chambre, il savait que le *Nonsuch* était encore au plus près par fort vent de noroît ; le navire s'appuyait si fermement au vent qu'il roulait à peine bien

1. Auteur de l'*Histoire de la décadence et de la chute de l'empire romain, 1737-1794. (N.d.T.)*

qu'il tanguât très fort quand il rencontrait les courtes lames de la mer du Nord. Au-dessus de sa tête, le compas renversé indiquait que le *Nonsuch* faisait bonne route vers le Skager-Rak. La chambre tout entière résonnait de ce chant de harpe que fait un gréement tendu, enregistré par les membrures du navire ; quand le *Nonsuch* tanguait, les couples faisaient entendre de brusques craquements, assez forts pour rendre toute conversation difficile. L'un des couples produisait en craquant à certain moment du tangage un bruit pareil à un vrai coup de pistolet ; Hornblower s'était tellement habitué à ce bruit qu'il pouvait prévoir très exactement son retour, d'après le mouvement du bateau.

Pendant un des silences, un choc irrégulier, au-dessus de sa tête, l'avait singulièrement intrigué. Incapable de s'en expliquer l'origine, il avait pris son chapeau et il était monté sur le gaillard, pour se rendre compte. Rien sur le pont ne semblait de nature à produire ce bruit rythmique ; aucune pompe n'était en action, personne ne martelait de l'étoupe, en admettant qu'il pût être question de cela sur le gaillard d'un navire de ligne. Il n'y avait que Bush et les officiers de quart ; tous se figèrent sur-le-champ, dès qu'ils virent le commodore paraître sur l'échelle.

Dieu seul savait ce qui avait causé ce martèlement ! Hornblower commençait à se demander si ses oreilles ne l'avaient pas trompé, si le bruit n'était pas venu d'un pont inférieur. Il fallut inventer un prétexte pour expliquer sa venue sur ce pont-ci. Bizarre que même un commodore de première classe fût obligé de s'abaisser à user de pareils subterfuges !

Il se mit à arpenter de long en large le côté du vent du gaillard arrière, les deux mains derrière le dos, la tête inclinée en avant, selon sa vieille habitude. Des auteurs enthousiastes avaient parlé ou écrit sur toutes les sortes de plaisirs, sur les jardins et sur les femmes, sur le vin, sur la pêche à la ligne ; il était singulier que nul n'eût jamais parlé du plaisir de faire les cent pas sur un gaillard arrière.

Qu'était-ce donc qui avait causé cette lente succession de chocs sourds ? Hornblower venait presque d'oublier pourquoi il était monté sur le pont. Sous ses sourcils froncés, il jetait, allant et venant, des coups d'œil furtifs. Or, il n'apercevait rien de suspect ; le bruit avait cessé depuis qu'il était là ; il n'en restait que plus intrigué. Debout près du couronnement, il se tourna vers la flottille. Les pimpantes corvettes louvoyaient sans difficulté contre la forte brise. Les galiotes à bombes étaient moins à leur aise ; l'absence d'un mât de misaine et la grande voile triangulaire ne les empêchaient pas d'embarder, même vent arrière. De temps en temps, elles abaissaient leurs beauprés trapus, et embarquaient des nappes d'eau verte par-dessus leur avant. Mais Hornblower ne s'intéressait pas aux galiotes. Il voulait savoir ce qui avait martelé le pont au-dessus de sa tête lorsqu'il était dans sa cabine. Le bon sens finit par venir l'aider à combattre sa timidité ridicule. Pourquoi un commodore ne poserait-il pas une question sur un sujet tout simple ? Pourquoi même avait-il hésité un instant ? Soudain décidé, il fit demi-tour, appela :

— Capitaine Bush !

— Monsieur ?

Bush se hâtait pour le rejoindre, sa jambe de bois martelant le pont en cadence. Le bruit ? Mais c'était celui-là ! Un pas sur deux que faisait Bush, la jambe de bois et son pilon de cuir heurtaient sourdement le plancher. Hornblower ne pouvait plus poser la question qu'il avait préparée. Tout de suite, il trouva un biais :

— J'espère, dit-il, avoir le plaisir de votre compagnie, ce soir à dîner ?

— Merci, monsieur. Oui, bien sûr ! dit Bush.

Bush rayonnait de plaisir, et Hornblower, regagnant sa cabine pour surveiller la fin du déballage de ses colis, se trouvait singulièrement hypocrite. Mais, après tout, autant valait avoir été amené, par la faute de son étrange faiblesse, à faire cette invitation, que d'avoir passé la soirée, comme il fût advenu sans cela, à rêver de Barbara, à se remémorer la belle promenade qui les avait conduits de Smallbridge à Deal, par cet adorable printemps anglais ; c'est-à-dire à se rendre aussi malheureux à la mer qu'il avait réussi à l'être à terre avant le départ. Tout en dînant, Bush pourrait lui parler des officiers et des matelots du *Nonsuch*, lui dire à qui l'on pouvait se fier et lesquels devaient être tenus à l'œil ; il l'entretiendrait de l'état du navire, lui dirait si les provisions étaient bonnes ; cent autres choses encore que le commodore avait besoin de savoir. Demain, le vent s'étant calmé, il signalerait « à tous capitaines », ferait ainsi la connaissance de ses autres subordonnés, histoire d'un peu les juger, peut-être même pour commencer à leur communiquer ses vues particulières, ses théories ; de sorte que, le moment de l'action venu, il ne serait besoin que de quelques signaux pour diriger rapidement, sur l'objectif commun, une action bien conjuguée.

Entre-temps, une chose restait à faire, et à faire immédiatement ; le moment présent était le plus favorable. Hornblower se surprit à soupirer, conscient d'une vague répugnance pour la tâche qu'il se décidait à remplir :

— Faites passer que M. Braun, *mon employé,* vienne me voir ! dit-il à Brown, en train de suspendre, derrière le rideau, contre la cloison, la dernière tunique d'uniforme.

— Bien, monsieur.

Braun... Brown... Bizarre que le patron de barque et l'interprète eussent des noms qui se prononçaient de la même façon ! C'était cette coïncidence qui l'avait poussé à ajouter : « mon employé ».

M. Braun était grand, maigre, blond, prématurément chauve ; l'air jeune. Hornblower ne l'aimait pas, bien qu'il fût tout à fait dans son caractère de se montrer plus cordial avec lui qu'il eût été si le personnage lui avait plu. Il lui offrit son fauteuil, tandis que lui-même s'asseyait sur le bord du caisson. Voyant M. Braun jeter un regard curieux sur l'écrin aux deux pistolets, il condescendit même à en parler avec lui, en guise d'entrée en matière, attirant l'attention de l'interprète sur les avantages des capsules, sur la rayure des canons.

— Ce sont vraiment de bonnes armes, monsieur, de très bonnes armes ! dit M. Braun, les replaçant enfin dans leur écrin.

Il regardait Hornblower ; la lumière du jour à son déclin, traversant les fenêtres de l'arrière, luisait en plein sur son visage, réfléchie d'étrange façon dans les yeux, d'un vert pâle.

— Vous parlez très bien l'anglais, lui dit Hornblower.

— Merci, monsieur. C'est qu'avant la guerre, je faisais surtout des affaires avec l'Angleterre. Mais je parle aussi le russe et le suédois, le finnois et le polonais, l'allemand et le français. Un peu le lituanien ; et l'estonien, un peu aussi, qui ressemble tellement au finnois !

— Mais enfin, votre langue maternelle, c'est le suédois ?

M. Braun leva ses maigres épaules :

— Mon père parlait le suédois, dit-il. Ma mère, l'allemand. J'ai parlé le finnois avec ma nourrice, le français avec un précepteur, l'anglais avec un autre. Dans mon bureau, nous parlions russe... quand nous ne parlions pas polonais !

— Mais... je vous croyais suédois ?

De nouveau, M. Braun haussa les épaules :

— Sujet suédois, monsieur, mais finnois de naissance. Jusque voilà trois ans d'ici, je me considérais comme un Finnois.

M. Braun était donc encore un de ces apatrides dont toute l'Europe semblait peuplée aujourd'hui ; hommes et femmes, Français, Allemands, Autrichiens, Polonais, déracinés par les hasards de la guerre, et qui traînaient une existence lamentable dans l'espoir qu'un jour ou l'autre, un nouveau hasard de la guerre les réintégrerait dans leur pays natal.

M. Braun s'expliqua :

— Quand la Russie prit avantage de son pacte avec Bonaparte pour tomber sur la Finlande, je fus de ceux qui se battirent contre elle. A quoi cela a-t-il servi ? A rien. Que pouvait faire la Finlande contre la puissante Russie ? Je fus aussi de ceux qui eurent la chance de s'en tirer. Si tant est qu'ils soient encore vivants, mes frères sont aujourd'hui dans les prisons russes ; j'aime mieux penser qu'ils sont morts. La Suède ? Elle était en état de révolution ; elle ne pouvait m'être un refuge ; pourtant, c'était pour elle que j'avais combattu !

« L'Allemagne, la Norvège, le Danemark étaient aux mains de Bonaparte, et le même Bonaparte m'eût volontiers livré aux Russes pour obliger son nouvel allié. Mais je me trouvais sur un bateau anglais, l'un de ceux auxquels je vendais du bois de charpente. Ainsi, je vins en Angleterre. J'avais été l'homme le plus riche de la Finlande, où les riches sont rares ; le lendemain, j'étais l'homme le plus pauvre de l'Angleterre, où les pauvres sont légion...

De nouveau, la lumière qui entrait par la fenêtre de la cabine se refléta dans les yeux vert pâle et, encore une fois, Hornblower eut le sentiment d'être en présence d'un personnage inquiétant. Ce n'était pas seulement parce que Braun était un réfugié. Sans doute, comme tout le monde, Hornblower en avait par-dessus la tête des réfugiés et de leurs histoires de malheur, bien que sa conscience lui en fît parfois des reproches. Les premiers avaient commencé d'arriver de France il y avait vingt ans ; et toujours, depuis lors, une marée croissante avait reflué de Pologne, d'Italie, d'Allemagne, sur l'Angleterre. Hornblower avait dû être prévenu contre Braun dès le premier contact, et il est vrai qu'il l'avait été ; il se l'avouait à lui-même, avec ce sens de la justice qui lui était habituel. Mais là n'était pas la raison pour laquelle Braun ne lui plaisait pas. Cette raison était autre, moins sérieuse. Ou mieux : il n'y avait pas de raison du tout. L'idée que, pour le restant de sa mission, il allait falloir travailler en contact étroit avec cet homme contrariait le commodore. Mais les ordres de l'Amirauté étaient là, qui lui enjoignaient d'accorder l'attention la plus scrupuleuse aux avis et aux renseignements qui lui viendraient de Braun que l'on décrivait comme « un gentilhomme dont la connaissance des pays baltiques est à la fois étendue et familière ».

Ce soir encore, ce fut pour Hornblower un grand soulagement quand le coup frappé à la porte, par Bush qui s'en venait dîner, le libéra de la présence du Finnois. Braun se glissa discrètement dehors, après s'être incliné devant Bush ; le moindre de ses gestes trahissait l'attitude (forcée ou naturelle, Hornblower était incapable d'en décider) de l'homme qui a connu de meilleurs jours et se résigne mal à remplir des fonctions serviles.

— Votre employé suédois, comment le trouvez-vous, monsieur ? demanda Bush.

— Il n'est pas suédois, dit Hornblower. Il est finnois !

— Finnois ! Monsieur, n'en dites rien ! N'en parlez à personne ! Il vaut mieux que l'équipage l'ignore !

L'honnête visage de Bush trahissait une inquiétude contre laquelle il luttait en vain.

— Naturellement, dit Hornblower.

Il s'efforçait de rester impassible, afin de cacher qu'il n'avait pas eu un instant présente à l'esprit la superstition qui prévalait à la mer contre les Finnois. Dans l'esprit de tout matelot, un Finnois était un sorcier, qui n'avait qu'à lever le doigt pour soulever une tempête. Malgré le regard malsain des yeux vert pâle, Hornblower avait complètement négligé de penser à ce Braun, minable et bien élevé, comme à un Finnois de cette sorte-là.

VI

SOUS LE FEU

— Quatre heures, monsieur !

Hornblower revint à lui, pas de très bon cœur, imaginant qu'on voulait l'arracher à des rêves agréables, bien qu'il ne pût se rappeler lesquels.

— Il fait encore nuit, monsieur, poursuivit Brown, impitoyable, mais une nuit claire. Le vent est bien établi, ouest quart nord-ouest. Une bonne brise. Les corvettes et la flottille sont en vue, sous le vent, et nous sommes en panne, monsieur. Sous perroquet de fougue, grand-voile d'étai et foc. Voici, monsieur, votre chemise !

Hornblower lança les jambes hors de son cadre, et, encore mal réveillé, enleva sa chemise de nuit. Il avait d'abord eu l'idée de ne mettre que les vêtements qui lui tiendraient chaud sur le pont, mais il fallait songer à la dignité que lui imposait son nouveau grade et il désirait mériter la réputation d'un homme qui jamais ne néglige le moindre détail. S'il avait donné l'ordre qu'on l'appelât un quart d'heure avant que ce fût nécessaire, c'était précisément pour se conformer à ce principe-là.

Donc, il se vêtit : vareuse d'uniforme, culotte, bottes ; partagea soigneusement ses cheveux à la lueur vacillante de la lanterne que tenait Brown, repoussa l'idée de se raser ; car s'il montait sur le pont à quatre heures du matin fraîchement rasé, chacun devinerait qu'il avait souci de son apparence. Il coiffa brusquement son bicorne, entra péniblement dans la vareuse que Brown lui tendait. A la porte de la chambre, le factionnaire se mit au garde-à-vous. Dans l'entrepont, un groupe de jeunes gens bruyants qui quittaient le quart firent soudain silence, pleins d'appréhension, voire d'inquiétude à la vue du commodore, ce qui était logique et convenable.

Sur le gaillard d'arrière régnait un froid humide, hostile et déplaisant, tel qu'on peut en attendre à l'approche de l'aube, un matin de printemps, dans le Cattegat ; le bruit des sifflets appelant le quart venait de cesser ; les formes qui surgissaient dans l'ombre, se hâtant de gagner le bâbord pour lui laisser le côté tribord, étaient méconnaissables. Mais on ne pouvait se tromper au choc de la jambe de bois de Bush sur le pont.

— Capitaine Bush !

— Monsieur ?

— A quelle heure le soleil, ce matin ?

— Euh... vers cinq heures trente, monsieur.

— Je ne désire pas savoir *vers quelle heure,* j'ai demandé *à quelle heure* se lève le soleil ?

Il y eut une seconde de silence, pendant que Bush, déconcerté, encaissait la rebuffade. Puis une autre voix répondit :

— Cinq trente-quatre, monsieur !

C'était Carlin, jeune homme sémillant, lieutenant en second du navire. Hornblower aurait volontiers donné gros pour savoir à coup sûr si Carlin savait vraiment à quelle heure le soleil se levait, ou s'il se contentait de deviner, se fiant à ce que le commodore ne vérifierait pas ses chiffres. Pour Bush, c'était une vraie malchance d'avoir été réprimandé en public ; mais aussi c'était bien sa faute : il eût dû savoir à quelle heure se levait le soleil puisque, la veille au soir, Hornblower lui avait exposé des plans basés justement sur cette donnée. D'ailleurs, il ne serait pas mauvais pour la discipline, aux yeux du reste de l'équipage, que l'on sût que le commodore n'épargnait personne, pas même le capitaine d'un vaisseau de ligne, et son meilleur ami.

Hornblower fit deux ou trois fois demi-tour sur le pont. Sept jours depuis les Downs, et toujours sans nouvelles ! Il est vrai qu'avec ce vent d'ouest bien établi, comment y aurait-il eu du nouveau ? Rien ne pouvait être venu de la Baltique, et même de Göteborg. Hier, après avoir doublé le cap Skagen et remonté le Cattegat, pas une voile en vue. Les dernières nouvelles de Suède dataient de quinze jours ; en quinze jours, n'importe quoi pouvait se produire ; la Suède pouvait avoir passé d'une neutralité inamicale à une hostilité ouverte...

Devant lui s'ouvrait le passage du Sund, large de trois milles au point le plus étroit. A tribord devait se trouver le Danemark, sous la domination de Bonaparte, indubitablement hostile, qu'il le voulût ou non. A bâbord, ce devait être la Suède, et le chenal principal du Sund était sous le feu des canons d'Helsingborg. Si la Suède était aujourd'hui ennemie, il serait facile aux canons danois et suédois d'Elseneur et d'Helsingborg de mettre l'escadre hors de combat pendant qu'elle passerait les baguettes. En admettant qu'elle ne soit pas entièrement coupée, la retraite serait périlleuse. Le plus sage serait de différer le passage, d'envoyer un canot chargé de découvrir où la Suède en était au moment présent.

Mais, d'autre part, envoyer un canot, c'était avertir la Suède de sa présence. Au contraire, s'il décidait de foncer devant lui, alors qu'il faisait assez clair pour voir le chenal, il pourrait, même si la Suède était hostile, passer sain et sauf, en prenant les défenses par surprise. Ses bâtiments seraient peut-être malmenés, mais, avec le vent ouest quart nord-ouest, vent idéal, même un bateau désemparé pourrait se frayer un chemin jusqu'à l'endroit où le Sund devenait plus large et où l'on serait hors de portée. Si la Suède était encore hésitante, il ne serait pas mauvais de lui faire voir une escadre britannique manœuvrée avec hardiesse et décision, ni qu'elle sache que des forces navales anglaises étaient lâchées dans la Baltique, capables de menacer ses côtes et de ravager sa marine marchande. Enfin, au cas où la Suède deviendrait ennemie, il pourrait, d'une façon ou de l'autre, se maintenir dans la Baltique pendant tout le cours de l'été. Au cours d'un été, bien des choses pouvaient arriver ; avec un peu de chance, il pourrait, quitte à combattre, se frayer de nouveau, l'automne venu, un chemin à travers le Sund. Il y avait bien des raisons pour temporiser, différer le passage et communiquer avec la côte, mais il y en avait de plus puissantes en faveur d'une prompte action.

La cloche du navire tinta sa note grêle. Il ne restait qu'une heure à peine avant le lever du jour et déjà, là-bas, sous le vent, une lueur grise commençait à percer le ciel. Hornblower ouvrit la bouche pour parler, puis il hésita. Il avait été sur le point de donner un ordre brutal, à l'unisson de la tension de l'heure et de l'accélération de son pouls ; mais ce n'était pas ainsi qu'Hornblower entendait se conduire. Il avait le temps de réfléchir, de se préparer ; il pouvait encore poser à l'homme de fer. Il réussit à donner à sa voix le ton traînard de la plus complète indifférence :

— Capitaine Bush ! Signalez à tous bâtiments : branle-bas de combat !

— Bien, monsieur.

Deux feux rouges à la principale fusée de vergue et un unique coup de canon ; c'était le signal de nuit en cas de danger ennemi, celui qui enverrait tous les hommes aux postes de combat. Quelques secondes furent nécessaires pour allumer les lanternes ; au moment où les destinataires firent l'aperçu, le *Nonsuch* était déjà presque prêt au combat : le quart d'en bas monté, les ponts sablés, les pompes à incendie équipées, les canons mis en batterie, les cloisons abattues. L'équipage était encore novice ; Bush avait eu un mal fou à armer son bâtiment, mais il eût pu faire plus mal. Une aube grise envahissait lentement le ciel à l'est ; les autres bâtiments de l'escadre étaient presque visibles en tant que navires, et non plus comme des noyaux compacts dans la pénombre ; mais il ne faisait pas encore assez clair pour risquer le passage.

Hornblower se tourna vers Bush, et vers Hurst, premier lieutenant.

— S'il vous plaît, fit-il, affectant de traîner sur chaque syllabe, avec toute la nonchalance qu'il pouvait feindre, tenez prêt à hisser le signal : « Placez-vous sous le vent en ordre de bataille. »

— Bien, monsieur.

Maintenant que tout était fait, ces deux dernières minutes d'attente, d'inaction totale, étaient particulièrement pénibles. Hornblower fut sur le point de se remettre à faire les cent pas ; il se souvint à temps qu'il était préférable de rester tranquille, pour mieux faire croire à son indifférence. Les batteries côtières pouvaient avoir leurs fourneaux allumés pour chauffer les boulets au rouge ; il n'était pas impossible que, dans quelques minutes, toute l'armée navale dont il était si fier ne fût plus qu'un chapelet d'épaves en proie à l'incendie. Le moment était venu d'agir.

— Hissez ! dit-il. Capitaine Bush, je vous prierai de brasser carré et de suivre l'escadre.

— Bien, monsieur.

La voix de Bush trahissait un effort pour cacher sa fièvre. Hornblower connut, dans un éclair, avec une aveuglante certitude, que son attitude était restée sans effet sur Bush, qu'elle ne l'avait pas trompé. Durant des années d'expérience, Bush avait appris que lorsque Hornblower restait ainsi immobile, au lieu d'arpenter le gaillard, quand le commodore parlait d'une voix traînante, comme à présent, c'est que le danger menaçait. Découverte extrêmement intéressante ; mais on n'avait pas le temps d'y réfléchir, pas quand l'escadre allait remonter le Sund, en tout cas.

Le *Lotus* était vaisseau de tête. Son commandant, Vickery, était l'homme qu'Hornblower avait choisi comme le capitaine dont les nerfs étaient les plus solides, l'homme à qui l'on pouvait se fier pour mener une affaire sans faiblir. Oh ! comme Hornblower eût aimé mener l'affaire lui-même ! Mais, dans une telle opération, l'arrière était le poste dangereux. Les vaisseaux de tête pourraient réussir à passer avant que les canonniers de la côte eussent pris place à leurs pièces et trouvé la juste portée ; le *Nonsuch,* le plus solidement construit, le plus capable de soutenir le feu, devait passer le dernier, afin de pouvoir secourir et remorquer hors de la zone de combat le bâtiment qui viendrait à se trouver en avarie.

Hornblower regarda le *Lotus* établir les huniers et les basses voiles et brasser carré. Le cotre *Clam* suivait ; c'était le plus faible de tous ; un seul coup de canon pouvait le couler ; il fallait lui donner le maximum de chances. Les deux hideuses galiotes à bombes suivaient ; puis l'autre corvette, le *Raven,* exactement devant le *Nonsuch.* Hornblower n'était pas mécontent d'avoir l'occasion d'observer comment le capitaine Cole se conduirait au cours d'une action. Le *Nonsuch* suivait, poussé par la forte brise sur sa hanche tribord. Et Hornblower regardait Bush prendre un ris dans le hunier du mât d'artimon de façon à garder exactement son poste à l'arrière du *Raven.* Le gros vaisseau à deux ponts semblait encombrant, maladroit, auprès de la grâce et de l'élégance des corvettes.

Ce qu'on allait avoir devant soi maintenant, c'était la Suède ; le cap Kullen apparaissait là-bas, par bâbord avant.

— Un coup de loch, s'il vous plaît, monsieur Hurst !

— Bien, monsieur.

Hornblower crut voir Hurst le regarder du coin de l'œil, incapable d'imaginer pourquoi un homme sain d'esprit pouvait vouloir un coup de loch au moment où son navire était sur le point de risquer le tout pour le tout. Mais Hornblower voulait savoir combien de temps la tension avait des chances de durer ; et à quoi bon être commodore si l'on ne pouvait pas, dans cette conjoncture, se livrer à une fantaisie. Un aspirant et deux quartiers-maîtres accoururent à l'arrière, avec le loch et le sablier. La vitesse du navire était suffisante pour faire trembler les bras du quartier-maître qui tenait le touret au-dessus de sa tête.

— Près de neuf nœuds, monsieur ! dit l'aspirant à Hurst.

— Près de neuf nœuds ! répéta Hurst à Hornblower.

— Très bien.

Il se passerait donc huit heures pleines avant qu'ils eussent doublé Saltholm, c'est-à-dire avant d'être relativement hors de danger.

On avait maintenant la côte danoise à tribord, tout juste visible dans la pâle clarté de l'aube. Le chenal se rétrécissait rapidement. Hornblower imaginait les sentinelles somnolentes, les vigies se montrant de leur poste les voiles à peine devinées, puis appelant leurs sergents ; les sergents s'approchant, somnolents, eux aussi, pour voir eux-mêmes ; puis s'éloignant en toute hâte pour informer leurs lieutenants ; enfin le roulement des tambours appelant aux armes, et les canonniers courant à leurs pièces. Du côté danois, on serait tout de suite prêt à tirer ; de ce côté-là se tenaient les âmes damnées de Bonaparte, et toute voile était susceptible d'être ennemie ; mais du côté suédois ? Qu'est-ce que Bernadotte avait décidé, durant les dernières journées ? Le maréchal de Bonaparte était-il encore neutre ? Avait-il fini par prendre le parti de jeter le poids de la Suède dans la balance, en faveur de son pays natal ?

Les falaises basses d'Elseneur étaient là ; là aussi les clochers d'Helsingborg, pleinement visibles à bâbord, et au-dessus de la ville, la forteresse. A près d'un mille en avant, le *Lotus* devait être dans la passe. Hornblower leva sa lunette sur lui ; il brassait ses vergues en grand pour s'engager dans le tournant, et aucun coup de canon n'avait encore été tiré. Voilà que le *Clam* prenait, lui aussi, le tournant !

« Dieu veuille, se dit Hornblower, que les galiotes maladroites se comportent bien ! » Ah ! Voilà qu'on tirait ! La sourde détonation d'un canon. Puis le rugissement lugubre d'une salve. Hornblower braqua sa lunette, d'abord sur la côte suédoise : aucune fumée de ce côté-là ; puis, du côté danois : là, un peu de fumée subsistait encore, bien que le vent l'eût déjà presque dissipée. Sur l'ordre de Bush, le timonier fit tourner la roue d'un rayon ou deux, prêt à virer ; Elseneur et Helsingborg furent soudain singulièrement proches.

Le chenal avait trois milles de large ; sur le *Lotus*, Vickery exécutait correctement les ordres, se tenant bien par bâbord du chenal, à deux milles du Danemark, à un mille seulement de la Suède, chaque bâtiment suivant exactement dans son sillage. Si les canons suédois entraient en action et s'ils étaient bien manœuvrés, ils pourraient porter quelques rudes coups à l'escadre.

Trois gerbes d'eau jaillirent de la mer par le travers tribord ; bien que l'œil n'eût pu voir le boulet danois qui les avait causées, il était facile de l'imaginer, car sa trajectoire déchirait la surface de l'eau ; mais la dernière gerbe était à une pleine encablure du bord.

Les canons suédois continuaient de se taire ; Hornblower eût voulu savoir si c'était parce que les artilleurs suédois avaient été surpris, ou parce qu'ils avaient reçu l'ordre de ne pas tirer.

Elseneur était maintenant par l'arrière du travers et la passe s'ouvrait toute grande. Hornblower referma sa lunette d'un coup sec, avec le sentiment très net d'une déception. A peine s'il lui était possible, maintenant, d'imaginer pourquoi il s'était fait du souci. Se remémorant la carte qu'il avait si attentivement étudiée, il calcula qu'il se passerait une heure pleine avant qu'on se trouvât de nouveau à portée de la côte, à l'endroit où le chenal passait tout contre le rivage de l'île suédoise de Hven, de quelque façon que l'on prononçât ce mot, dans ces langues barbares du Nord. Cette dernière pensée le fit se retourner. Braun était à son poste, sur le gaillard d'arrière, au service du commodore, comme il se devait. Les mains sur la rambarde, l'interprète regardait au loin la côte suédoise. Hornblower ne pouvait voir son visage, mais chacun des traits de sa silhouette trahissait une attention soutenue. Le pauvre diable d'exilé regardait avec envie les rivages sur lesquels il ne pouvait jamais espérer mettre le pied. Le monde était plein d'exilés, mais Hornblower eut pitié de celui-ci.

Le soleil se levait, perçant derrière deux coteaux suédois entre lesquels s'ouvrait une vallée. Il faisait grand jour maintenant, le ciel offrait toutes les promesses d'une belle journée. La douce chaleur du soleil, tandis que l'ombre du gréement d'artimon glissait par le travers du gaillard d'arrière, éveilla soudain chez Hornblower l'impression d'une raideur de tout le corps ; il sentit qu'il avait pris froid à s'être imposé de se tenir si longtemps immobile. Il fit quelques pas sur le gaillard, d'abord dans un sens, puis dans l'autre, afin de rétablir sa circulation, et il connut soudain qu'il avait besoin de déjeuner. Des visions enchanteresses de tasses de café fumant se mirent à danser devant lui ; ce fut avec le sentiment d'une vive déception qu'il se rappela qu'avec le branle-bas de combat, et tous feux éteints, il n'y avait aucune chance d'obtenir quoi que ce fût de chaud à manger ou à boire. Si vif fut son désappointement qu'il se rendit compte, avec un sentiment voisin de celui de la culpabilité, que les six mois passés à terre l'avaient amolli, rendu jouisseur ; ce n'en était pas moins avec une indiscutable répugnance qu'il envisageait de déjeuner de biscuit et de viande froide, et de faire couler tout cela en buvant l'eau du bord, qui, de toute évidence, avait dû déjà séjourner longtemps dans des barils.

Cette pensée lui rendit en mémoire la situation des hommes restés patiemment debout auprès de leurs pièces. Il eût voulu que Bush aussi se souvînt d'eux. Lui-même ne pouvait décemment intervenir dans les détails de la conduite du bord ; tenter cela ferait plus de mal que de bien ; mais il était dévoré du désir de donner les ordres qui lui passaient par l'esprit. Pendant quelques instants, il s'efforça de transmettre son désir à Bush par télépathie ; mais, comme il s'y était attendu, Bush ne semblait pas en état de réceptivité. Il gagna le côté sous le vent, comme pour mieux voir la côte suédoise, s'arrêta à deux mètres de Bush.

— Il semble, dit-il, l'air aussi indifférent que possible, que la Suède soit encore neutre !

— Oui, monsieur.

— Nous serons plus exactement fixés là-dessus quand nous aurons atteint Hven... Dieu seul sait comment prononcer ce nom-là ! Il nous faut passer là sous les canons de la défense, car le chenal est du côté des batteries.

— Oui, monsieur, je m'en souviens.

— Mais, avant d'en arriver là, nous en avons pour presque une heure. Je vais me faire monter ici de quoi déjeuner. Voulez-vous vous joindre à moi, capitaine ?

— Merci, monsieur. Je serai enchanté.

Pour un capitaine, une telle invitation faite par le commodore équivalait à un ordre. Mais Bush était beaucoup trop bon officier pour songer à manger quand ses hommes ne pouvaient en faire autant. Hornblower pouvait suivre sur son visage le combat que menait Bush contre son désir, ardent, mais peu pratique, de maintenir les servants à leurs pièces pendant toute la durée de cette heure critique. Après tout, Bush ne commandait pas depuis bien longtemps ; le sentiment de sa responsabilité pesait encore lourdement sur lui. Mais le bon sens eut rapidement le dessus :

— Monsieur Hurst, dit-il, relevez la garde en bas. Qu'ils prennent une demi-heure pour déjeuner !

C'était exactement l'ordre que Hornblower avait eu envie de donner ; mais la satisfaction de l'avoir obtenu ne compensait pas l'ennui d'avoir dû pour cela parler pour ne rien dire ; et il allait falloir encore entretenir une conversation banale pendant le déjeuner. Le silence tendu du navire prêt au combat fit place à la rumeur de la relève ; Bush hurla l'ordre de faire monter des chaises et une table sur le gaillard, s'occupa de les faire dresser exactement où le commodore aimait les voir placées. Un coup d'œil d'Hornblower à Brown suffit pour garnir la table des mets délicats convenant à la circonstance, choisis parmi les provisions que Barbara avait envoyées à bord : le meilleur biscuit qui se pût trouver, le beurre tiré d'un pot de grès, et presque pas rance, la gelée de fraises, un jambon fortement fumé, un gigot de mouton, fumé aussi, provenant d'une ferme d'Exmoor ; du fromage de Cheddar et de Stilton ; de la conserve de saumon. Brown avait eu une fameuse idée ; il avait pressé un peu ce qui restait encore de la provision de citrons pour faire une limonade qui masquerait un peu le goût de l'eau du bord ; il savait que Hornblower était incapable de boire de la bière, même légère, au petit déjeuner, et, en dehors de l'eau, il n'y avait pas d'autre choix.

Bush jeta sur la table chargée un œil de convoitise. Invité à s'asseoir, il ne se fit pas prier. Lui aussi avait été pauvre pendant la plus grande partie de sa vie, en outre subvenant sur sa solde aux besoins d'une armée de parentes besogneuses. Il n'était pas encore rassasié du confort, tandis que le côté chagrin du caractère du commodore avait pris le dessus. Hornblower avait désiré boire du café ; puisqu'il ne pouvait pas en avoir, il ne voulait rien, rien du tout. Même la limonade n'était qu'une dérision. Il mangeait, le visage buté. Il n'était pas loin de penser que Bush, en train d'étaler libéralement sa conserve de saumon sur un biscuit et de manger avec l'appétit que l'on pouvait attendre de sa part après une nuit sur le pont, faisait cela exprès, uniquement pour l'ennuyer. Bush cligna de l'œil dans sa direction, puis se reprit, abandonnant l'idée qu'il avait eue de célébrer l'excellence de la nourriture. Si son singulier commodore préférait être de mauvaise humeur, le mieux était de le laisser tranquille. Mais, avec son flair aiguisé, Hornblower avait compris le geste et se disait tout bas : « Décidément, ce Bush comprend mieux que ferait une épouse ! »

Il tira sa montre, histoire de rappeler à Bush ce qui restait à faire. Bush saisit tout de suite :

— Faites descendre le quart sur le pont, dit-il, pour qu'il déjeune.

Il était bizarre (le mot « poignant » eût peut-être été plus exact) d'être assis là, déjeunant à l'aise, dans ce soleil de la Baltique, alors qu'à trois milles au plus, les hordes du tyran de l'Europe ne pouvaient rien faire de plus que les regarder, impuissantes. Brown présenta les cigares ; Bush coupa la pointe du sien avec le grand couteau de marin à cran d'arrêt qu'il avait tiré d'une poche et Brown, pour leur donner du feu, apporta la mèche qui brûlait sans flamme hors de la baille, derrière les caronades du gaillard d'arrière. Hornblower aspirait voluptueusement la fumée ; maintenant que le soleil brillait, que son cigare tirait bien, que l'avant-garde d'un million de soldats français était là, à une distance de trois milles, sa mauvaise humeur s'évanouissait. La table ayant été retirée d'entre les deux convives, il put librement allonger les jambes. Bush lui-même en fit autant, du moins s'assit-il plus à l'aise, au lieu de rester perché sur le bord de sa chaise, sa jambe de bois pointée toute droite devant lui, tandis que l'autre restait décemment repliée. Le *Nonsuch* faisait route splendidement toutes voiles dehors, donnant un peu de bande au vent, la mer verte se couvrant joyeusement de crème sous son avant. Hornblower tirait sur son cigare, plein d'une étrange paix de l'esprit. Succédant à son mécontentement récent, ce qu'il éprouvait était comme la cessation inespérée d'une rage de dents.

Le premier lieutenant vint lui dire :

— Monsieur, l'île de Hven est presque hors de portée !

— Appelez tout le monde aux postes de combat ! ordonna Bush, l'œil sur Hornblower.

Mais Hornblower demeurait tranquille, épanoui, placide. Il se sentait soudain convaincu que les canons de Hven n'ouvriraient pas le feu, et il eût trouvé bien ingrat de jeter un cigare qui l'avait si bien aidé à retrouver son équilibre. Bush lui jeta un nouveau coup d'œil, décida lui aussi de ne pas bouger. A peine s'il daignait arrêter un instant son regard sur l'île qui se levait au vent, vers l'avant, glissait et disparaissait peu à peu par l'arrière du travers. Hornblower pensait à Saltholm et à Amager, là-bas, en avant ; ce serait le moment le plus dangereux, car les deux îles étaient aux mains des Danois, et le chenal, profond de douze brasses, passait entre les deux, et tout près de l'une et de l'autre. Mais il avait le temps de finir son cigare. Ce fut avec un sincère regret qu'il tira la dernière bouffée, se leva lentement, alla sans se presser à la lisse sous le vent pour en lancer soigneusement le bout par-dessus bord.

La brusque apparition de son escadre dans l'aube grise avait pu prendre la garnison d'Elseneur par surprise ; pour Saltholm et pour Amager, la surprise n'était pas possible. Par ce temps clair, les deux îles pourraient apercevoir ses bâtiments à une distance de douze milles ; les canonniers auraient amplement le temps de prendre toutes leurs dispositions pour les recevoir comme il se devait. Hornblower considéra devant lui la ligne de navires.

— Signalez à Moth, fit-il brusquement par-dessus son épaule : « Tenez mieux votre poste ! »

Si la ligne venait à se débander, elle ne serait que plus longtemps exposée au feu.

Dans la lunette, la terre était pleinement en vue. Une chance que les côtes de Saltholm fussent basses ; ses batteries n'avaient qu'un champ de tir peu étendu. Copenhague ne devait être qu'à peine hors de vue, là-bas à tribord, et sous l'horizon. Vickery faisait faire au *Lotus* la route exactement conforme aux ordres.

Un nuage de fumée éclata sur Saltholm, suivi presque aussitôt des détonations des canons, selon une cadence très irrégulière. Hornblower examina l'un après l'autre les bâtiments qui le précédaient. Aucun signe d'avarie. Le *Lotus* riposta ; Hornblower doutait fort que le pétard de la corvette tirant des boulets de neuf livres pût toucher le but à cette distance, mais la fumée pouvait servir à le masquer. L'île de Saltholm tout entière était maintenant enveloppée de fumée ; portés par l'eau, les grondements des canons faisaient un bruit soutenu de batterie, comparable à un roulement de tambour. On se trouvait encore hors de portée d'Amager ; Vickery faisait virer son bâtiment lof pour lof. Très sagement, Bush avait posté des sondeurs dans le gréement, en abord.

— Fond sept brasses !

Sept brasses pouvaient aller, la marée aidant. Brun sur vert, c'étaient les batteries de Saltholm, vaguement discernables à travers la fumée ; sur le pont principal, le jeune Carlin montrait du doigt la cible aux douze livres des canons bâbord.

— Fond six brasses et six brasses et demie !

Soudain, une déflagration terrible : toute la batterie de bâbord tirait à la fois. Le recul souleva le *Nonsuch*. Au même instant, la voix du sondeur cria :

— Et six brasses et demie !

— La barre à tribord ! dit Bush. Attention ! Les canons tribord parés à tirer !

Le *Nonsuch* s'équilibra avant de virer ; pour autant que Hornblower pût l'affirmer, pas un coup n'avait été tiré sur lui jusque-là.

— Fond cinq brasses !

Ils devraient frôler le sommet du haut-fond. Les batteries d'Amager étaient là, en pleine vue ; les pièces de tribord, étant donné l'élévation additionnelle due à la bande du bâtiment, devaient pouvoir les atteindre. Cette fois, le *Non-*

such tira des deux bords ; ce fut un fracas à crever les tympans ; la fumée des pièces de tribord s'éleva, balaya le pont tout entier, âcre, irritante.

— Et cinq brasses et demie !

C'était mieux. Holà ! Le *Harvey* venait d'être touché ! A deux encablures en avant du *Nonsuch,* la galiote à bombes, en un instant, passa de l'état de navire de combat à celui d'épave. Son grand mât, énorme pour les dimensions du bâtiment, avait été sectionné par le travers, juste au-dessus du pont ; ses mâts, ses haubans et la grande surface de toile qu'il portait pendaient ou traînaient sur sa hanche. Son mât trapu de hune d'artimon était également tombé et pendait, suspendu à la chouque. Comme ses ordres le lui enjoignaient, le *Raven* la doubla ; le *Harvey* stoppa, impuissant, tandis que le *Nonsuch* faisait voile vers lui.

— Coiffez le grand hunier ! rugit Bush.

— Attention ! Parez à la ligne d'attrape !

— Et cinq brasses et demie ! fit le sondeur.

— La barre sous le vent ! dit Bush.

Alors, au milieu du brouhaha, le côté tribord cracha de nouveau toute sa bordée, les pièces pointées sur les batteries d'Amager ; la fumée balayait les ponts. Le *Nonsuch* se souleva ; le hunier masqué prit le vent et cassa son erre ; tandis qu'il retrouvait son équilibre, il hésita, le *Harvey* désemparé le long de son bord. Hornblower pouvait voir Mound, le capitaine, diriger les efforts de son équipage, du poste qu'il occupait au pied du mât d'artimon. Il mit son porte-voix à ses lèvres :

— Balancez-moi cette épave ! Vivement !

— Parez à la ligne d'attrape ! cria Hurst.

Bien lancée, la ligne d'attrape tomba par le travers des haubans d'artimon ; Mound l'attrapa lui-même ; Hurst se rua en bas pour surveiller le passage de la remorque qui gisait sur le pont inférieur des canons, toute prête à être filée par un des sabords arrière. Un fracas, éclatant soudain à l'avant, disait qu'un coup au moins, tiré d'Amager, venait de toucher le *Nonsuch.* Par-dessus le flanc du *Harvey* des haches s'abattaient furieusement, dans l'emmêlement de haubans ; un groupe de matelots déhalaït furieusement sur la remorque de trois pouces jetée du *Nonsuch,* et qui avait été frappée sur la ligne d'attrape. Crac ! Nouveau fracas à l'avant ; Hornblower pivota sur ses talons : un couple de haubans du mât de misaine s'était rompu. Le *Nonsuch* étant presque debout au vent, ni les canons de bâbord ni ceux de tribord n'étaient placés pour riposter ; mais Carlin avait mis quelques servants armés d'anspects à soulever et à faire tourner les deux pièces les plus sur l'avant ; il fallait, en effet, tenir les batteries sous le feu, de façon à ne pas leur permettre de se livrer à des exercices de visée. S'étant retourné, Hornblower vit que l'arrière du *Nonsuch* était presque à toucher la hanche du *Harvey ;* mais un officier avisé avait déjà sorti deux espars de la galerie arrière pour le déborder. Le gros câble lui-même était en train de passer maintenant ; Hornblower vit les hommes du *Harvey* l'atteindre et le saisir. Il hurla dans son porte-voix :

— Monsieur Mound, nous allons vous prendre par l'arrière !

Il n'y avait pas de temps à perdre pendant qu'on emportait le câble, et Mound fit un signe d'accord.

— Quatre brasses trois quarts ! fit la voix du sondeur.

La dérive que faisaient les deux bâtiments les portait sur les hauts-fonds de Saltholm.

Suivant de près le cri, la double détonation des deux canons que Carlin avait réussi à pointer sur les batteries d'Amager éclata. Aussitôt après, ce fut le hurlement d'un coup qui passait dans le gréement du *Nonsuch.* Le grand hunier et le hunier d'artimon étaient troués ; l'ennemi tentait de désemparer le *Nonsuch.*

La voix de Bush se fit entendre, au côté même de Hornblower :

— Dois-je brasser carré, monsieur ?

Mound avait pris un tour avec le câble autour de l'emplanture du mât d'artimon du *Harvey,* situé suffisamment vers l'arrière pour offrir un point d'attache par où remorquer. Il agitait les bras pour montrer que tout était clair, et ses hommes, armés de haches, étaient en train de sectionner le dernier des haubans du grand mât.

— Oui, capitaine.

Hornblower hésita un instant avant d'ajouter un mot qui pût passer pour un conseil sur une question qui était strictement de la compétence de Bush.

— ... Mais tirez lentement, sinon vous allez briser la

remorque ou bien arracher ce mât d'artimon ! Bordez vos voiles de l'avant et faites-le venir doucement en route avant de brasser vos huniers !

— Bien, monsieur.

Bush ne montrait aucune humeur du fait que Hornblower lui avait dit ce qu'il fallait faire ; il savait qu'un avis de Hornblower était plus précieux que tout ce qu'on peut acheter à prix d'or.

— ... Si c'était moi, je tiendrais la remorque courte... Ainsi le *Harvey* se laissera mieux remorquer.

— Bien, monsieur.

Bush se tourna et se mit à beugler les ordres. En manœuvrant les focs, le *Nonsuch* évita au vent. Instantanément, Carlin remit ses canons en action, et de nouveau, le vaisseau fut enveloppé de fumée, assourdi par le vacarme infernal. Des coups tirés d'Amager continuaient à porter ou à passer en l'air. Pendant le premier silence relatif, la voix du sondeur se fit entendre :

— Et quatre et demie !

Plus tôt ils auraient quitté ces hauts-fonds, mieux cela vaudrait. Huniers et focs prenaient légèrement le vent. L'aussière se raidit et, tandis que les oreilles se ressaisissaient de la secousse d'une nouvelle bordée, on sentit un violent craquement tandis que câbles et bittes prenaient appui ; sur le gaillard d'arrière du *Nonsuch,* on pouvait entendre craquer le mât d'artimon du *Harvey.* La galiote venait lentement dans le vent, accompagnée des beuglements furieux à l'adresse de l'homme de barre du *Nonsuch,* tandis que le deux-ponts vibrait tout entier de l'effort exercé sur son arrière. Tout se passait bien. Hornblower hochait la tête d'un air satisfait ; et si, comme il s'y attendait, Bush lui jetait de temps en temps un coup d'œil furtif et surprenait ce hochement de tête, cela ne ferait pas de mal, au contraire !

— Aux bras ! beugla Bush, comme s'il faisait écho à la pensée de Hornblower.

Les huniers orientés et portant bien, le *Nonsuch* augmenta peu à peu sa vitesse ; la galiote suivit avec toute la docilité que l'on pouvait attendre d'un bâtiment sans gouvernail. Elle fit une affreuse embardée à tribord avant que le raidissement de l'aussière l'eût redressée dans un craquement de feu d'artifice. Hornblower hocha de nouveau la tête et Bush retint l'ordre qu'il allait donner de brasser le grand hunier.

— A tribord, votre barre, monsieur Mound ! cria Hornblower dans son porte-voix.

Manœuvrer le gouvernail du *Harvey* pourrait peut-être avoir un peu d'effet ; le comportement de tout bâtiment remorqué était toujours un problème individuel. D'ailleurs, la vitesse, qui augmentait maintenant à vue d'œil, pourrait également affecter la conduite du *Harvey*, en bien ou en mal.

— Fond cinq brasses !

Voilà qui allait mieux ! Et le *Harvey* aussi se comportait bien. Il ne faisait plus maintenant que de légères embardées ; l'augmentation de la vitesse, ou était-ce la manœuvre du gouvernail, faisait son effet.

— Bien manœuvré, capitaine Bush ! dit Hornblower, catégorique.

— Merci, monsieur, dit Bush.

Et vivement, il ordonna de brasser le grand hunier.

— Fond six brasses !

On était dégagé, donc au large du banc de Saltholm. Et soudain, Hornblower se rendit compte que, depuis quelques minutes, les canons du bord n'avaient plus tiré, et qu'il n'avait plus rien entendu du côté d'Amager. Ils étaient donc sortis de la passe, hors de portée des batteries, et cela au prix d'un seul espar brisé. Aucune nécessité, maintenant, de passer à portée de n'importe quel autre canon ennemi. Ils pouvaient doubler Falsterbo bien au large des batteries suédoises.

— Fond neuf brasses !

Bush considérait le commodore avec cette expression d'admiration intriguée que Hornblower lui avait déjà vue. Le passage avait pourtant été relativement facile. N'importe qui eût pu prévoir qu'il serait préférable de laisser au *Nonsuch* la tâche de remorquer les mutilés hors de portée, et, cela admis, n'importe qui eût pu avoir l'idée de faire porter un câble à l'arrière pour entreprendre sur-le-champ la manœuvre, avec ligne d'attrape et tous accessoires sous la main ; n'importe qui aussi eût assigné au *Nonsuch* le dernier poste en ligne, à la fois pour soutenir le plus gros du feu ennemi et pour être en position de voler au secours d'un mutilé et se mettre à le remorquer sans délai. Toutes ces déductions, n'importe qui eût pu les faire, et il était un peu irritant de voir Bush prendre cet air-là.

— Signalez à tous de mettre en panne ! dit Hornblower. Capitaine Bush, tenez-vous paré, s'il vous plaît, à faire larguer la remorque. Je vais faire faire au *Harvey* un gréement de fortune avant que nous doublions Falsterbo. Peut-être aurez-vous la bonté d'envoyer un détachement à bord pour aider au travail.

Il redescendit là-dessus. Il avait, pour l'instant, vu tout ce qu'il voulait voir, à la fois de Bush et du reste de l'univers. Il était las, vidé de toute énergie. Plus tard, il aurait tout le temps de s'asseoir à son bureau et de se mettre à la corvée qui consistait à écrire : « Monsieur, j'ai l'honneur de vous rendre compte... » Et puis, il faudrait énumérer les morts, les blessés.

VII

UNE VOILE

Le *Nonsuch,* soixante-quatorze canons, de Sa Majesté britannique, était hors de vue de la terre, dans la Baltique. Il était sous faible voilure, courant devant le vent d'ouest qui soufflait toujours. Derrière lui, comme un couple d'affreux canetons suivant une imposante mère cane, venaient les deux galiotes à bombes. Au large et à tribord, à peine visible, était le *Lotus,* et, loin à bâbord, le *Raven.* Au-delà du *Raven,* invisible pour le *Nonsuch,* le *Clam ;* les quatre bâtiments faisaient un râteau qui eût pu balayer, d'une côte à l'autre, de la Suède à Rugen, toute la largeur de l'étroit goulet de la Baltique.

On était toujours sans nouvelles ; au printemps, la fonte des glaces venue, tout le trafic marchand de la Baltique se faisait dans le sens « sortie », vers l'Angleterre, et vers l'Europe : avec ce vent d'ouest qui durait depuis si longtemps, peu de chose bougeait. L'air était frais, et même piquant malgré le soleil, la mer gris argent sous un ciel pommelé.

Hornblower frissonnait, haletait, en prenant son bain sous la pompe à laver les ponts. Il avait navigué pendant quinze ans dans les eaux tropicales et méditerranéennes ; on l'avait arrosé d'eau de mer tiède beaucoup plus de fois qu'il n'eût pu se le rappeler, et cette eau-ci, cette eau de la Baltique, refroidie par la glace qui dégelait dans les golfes de Bothnie et de Finlande, par la neige fondue de la Vistule et de l'Oder, le saisissait encore. Mais il est vrai qu'elle lui était un stimulant et le gros jet pesant lui faisait exécuter des bonds grotesques, oublieux qu'il était toujours, à l'heure du bain, de la dignité qui convient à un commodore. Une demi-douzaine de matelots, qui, sous la conduite du charpentier, travaillaient sans hâte à remplacer un sabord démoli, lui jetaient à la dérobée des regards étonnés ; mais les deux hommes qui manœuvraient la pompe, et Brown, debout, tenant la serviette et le peignoir de bain, exposés tous trois et de tout près à ses regards, observaient l'attitude grave qui convenait.

Soudain le jet d'eau se tarit ; un petit aspirant maigre était là, debout, saluant le commodore nu. En dépit de l'importance qu'il y avait à s'adresser à un marin d'un si haut grade, le jeune homme restait ahuri, les yeux ronds, devant ce comportement d'un officier dont les exploits étaient sur toutes les lèvres.

— Qu'est-ce que c'est ? fit Hornblower, tandis que l'eau lui ruisselait sur le corps.

Il ne pouvait pas rendre le salut.

— M... M. Montgomery m'envoie auprès de vous. Le *Lotus* signale : une voile sous le vent, monsieur.

— Bon ! Bon !

Hornblower arracha la serviette des mains de Brown. Le message était trop important pour que l'on pût perdre du temps à le sécher. Il monta l'échelle en courant, encore tout mouillé, Brown sur ses talons, portant le peignoir. Voyant le commodore surgir nu sur le gaillard d'arrière, l'officier de quart porta un doigt à son chapeau. La façon dont chacun ignorait la nudité du commodore évoquait on ne sait quel vieux conte de fées.

— Nouveau signal du *Lotus,* monsieur ! L'ennemi vire de bord vent devant. Il est bâbord amures, relèvement est quart nord-est.

Hornblower courut au compas ; du pont, tandis qu'il prenait le relèvement au jugé, on n'apercevait que les huniers du *Lotus.* Quelle que pût être cette voile, il fallait l'intercepter, recueillir les nouvelles. Comme il levait la tête, il vit Bush qui se hâtait de monter sur le pont, en se boutonnant.

— Capitaine Bush, je vous prierai de bien vouloir changer de route de deux quarts à tribord.

— Bien, monsieur. Voilà !

— Encore un signal du *Lotus,* monsieur. L'ennemi est un navire ! Probablement un bateau marchand britannique !

— Très bien. Mettez toute la toile, capitaine Bush, je vous prie !

— Bien, monsieur. Voilà.

Les sifflets roulèrent par le bâtiment ; quatre cents hommes se répandirent et grimpèrent dans les enfléchures pour déferler les cacatois et établir les bonnettes. Hornblower fixait l'œil d'un professionnel sur l'opération, exécutée sous une tempête d'objurgations de la part de l'officier de quart. Au cours de ses évolutions, l'équipage, encore maladroit, était poussé à toute vitesse par les officiers ; la manœuvre était à peine terminée qu'un cri partit de la tête de mât.

— Une voile par tribord avant !

— Ce doit être le bateau que voyait le *Lotus,* monsieur, dit Bush. Ho ! de la vigie ? Que voyez-vous ?

— C'est un trois-mâts carré, monsieur, au plus près et s'approchant rapidement. Nous faisons route pour le rencontrer !

— Hissez les couleurs, monsieur Hurst ! S'il eût louvoyé pour entrer dans le Sund, il eût viré de bord vent devant, qu'il eût vu ou non le *Lotus.*

— Oui, dit Hornblower.

Un nouveau cri partit de la tête du mât, où l'un des aspirants de quart, un gosse dont la voix n'avait pas encore mué, était monté en courant, avec sa lunette.

— Couleurs britanniques, monsieur !

Alors seulement, Hornblower se rappela qu'il était encore mouillé et nu ; du moins les parties de son corps, sur lesquelles le vent n'avait pas eu libre jeu pour le sécher, l'étaient-elles encore. Il se mit à tamponner ces coins intimes avec la serviette qu'il tenait toujours à la main ; mais ce ne fut que pour être de nouveau interrompu :

— Le voilà ! cria Bush.

Les œuvres mortes du bâtiment étaient maintenant au-dessus de l'horizon, visibles du pont.

— Faites route, s'il vous plaît, de manière à passer à portée de voix, dit Hornblower.

— Bien monsieur. Tribord un quart, quartier-maître ! Carguez de nouveau ces bonnettes, monsieur Hurst !

Le bâtiment dont ils se rapprochaient tenait sa route fermement. Rien ne le faisait paraître suspect, même pas le fait d'avoir changé d'amures immédiatement après avoir aperçu le *Lotus.*

— Probablement du bois de charpente en provenance du sud de la Baltique, dit Bush, pointant sa lunette. On peut voir la cargaison sur le pont, maintenant !

Comme la plupart des navires de la Baltique, ses ponts étaient chargés très haut de bois de construction, évoquant l'idée de barricades le long du pavois.

— Hissez le signal pour les bateaux marchands, je vous prie, capitaine ! dit Hornblower.

Il regarda la réponse monter aux drisses. A la lunette, Hurst lisait à mesure :

— A... T... Numérique... cinq... sept, monsieur ! C'est la réponse correcte de l'hiver dernier. Il ne doit pas encore avoir reçu le nouveau code !

— Signalez-lui de mettre en panne ! dit Hornblower.

Avec guère plus de retard qu'on ne pouvait attendre de la part d'un bateau marchand, malhabile à la lecture des signaux, et portant un faible équipage, le bâtiment coiffa son grand hunier et mit en panne. Le *Nonsuch* vint droit sur lui.

— Il hisse maintenant le Q jaune, monsieur ! fit soudain Hurst. Le pavillon de quarantaine !

— Très bien. Mettez en panne, je vous prie, capitaine Bush.

— Bien, monsieur. Je vais aussi rester au vent de lui, si vous ne voyez pas d'objection, monsieur.

Le *Nonsuch* hissa ses huniers et lofa, se balançant au creux léger des lames, à portée de pistolet. Hornblower saisit son porte-voix :

— Qui êtes-vous ?

— *Maggie Jones,* de Londres ! Onze jours de Memel.

Outre l'homme à la barre (timonier), on ne voyait que deux personnes sur la dunette (pont de dunette) du *Maggie Jones :* l'une, qui portait le pantalon blanc de coutil, l'autre la veste bleue, évidemment le capitaine. C'était lui, d'ailleurs, qui avait répondu par le porte-voix.

— Pourquoi faire, ce pavillon jaune ?

— Variole ! Sept cas à bord. Deux décès ! Premier cas il y a huit jours !

— La petite vérole ! Bon Dieu ! grommela Bush.

Un affreux tableau se présentait à lui de ce que pourrait

faire la variole lâchée dans son cher *Nonsuch*, parmi les neuf cents hommes entassés dans son espace restreint.

— Pourquoi naviguez-vous sans escorte ?

— Aucune disponible à Memel. Le rendez-vous pour le commerce est au large de Langeland, le vingt-quatre. Nous tirons des bords en direction du Belt.

— Quelles sont les dernières nouvelles ?

Hornblower avait patiemment attendu la fin de ces propos avant de poser la question.

— L'embargo russe tient toujours, mais nous naviguons sous licence.

— Et la Suède ?

— Dieu seul le sait, monsieur. Il y en a qui disent qu'on y a resserré l'embargo !

Au même moment, un drôle de cri, comme étouffé, une sorte de hurlement bizarre, parut monter de dessous les ponts du *Maggie Jones*, à peine perceptible.

— Qu'est-ce que c'est que ce bruit ? demanda Hornblower.

— Un des cas de variole, monsieur. Le délire. On dit que la semaine prochaine, le tsar va rencontrer Bernadotte... Une conférence... quelque part en Finlande.

— Aucun signe de guerre entre France et Russie ?

— Pas que j'aie pu voir à Memel.

Le délire de ce malade devait être bien violent pour que ses cris parvinssent jusqu'au *Nonsuch*, à cette distance, et contre le vent ! Était-il possible qu'un seul homme fît tant de bruit ? On eût dit plutôt un chœur d'hommes, un chœur assourdi. Hornblower sentit une bouffée de soupçon monter soudain du fond de sa conscience. Le personnage en pantalon blanc, sur la dunette du *Maggie Jones*, avait la langue bien déliée. Son langage n'était-il pas un peu trop professionnel ? Un officier de marine eût peut-être pu parler des chances de guerre dans la Baltique avec le sang-froid de cet homme-ci, un capitaine marchand eût mis un autre accent dans ses paroles. C'était sûrement plus qu'un seul homme qui faisait tout ce bruit dans le gaillard d'avant. Le capitaine du *Maggie Jones* pouvait fort bien donner le renseignement sur la rencontre entre le tsar et Bernadotte pour détourner l'attention des cris poussés sous le pont. Quelque chose n'était pas clair.

— Capitaine Bush, dit Hornblower, envoyez un canot sur ce bâtiment, avec un détachement d'abordage !

Bush sursauta :

— Monsieur ! Il y a... la petite vérole... Bien, monsieur. Voilà !

Un coup d'œil d'Hornblower avait étouffé la protestation.

Bush s'était dit que Hornblower connaissait aussi bien que lui les épouvantables conséquences possibles d'une épidémie de variole à bord du *Nonsuch.* Le commodore savait quel risque il courait. Un nouveau coup d'œil sur Hornblower suffisait à montrer à Bush que la décision n'avait pas été facile à prendre.

Hornblower reporta le porte-voix à ses lèvres et cria :

— Je vous envoie un canot.

A vingt mètres, il lui était difficile de déceler un changement dans l'attitude de celui à qui il s'adressait, surtout empêtré par le porte-voix ; cependant, il crut voir le capitaine sursauter. Il y eut, en tout cas, un silence avant la réponse.

— Comme vous voudrez, monsieur ! Je vous ai prévenu qu'il y a la variole. Pourriez-vous envoyer un médecin et des médicaments ?

C'était exactement ce que Hornblower lui-même eût dit. Il n'y avait pas moins eu ce silence, ce silence suspect, avant la réponse ; Hornblower avait eu l'impression que l'homme avait été surpris, qu'il avait cherché un instant la meilleure réponse à faire. Bush regardait la scène sans rien dire ; son visage exprimait une douleur extrême. Il n'avait qu'un espoir, c'est que Hornblower révoquerait l'ordre. Mais le commodore ne bougeait pas.

A l'ordre du maître d'équipage, la baleinière fut mise à l'eau. Un aspirant et un équipage y descendirent, sombres, silencieux. Ils fussent montés allégrement à bord d'un ennemi armé jusqu'aux dents, mais l'idée d'une maladie contagieuse, dégoûtante, leur enlevait tout leur courage.

— Poussez ! ordonna l'officier de quart après un dernier coup d'œil.

La baleinière se mit à danser sur les vagues, en direction du *Maggie Jones.* Soudain, Hornblower vit le capitaine jeter son porte-voix sur le pont et regarder autour de lui d'un air égaré, comme s'il cherchait comment s'échapper.

— Restez en panne, ou je vous coule ! rugit le commodore.

Le capitaine eut un geste désespéré, baissa la tête et se tint immobile.

Le canot s'accrochait aux porte-haubans du *Maggie Jones*. Derrière l'aspirant, le détachement se rua sur les ponts. Aucun signe d'opposition ne se manifesta ; mais, comme les marins du *Nonsuch* couraient vers l'arrière, un coup de pistolet partit, et Hornblower vit l'aspirant se pencher sur le corps du capitaine en pantalon blanc, tordu de douleur. Il se surprit à faire le serment de casser l'aspirant, de le faire passer en cour martiale, de le perdre de réputation, de lui faire mendier son pain dans le ruisseau s'il était prouvé qu'il avait tué sans motif. Si grande était sa soif de nouvelles, de faits, de renseignements précis, que la pensée que ce capitaine venait de lui échapper par la mort le poussait à une sévérité presque sauvage.

— Ah ! pourquoi n'y suis-je pas allé moi-même ? dit-il tout haut, ne s'adressant à personne en particulier. Capitaine Bush, je vous serais obligé de faire armer mon canot.

— Mais, monsieur, la petite vérole...

— Au diable, la vérole ! Il n'y a pas plus de vérole sur ce bateau que...

Du *Maggie Jones*, la voix de l'aspirant vint à eux :

— Ho ! Du *Nonsuch* ! C'est une prise ! Capturée hier par un corsaire français !

— Qui est ce capitaine à qui je parlais ? demanda Hornblower.

— Un Anglais, mais un renégat ! Il s'est suicidé quand nous sommes montés à bord.

— Est-il mort ?

— Non, monsieur. Pas encore.

— Vite, monsieur Hurst, dit Bush, envoyez-lui le médecin. Je lui donne une minute pour ramasser sa trousse. Je veux qu'on sauve la vie de ce renégat, que nous puissions voir la g... qu'il a, pendu à une fusée de vergue !

— Que le toubib prenne mon canot ! dit Hornblower.

Puis, dans son porte-voix :

— ... Envoyez-moi aussi les prisonniers, les officiers du bord !

— Bien, monsieur. Voilà !

— Maintenant, je vais m'habiller.

Il venait de se rendre compte qu'il était nu depuis plus d'une heure, sur le gaillard d'arrière. S'il avait obéi à sa première impulsion, et pris son canot, il eût abordé le *Maggie Jones* sans rien sur lui.

Les prisonniers : le capitaine et les deux seconds lieutenants, furent bientôt amenés dans la chambre de Hornblower, où le commodore et Bush les questionnèrent avidement, la carte de la Baltique étalée devant eux.

— Nous avons entendu, monsieur, ce qu'il vous a dit. Ce renégat vous a dit la vérité, dit le capitaine. Nous avions quitté Memel depuis dix jours, à destination du Belt, quand, hier, un gros corsaire, gréé en trois-mâts franc, dix canons par bordée, franc tillac, s'est jeté sur nous. S'appelait *Blanchefleur.* Sais pas comment ça se prononce. Ce que les mangeurs de grenouilles appellent une corvette. Battant couleurs françaises. Ils nous ont mis un équipage de prise sous le commandement de ce renégat... Il s'appelle Clarke, monsieur. Je pense que nous avions le cap sur Kiel quand vous nous avez pris. Ils nous ont enfermés dans le lazaret. Ce qu'on a gueulé dans l'espoir d'être entendus de vous, c'est rien de le dire !

— Nous vous avons bien entendus ! dit Bush.

— Où en étaient les choses, à Memel, quand vous avez quitté ? demanda Hornblower.

Le capitaine fronça les sourcils ; s'il avait été français, il eût probablement haussé les épaules.

— Les mêmes que toujours. Les ports russes nous sont toujours fermés, mais on donne une licence à qui la demande pour faire du commerce. Même chose avec les Suédois, de l'autre côté !

— Et la guerre entre Bonaparte et la Russie ?

Cette fois, le doute et le désarroi firent effectivement hausser les épaules au capitaine :

— Tout le monde en parle, mais rien n'est encore certain. Il y a des soldats partout. Si Bonaparte les attaque, il les trouvera aussi prêts que les Russes le sont toujours.

— Pensez-vous qu'il attaquera ?

— Je voudrais, monsieur, que vous puissiez me le dire. A vous dire vrai, je l'ignore. Mais, ce que Clarke vous a dit, c'est la vérité. Le tsar et Bernadotte vont se rencontrer.

Peut-être pouvez-vous deviner ce que ça signifie. A un homme comme moi, cela ne dit rien. Il y en a eu tant, de ces conférences, de ces rencontres, de ces congrès !

Ainsi donc, les choses en étaient là ? Suède et Russie se trouvaient toujours dans la même situation ambiguë, nominalement ennemies de l'Angleterre, et nominalement alliées de Bonaparte ; affectant de faire la guerre, prétendant être en paix ; à moitié belligérantes et à moitié neutres, selon cette étrange façon qui semblait être devenue à la mode. Bonaparte prendrait-il l'épouvantable décision de déclarer la guerre à la Russie ? Personne ne pouvait analyser ses raisons. On pouvait se dire qu'il ferait mieux, sans doute, dans son propre intérêt, d'employer ses vastes ressources à finir la guerre en Espagne, à tâcher d'abattre l'Angleterre avant de s'embarquer dans la conquête de l'Orient ; mais, d'autre part, et à condition qu'il fût décisif, un coup rapide à la Russie pouvait le libérer de la menace dans le dos que faisait peser sur lui une nation puissante et dont l'amitié n'était rien moins que douteuse. Bonaparte avait été tant de fois vainqueur ; excepté l'Angleterre, il avait abattu toutes les nations de l'Europe ; il semblait à peine probable que la Russie pût résister au choc de ses forces massées. La Russie terrassée, il n'aurait plus un seul ennemi sur le continent. L'Angleterre resterait seule pour s'opposer à lui, sans l'aide de personne. N'empêche qu'il était heureux que l'Angleterre n'eût pris aucune mesure active pour aider la Finlande, le jour où la Russie l'avait attaquée. Cette politique rendait aujourd'hui plus réalisable une alliance active avec le tsar.

— Bon. Maintenant, parlez-moi davantage de cette *Blanchefleur,* dit Hornblower, penché sur la carte.

— Elle nous a coincés au large de Rugen, monsieur, Sassnitz était à huit milles par le sud-ouest. Vous voyez.

Hornblower écoutait avec attention. Une corvette de vingt canons, lâchée dans la Baltique, sous un bon capitaine français, était une menace sérieuse. Avec le trafic qui commençait à circuler, en raison de la fonte des glaces, son premier devoir devait être de la capturer, ou de la forcer dans un port et de l'y bloquer. Un bâtiment de cette force était de taille à livrer une vraie bataille, même contre une de ses corvettes. Il espérait pouvoir le prendre au piège, attendu qu'il serait beaucoup trop rapide pour que le *Nonsuch* puisse le rattraper au cours d'une poursuite. S'il envoyait ses prises à Kiel, c'est qu'on y pouvait décider du sort des prisonniers, ramasser un équipage français, entreprendre le hasardeux voyage vers l'ouest autour du Danemark. Bonaparte avait besoin de matériel naval, pour ces vaisseaux de guerre qu'il construisait dans tous les ports, de Hambourg à Trieste.

— Merci, Messieurs ! dit-il. Je ne vous retiens pas plus longtemps. Capitaine Bush, allons maintenant parler aux prisonniers.

Mais, de l'équipage de prise, il y eut peu de chose à tirer, bien que l'on prît la précaution de les introduire séparément pour les interroger. Quatre d'entre eux étaient français ; Hornblower les interrogea lui-même. Bush se bornant à regarder, à admirer, car Bush avait déjà réussi à oublier le peu de français qu'il avait si péniblement appris au cours de son séjour forcé en France. Deux autres étaient danois, et deux, allemands ; on appela M. Braun pour interpréter leurs réponses. Tous étaient des marins expérimentés, et, pour autant que Hornblower pût comprendre, ils avaient préféré prendre du service sur le *Blanchefleur* plutôt qu'être enrôlés dans l'armée ou dans la marine de Bonaparte. Bien qu'exposés à ce qui pouvait être une vie entière à passer dans une prison anglaise, les Français refusèrent l'offre de servir dans la marine britannique ; les autres, au contraire, acceptèrent avec empressement dès que Braun leur en fit la proposition. Bush était tout heureux de trouver ainsi quatre marins de premier choix pour l'aider à combler les vides des bâtiments chroniquement sous-équipés. Ils avaient appris quelques mots de français sur le *Blanchefleur,* et ne tarderaient pas à ramasser assez d'anglais pour être utiles sur le *Nonsuch* et sur le *Lotus ;* stimulés par le bout de corde manié par un officier subalterne, mais qui avait l'expérience de ces choses, cela ne pouvait manquer de leur arriver.

— Emmenez-les et enrôlez-les, en leur lisant les instructions, monsieur Hurst, dit Bush, se frottant de nouveau les mains. Et maintenant, monsieur, allons-nous voir cet Anglais renégat ?

Clarke était étendu sur le pont principal du *Nonsuch* où on l'avait hissé depuis le canot, par un palan fixé à la fusée de vergue. Le médecin était encore penché sur lui ; Clarke avait essayé de se faire sauter la cervelle, mais n'avait réussi qu'à se fracasser la mâchoire inférieure. Sa veste bleue et son pantalon blanc étaient tachés de sang, sa tête tout emmaillotée dans des bandages ; il s'agitait, en proie à de grandes douleurs, sur le prélart dans lequel on l'avait amené. Hornblower l'examina. Ce qu'on pouvait apercevoir d'un visage couleur de craie, où le hâle avait l'air d'une couche de crasse, était délicat, pincé, sans énergie : un nez mince, des joues creuses, des yeux marron, des yeux de femme, de rares sourcils blonds par-dessus ; les cheveux que l'on pouvait voir étaient rares et d'un blond roux. Quel concours de circonstances avait pu amener cet homme à trahir son pays et à prendre du service chez Bonaparte ? La haine d'aller en prison, peut-être. Hornblower savait ce que c'est qu'être prisonnier ; il avait été au Ferrol, à Rosas, en France. Mais ce visage racé ne semblait pas appartenir à un être qui devait se tourmenter d'être détenu, au point de songer à se détruire. Peut-être une femme l'avait-elle poussé ou conduit là. Ou bien, c'était un déserteur de la marine de guerre qui avait fui pour échapper au châtiment. Il serait curieux de voir s'il avait le dos marqué par ces cicatrices que laisse le chat à neuf queues. Peut-être était-ce un Irlandais, un de ces fanatiques qui, aveuglés par la haine, se refusaient à reconnaître que ce que l'Angleterre avait fait de pire à l'Irlande n'était rien auprès de ce que Bonaparte ferait à une Angleterre tombée en son pouvoir.

Quel que fût son cas, c'était un homme habile, et d'esprit prompt. Dès qu'il avait vu le *Lotus* lui couper la retraite vers la terre ferme, il avait résolument pris le seul parti qui lui donnât une chance de sûreté ; il avait gouverné le *Maggie Jones* droit sur le *Nonsuch*, de l'air le plus innocent du monde ; l'idée de la petite vérole était ingénieuse ; la conversation du bonhomme par le porte-voix avait semblé presque naturelle.

— Est-ce qu'il vivra ? demanda Bush au médecin.

— Non, monsieur. La mâchoire est trop gravement fracassée de part et d'autre. Le maxillaire a littéralement volé en éclats. La langue, toute la région glottique pharyngienne est en lambeaux. L'hémorragie pourrait être fatale ; je ne pense pas que la mort soit imminente, mais je ne crois pas que quelque chose puisse arrêter la mortification des chairs ; je veux dire : la gangrène. Dans cette région, la gangrène est toujours fatale. Quoi qu'il advienne, l'homme mourra d'inanition, de faim et de soif. Je veux dire : même si nous pouvions le garder vivant pendant quelque temps, par des injections rectales.

Sourire du langage de ce médecin, s'abandonner à des propos frivoles, eût été du sadisme.

— Donc, il semble que rien ne puisse plus le sauver désormais ?

Une vie humaine était en question.

— Monsieur, fit Bush, tourné vers Hornblower, nous devons le pendre avant qu'il meure ! Nous pourrions réunir d'urgence une cour martiale.

— Il ne pourrait pas se défendre ! dit Hornblower.

Bush leva les bras, d'un geste qui, à ses yeux, était plein d'éloquence.

— Quelle défense, monsieur, aurait-il à nous offrir ? Nous avons toutes les preuves dont nous avons besoin. En dehors des faits qui ressortent de l'évidence, les prisonniers ne nous les ont-ils pas fournies ?

— S'il pouvait parler, dit Hornblower, il pourrait réfuter l'évidence.

L'idée semblait absurde. La culpabilité de Clarke ne pouvait faire de doute. Sa tentative de suicide l'avait prouvée, en admettant qu'il n'y eût aucune autre preuve. Mais Hornblower savait parfaitement qu'il lui serait impossible d'exécuter un homme physiquement incapable d'exposer une défense, quelle qu'elle fût.

— Monsieur, si nous tardons, il nous glissera entre les doigts.

— Tant pis !

— Mais l'exemple, monsieur ? L'exemple pour les hommes...

Hornblower s'emporta :

— Non, non et non ! fit-il. Quelle sorte d'exemple serait-ce pour les hommes que de pendre un mourant ? Un homme qui ne saurait pas ce qu'on lui ferait ?

Le visage de Bush était horrible à voir. Bush était bon, bienveillant ; il avait été un bon frère pour ses sœurs, un bon fils pour sa mère, mais ce visage laissait clairement transparaître l'ardent besoin de cruauté, l'envie de pendre. Non, ce n'était pas tout à fait cela. Ce dont Bush avait besoin, c'était de vengeance, de vengeance à l'égard d'un traître qui avait porté les armes contre leur patrie.

— Cela pourrait apprendre aux hommes à ne pas déserter ! dit-il, essayant encore de discuter.

Hornblower savait (il avait vingt ans d'expérience) que tout capitaine britannique était hanté par l'idée de désertion, et passait la moitié de ses heures de veille à se demander, d'abord comment trouver des matelots, et ensuite comment les garder.

— Peut-être ! dit Hornblower. Mais j'en doute.

Il ne pouvait imaginer que l'exemple pût faire un bien quelconque, mais il se représentait aisément le mal qu'il ferait si les hommes étaient obligés d'être les témoins de la scène horrible : un homme, impuissant, incapable même de se tenir debout, le cou pris dans un nœud coulant et enlevé en l'air au bout d'une fusée de vergue.

Mais Bush, lui, avait soif de sang. Bien qu'il ne trouvât plus rien à dire, un certain regard demeurait dans ses yeux, une protestation muette faisait trembler ses lèvres.

— Merci, capitaine Bush ! lui dit Hornblower. Ma décision est prise !

Bush ne savait pas, peut-être pourrait-il ne jamais apprendre, que la vengeance pure et simple, sans objet, de pures représailles, est toujours sans intérêt comme sans profit.

VIII

« BLANCHEFLEUR »

Le *Blanchefleur* devait rôder encore autour de l'île de Rugen. Le cap Arcona offrirait un repaire avantageux, la navigation qui descendait la Baltique, venant des ports russes et finnois, devait y passer en vue de la terre et y être aisément happée, cernée entre la terre et le haut-fond de deux brasses de l'Adlergrund. Il ignorait l'arrivée d'une escadre britannique ; il ne pouvait pas deviner que la capture presque immédiate du *Maggie Jones* avait si promptement révélé sa présence en ces lieux.

— Messieurs, je pense que tout ceci est pour vous parfaitement clair ? dit Hornblower, promenant les yeux autour de sa chambre sur ses capitaines assemblés.

Il y eut des murmures d'accord. Le commandant du *Lotus,* Vickery, et Cole, celui du *Raven,* regardaient le commodore, implacables et pleins d'espoir. Chacun d'eux espérait que ce serait sa corvette qui rencontrerait le *Blanchefleur.* Le succès d'un navire sur un autre d'une force si voisine était le moyen le plus rapide d'être promu capitaine. Vickery était jeune et ardent. C'était lui qui avait commandé les bâtiments qui avaient coupé le *Sèvres* de la terre, et Cole avait le dos voûté et la tête grise. Mound, le capitaine du *Harvey,* et Duncan, celui de la *Moth,* étaient tous deux de jeunes lieutenants ; Freeman, du cotre *Clam,* basané, de longs cheveux noirs, l'air d'un bohémien, était d'un autre type ; on eût été moins étonné de le trouver capitaine d'un navire de contrebande que capitaine d'un navire du Roi. Ce fut Duncan qui posa la question :

— Pardon, monsieur, mais la Poméranie suédoise est-elle neutre ?

— Voilà une question, monsieur Duncan, dont le Gouvernement de Sa Majesté serait content de connaître la réponse ! dit Hornblower avec un sourire.

Il eût voulu paraître austère et distant, mais avec ces gentils garçons, la chose n'était pas facile.

Ils lui sourirent à leur tour et ce fut avec une curieuse angoisse que Hornblower se rendit compte que ses subordonnés étaient déjà férus de lui ; il se disait, avec un vague sentiment de culpabilité, que, s'ils savaient sur lui toute la vérité, il se pourrait qu'ils l'aimassent moins.

— D'autres questions, messieurs ? Non ? Alors, vous pouvez disposer, regagner vos bâtiments et prendre vos postes pour la nuit.

A l'aube, quand le commodore monta sur le pont, une brume légère couvrait la surface de la mer. Le vent d'ouest était tombé. Les eaux des banquises en fusion du golfe de Finlande avaient tout loisir de refroidir l'air humide et chaud, et de condenser son humidité en brouillard.

— Elle pourrait être plus épaisse, monsieur ! grommela Bush, mais pas beaucoup plus !

Du gaillard d'arrière, le mât de misaine était visible, mais non le beaupré. Poussé par une très faible brise du nord, le *Nonsuch* faisait route en silence, tanguant à peine, sur une mer d'huile, dans un ferraillement discret de poulies et de cordages.

— J'ai sondé à trois heures, monsieur, vint dire Montgomery. Quatre-vingt-onze brasses. Boue grise. Ce doivent être les bas-fonds d'Arcona.

— Très bien, monsieur Montgomery ! dit Bush.

Hornblower était presque certain que les façons cassantes de Bush avec ses lieutenants étaient calquées sur celles que Hornblower lui-même avait eues envers lui quand Bush était encore son premier lieutenant.

— Nous flairons notre route à la sonde, dit Bush, l'air dégoûté. Comme un chalutier du Dogger Bank ! Vous vous rappelez, monsieur, ce que les prisonniers disaient du *Blanchefleur ?* Oui, vous vous rappelez sûrement : que les corsaires ont à bord des pilotes qui connaissent toutes ces eaux-ci comme leur poche !

Chercher sa route à tâtons dans la brume sur des hauts-fonds n'était pas le genre de sport pour lequel un gros bateau à deux ponts était fait ; mais, dans une campagne comme celle-ci, le *Nonsuch* avait une importance toute spéciale. De ce côté-ci du Sund, il y avait peu de bateaux qui pussent rivaliser de puissance avec lui ; sous sa protection, la flottille pouvait croiser partout où cela serait nécessaire. Danois, Suédois, Russes et Français disposaient de beaucoup de petit tonnage, mais, si le *Nonsuch* faisait son apparition, ils seraient impuissants à lui barrer la route.

— S'il vous plaît, monsieur, dit Montgomery, la main au chapeau, n'est-ce pas le canon qu'on entend ?

Dans la brume froide et visqueuse qui les enveloppait, tous prêtèrent l'oreille. D'abord, les seuls bruits furent ceux du navire et celui de l'eau de condensation du brouillard qui ruisselait du gréement sur le pont ; puis un coup sourd parvint à leurs oreilles.

— Monsieur, c'est le canon ! Ou je ne m'appelle pas Sylvanus Montgomery !

— Ça vient de l'arrière ! dit Hornblower.

— Je vous demande pardon, monsieur, je croyais que c'était de bâbord avant !

— Le diable emporte ce brouillard ! dit Bush.

Si le *Blanchefleur,* averti de la présence d'une escadre britannique lancée à sa poursuite, venait à s'échapper, il s'évanouirait dans cette brume comme une aiguille dans une botte de foin. Hornblower leva un doigt mouillé, puis regarda dans l'habitacle.

— Le vent est du nord, dit-il. Peut-être nord-nord-est.

Circonstance favorable. Sous le vent, c'est-à-dire vers la seule voie possible d'évasion, se trouvaient Rugen et la côte de Poméranie suédoise, à vingt milles d'où ils étaient. Si le *Blanchefleur* ne réussissait pas à passer à travers les mailles du filet que Hornblower avait tendu, il serait pris !

— Sondez, monsieur Montgomery ! dit Bush.

— Bien, monsieur. Voilà !

— Encore un coup de canon ! fit Hornblower. Et par bâbord avant, pas d'erreur !

Un grand cri partit de la tête de mât :

— Voile en vue ! Droit devant !

De ce côté, la brume était un peu plus claire. A une distance que l'on pouvait peut-être évaluer à un quart de mille, on devinait un pâle fantôme de navire glissant dans le brouillard par le travers.

— Trois-mâts carré, franc tillac ! dit Bush. Ma tête à couper que c'est le *Blanchefleur !*

Dans un banc de brouillard plus épais, le fantôme s'évanouit, aussi vite qu'il avait apparu.

— Tribord toute ! rugit Bush. Des hommes aux bras de vergues !

Hornblower était à l'habitacle, se hâtant de prendre un relèvement.

— Comme ça ! ordonna-t-il au timonier. Gardez la même allure !

Avec cette brise légère, le corsaire solidement gréé serait capable de faire route plus vite qu'un gros pataud de vaisseau à deux ponts. Tout ce qu'on pouvait espérer, c'était de tenir le *Nonsuch* au vent du *Blanchefleur* afin de le prévenir s'il tentait de forcer le cordon.

— Tout le monde sur le pont ! dit Bush. Aux postes de combat !

Par tout le bâtiment, les tambours se mirent à battre ; les hommes accoururent, montant de l'entrepont pour gagner leurs postes.

— Les canons en batterie ! cria encore Bush. Une bordée dans la panse, et il est à nous !

Les affûts roulants des caronades grondèrent tandis que trois cents tonnes de bronze étaient mises en batterie. Autour de chaque culasse, un groupe d'hommes s'empressait. Les mèches se consumaient sinistrement dans les chandeliers.

— Ohé du mât ! Ouvrez l'œil ! hurlait Bush.

Puis, placide, à Hornblower :

— ... Il pourrait virer de bord et nous semer !

Il était possible que la vigie se trouvât au-dessus de la nappe de brume. Le guetteur du *Nonsuch* pouvait risquer d'apercevoir un bout des mâts de hune du *Blanchefleur*, alors que, du pont, on ne voyait rien.

Pendant quelques minutes, il n'y eut d'autre bruit que le cri du sondeur. Le *Nonsuch* roulait mollement dans le creux des lames, mais dans la brume il était difficile de se rendre compte qu'il faisait de la route.

— Fond vingt brasses ! cria le sondeur.

Il n'avait pas lâché le dernier mot que Hornblower et Bush se tournaient l'un vers l'autre et se regardaient dans les yeux. Jusqu'alors, c'est dans leur subconscient qu'ils avaient enregistré les cris sans que leur esprit y prêtât une attention quelconque. Mais « fond vingt brasses » signifiait qu'il n'y avait plus maintenant que vingt brasses d'eau au plus sous leur quille.

— Les hauts-fonds, monsieur ! fit Bush.

De nouveau, la vigie cria :

— Voile un quart sous le vent, monsieur !

Bush et Hornblower bondirent à la rambarde, mais dans cette brume visqueuse on ne discernait rien.

— Vigie, là-haut ! Que voyez-vous ?

— Rien pour l'instant, monsieur. Tout juste aperçu un instant les cacatois d'un bâtiment ! Ah ! Je les vois de nouveau, monsieur ! Deux quarts, trois quarts de l'arrière par bâbord !

— Quelle route ?

— La même que nous, monsieur. Il a de nouveau disparu !

— Faut-il laisser porter sur lui, monsieur ? demanda Bush.

— Pas encore ! dit Hornblower.

— A vos pièces, à bâbord ! ordonna Bush.

Même une salve trop courte pouvait arracher un espar ou deux et laisser la proie sans défense.

— Dites aux hommes de ne pas tirer sans ordres ! dit Hornblower. Ce pourrait être le *Lotus !*

— Ma parole, c'est vrai ! fit Bush.

Dans la file qui balayait la mer, vers Rugen, le *Lotus* s'était trouvé par le travers bâbord du *Nonsuch.* Qu'il eût tiré, c'était indéniable. Ce devait être le *Lotus.* Il devait s'être mis à la poursuite du *Blanchefleur,* ce qui avait pu l'amener exactement à la position où ces cacatois avaient été vus. Les cacatois de deux corvettes gréées en trois-mâts franc, vus à travers la brume, devaient assez se ressembler pour tromper le regard, même celui d'un marin expérimenté.

— Le vent fraîchit, monsieur, fit Hurst.

— Oui, dit Bush. Plaise à Dieu qu'il dissipe la brume !

Le *Nonsuch* s'inclinait d'une façon perceptible à cette brise qui fraîchissait. La joyeuse chanson de la mer venait de l'avant.

— Fond dix-huit brasses ! cria le sondeur.

Tout de suite après, vingt voix s'élevèrent ensemble en un grand cri :

— Le voilà ! Le voilà ! Voile à bâbord ! C'est le *Lotus !*

De ce côté, la brume s'était éclaircie. C'était bien là, en effet, le *Lotus,* toutes voiles dehors, à trois encablures du *Nonsuch.*

— Demandez-lui où est l'ennemi ! lança Bush.

L'œil à la lunette, l'aspirant déchiffra le signal : « Voile aperçue dernière fois par l'avant. »

— Ça nous fait une belle jambe ! grommela Bush.

Il restait encore assez de ces lambeaux de brume pour masquer le cercle entier de l'horizon, bien qu'un pâle soleil mouillé flottât dans l'air, qu'un disque (d'argent plutôt que d'or) fût visible vers l'est.

— Le voilà ! cria soudain quelqu'un à la tête du mât : Coque sous l'horizon à un quart de l'avant par bâbord.

— Sacredieu ! Il s'est débiné ! fit Hurst. Il a dû manœuvrer dès qu'il nous a vus !

Le *Blanchefleur* était à six bons milles, ses cacatois seuls visibles du pont du *Nonsuch,* faisant route en plein dans le vent, toutes voiles dehors. Tout un chapelet de signaux monta à la drisse du *Lotus* et un coup de canon attira l'attention sur l'urgence de son signal.

— Il l'a vu, lui aussi ! dit Bush.

— Virez lof pour lof, capitaine Bush, s'il vous plaît ! Et signalez : « Poursuite générale. »

Le *Nonsuch* vira lof pour lof, les officiers jurant sur les hommes, et leur reprochant leur lenteur. Le *Lotus* évita, son avant droit sur le *Blanchefleur.* Avec cette côte poméranienne devant soi, le *Nonsuch* au vent, le *Lotus* et le *Raven* de chaque bord, le *Blanchefleur* était fait.

— Le *Raven,* là-bas, doit être à peu près à sa hauteur, monsieur, dit Bush, se frottant les mains. Et nous allons bientôt récupérer les galiotes à bombes, dans ce brouillard, où qu'elles soient !

— Fond quatorze brasses ! psalmodia le sondeur.

Hornblower regardait l'homme à son poste faire tourner la sonde avec force et adresse, la plonger loin devant lui, lisant la profondeur tandis que le navire passait à la verticale ; et puis la brandissant de nouveau pour un autre coup. Besogne harassante, exercice ardu, incessant ; sans compter que le sondeur ne pouvait éviter de se tremper jusqu'aux os, à haler ainsi à bord cent pieds de ligne ruisselante. Hornblower connaissait assez la vie qu'on mène sous les ponts pour savoir que l'homme aurait peu de chance de trouver jamais des vêtements secs ; il se rappelait qu'aspirant à bord de l'*Indefatigable* de Pellew, il était à la sonde au cours de la nuit furieuse où ils avaient abordé et coulé *Les Droits de l'Homme* dans les brisants de la Biscaye. Cette nuit-là, il avait été glacé jusqu'aux os, les doigts si gourds qu'il lui était presque impossible de sentir la différence entre les repères. Il était probable qu'il n'eût pas su jeter la sonde aujourd'hui, s'il l'avait tenté, et il était tout à fait certain de ne pas se rappeler l'ordre arbitraire des repères. Il espérait que Bush serait assez humain, qu'il aurait assez de bon sens pour veiller à ce que les sondeurs soient relevés à des intervalles raisonnables, et pour leur donner le moyen de sécher leurs vêtements ; mais il ne pouvait pas intervenir directement dans ce sens. Bush était personnellement responsable du service intérieur du bâtiment ; il serait jaloux à bon droit de toute immixtion. Même dans le lit d'un commodore, les roses ont parfois des épines.

— Fond dix brasses ! cria le sondeur.

— Monsieur, vint dire un aspirant, le *Raven* est en vue, au-delà de l'ennemi. Il met le cap sur lui pour lui couper la retraite.

— Très bien, dit Hornblower.

— Le Rugen aussi est en vue, monsieur, dit Bush. Et voilà le Stubbenkammer, ou je ne sais comment on dit, enfin, une falaise blanche !

De sa lunette, Hornblower parcourut l'horizon. Le destin se fermait autour du *Blanchefleur*, à moins qu'il réussît à se réfugier dans les eaux de la Poméranie suédoise ; et il était bien évident que telle était son intention. Bush avait étalé sa carte et prenait des relèvements sur la lointaine tache blanche du Stubbenkammer. Le commodore étudiait la carte. A l'abri de Rugen, Stralsund était une place forte ; elle avait récemment subi l'assaut de plus d'un siège. Si le *Blanchefleur* réussissait à y entrer, et si les Suédois estimaient à propos de lui donner asile, il y serait en sûreté. Mais tout le reste de la côte qu'on avait devant soi n'était que hauts-fonds, bancs de sable. Quelques baies avaient assez d'eau pour permettre l'accostage, mais, de ces baies, les batteries marquées sur la carte défendaient l'accès. Tout au plus pouvait-on tenter quelque chose si le *Blanchefleur* se réfugiait dans l'une d'elles : son tirant d'eau devait être assez faible ; mais s'il réussissait à atteindre Stralsund, le cas était désespéré.

Au cours de cette interminable guerre, toute aide à la navigation avait disparu. Pas une bouée n'avait été laissée en place pour marquer le chenal navigable (que la carte appelait « le Bodden ») jusqu'à Stralsund. Sur le *Lotus,* Vickery ferait bien d'ouvrir l'œil et de sonder pour y trouver sa route.

— Fond sept brasses ! cria l'homme à la sonde.

Le *Nonsuch* était déjà dans des eaux très basses ; Bush paraissait inquiet.

— S'il vous plaît, capitaine Bush, diminuez la toile !

Il n'y avait aucune chance pour que le *Nonsuch* rattrapât le *Blanchefleur.* S'il devait s'échouer, autant valait le faire aussi légèrement que possible.

— Monsieur, l'ennemi est en train de serrer le vent, dit Hurst.

C'était vrai. Il était évident que le *Blanchefleur* renonçait à tenter d'atteindre Stralsund. Et cela, grâce à Vickery qui, toutes voiles dehors, en dépit des hauts-fonds, avait donné la chasse avec une témérité héroïque.

— S'il continue longtemps à tenir cette route-là, dit Bush, très excité, le *Raven* a une chance de l'avoir.

— L'ennemi est amuré de l'autre bord ! dit Hurst.

— Cinq brasses et demie ! cria le sondeur.

De plus en plus inquiet, Bush se mordait la lèvre. Son précieux bâtiment était en train de s'empêtrer dans les hauts-fonds, au vent d'une côte, avec trente-trois pieds d'eau seulement sous sa quille.

— Mettez-vous en panne, capitaine Bush ! dit Hornblower.

Il n'y avait aucune raison de s'aventurer plus loin avant de savoir quelles étaient les intentions du *Blanchefleur.* Le *Nonsuch* lofa et épaula la houle légère par bâbord avant. Le soleil chauffait doucement.

— Qu'est-ce donc qu'il arrive au *Raven* ? cria Bush, tout à coup.

Le petit mât de hune de la corvette, vergue, voile et tout, venait de se briser net et pendait en une confusion lamentable parmi ses focs.

— Échoué, monsieur ! dit Hurst, la lunette à l'œil. Il s'est échoué !

La violence avec laquelle le *Raven* avait touché le fond avait brisé tout net son mât de hune.

— Il cale huit pieds de moins que nous, monsieur, dit Bush.

Mais toute l'attention de Hornblower venait de se reporter de nouveau sur le *Blanchefleur*. De toute évidence, le fuyard avait trouvé le moyen de remonter le chenal vers l'abri de Hiddensœ. D'après la carte, il n'y avait là de marqué qu'un fond unique : un « deux et demie » un peu laconique. Deux brasses et demie ? Quinze pieds d'eau et une batterie à la pointe de la longue péninsule ? Le *Blanchefleur* pouvait se considérer comme sauvé si les Suédois entendaient le protéger. A l'horizon (au vent) Hornblower apercevait les drôles de huniers des galiotes à bombes ; Duncan et Mound, après avoir avancé à tâtons dans la brume, devaient avoir aperçu le *Nonsuch* alors qu'ils gagnaient le rendez-vous au large du cap Arcona.

— S'il vous plaît, capitaine Bush, dit Hornblower, envoyez les canots porter secours au *Raven*.

— Bien, monsieur.

Enlever la chaloupe et le cotre de leurs berceaux et les hisser par-dessus bord était une opération qui exigeait environ deux cents hommes. Les sifflets roulèrent ; la ravine des maîtres de manœuvre secoua les puces aux traînards. Les réas crissaient dans les poulies, des pieds nus piétinaient les ponts ; la masse du *Nonsuch* elle-même prit un peu de bande par le déplacement du poids. Hornblower eut de nouveau recours à sa lunette.

Le *Blanchefleur* avait déniché un drôle de mouillage. Il se trouvait entre l'île principale de Rugen et la bande de terre, étroite et longue, de Hiddensœ, qui était, plutôt qu'une île, une sablière, un chapelet de dunes émergeant des basses eaux jaunâtres. En fait, le gréement du *Blanchefleur* était encore pleinement visible sur le fond bas des falaises de boue de Rugen ; seule sa coque était cachée par les dunes de Hiddensœ, allongées en face de lui, comme un long brise-lames incurvé. A l'un des bouts de Hiddensœ, il y avait une batterie. Hornblower distinguait nettement les silhouettes des canons, traits noirs sur le fond vert des embrasures gazonnées qui couvraient l'une des entrées de la rade minuscule ; à l'autre bout, les crêtes des vagues brisées indiquaient qu'il n'y avait même pas assez d'eau pour qu'une chaloupe pût passer. L'escadre avait bien réussi à empêcher l'évasion du corsaire vers Stralsund, mais le *Blanchefleur* n'était-il pas tout autant en sécurité là où il était maintenant, entouré de plusieurs milles de bancs de sable, et cette batterie pour le protéger ? Une manœuvre pour le cerner devait être tentée par les canots, ramant d'abord à découvert pendant des milles, à travers les petits fonds, puis empruntant un chenal étroit, sous le feu des canons de la batterie, et enfin ramenant la prise sous le même feu, par-dessus les bancs inconnus ! Perspective peu engageante. Hornblower pouvait débarquer de l'infanterie de marine sur le front de Hiddensœ, face au large, et essayer de prendre d'assaut la batterie, de vive force ; mais, si le groupe d'assaut ne réussissait pas à opérer par surprise, une telle tentative était de nature à provoquer une sanglante riposte. En outre, la garnison de la batterie devait être composée de Suédois, et Hornblower désirait ne pas verser du sang suédois. La Suède n'était que nominalement une ennemie ; une opération brutale pouvait faire d'elle une ennemie active. Le commodore se rappelait les paragraphes de ses Instructions qui, précisément, insistaient sur ce point.

Comme un écho à ses pensées, l'aspirant signaleur reparut, salua, apportant un communiqué :

— Un signal ! du *Lotus,* monsieur !

Hornblower lut le message, écrit sur l'ardoise en majuscules ébauchées :

— Des pavillons parlementaires partis de Stralsund. Leur avons permis de passer !

— Faites l'aperçu ! dit Hornblower.

Du diable s'il y comprenait quelque chose. Qu'est-ce que cela voulait dire ? Un drapeau blanc, à la rigueur, on pouvait s'y attendre, mais Vickery en signalait au moins deux ! Il tourna sa lunette vers le point. Vickery avait très raisonnablement jeté l'ancre du *Lotus,* exactement entre le refuge de *Blanchefleur* et un secours possible qui serait venu de Stralsund.

Une petite voile, non : deux, non : trois faisaient route vers le *Nonsuch.* Elles venaient de doubler le *Lotus.* Toutes trois offraient ce drôle de gréement propre à la Baltique, un peu comme celui des Hollandais, mais avec un air étranger : avants ronds, ailes de dérive et de grandes voiles auriques. Au plus près, l'eau blanche écumant sous leurs avants tronqués, l'embrun volant en nappes, même par cette petite brise, ils avaient de toute évidence mis tout dessus, absolument comme s'il se fût agi d'une régate.

— Qu'est-ce que ça veut dire ? fit Bush, braquant sur eux sa lunette.

Ce pouvait être une ruse destinée à gagner du temps. Hornblower regarda de nouveau par-dessus la sablière dans la direction du gréement du *Blanchefleur.* Le corsaire avait tout cargué ; il était au mouillage.

— Monsieur, c'est blanc au-dessus du jaune et du bleu ! dit Bush, qui n'avait pas cessé d'observer les bateaux qui venaient. Les couleurs suédoises sous le drapeau blanc !

Hornblower tourna sa lunette sur le bateau de tête, confirma ce que Bush avait dit.

— Celui qui suit, monsieur (Bush riait, comme pour s'excuser de sa propre innocence), je sais que c'est bizarre, mais on dirait exactement d'un pavillon britannique sous une marque de parlementaire !

La chose était à peine croyable. On pouvait aisément faire erreur en identifiant, à cette distance, le pavillon d'un petit bateau. Mais la lunette de Hornblower parut encore confirmer la chose.

— Que voyez-vous, monsieur Hurst, au second bateau ?

— Couleurs britanniques sous le blanc, monsieur ! dit-il.

Le troisième était assez loin en arrière ; ses couleurs n'étaient pas aussi faciles à distinguer.

— Monsieur, dit Hurst, je crois qu'il s'agit d'un Français.

Le bateau de tête approchait très vite, maintenant.

Ce fut un grand monsieur, corpulent, mais incontestablement distingué qui fut hissé et balancé jusque sur le pont dans la chaise du maître d'équipage. Il était vêtu d'une vareuse bleue à boutons d'or, ornée d'épaulettes, et maintenait d'une main son tricorne. Avant de le poser (c'était un chapeau grand pavois, à plume blanche, avec cocarde suédoise) en travers de sa poitrine pour un salut qui balaya le pont, il avait redressé son épée et son col, qui avaient glissé :

— Baron Bassé ! dit-il, se présentant au commodore.

Hornblower s'inclina :

— Capitaine Sir Horatio Hornblower, commodore, commandant cette escadre.

Bassé avait un double menton imposant, un grand nez crochu, un œil gris, au regard dépourvu de chaleur. Il était évident qu'il ne pouvait que deviner ce que Hornblower avait dit.

— Vous... livrez bataille ? fit-il au prix d'un effort.

— Je suis à la poursuite d'un corsaire battant couleurs françaises ! dit Hornblower.

Puis, se rendant compte soudain de la difficulté de se faire comprendre dans une circonstance où il y avait lieu de choisir ses mots avec un soin diplomatique :

— Holà ! Où est monsieur Braun ?

L'interprète parut, se présenta brièvement au Suédois. Hornblower observait la réaction des regards entre les deux hommes. Il était clair que, politiquement, ils étaient les pires ennemis, mis ici en présence sur le terrain relativement neutre d'un bâtiment de guerre britannique. Bassé tira d'une poche intérieure une lettre qu'il tendit à Braun, lequel y jeta les yeux avant de la tendre lui-même à Hornblower et de dire :

— C'est une lettre du gouverneur général de la Poméranie suédoise disant que ce monsieur, le baron Bassé, a toute sa confiance.

— Je comprends, dit Hornblower.

Bassé était déjà en train de parler à Braun avec une incroyable volubilité.

— Il dit qu'il désire savoir ce que vous allez faire, expliqua Braun.

— Dites-lui que cela dépend de ce que font les Suédois. Demandez-lui si la Suède est neutre.

Il fut tout de suite évident que la réponse ne se bornait pas à un simple mot. *oui* ou *non.* Bassé offrit une explication pleine de longueurs. Braun traduisit :

— Il dit que la Suède ne désire que rester en paix avec tout l'univers.

— Dites-lui que cela veut dire : neutralité, et que la neutralité a des obligations, tout comme elle a des privilèges. Il y a là un bateau de guerre battant couleurs françaises. Il convient qu'il soit averti que sa présence dans les eaux suédoises ne peut être tolérée que pour un temps limité. Je désire être informé de la durée de cette tolérance.

A mesure que Braun traduisait, le lourd visage de Bassé révélait un embarras qui allait croissant. Il répondit, agitant les mains avec véhémence.

— Il dit qu'il ne peut violer les lois de l'amitié internationale, dit Braun.

— Dites-lui que c'est pourtant très précisément ce qu'il

fait. Ce bâtiment ne peut être autorisé à se servir d'un port suédois comme base d'opérations. Il doit être invité à partir. S'il refuse, il doit être interné et une garde doit être mise à son bord, afin que l'on soit sûr qu'il ne s'échappe pas.

Bassé tordait positivement ses deux mains pendant que Braun lui parlait. La réponse qu'il allait faire fut coupée net. Bush venait de s'approcher et saluait Hornblower :

— Monsieur, le drapeau blanc français est accosté. Dois-je lui permettre d'envoyer quelqu'un à bord ?

— Oui, dit vivement Hornblower.

Bien que plus petit que Bassé, le nouveau personnage qui parut à la coupée était encore plus décoratif que le Suédois. Sur sa vareuse bleue s'étalait, porté en écharpe, le cordon de soie rouge moirée ; la croix de la Légion d'honneur brillait sur sa poitrine. Lui aussi balaya le pont de son chapeau en un salut très raffiné.

— Comte Joseph Dumoulin ! fit-il en français. Consul général en Poméranie suédoise de Sa Majesté Impériale et Royale Napoléon, empereur des Français, roi d'Italie, protecteur de la Confédération du Rhin, médiateur de la république helvétique.

— Capitaine Hornblower, dit Hornblower.

Il était soudain devenu prudent à l'extrême. Son Gouvernement n'avait jamais reconnu ces titres redondants que Dumoulin venait de débobiner. Aux yeux du roi George et de ses ministres, Napoléon, l'empereur des Français, n'était que le général Bonaparte en sa qualité personnelle, et le chef du Gouvernement français en sa qualité officielle. Plus d'une fois, des officiers britanniques s'étaient attiré de sérieuses difficultés pour avoir apposé leurs noms sur des documents — « cartels » et autres similaires — qui portaient ne fût-ce que des allusions fortuites à l'Empire.

— Quelqu'un ici parle-t-il le français ? demanda Dumoulin, le plus poliment du monde. Je regrette vivement l'impossibilité où je suis de parler l'anglais.

— Monsieur, dit Hornblower, vous pouvez vous adresser à moi. Une explication de votre présence à bord de ce navire me sera très agréable.

— Monsieur, dit Dumoulin, vous parlez admirablement le français. Ah ! il est vrai. Je me rappelle ! Vous êtes le capitaine Hornblower. C'est vous qui avez réussi, il y a un an, cette évasion spectaculaire. C'est un plaisir pour moi de rencontrer un gentilhomme d'une telle réputation !

Il s'inclina de nouveau. Hornblower éprouvait un étrange plaisir, mêlé de confusion, à découvrir que sa renommée l'avait précédé jusque dans ce coin perdu de la Baltique. Mais, en même temps, il était irrité à la pensée que ceci n'avait rien à faire avec la question brûlante qui faisait l'objet de l'entretien.

— Merci ! dit-il. Mais j'attends toujours une explication, la raison de l'honneur que me vaut votre visite.

— Je suis ici pour appuyer la déclaration de *monsieur le baron* relative à la position de la Poméranie suédoise en matière de belligérance.

Braun traduisit. L'embarras de Bassé augmenta encore, d'une façon nettement perceptible.

— Un bâtiment battant pavillon anglais vient d'accoster, monsieur, dit Bush intervenant.

Le visiteur qui se présenta à Hornblower était d'une corpulence exagérée ; il portait un complet civil de drap sombre.

— Hauptmann ! dit-il, cassé en deux au niveau de la ceinture.

Il parlait l'anglais avec un lourd accent allemand.

Agent consulaire de Sa Majesté britannique à Stralsund !

— Que puis-je pour vous, monsieur Hauptmann ? demanda Hornblower, s'efforçant de ne pas se laisser déconcerter.

— Je suis venu, dit Hauptmann — en réalité il disait : *I haf gome* [1] — pour aider à vous expliquer la position de la Poméranie suédoise.

— Je ne vois pas la nécessité d'une explication de cette sorte, dit Hornblower, en anglais, lui aussi. Si la Suède est neutre, ce corsaire doit, ou bien être contraint de partir, ou bien être interné. Si la Suède est belligérante, j'ai les mains libres et je suis en droit de prendre telle mesure que je jugerai à propos.

Du regard, il fit le tour de l'auditoire. Braun se mit à traduire en suédois.

— Qu'est-ce que vous venez de dire, commandant ? demanda Dumoulin.

1. Pour *I have come. (N.d.T.)*

Hornblower s'embarqua à corps perdu dans une traduction française ; la malédiction de Babel fondit sur le *Nonsuch.* Tout le monde tentait de parler à la fois ; la traduction se heurtait à des remontrances. Ce que voulait Bassé, de toute évidence, c'était le bien de tous, c'est-à-dire faire croire, à la fois à la France et à l'Angleterre, que la Suède était pour l'une et pour l'autre une amie. Ce que voulait Dumoulin, c'était être sûr que le *Blanchefleur* pourrait poursuivre ses déprédations dans la navigation britannique.

Hornblower regardait l'agent consulaire anglais.

— Voulez-vous, dit Hauptmann, m'accompagner un instant ?

Il avait posé sa main grasse sur le bras de Hornblower ; mais le bras se refusait au contact. Le précédant de l'autre côté du gaillard, il l'entraîna jusqu'à ce qu'ils fussent hors de portée.

— Vous êtes jeune, dit-il alors, de but en blanc. Je connais les jeunes officiers de marine. Vous êtes tous des entêtés. Vous allez vous laisser guider par mes conseils. Ne faites rien, monsieur, n'agissez point de façon précipitée. La situation internationale est ici très tendue, vraiment très tendue. Une fausse mesure peut aboutir à une catastrophe. Insulter la Suède pourrait signifier la guerre, vraiment la guerre, et non point un simulacre de guerre. Il faut être prudent, quoi que vous fassiez !

— Je suis toujours prudent, riposta Hornblower. Vous attendez-vous à ce que je permette à ce corsaire de se conduire comme s'il était à Brest ou à Toulon ?

Braun venait les rejoindre :

— Le baron Bassé me prie, monsieur, de vous dire que Bonaparte a deux cent mille hommes aux portes de la Poméranie. Il désire que je vous dise que l'on ne peut pas offenser le chef d'une armée de cette importance.

— Cela corrobore absolument ce que j'ai dit, commandant ! fit Hauptmann.

En ce point, Dumoulin parut, et Bassé après lui. Nul n'était tout à fait rassuré de voir l'un quelconque de ses collègues rester seul, fût-ce un instant, avec le commandant britannique.

L'instinct tactique de Hornblower vint à propos à son secours ; la meilleure défensive est encore une offensive, locale et vigoureuse. Il se tourna vers Hauptmann :

— Puis-je vous demander, monsieur, comment Sa Majesté entretient un agent consulaire dans un port dont la neutralité est douteuse ?

— C'est nécessaire, à cause de l'octroi de licences au commerce.

— Êtes-vous accrédité par Sa Majesté auprès du Gouvernement suédois ?

— Non, monsieur. Je suis accrédité près de Sa Majesté bavaroise.

— Vous dites bien : Sa Majesté bavaroise ?

— Oui. Je suis sujet de Sa Majesté bavaroise.

— Qui, comme par hasard, est en guerre avec Sa Majesté britannique ! fit Hornblower.

Démêler l'enchevêtrement de la politique baltique, les hostilités et les neutralités, plus ou moins secrètes, était absolument hors de question. Hornblower écouta l'argumentation et les remontrances des uns et des autres. Il le fit jusqu'au moment où il ne put en supporter davantage ; son impatience avait fini par devenir si apparente que ses visiteurs parurent inquiets.

— Messieurs, leur dit Hornblower, je ne puis conclure pour l'instant. J'ai besoin de réfléchir, de peser les renseignements que vous m'avez fournis. Comme représentant d'un gouverneur général, je pense, monsieur le baron Bassé, que vous avez droit, au moment où vous quitterez ce navire, à une salve de dix-sept coups de canon.

L'eau d'un jaune verdâtre renvoya l'écho des détonations, tandis que les fonctionnaires enjambaient le bordage. Dix-sept coups pour le baron Bassé ; onze pour Dumoulin, consul général ; Hauptmann, simple agent consulaire, n'avait droit qu'à cinq, la plus petite salve prévue dans le cérémonial de la marine. Hornblower resta debout, immobile, tandis que Hauptmann descendait, le dernier, dans son canot. Aussitôt après, il entra d'un bond dans une activité fiévreuse :

— Signalez aux capitaines du *Moth*, du *Harvey* et du *Clam* de venir à bord !

Les galiotes à bombes et le cotre étaient maintenant à peu de distance. Il restait trois heures de jour. Là-bas, le gréement du corsaire français se voyait encore par-dessus les dunes de sable de Hiddensœ. Il avait l'air de défier le commodore.

IX

FIN D'UN CORSAIRE

Hornblower sauta par-dessus le bord du *Harvey,* où le lieutenant Mound était au garde-à-vous pour lui souhaiter la bienvenue, ses deux seconds-maîtres de manœuvre soufflant dans leurs sifflets aussi fort qu'ils pouvaient. La déflagration soudaine d'un coup de canon, à moins d'un mètre, le fit sursauter. Le commodore faisant passer sa grande flamme d'un bâtiment à l'autre (il était là claquant au grand mât du *Harvey*), Mound avait jugé opportun de tirer une autre salve avec l'un des quatre canons de six livres que le *Harvey* portait à l'arrière.

— Cessez donc ! dit Hornblower. C'est absurde !

Tout aussitôt il se sentit coupable. Ne venait-il pas de traiter publiquement d'absurde la chère cérémonie ? Fait non moins extraordinaire : il avait appliqué l'épithète à un hommage qui, au contraire, eût dû le réjouir, car ce n'était que la seconde fois qu'il lui était rendu. Heureusement, la discipline ne parut pas devoir en souffrir, bien que le jeune Mound eût souri largement quand il avait ordonné : « cessez le feu ! ».

— Brassez carré et marchons ! monsieur Mound, dit Hornblower.

Tandis que le *Harvey* faisait porter ses voiles et mettait obliquement le cap sur la côte, le *Moth* le suivant de près par-derrière, Hornblower regardait tout autour de lui. L'expérience était nouvelle ; en vingt ans de service, il n'avait jamais assisté à une action du pont d'une galiote à bombes. On avait fait de la bonne besogne en replaçant l'espar emporté dans le Sund. Au-dessus de la tête du commodore montait, très haut, le grand mât qui, grâce à la toile qu'il portait, devait compenser l'absence d'un mât de misaine. Le mât d'artimon, planté loin en arrière, était mieux proportionné au petit bâtiment. L'énorme étai nécessaire à la sécurité du grand mât était fait d'une chaîne de fer, singulièrement déplacée parmi tout le gréement de chanvre. Le milieu du pont supérieur était en avant (il n'y a pas d'autre moyen d'en décrire le dessin d'une manière moins absurde) et là, de part et d'autre de sa ligne médiane, se trouvaient les deux gros mortiers qui expliquaient la bizarrerie de sa construction. Hornblower savait qu'ils étaient enfoncés dans une masse solide de chêne contre sa coque. Sous la direction d'un second-maître canonnier, quatre hommes disposaient les énormes obus de treize pouces pour les mortiers. Aidé d'un autre groupe, le second-maître de manœuvre avait fait sortir un câble par un sabord tribord et, l'ayant élongé à l'avant, était en train de l'attacher à l'ancre pendue au bossoir de capon. C'était l'embossure ; Hornblower avait souvent attaché une croupière à son câble à l'exercice, mais il ne s'en était jamais servi auparavant au cours d'une action. Tout près et à côté de lui, dans les porte-haubans du grand mât, à bâbord, un homme jetait la sonde ; et Hornblower se disait que la sonde avait marché pendant les neuf dixièmes du temps passé dans la Baltique et qu'il en serait sans doute ainsi jusqu'à la fin de sa mission.

— Fond trois et demie ! cria le sondeur.

Ces galiotes à bombes calaient moins de neuf pieds.

Là-bas, le *Raven* se préparait à se dégager du haut-fond sur lequel il s'était échoué. Hornblower apercevait le câble, noir sur le fond de l'eau ; déjà il avait dégagé le fatras de son mât de hune brisé. Le *Clam* glissait lentement au-delà du *Raven* ; Hornblower se demandait si ce capitaine à l'air bohémien avait bien saisi les instructions complexes qui lui avaient été données.

Mound était debout près du commodore, gouvernant le navire. Il était le seul officier breveté ; un aspirant et deux seconds faisaient le quart ; ces deux-là se tenaient plantés à l'arrière, les jambes écartées, mesurant avec des sextants la hauteur angulaire du gréement du *Blanchefleur*. Hornblower sentait le bâtiment baigné dans cette atmosphère de joyeuse insouciance qu'on ne pouvait attendre que d'un capitaine de vingt ans. Dans ces petits bâtiments-là, la discipline était fatalement plus douce. Hornblower avait souvent entendu des capitaines grincheux ayant une grande ancienneté déplorer cela.

— Trois et quart ! cria le sondeur.

Dix-sept pieds d'eau !

— Monsieur, dit Mound, nous sommes maintenant à portée.

— Mais ces mortiers ne tirent-ils pas plus juste quand ils tirent au-dessous de leur portée maxima ?

— Si, monsieur. Et je préférerais aussi avoir un peu de marge, au cas où on pourrait changer de mouillage.

— Toutefois gardez largement la place d'éviter. Nous ne savons rien de ces hauts-fonds-là.

— Bien, monsieur.

Mound se tourna pour un dernier coup d'œil à la situation tactique ; il regarda le gréement espars du *Blanchefleur,* pardessus les dunes où le corsaire était à l'ancre ; la batterie au bout de la langue de sable, le *Clam* en train de prendre une position d'où il pourrait voir la lagune d'un point situé tout juste hors de portée de la batterie, enfin, le *Lotus*, posté au-delà de l'entrée, pour empêcher l'évasion au cas où, par miracle, le *Blanchefleur* serait capable de s'élever au vent de la côte et de tenter encore une fois d'atteindre Stralsund.

Mound s'entêtait, d'un geste machinal, à chercher les poches de son pantalon, puis, brusquement, se retenait d'y fourrer les mains, lorsqu'il se rappelait que le commodore était là. Geste nerveux, auquel il s'abandonnait toutes les trois secondes.

— Pour l'amour du ciel, lui dit Hornblower, fourrez donc les mains dans vos poches, et cessez de vous agiter !

Mound sursauta, fit : « Bien, monsieur ! », et, tout heureux, enfouit ses mains dans ses poches, soulevant les épaules dans une attitude familière, bien aise de se détendre un peu. Il jeta encore un coup d'œil circulaire, puis interpella l'aspirant, debout près du bossoir de capon à l'avant :

— Monsieur Jones, larguez !

Le câble d'ancre ronfla, se déroulant, tandis que l'équipage de la galiote montait aux enfléchures pour rentrer la toile.

Le *Harvey* pivota lentement jusqu'à ce qu'il eût le cap presque droit sur le *Blanchefleur* invisible. D'après ce que voyait Hornblower, le *Moth* jetait l'ancre presque à la hauteur ou par le travers de son frère le *Harvey.*

Mound allait et venait avec un air trompeur de nonchalance, se préparant à faire ouvrir le feu. Il prit d'abord une série de relèvements, pour s'assurer que l'ancre tenait. Sur un mot de lui, un matelot noua un chiffon blanc à l'embossure, là où elle gisait sur le pont, se dirigeant vers l'avant, vers le cabestan ; fouillant dans sa poche, Mound en tira un bout de craie et fit une marque sur le pont, à côté du chiffon.

— Un tour de cabestan, monsieur Jones ! dit-il.

Quatre hommes manœuvrèrent le cabestan sans difficulté et le chiffon blanc rampa sur le pont tandis que l'embossure s'enroulait, passait par un sabord arrière. On l'attacha à l'ancre loin en avant ; tirer dessus faisait virer l'arrière du navire, de façon à lui faire faire un angle avec le vent ; l'ouverture de l'angle était à peu près mesurée par le déplacement du chiffon blanc par rapport à la marque tracée sur le pont.

— Encore, monsieur Jones ! dit Mound, prenant un relèvement approximatif sur le gréement du *Blanchefleur*.

Le cabestan cliqueta de nouveau.

— Tenez bon ! cria Mound.

Les hommes stoppèrent.

— Encore un linguet ! dit Mound, visant maintenant très minutieusement le grand mât du *Blanchefleur*.

Le cabestan fit : clic ! tandis que les hommes jetaient tout leur poids sur les barres.

— Encore un !

Clic !

— Je vois que ça va, monsieur, dit Mound.

L'axe du *Harvey* pointait droit sur le *Blanchefleur*.

— ... Naturellement, les câbles prêtent, et l'ancre peut chasser un peu, mais il est assez facile de maintenir un relèvement constant en filant de la chaîne, ou en raidissant l'embossure.

— Je comprends ! dit Hornblower.

La théorie de la galiote à bombes lui était familière ; il était certainement très intéressé, et même excité par la perspective de la démonstration imminente. Toujours, depuis qu'un jour, aux abois, il avait tenté de toucher de très loin un petit bateau avec un canon de six livres du *Witch of Endor*, Hornblower avait cru que le tir au canon de marine était un art qu'il fallait perfectionner si c'était possible ; que c'était opérer un peu au petit bonheur, littéralement une affaire de chance. Mais le tir par mortier d'une galiote à bombes était ce qu'il y avait de plus raffiné en fait d'artillerie navale, un art amené à un haut degré de perfection, bien que ce ne fût qu'un rejeton, une sorte de bâtard des grands tirs. La haute trajectoire, la faible vitesse initiale du projectile et l'absence du facteur gênant des irrégularités dans le calibrage du canon faisaient qu'il était possible de faire porter le projectile avec une exactitude étonnante.

— Si vous voulez bien m'excuser, monsieur, dit Mound, je vais aller à l'avant. J'aime couper mes mèches moi-même.

— Je vous accompagne ! dit Hornblower.

Les deux mortiers étaient comme de gros chaudrons dans les sabords de la galiote.

— Onze cents mètres ! dit Mound. Monsieur Jones, nous allons essayer une livre trois quarts de poudre.

— Bien, monsieur.

La poudre se présentait sous forme de cartouches d'une livre, d'une demi-livre et d'un quart de livre. L'aspirant en ouvrait une de chaque sorte, en la déchirant, versa le contenu dans le mortier de tribord, et la tassa avec un énorme tampon de feutre. Mound tenait à la main une règle et regardait le ciel, l'air de faire un calcul mental. Il se pencha sur l'un des gros obus, et, à l'aide de ciseaux, coupa la mèche avec un soin méticuleux.

— Un et onze seizièmes, monsieur, dit-il, d'un air de s'excuser. Je ne sais pas pourquoi je m'arrête à cela. La mèche brûle à des vitesses différentes selon le temps qu'il fait, et il me semble que ce soit exactement ce qu'il faut pour l'instant. Naturellement, nous ne voulons pas que l'obus éclate en l'air ; mais, d'autre part, avec une mèche trop longue, un de ces mangeurs de grenouilles pourrait la saisir et l'éteindre avant que la machine ait pu éclater.

— Naturellement, dit Hornblower.

Le gros obus fut soulevé, placé dans la gueule du mortier ; à quelques pouces de l'embouchure l'âme rétrécissait brusquement, laissant apercevoir une sorte d'anneau saillant, un seuil plutôt, sur lequel la ceinture franche autour du projectile venait poser. La partie cintrée de l'obus de treize pouces, et sa mèche qui dépassait, venaient exactement effleurer le bord de la gueule.

— Hissez la queue-d'aronde rouge ! cria Mound élevant assez la voix pour être entendu du second-maître à l'arrière.

Hornblower se tourna pour regarder à la lunette le *Clam* à l'ancre sur les petits fonds, à deux milles à peu près. Ce code de signaux avait été imaginé sous sa direction personnelle ; il éprouvait une vive inquiétude à se demander s'il fonctionnerait bien. Des signaux pouvaient aisément être mal compris.

Une queue-d'aronde rouge monta à la corne d'artimon du *Clam*.

— Signal aperçu, monsieur, cria le second-maître.

Mound saisi le chandelier fumant, l'appliqua contre la mèche de l'obus. Au bout d'un moment, la mèche prit feu, crachotant doucement de pâles étincelles et Mound se mit à compter à voix basse : « Un ! Deux ! Trois ! Quatre ! Cinq ! », tandis que la mèche crachotait toujours.

Apparemment, il s'accordait une marge de cinq secondes, au cas où la mèche brûlerait mal et où il faudrait la rallumer.

Puis il appuya le chandelier sur la lumière du mortier. Le coup partit, dans un rugissement. Debout derrière le mortier, Hornblower put voir l'obus s'élever, sa trajectoire marquée par le feu de la mèche qui brûlait. Au moment où la trajectoire commençait à fléchir, il disparut, faisant un angle droit avec l'horizon. On attendit ; on attendit encore ; rien n'arrivait.

— Manqué ! fit Mound. Halez bas la flamme rouge !

— Flamme blanche du *Clam*, monsieur ! cria le second-maître.

— Cela veut dire : trop long ! dit Mound. Monsieur Jones, cette fois, une livre et demie de poudre seulement, s'il vous plaît.

Le *Moth* hissa deux queues-d'aronde rouges ; deux autres furent hissées en réponse par le *Clam*. Hornblower avait prévu une confusion possible ; il avait décidé que les signaux à échanger avec le *Moth* seraient toujours doublés. Alors, ainsi, aucune chance que le *Harvey* dût corriger les erreurs du *Moth*, ou vice versa. A son tour, le mortier du *Moth* tonna, soulevant sur l'eau des échos. De la trajectoire de l'obus, on ne pouvait rien voir du *Harvey*.

— Double flamme jaune au *Clam*, monsieur !

— Ça signifie que l'obus du *Moth* est tombé trop court, dit Mound. Hissez notre queue-d'aronde rouge !

De nouveau, il fit tirer le mortier ; de nouveau le feu de la mèche monta en plein ciel et disparut ; et, cette fois encore, rien ne se produisit.

— Flamme blanche du *Clam*, monsieur !

— Encore trop long ? fit Mound, intrigué. J'espère qu'ils ont les yeux en face des trous !

De nouveau, le *Moth* tira et fut récompensé : une double flamme blanche monta au *Clam*. Trop long, trop court... il serait facile maintenant de toucher le but. Mound vérifia le relèvement.

— Je pointe encore droit dessus ! grommela-t-il. Monsieur Jones, de cette livre et demie, enlevez un demi-quart de livre !

Hornblower tentait d'imaginer ce que pouvait faire le capitaine du *Blanchefleur* de l'autre côté de la sablière. Il avait dû se croire en sûreté jusqu'au moment où les galiotes à bombes avaient ouvert le feu, se figurer que rien, sauf une attaque directe sur la batterie, ne pouvait le mettre en danger. Mais les obus devaient tomber maintenant très près de lui, et il ne pouvait valablement ni riposter ni se défendre. Il lui serait difficile de reprendre la mer ; il avait jeté l'ancre à l'extrême bord de la longue lagune étroite. De ce côté, la sortie était par petit fond. Trop peu d'eau même pour un youyou, comme le prouvait le ressac ; avec le vent tel qu'il soufflait à présent, il lui était impossible de tenter de nouveau de louvoyer dans le chenal. Il devait regretter de s'être engagé aussi loin sous le vent avant de jeter l'ancre ; sans doute l'avait-il fait pour mieux se mettre à l'abri d'une tentative pour le couper. Avec des canots, ou halant sur une ancre, il pouvait déhaler lentement son bateau jusqu'à la batterie, assez près pour tenir les galiotes à distance.

— Queue-d'aronde rouge marquée, monsieur ! dit le second-maître, très agité.

Cela signifiait que l'obus était tombé trop court, mais tout près.

— Deux pincées de plus, monsieur Jones ! dit Mound.

Le mortier du *Moth* gronda de nouveau, mais cette fois, on vit l'obus éclater directement au-dessus des grands mâts du *Blanchefleur*, et une grosse boule de fumée flotter en l'air. Presque aussitôt, le vent leur apporta, un peu affaibli, le bruit de la détonation. Mound hocha la tête, l'air soucieux ; ou bien Duncan n'avait pas coupé sa mèche à la bonne longueur, ou bien la mèche s'était consumée plus vite que d'habitude. Deux pavillons bleus au pic du *Clam* indiquaient que la chute du boulet tiré par le *Moth* n'avait pu être observée. La signalisation fonctionnait donc encore correctement. Puis Mound se pencha, colla le chandelier à la mèche et à la lumière. Le mortier tonna ; on ne sait quelle bizarrerie de la balistique envoya un bout de tampon enflammé tout près de la tête de Hornblower, forçant le commodore à se baisser au moment où la fumée l'enveloppait ; mais, ayant relevé la tête, il aperçut encore la traînée du feu de la mèche, très haut dans le ciel ; au sommet de sa trajectoire, elle parut un instant immobile avant de disparaître aux yeux, dans une chute rapide. Hornblower, Mound, Jones, les servants du mortier, tous se tenaient debout, muets, tendus. Soudain, par-dessus le contour de la dune, ils devinèrent la bouffée de fumée blanche ; le bruit de l'éclatement suivit presque aussitôt.

— Monsieur, je crois que nous l'avons touché ! dit Mound avec une insouciance affectée.

— Une boule noire à la tête du mât du *Clam !* cria le second-maître.

Cela voulait dire : touché. Un obus de treize pouces, monté à cette hauteur immense, était venu percuter sur les ponts du *Blanchefleur* et avait explosé. Quels dégâts avait-il pu causer ? Hornblower ne pouvait se le figurer.

— Et maintenant, fit Mound, abandonnant toute pose, les deux mortiers ensemble ! Allez-y, les gars !

Deux flammes blanches marquées à la droite du *Clam* leur dirent que le coup suivant tiré par le *Moth* était tombé près du but, mais trop long. Puis, les deux mortiers du *Harvey* tonnèrent ensemble ; la galiote plongea comme pour une révérence, la violence du recul forçant son avant à s'enfoncer dans l'eau. De nouveau, la boule noire monta au mât du *Clam.*

Mound exultait :

— Encore une touche !

Soudain, par-dessus les dunes, on vit les mâts de hune du *Blanchefleur* commencer à se séparer, tandis que le corsaire virait de bord ; son équipage aux abois devait essayer de le remorquer ou de le haler sur une ancre, pour lui faire remonter le chenal.

— Plaise à Dieu, dit Mound, que nous le coulions avant qu'il échappe ! Pourquoi diable le *Moth* ne tire-t-il pas ?

Hornblower observait attentivement le jeune capitaine ; maintenant que ses mortiers étaient chargés, la tentation de tirer, sans attendre que le *Moth* eût son tour, était terrible ; mais, céder à son impatience, c'était créer la confusion pour l'observateur sur le *Clam,* perdre peut-être tout contrôle. Enfin le *Moth* tira et deux boules noires au mât du *Clam* apprirent que, lui aussi, venait de mettre un coup au but. Mais le *Blanchefleur* avait évité ; Hornblower voyait le moindre mouvement de son mât de hune sur le contour des dunes ; cela faisait, au plus, un mètre ou deux. Mound fit tirer ses deux mortiers. Les boulets étaient encore en l'air que déjà les hommes couraient au cabestan, et se jetaient de tout leur poids sur les barres. Clic ! Clac ! Par deux fois, le cliquet glissa sur le nochet, halant sur l'embossure pour faire virer la galiote afin de garder les mortiers braqués sur le but. Au même instant, le petit mât de hune disparut aux regards. Seuls le grand mât et le mât d'artimon restaient visibles.

— Encore une touche, sacrebleu ! cria Hornblower.

Les mots avaient passé ses lèvres sans qu'il pût les retenir. Il était aussi ému qu'un jeune écolier ; même il se surprit à sauter sur le pont. Le petit mât du *Blanchefleur* emporté, il essaya de se représenter l'effrayante destruction que ces obus devaient causer à bord, éclatant sur les ponts fragiles. On voyait monter de la fumée ; plus de fumée que ne peut produire l'explosion d'un obus, et plus noire. Le *Blanchefleur* devait être en feu. Les mâts, le mât d'artimon et le grand mât reparurent, le *Blanchefleur* devait maintenant se trouver en travers du chenal ; donc hors de contrôle. Peut-être un obus avait-il atteint le câble, ou écrasé les canots remorqueurs.

Le *Moth* tira encore et deux queues-d'aronde rouges marquées indiquèrent que les projectiles étaient tombés tout près, et courts. Le *Blanchefleur* devait s'être notablement déplacé dans le chenal. Mound avait fait la même déduction ; il augmenta la charge de poudre. Aucun doute, ce qu'on voyait, c'était la fumée d'un incendie à bord du *Blanchefleur.* Le corsaire brûlait ; et, à en juger par son immobilité (Hornblower voyait les mâts de hune immobiles sur le contour des dunes), il devait s'être échoué.

Mound tira encore ; on attendit un peu ; on vit le mât de perroquet de fougue s'incliner lentement ; puis le grand mât de hune se coucha à son tour et disparut.

Il n'y avait plus rien à voir maintenant ; plus rien que la fumée, qui montait, de plus en plus épaisse. Mound regardait Hornblower, attendant un ordre.

— Continuez tout de même à tirer ! dit Hornblower, la voix sourde.

Même si l'équipage était en train de rôtir vivant sous les ponts du *Blanchefleur*, il était de son devoir de veiller à ce que le corsaire fût totalement détruit. Les mortiers poussèrent de nouveau leur rugissement. Le *Clam* signala « tout près et trop long ». Le *Moth* tira encore, et le *Clam* signala « touché » ; et Hornblower voyait par la pensée le tableau des obus plongeant du haut du ciel au sein d'un équipage qui s'affairait parmi les flammes dans l'espoir de sauver le *Blanchefleur* en feu, démâté, échoué. Une seconde suffit pour former ces images, car, dans l'instant où le signal du *Clam* avait été aperçu, Mound s'était penché pour faire partir les mortiers ; mais les mèches n'avaient pas pris feu que le bruit d'une violente explosion suspendit le tir. Hornblower porta vivement sa lunette à l'œil ; une énorme colonne de fumée monta par-dessus les dunes, et, au sein du jaillissement, Hornblower crut discerner des taches sombres, corps humains ou débris du corsaire, projetés dans les airs par le souffle de l'explosion. Le feu, ou l'un des derniers obus du *Moth,* avait atteint les soutes à munitions du *Blanchefleur.*

— Signalez au *Clam,* monsieur Mound, dit Hornblower : « Que voyez-vous de l'ennemi ? »

Ils attendirent la réponse. Elle ne se fit pas attendre.

— Totalement... détruit, monsieur, dit le second-maître, déchiffrant le message.

L'équipage poussa un hourra discord.

— Très bien, monsieur Mound. Je crois que nous pourrons quitter ces petits fonds avant la chute du jour. Hissez le rappel, s'il vous plaît, avec le numéro du *Clam* et celui du *Lotus.*

Le soleil mouillé des pays du Nord était décevant ; il brillait, mais ne dispensait aucune chaleur. Hornblower frissonna violemment. Il était resté debout, immobile, sur le pont du *Harvey* pendant plusieurs heures ; il avait négligé de mettre un manteau, mais il savait que la vraie cause de ce frisson était ailleurs. L'émotion, l'intérêt étaient morts, et le laissaient sombre et déprimé. L'affaire avait été brutale, accomplie de sang-froid ; elle avait consisté à détruire un bateau qui n'avait même pas la chance de riposter avec ses pièces. Cela ferait un beau morceau à lire, dans un rapport ; les confrères s'entretiendraient du nouvel exploit du commodore, de la destruction d'un corsaire français à la barbe des Suédois et des Français, parmi des hauts-fonds et des bancs de sable. Hornblower seul connaîtrait ce sentiment de déception, dénué de la moindre gloire.

X

DES NOUVELLES DE BONAPARTE

Bush s'essuya la bouche à sa serviette, avec ce souci exagéré qu'il avait de se bien conduire.

— Que pensez-vous, monsieur, que vont dire les Suédois ? dit-il, conscient de son audace.

Sa responsabilité n'était pas en cause et il savait par expérience que Hornblower s'irriterait peut-être de se voir rappeler que Bush pensait à la Suède.

— Les Suédois diront ce qu'ils voudront ! fit le commodore. Tout ce qu'ils pourront dire ne recollera pas les morceaux du *Blanchefleur !*

La réponse était si cordiale auprès de ce que Hornblower eût pu dire qu'une fois encore Bush se demanda ce qui avait amené ce changement d'humeur. Cette aménité imprévue était-elle la conséquence de la victoire récente, de sa promotion, ou de son mariage ? Chose curieuse, Hornblower était justement en train de s'interroger lui-même là-dessus ; son changement d'humeur, il penchait à l'attribuer à son âge. Pendant quelques instants, il s'abandonna à cette auto-analyse impitoyable, presque morbide, qui lui était habituelle. Il avait fini par supporter de voir ses cheveux se clairsemer, grisonner sur les tempes. La première fois qu'il avait aperçu en se peignant un peu de peau rose, il avait été bouleversé, indigné ; maintenant, il s'était accoutumé à l'idée d'une calvitie naissante. Il porta son regard, autour de la table, sur la double rangée de jeunes visages, se sentit franchement attiré vers eux. Pas d'erreur, il devenait paternel ; il en arrivait à aimer les jeunes, d'une façon qui lui était toute neuve ; il fut soudain conscient qu'il était en train de se mettre à aimer les gens, jeunes ou vieux, qu'il allait guérir (au moins pour un temps, se disait-il, dans sa prudence) de cet ardent désir de toujours s'isoler, de se torturer.

Il leva son verre :

— Messieurs, je bois à la santé des trois officiers chez qui le souci attentif de leur devoir, l'incontestable compétence professionnelle ont abouti à la destruction d'un ennemi redoutable.

A leur tour, Bush, Montgomery et les deux aspirants levèrent leurs verres et burent, en riant, tandis que Mound, Duncan et Freeman baissaient les yeux sur la nappe avec une modestie toute britannique. Surpris par le compliment, Mound avait rougi comme une petite fille ; il se contorsionnait, mal à l'aise sur son tabouret.

— Ne direz-vous pas quelques mots, pour répondre, monsieur Mound ? dit Montgomery. Vous êtes l'aîné !

— C'est le commodore qui a tout fait ! dit Mound, le regard toujours attaché à la nappe, ce n'est pas nous ! C'est lui qui a tout fait !

— Très juste, fit Freeman, secouant ses boucles noires de bohémien.

Hornblower pensa qu'il était temps de changer de sujet. Il devinait l'approche d'un silence gêné après cet accès de congratulations mutuelles.

— Monsieur Freeman, fit-il, chantez-nous quelque chose. Tout le monde ici a entendu dire que vous chantez très bien. Nous vous écoutons.

Hornblower ne dit pas que c'était par un jeune lord de l'Amirauté qu'il avait entendu parler du talent de Freeman ; de même, il se garda de dire que le chant ne lui disait rien ; d'autres pouvaient avoir l'étrange besoin d'entendre de la musique, il était gentil de satisfaire leur drôle de caprice.

Quand il s'agissait de chanter, Freeman n'avait plus rien d'un timide. Il leva le menton, ouvrit la bouche, et, sur-le-champ, s'exécuta.

> Premier regard dans les yeux de Chloé
> Mer de saphir, aimable ciel d'été...

Drôle de musique ! Freeman accomplissait incontestablement un exploit, un exploit difficile ; il était évident qu'il faisait plaisir aux personnes présentes (Hornblower les observait du coin de l'œil) ; mais au fond, ce n'étaient que des cris, des grognements divers, des mots qu'on traînait en longueur d'une façon tout à fait arbitraire. Et quels mots ! Pour la millième fois peut-être de sa vie, Hornblower abandonna l'effort qu'il fallait faire pour imaginer ce que c'était au juste que cette musique, qui plaisait tant aux autres ; une fois de plus, il se dit que, quant à lui, cet effort était comme celui d'un aveugle cherchant à imaginer ce que sont les couleurs.

Chloé, Chloé, mon seu-eu-eu-eul amour !

Freeman avait fini. Chacun tapait du poing sur la table en manière d'applaudissement.

— Très joli, dit Hornblower, et très bien chanté !

Montgomery cherchait le commodore du regard :

— Voulez-vous m'excuser, monsieur ! dit-il. J'ai le petit quart.

Le propos suffit, la réunion se dispersa. Les trois lieutenants devaient regagner leurs bâtiments respectifs ; Bush désirait jeter un coup d'œil sur le pont ; en proie à la notion de l'insignifiance de leur grade, les deux aspirants se hâtèrent d'offrir leurs remerciements et prirent congé. C'était bien là la vraie sorte de réunion, se disait Hornblower qui les regardait s'éloigner : bonne chère, conversation animée, fin rapide.

Il sortit dans la galerie arrière, se baissant soigneusement pour éviter la voûte surbaissée. A six heures du soir, il faisait encore grand jour ; le soleil n'était pas tout à fait couché ; il brillait à l'arrière dans la galerie ; sous le disque, un rai pâle indiquait l'emplacement de Bornholm, juste au-dessus de l'horizon.

Le *Clam,* sa grand-voile bordée, plate comme une planche, passa sous lui, tout près, le cotre virant au plus près sous l'arrière, avec les trois lieutenants dans la chambre, regagnant leurs bateaux respectifs. Le vent était de nouveau de noroît. Les trois jeunes gens se bousculaient, se faisaient des farces. Puis, l'un d'eux ayant aperçu le commodore, là-haut, dans la galerie, tous se raidirent brusquement, reprenant des attitudes correctes. Hornblower sourit, à part lui, de son attachement pour ces garçons et regagna sa chambre afin de leur épargner de se sentir observés.

Braun était là, qui l'attendait.

— Monsieur, dit-il, j'ai parcouru les journaux. Le *Lotus* a intercepté cet après-midi un bateau de pêche prussien et l'a relâché après avoir confisqué sa pêche et lui avoir pris les journaux que voici.

— Ah !

— Voici le *Königsberger Hartunsche Zeitung,* naturellement publié sous censure française. La première page est tout entière occupée par la conférence de Dresde où Bonaparte se trouvait en compagnie de sept rois et de vingt et un princes souverains.

— Sept rois ?

— Oui, monsieur. Hollande, Naples, Bavière, Wurtemberg, Westphalie, Saxe et Prusse (Braun lisait à mesure). Et les grands-ducs de...

— Pas la peine de me réciter toute la liste ! dit Hornblower.

Il jeta un coup d'œil sur les feuillets chiffonnés, se disant, comme d'habitude, que l'allemand est une langue bien barbare. Bonaparte devait évidemment être en train d'essayer de faire peur à quelqu'un. Ce ne pouvait pas être à l'Angleterre, qui, depuis une douzaine d'années, affrontait sans fléchir la colère du petit caporal. Peut-être à ses propres sujets, ou à la masse immense des nations de l'Europe occidentale qu'il avait conquise. Mais celui qu'en tout cas Bonaparte voulait intimider, c'était le tsar de Russie. La Russie avait beaucoup de bonnes raisons pour avoir marqué de l'impatience en présence des brimades de son voisin. Cette démonstration suprême de la puissance de Bonaparte était sans doute destinée à la soumettre par la peur.

— Y a-t-il là-dedans quelque chose concernant des mouvements de troupes ? demanda Hornblower.

— Oui, monsieur. J'ai même été surpris de la liberté avec laquelle on en parlait. La garde impériale est à Dresde. Et voici le premier, le second (Braun tournait la page) et le neuvième corps d'armée, tous trois mentionnés. Ils sont en Prusse... Quartier général à Dantzig... et à Varsovie.

— Neuf corps d'armée ? fit Hornblower. Cela doit faire trois cent mille hommes ?

— Voici un paragraphe où il est question de la réserve de cavalerie de Murat ; « quarante mille hommes, magnifiquement montés et équipés », dit le texte. Bonaparte les a passés en revue.

Des forces considérables étaient évidemment en train de se masser aux frontières de la Russie. Bonaparte aurait aussi sous ses ordres les armées prussienne et autrichienne. Un demi-million d'hommes, six cent mille peut-être... L'imagination échouait à vouloir en saisir le nombre exact. Une marée puissante déferlait dans l'est de l'Europe : si la Russie affectait de n'être pas impressionnée par la menace, il était difficile de penser que quelque chose pût résister à la ruée d'une telle masse d'hommes. La perte de la Russie paraissait décidée ; elle devait se soumettre ou être anéantie. Aucune nation du continent ne s'était encore victorieusement opposée à Bonaparte ; chacune d'elles, prise séparément, avait connu la violence de l'assaut ; seule l'Angleterre lui résistait encore ; et l'Espagne continuait encore à combattre, bien que les armées du tyran eussent ravagé tous les villages, déferlé par toutes les vallées de la malheureuse péninsule.

Le doute reparut dans l'esprit de Hornblower. Il ne pouvait se figurer que Bonaparte pût tirer de la conquête de la Russie un avantage proportionné à l'effort nécessaire, ou même proportionné au léger risque couru. Bonaparte devait pouvoir trouver un emploi beaucoup plus profitable des hommes et de l'argent nécessaire ; la guerre n'aurait probablement pas lieu ; la Russie se soumettrait ; et l'Angleterre se trouverait bientôt en face d'une Europe dont chaque mètre carré serait aux mains du tyran. Et pourtant...

Braun poursuivait :

— ... Ceci, monsieur, c'est la *Gazette de Varsovie*. Un peu plus officielle même que l'autre, du point de vue français, bien que rédigée en polonais. Il y a là un long article sur la Russie. Il y est parlé de « la menace que les cosaques font peser sur l'Europe ». Alexandre y est appelé « le chef barbare d'un peuple de barbares », « le successeur de Gengis Khan ». On y lit que « Saint-Pétersbourg est le foyer de toute l'anarchie en puissance dans l'Europe »... « une menace à la paix du monde »... « délibérément hostile aux bienfaits conférés à l'univers par le peuple français ».

— Et, tout cela, publié avec le consentement de Bonaparte, fit Hornblower autant pour lui que pour Braun.

Encore profondément engagé dans la lecture de l'article, Braun lisait, lui aussi, autant pour lui-même que pour le commodore :

— « Ravisseur débauché de la pauvre Finlande... »

Il leva ses yeux verts de dessus le journal et Hornblower y vit passer une telle lueur de haine qu'il faillit sursauter. Elle lui rappelait ce qu'il était sur le point d'oublier : que Braun était un exilé sans le sou en raison, justement, de l'attaque de la Finlande par la Russie. Sans doute, c'était en Angleterre que Braun avait pris du service, mais cela se passait à une époque où la Russie était, au moins nominalement, l'ennemie de l'Angleterre. Et Hornblower se dit qu'il ferait bien de ne pas se fier à Braun si, un jour, il était question de l'une ou l'autre démarche confidentielle à laquelle la Russie se trouverait mêlée. Jamais, de son plein gré, le tsar ne rendrait son indépendance à la Finlande, et il restait toujours une chance que Bonaparte pût le faire, ou du moins rétablir ce qu'un Bonaparte appellerait « l'indépendance de la Finlande », pour ce que valait l'expression. Il y aurait toujours des gens susceptibles de se laisser prendre aux déclarations d'un Bonaparte, malgré son passé de fourberie, de mauvaise foi, de brigandage et de cruauté.

Oui, Braun devrait être surveillé. Encore un point, se disait Hornblower, à garder présent à l'esprit ! Comme s'il n'avait pas assez de soucis, comme si les responsabilités qui pesaient sur lui ne suffisaient pas. Il pouvait bien plaisanter avec Bush sur le compte des Russes et des Suédois, mais, tout au fond de lui, une inquiétude secrète le rongeait. Il était vraisemblable que les Suédois seraient furieux de la destruction du *Blanchefleur* dans les eaux territoriales de la Poméranie. Peut-être serait-ce là la goutte qui ferait déborder le vase. En cet instant même, Bernadotte pouvait songer à s'allier à fond avec Bonaparte, à entrer en guerre contre l'Angleterre. La perspective de l'inimitié de la Suède ajoutée à celle de la France pouvait amener la Russie à céder. L'Angleterre pouvait donc, après le coup du *Blanchefleur,* se trouver devant un univers entier en armes contre elle. Joli couronnement à son premier commandement indépendant ! Les maudits frères de Barbara auraient beau jeu de ricaner, de leur air supérieur, de son échec !

Au prix d'un violent effort, il s'arracha à ce cauchemar, mais ce fut pour s'apercevoir que Braun restait encore en proie au sien. La haine qui luisait aux yeux de l'interprète, le tragique de l'expression de son visage étaient surprenants.

Mais quelqu'un frappa à la porte et Braun sortit de son rêve, retrouva sur-le-champ son attitude de déférence attentive.

— Entrez ! fit Hornblower.

C'était un des aspirants de quart.

— M. Montgomery m'envoie du *Raven,* monsieur, avec ce message.

Il tendait une ardoise couverte de mots gribouillés par l'officier des transmissions.

Rencontré bâtiment suédois désireux entretien avec commodore.

— Je vais monter sur le pont ! dit Hornblower. Dites au capitaine qu'il ait la bonté d'y monter aussi.

— Monsieur, le capitaine est sur le pont.

— Très bien.

Bush, Montgomery et une demi-douzaine d'officiers tenaient leurs lunettes braquées sur les huniers du *Raven,* à son poste, très loin, par le travers bâbord, tandis que l'escadre balayait la Baltique. Il restait encore une heure de jour.

— Capitaine Bush, dit Hornblower, je vous serais obligé si vous pouviez gouverner pour courir sur lui.

— Bien, monsieur.

— Et faites signaler, je vous prie, que l'escadre prenne sa formation de nuit.

— Bien, monsieur.

Le *Nonsuch* se levait sur l'eau, de toute sa masse, s'inclinant quand il prenait le vent par le travers, pendant que la garde, la bordée de quart, halait sur les bras de tribord.

— Une voile juste à l'arrière du *Raven,* monsieur ! dit Montgomery. On dirait d'un brick. Et suédois, d'après la coupe de ses huniers. Un de ces navires marchands des pays baltiques qu'on voit en rade de Leith.

— Merci, dit Hornblower.

Il ne tarderait pas à savoir. Ce pouvait être, ce serait, très probablement, une nouvelle extrêmement déplaisante. Quelque responsabilité supplémentaire, à coup sûr, même s'il ne s'agissait pas d'un vrai désastre. Hornblower se surprit à envier à Montgomery ses simples devoirs d'officier de quart n'ayant rien d'autre à faire qu'à obéir aux ordres et à garder l'œil sur le temps, rien que l'obligation bénie d'en référer à un supérieur pour toute décision importante. Il s'imposa de rester immobile sur le gaillard, les mains jointes derrière le dos, tandis que le *Nonsuch* et le brick se rapprochaient ; que, d'abord, les basses voiles, puis la coque du brick se levaient sur l'horizon. Vers l'ouest, le ciel était rutilant, le crépuscule s'attardait encore. Le brick venait dans le vent.

— Capitaine Bush, dit Hornblower, voulez-vous mettre en panne, je vous prie. Je vois qu'ils mettent un canot à l'eau.

Il ne voulait pas laisser paraître une curiosité vulgaire en tenant les yeux fixés sur l'embarcation qu'on lançait, ou en se penchant pendant qu'elle venait accoster. Il faisait les cent pas sur le gaillard, l'air tranquille, comme s'il jouissait de la magnifique soirée, regardant tout autour de lui, sauf dans la direction du canot, tandis que le reste des officiers et les hommes bavardaient, regardaient, hasardaient des hypothèses. Toutefois, malgré son air d'indifférence, il se tourna pour se trouver face à la coupée au moment précis où le visiteur franchirait le bord.

La première chose qu'il vit, ce fut un tricorne grand pavois avec une plume blanche familière ; puis apparut, sous le chapeau, le visage épais, la masse corpulente du baron Bassé. Le baron mit son chapeau sur sa poitrine, fit exactement le salut qu'il avait déjà fait.

— Votre serviteur, monsieur, dit Hornblower, saluant avec raideur.

Il était gêné par le fait que, bien qu'il se rappelât très bien Bassé, qu'il eût pu le décrire en détail, il ne se rappelait pas son nom. Il se tourna vers l'aspirant de quart :

— Faites passer : que M. Braun vienne !

Le gentilhomme de Suède était en train de dire quelque chose. Hornblower ne pouvait comprendre ce que c'était.

— Excusez-moi, monsieur, dit-il.

Bassé répéta ce qu'il avait dit, sans plus de succès. Il recommença, laborieusement, mais s'arrêta net quand il vit Hornblower distrait par ce qu'il venait d'apercevoir du côté de la coupée. Le commodore faisait de son mieux pour n'être pas impoli, mais il voyait surgir, débouchant de la coupée, une coiffure en peau d'ours, et le spectacle l'intriguait trop pour qu'il pût résister. Un grand bonnet en peau d'ours, orné d'une plume rouge, une moustache rousse hérissée, une tunique écarlate, une écharpe rouge, une profusion de dentelles dorées, un pantalon bleu à galon rouge, de hautes bottes, une épée dont la poignée d'or luisait étrangement dans la clarté du jour déclinant. Pas d'erreur, c'était l'uniforme des Gardes. Pour un garde, le porteur de cet uniforme était d'une taille au-dessous de la moyenne, mais une chose était certaine, c'est qu'il connaissait son cérémonial ; il saluait déjà le gaillard d'arrière tandis qu'il débouchait de la coupée ; aussitôt sur le pont, il se mit à marcher sur ses petites jambes, fit claquer les talons, dans un salut de gardes, très chic :

— Bonsoir, monsieur, dit-il. Vous êtes le capitaine Sir Horatio Hornblower ?

— Oui.

— Puis-je me présenter ? Je suis Lord Wychwood, colonel des First Guards.

— Bonsoir, dit Hornblower, encore réservé.

Comme commodore, il était le supérieur d'un colonel ; il pouvait se permettre d'être sur la réserve en attendant de connaître la raison de cette arrivée d'un colonel des grenadiers de la garde en grand uniforme au milieu de la mer Baltique.

— J'ai des dépêches, dit Lord Wychwood, fouillant dans la poche intérieure de sa tunique, des dépêches pour vous, de notre ambassadeur à Stockholm.

— Allons, si vous voulez bien, dans ma chambre ! dit Hornblower.

Il jeta un coup d'œil à Bassé :

— Je crois savoir que vous avez déjà rencontré le baron Bassé, reprit Lord Wychwood. Lui aussi a pour vous des messages.

— Alors, que le baron ait aussi la bonté de descendre avec nous. Je passe le premier. Je vais vous montrer le chemin !

Braun traduisait, d'un air cérémonieux ; Hornblower prit la tête du cortège. La chambre était sombre. Brown se hâta d'apporter des lampes, offrit des chaises ; Wychwood s'assit avec toute la prudence qu'exigeait l'étroitesse de son costume collant.

Il parla le premier :

— Vous avez appris ce qu'a fait Bonaparte ?

— Je n'ai rien appris, récemment.

— Il a envoyé cinquante mille hommes en Poméranie suédoise dès qu'il a su ce que vous avez fait au large de Stralsund.

— Vraiment ?

— Ils ont agi selon leur habitude. Vandamme, qui les commandait, a commencé par frapper d'une amende de cent mille francs la municipalité de Stralsund, coupable, selon lui, de n'avoir pas salué son arrivée en faisant sonner les cloches des églises. Il a interrompu le service du Saint-Esprit, s'est emparé de la vaisselle plate servant à la communion. Il a fait arrêter le gouverneur général, l'a jeté en prison. Les soldats étaient fous de rage parce que la garnison de Rugen avait tenté de s'opposer à leur passage. Dans toute la ville de Rugen, ils se sont livrés au pillage, au meurtre et au viol. Le baron que voici a dû s'échapper à bord d'une barque de pêche. Tous les autres fonctionnaires, tous les soldats sont prisonniers.

— Bonaparte est donc en guerre avec la Suède, maintenant ?

Wychwood haussa les épaules. Dans la Baltique, chacun semblait hausser les épaules quand il s'agissait de faire une déclaration simple et nette concernant la guerre et la paix.

— Le baron, que voici, va vous en parler, dit Wychwood.

Tous les yeux se portèrent sur le baron qui entra dans une explication fébrile en langue suédoise. Debout contre la cloison, Braun traduisait à mesure :

— Il dit que la question de la paix et de la guerre dépend du Kronprinz, Son Altesse Royale Charles-Jean, plus connu sous le nom de maréchal Bernadotte. Son Altesse Royale n'est pas en Suède pour le moment. Il rend visite au tsar, en Russie...

— Je suppose, monsieur, dit Wychwood, que c'est de cela que parlent les dépêches que j'ai pour vous.

Il exhiba une grande enveloppe en toile forte, lourdement cachetée, et la tendit. Hornblower l'ouvrit en la déchirant, et lut :

Ambassade de S. M. britannique à Stockholm.
20 mai 1812

Monsieur,

Le porteur de cette dépêche, le colonel Lord Wychwood, des First Guards, vous informera de la situation politique à Stockholm. Il est à espérer que l'invasion de la Poméranie suédoise par Bonaparte donnera lieu à une déclaration de guerre de la part du Gouvernement suédois. Il est donc nécessaire que toute l'aide possible soit donnée aux fonctionnaires suédois qui désirent communiquer avec Son Altesse Royale le Kronprinz. Vous êtes conséquemment prié et requis de faire toute hâte et diligence afin d'escorter ou de convoyer lesdits fonctionnaires en route vers la Russie. Vous êtes en outre prié et requis de saisir cette occasion pour permettre à Lord Wychwood d'entamer des communications avec le Gouvernement de la Russie, de manière à assurer Sa Majesté Impériale le tsar de l'appui total des forces de Sa Majesté sur terre et sur mer, au cas où la guerre viendrait à éclater entre Sa Majesté Impériale et le Gouvernement français. En outre, vous saisirez toute occasion qui pourrait s'offrir à vous pour favoriser les bonnes relations entre Sa Majesté et Sa Majesté Impériale. Je suis, Monsieur,

Votre obéissant serviteur
H.M. MERRY, *Ambassadeur de S.M. britannique auprès de la Cour de Stockholm.*

Au capitaine Sir Horatio Hornblower, chevalier de l'ordre du Bain,
Commodore commandant l'escadre britannique dans la Baltique.

Hornblower lut deux fois la dépêche, de bout en bout, minutieusement. Il y avait une importante décision à prendre. Merry n'avait pas qualité pour donner des ordres ; en particulier, il n'avait pas qualité pour donner des ordres sous la forme « prié et requis », prérogative réservée à ses supérieurs de la Marine. Un ambassadeur était un fonctionnaire important — et même, aux yeux d'un officier de marine dans les eaux étrangères, le fonctionnaire le plus important après les Lords de l'Amirauté ; mais il ne pouvait que prier et conseiller, et non point requérir, non point donner des ordres. Si Hornblower décidait de suivre les instructions de Merry et si les choses venaient à mal tourner, il n'aurait aucune excuse à invoquer auprès de l'Amirauté. D'autre part, toutefois, Hornblower ne savait que trop que, s'il décidait de ne tenir aucun compte de la lettre de Merry, des plaintes amères ne manqueraient pas de parvenir à Londres.

Hornblower prit le parti de se bien remettre en mémoire la lettre des ordres que l'Amirauté lui avait donnés au départ ; on lui donnait toute liberté d'agir selon son jugement quant à la façon dont il devrait se conduire envers les puissances du Nord. La lettre de Merry ne le relevait d'aucune responsabilité. Il pouvait laisser Wychwood et Bassé poursuivre leur voyage à bord du brick suédois, ou bien les acheminer lui-même ; la question était de savoir si les nouvelles de la dernière agression de Bonaparte devaient être acheminées ou non par une escadre britannique. Les porteurs de mauvaises nouvelles étaient toujours impopulaires, détail ridicule, mais qu'il fallait garder présent à l'esprit, car c'était un détail d'importance. Les deux potentats pourraient se sentir exaspérés qu'on leur rappelât l'existence de la brouillonne marine britannique qui valait des ennuis à tout le monde. D'autre part, la présence d'une escadre britannique, si loin dans la Baltique, aux portes mêmes de Saint-Pétersbourg, pourrait être un rappel salutaire de la longueur du bras de la même Angleterre. La soumission de la Suède et de la Russie à Bonaparte signifiait la guerre, la vraie guerre, et, cette fois, avec l'Angleterre. Bonaparte ne se contenterait de rien de moins. La vue de voiles britanniques à l'horizon, le fait que la guerre impliquerait, d'une heure à l'autre, le blocus des côtes, la capture de tout bâtiment qui s'aventurerait dehors, le harcèlement continuel de tous leurs rivages, autant de puissants arguments pour leurs assemblées. Bonaparte était à leurs frontières, mais l'Angleterre serait à leurs portes.

Hornblower, donc, prit sa décision :

— Messieurs, dit-il, je pense qu'il est de mon devoir de vous conduire à bord de mon escadre jusqu'en Russie. S'il vous plaît d'accepter, je vous offre l'hospitalité sur ce bâtiment.

XI

LE TSAR

Bien que lord et colonel de la garde, et malgré sa petite moustache rousse, ses drôles d'yeux exorbités, son air ridicule sous l'uniforme, Wychwood était un homme du monde, subtil, et d'une longue expérience. A trente-cinq ans, il avait couru les deux tiers des cours de l'Europe ; il en connaissait les intrigues, les faiblesses, et aussi la force ; il savait de quelle puissance militaire les souverains pouvaient disposer ; il connaissait leurs préjugés, leurs traditions. Invité à s'asseoir, il prit place dans la chambre d'Hornblower, tandis qu'une jolie brise d'ouest faisait rouler et tanguer l'escadre en train de remonter la Baltique. Souffrant du mal de mer, Bassé était immobilisé dans sa couchette, de sorte qu'on n'était point gêné par sa présence. Wychwood lui-même était pâle et ses gestes faisaient penser, par instants, que l'état de son estomac n'était pas sans le préoccuper ; mais il dominait virilement ses malaises.

— La faiblesse de Bonaparte, disait-il, c'est qu'il croit que toute opposition dans l'univers peut être vaincue par la force. Sans doute il a souvent raison ; il n'est que de regarder en arrière pour s'en assurer. Mais parfois aussi, il a tort. Il y a des gens qui préfèrent se battre, qui préfèrent mourir, plutôt que d'être plus longtemps esclaves, et soumis à sa volonté.

— L'Espagne illustre bien cela, dit Hornblower.

— Oui. Mais, dans le cas de la Russie, les choses peuvent être différentes. La Russie, c'est le tsar ; c'est beaucoup plus le tsar que l'Espagne n'était la monarchie des Bourbons. Si Alexandre décidait de céder aux menaces de Bonaparte, le peuple russe se soumettrait. Alexandre a déjà avalé pas mal d'outrages.

— Et autre chose aussi que des outrages ! fit sèchement Hornblower.

— Vous voulez parler de la Finlande ? C'est parfaitement vrai. Sans parler de toutes les autres provinces baltiques, de la Lituanie, de la Courlande, etc. Mais vous savez mieux que moi quelle différence cela fait, du point de vue sécurité de Saint-Pétersbourg. Je trouve difficile de le blâmer. Chez nous, évidemment, l'attaque contre la Finlande a soulevé une grosse émotion. J'espère qu'on l'oublierait si le tsar devenait un jour notre allié.

— Et quelle chance pensez-vous qu'il y ait pour cela ?

— Dieu seul le sait. S'il pouvait être assuré de l'alliance suédoise, il se peut qu'il se batte. De quoi cela dépend ? De la question de savoir si Bernadotte est disposé à accepter que la Poméranie lui soit enlevée !

— Bonaparte a fait là une fausse manœuvre ! dit Hornblower.

— Oui, bien sûr ! Les couleurs britanniques lui vont comme un chiffon rouge à un taureau. On n'a qu'à les lui montrer pour le décider à charger. La façon dont vous avez détruit ce navire... comment s'appelait-il déjà ?... le *Blanchefleur,* oui, c'est cela, à sa barbe, a dû le rendre fou. Si quelque chose doit déterminer les Suédois à se battre, ce sera ça !

— Espérons qu'il en sera ainsi ! dit Hornblower, décidément réconforté.

Il savait qu'il avait agi témérairement quand il avait décidé de détruire le *Blanchefleur ;* si les répercussions politiques subséquentes se trouvaient être défavorables, on pourrait lui en demander compte ; mais seul l'événement final serait sa justification. Un homme plus prudent que lui se serait abstenu, se serait contenté de garder le corsaire en observation. Et que serait-il arrivé ? Probablement que le *Blanchefleur* se serait faufilé dehors par la première nuit de brume et qu'il aurait recommencé ses ravages dans la navigation britannique. Mais qui peut être tenu pour responsable du brouillard ? Personne. Si la Suède devenait une ennemie active, l'Angleterre tout entière réclamerait la tête de l'officier qu'elle estimerait responsable. Il restait que, quoi qu'il advînt, Hornblower se dirait toujours qu'en démontrant que l'Angleterre avait le moyen de frapper, qu'elle n'hésiterait jamais à en user, il avait pris le meilleur parti. Il y a peu d'occasions dans l'Histoire où la position de timidité coïncide avec la prudence.

Ils portaient encore d'autres nouvelles à Saint-Pétersbourg : Wellington prenait l'offensive en Espagne. En deux coups forcenés, il avait dégagé son front, pris d'assaut Ciudad Rodrigo et Badajoz. Maintenant il était prêt à frapper au cœur de la péninsule. Le fait qu'une grande partie de l'armée de Bonaparte était fortement engagée dans le sud pouvait pousser les pays du nord à la fermeté.

Le beau-frère du commodore avait maintenant le titre de comte. Une ou deux nouvelles victoires feraient de lui un duc, se disait Hornblower. Barbara serait fière de lui. Raison de plus de craindre l'échec pour lui-même ; Barbara avait un haut point de comparaison, mais elle comprendrait l'importance des intérêts en jeu dans la Baltique ; des intérêts aussi importants que ceux de son frère en Espagne. Elle saurait quel courage moral il avait fallu pour prendre la décision qu'il avait prise. Elle aurait donc certains égards ; mais à ce moment-là, Hornblower se disait qu'il ne désirait pas que sa femme eût pour lui des égards. Cette seule idée le révoltait, au point de le pousser à s'excuser auprès de Wychwood, à se précipiter sur le pont, sous la pluie qui tombait à verse, à arpenter le gaillard, tandis que les autres officiers l'observaient du coin de l'œil, à l'écart. Pas une âme, dans toute l'escadre, qui n'eût entendu dire qu'il fallait être fou pour croiser la route du commodore quand il se promenait de long en large sur le pont.

Bien que le mois de mai fût bien avancé, le vent vif était froid, ici, dans le nord de la Baltique ; l'escadre tanguait et roulait sur des vagues, courtes et raides, couleur de plomb, sous un ciel de même couleur. Elle fonçait vers le nord, toujours plus loin, vers le golfe de Finlande, vers la Russie, où le destin du monde était en balance. La nuit était à peine plus sombre que le jour, là-haut, sur le 60e degré de latitude quand le ciel était dégagé, car le soleil était à peine sous l'horizon ; la lune brillait, froide, au sein d'un pâle crépuscule, tandis qu'ils passaient devant Hogland et mettaient en panne en vue de Lavansaari, de façon à gagner Cronstadt après le lever du soleil.

Braun fut de bonne heure sur le pont, appuyé à la rambarde, penché, le cou tendu. Cette tache un peu grise, vers le nord, à l'horizon, c'était son pays natal, c'était la Finlande, pays des forêts et des lacs, que le tsar venait de conquérir, et dont Braun était l'exilé sans recours. Hornblower nota l'air abattu du pauvre diable ; malgré l'agitation où le plongeaient ses prévisions sur la réception qui lui serait faite, il eut pitié de lui. Bush monta, très affairé, dans toute la gloire de ses épaulettes et de son épée, jetant les yeux partout, sur le pont et en haut, s'assurant que tout était prêt à supporter l'inspection d'une puissance hostile.

— Capitaine Bush ! lui dit Hornblower. Je vous serais obligé de bien vouloir faire voile pour Cronstadt.

— Bien, monsieur. Voilà !

Hornblower eût aimé demander si les dispositions pour la salve étaient prises, mais il s'abstint. Il pouvait se fier à Bush pour tout ce qui était de la routine quotidienne, il devait être très attentif à ne pas intervenir dans le service intérieur du navire. Il était content de n'avoir jamais oublié de recourir à des formes polies pour donner ses ordres à Bush, son égal en rang par le nom. Mais « Je vous serais obligé », et « s'il vous plaît » ne lui venaient pas moins assez difficilement aux lèvres lorsqu'il donnait un ordre.

Il tourna le dos à l'aurore et braqua sa lunette vers l'arrière, sur son escadre, où les bâtiments étaient en train de brasser carré et de prendre leurs postes l'un derrière l'autre, les deux corvettes, les galiotes à bombes, le cotre le dernier.

— Signal général, lança Hornblower. Tenez mieux vos postes !

Il désirait que l'escadre remontât le chenal difficile dans un ordre parfait, comme les perles d'un collier. Du coin de l'œil, il vit Bassé et Wychwood monter sur le pont, fit mine de ne pas les voir.

— Répétez le signal ! fit-il encore, avec humeur. Répétez, en ajoutant le numéro du *Harvey !*

Le *Harvey* avait légèrement dévié de sa route ; le jeune Mound ferait bien de garder à l'œil son timonier, s'il ne voulait pas avoir des ennuis. A tribord, où de larges bancs s'étendaient devant Oranienbaum, des bouées marquaient les limites du chenal qui serpentait capricieusement. Si jamais il avait à pénétrer là en ennemi, il trouverait la chose difficile.

Là, à bâbord, c'étaient les fortifications basses de Cronstadt, toutes grises. Un tournant du chenal envoya le *Nonsuch* droit dessus. Si l'on s'était battu ici, le feu des défenses eût pris toute la ligne en enfilade. Puis le chenal se repliait de nouveau, et puis se redressait, de sorte que tous les navires seraient forcés de longer de près les canons de Cronstadt. A travers sa lunette, Hornblower repéra le pavillon bleu et blanc de la Russie impériale au-dessus des murailles grises.

— Signalez : Mouillez ! dit Hornblower à l'aspirant signaleur, puis lança un coup d'œil significatif à Bush, qui acquiesça d'un signe de tête. Tout était prêt. Le navire avança encore, de plus en plus près des canons des forts.

— Halez bas ! dit Hornblower.

Le signal « Mouillez » descendit comme un éclair, rendit l'ordre exécutoire. Six câbles ronflèrent à travers les six écubiers. Sur les six bâtiments, on eut l'impression qu'un millier d'hommes venaient d'être projetés vers le ciel ; les voiles disparurent comme par magie, tandis que les navires rappelaient sur leur ancre.

— Pas mal, fit Hornblower, se parlant à lui-même.

Mais, en même temps, il se rendait compte, souriant d'ailleurs à part lui de sa propre faiblesse, qu'aucune manœuvre ne pouvait jamais être exécutée à sa satisfaction complète. A l'avant, le canon pour la salve se mit à tonner, à tous les échos, les marques de son respect pour le drapeau russe. Hornblower vit une bouffée de fumée partir de la forteresse, puis le son du premier canon de la réponse vint jusqu'à son oreille. Onze coups ! On avait donc reconnu sa grande flamme ; on savait quel hommage est dû à un commodore.

Le canot du médecin vint leur donner libre pratique. Le docteur était un homme à grande barbe noire, qui parlait un français boiteux. Sa visite fournissait une bonne occasion de mettre à l'épreuve l'aptitude de Braun à parler le russe. Braun traduisit avec facilité la déclaration d'Hornblower, disant qu'il n'y avait pas de maladie contagieuse à bord. Tout le monde à bord était un peu ému à l'idée de cette visite à la Russie. On se portait en foule à la rambarde pour voir de haut l'équipage du canot russe, assis, le brigadier crochant les haubans. Les marins russes ne semblaient pas différents de n'importe quel autre équipage de canot ; c'était à peu près la même chemise de couleur, le même pantalon en loques, les mêmes pieds nus ; et ils manœuvraient assez bien leur petite embarcation. Bush dispersa ses hommes d'équipage, assemblés le long du bordage, indigné de leur curiosité et du bruit qu'ils faisaient.

— Ils bavassent comme un troupeau de singes ! dit-il, furieux, au premier lieutenant. Font plus de bruit qu'un arbre plein de corneilles ! Qu'est-ce que ces Russes vont penser de nous ? Mettez-moi ces hommes au travail, et que ça saute ! C'est compris ?

Dans ces conditions de neutralité encore douteuse, le mieux était que le premier contact avec la terre fût pris par Bassé. Du moins prétendument, l'escadre n'était venue à Cronstadt que pour conduire Bassé porter ses nouvelles au Kronprinz suédois. Hornblower fit mettre son canot à la mer ; Bassé y monta et partit ; le canot revint sans Bassé, et sans le moindre renseignement. Bassé avait débarqué à la jetée et le canot, obéissant aux ordres de Hornblower, était rentré immédiatement. En dehors de la salve et de la visite du médecin, l'Empire russe choisissait de ne tenir aucun compte de l'existence de l'escadre britannique.

— Pour qui nous prennent-ils ? grommela Bush, toujours agité quand il n'y avait rien à faire.

Il savait aussi bien que Hornblower qu'en toute affaire diplomatique, le mieux est de ne manifester aucun empressement ; mais il ne pouvait se forcer, comme Hornblower, à paraître calme. Il jeta un coup d'œil significatif sur le grand uniforme du commodore, avec ruban et étoile, déjà endossé, afin d'être prêt pour n'importe quelle entrevue officielle. Il eût voulu qu'Hornblower se rendît à terre et rendît visite au gouverneur local, afin de mettre la situation à l'épreuve, mais Hornblower ne voulut rien savoir. Il attendait une invitation. Jusqu'ici, à la tempête qui avait balayé l'Europe, l'Angleterre avait survécu sans alliance avec la Russie ; les relations futures seraient simplifiées si la Russie en venait à faire le premier pas. Pourvu qu'elle le fît ! L'escadre n'était là que pour amener Bassé à faire son rapport à Bernadotte ; si le Gouvernement russe s'avisait de prendre avantage de la présence de Hornblower pour se rapprocher de lui, tant mieux. Sans cela, il faudrait imaginer un autre plan.

— Depuis que Bassé a débarqué, le télégraphe n'a pas cessé de fonctionner, dit Bush, la lunette vissée à l'œil.

Les trois bras noirs articulés du sémaphore, au sommet de la forteresse, tournaient activement, en effet, transmettant des messages à la station placée en amont, sur la baie. A part cela, on ne voyait à peu près rien ; de l'autre côté des côtes basses de l'île, seuls quelques mâts marquaient l'endroit de l'arsenal maritime. Dans cette direction, deux ou trois navires marchands se balançaient à l'ancre, quelques barques de pêche s'adonnaient à leur commerce.

— Un bateau ! fit soudain Montgomery.

Une jolie pinasse arrivait à bonne allure de l'arsenal, faisant route à travers le chenal, s'écartant presque nettement du *Nonsuch*.

— Les couleurs impériales russes ! fit Bush. Quelqu'un peut-il voir qui est à bord ?

Mais la pinasse était trop loin, on ne pouvait distinguer aucun détail, même à la lunette.

— Il me semble voir des dentelles d'or, dit Carlin, d'ailleurs pas très affirmatif.

— Ah ! Bravo ! dit Bush. Un aveugle eût pu deviner qu'il devait y avoir des dentelles d'or dans une pinasse de la marine russe à Cronstadt !

La pinasse s'éloignait toujours, louvoyant à travers le large chenal jusqu'à ce que sa voile blanche ne fût plus qu'un point clair.

— Capitaine Bush, appelez-moi s'il se passe quelque chose, je vous prie, dit Hornblower.

Il redescendit dans sa chambre. Brown le débarrassa de sa grande tenue, alourdie d'épaulettes. Resté de nouveau seul, il commença à s'agiter nerveusement, rouvrit l'écrin aux pistolets dont Barbara lui avait fait présent, lut la carte qu'il contenait, le dernier mot qu'il avait reçu d'elle, referma l'écrin, ressortit, passa dans la galerie, regagna de nouveau sa cabine. Il se rendait parfaitement compte qu'il était agacé ; cela l'ennuyait ; sur un rayon, il prit les *Voyages* de l'archdeacon Coxe et se mit à lire sérieusement les remarques intensément fastidieuses sur l'état de la Russie, faisant effort pour s'instruire plus complètement sur la situation des puissances nordiques. Mais les mots n'avaient pas de sens ; au lieu de cela, il saisit le mince volume de *Childe Harold*.

— Emphase et grandiloquence ! fit-il, furetant à travers les pages.

Il entendit piquer six coups de cloche ; il n'était encore que onze heures du matin ; et impossible de dîner avant deux heures. Il quitta sa chaise, se força à s'étendre dans son cadre, ferma les yeux, serra les mains fortement essayant de se contraindre à sommeiller. Il ne pouvait absolument pas remonter sur le pont faire les cent pas, comme il en mourait d'envie ; cela équivaudrait à reconnaître publiquement qu'il était agité, nerveux. Les minutes passaient, interminables ; de sa vie, il ne s'était senti aussi encagé, aussi malheureux.

La cloche piqua midi, et il entendit relever la garde ; il eut le sentiment qu'une éternité s'était écoulée, quand il surprit dehors un remue-ménage sur la dunette. L'instant d'après, on frappa à sa porte. Il prit sur sa couchette une attitude de repos complet, cria : « Entrez ! », cligna des yeux, regarda l'aspirant, de l'air de quelqu'un qui vient de s'éveiller d'un profond sommeil.

— Un canot le cap sur nous, monsieur !

— Je vais monter, dit Hornblower. Faites armer mon canot.

Brown l'aida à remettre sa grande tenue. Il fut sur le pont alors que le canot était encore à une certaine distance.

— La même pinasse que nous avons aperçue tout à l'heure, monsieur ! dit Hurst.

La pinasse vint dans le vent, diminua son taillevent tandis que son brigadier hélait le *Nonsuch* en langue russe.

— Où est monsieur Braun ? dit Hornblower.

On héla de nouveau, et Braun traduisit :

— Il demande la permission de s'accrocher à nous, monsieur. Il dit qu'il a un message à vous remettre !

— Dites-lui d'accoster !

Dépendre d'un interprète irritait toujours Hornblower. L'équipage du canot était élégant, vêtu de quelque chose qui ressemblait à un uniforme, chemise bleue et pantalon blanc ; à l'arrière, prêt à monter à bord, se tenait un officier de l'armée de terre, la poitrine couverte de brandebourgs, l'air d'un hussard. Le hussard monta maladroitement à bord, regarda tout autour de lui, salua la masse de dentelle d'or qui l'attendait à la coupée, enfin exhiba une lettre qu'il offrit en même temps qu'une nouvelle explication en russe.

— De la part de Sa Majesté Impériale le tsar, traduisit Braun, la gorge serrée.

Hornblower prit la lettre. L'adresse était faite en français :

Monsieur le Chef d'Escadre,
Capitaine Sir Hornblower,
vaisseau britannique Nonsuch.

Il faut croire que le secrétaire du tsar, quelque compétence qu'il pût avoir dans d'autres domaines, hésitait à la fois sur les titres et sur l'orthographe britanniques. La lettre aussi était en français. Il était bien agréable de pouvoir la traduire sans l'assistance de Braun.

Palais Impérial de Peterhof
Grand Maréchalat de la Cour Impériale.

30 mai 1812

Monsieur,

Je suis chargé par Sa Majesté Impériale, l'Empereur de toutes les Russies, de vous exprimer le plaisir éprouvé par Sa Majesté Impériale lorsqu'elle a appris votre arrivée dans les eaux de Sa Majesté Impériale.

Sa Majesté Impériale et Son Altesse Royale le prince de Suède vous prient, en outre, de venir dîner au palais aujourd'hui à quatre heures, en compagnie de votre état-major. Son Excellence le ministre de la Marine a mis à votre disposition un canot qui vous conduira directement à quai, vous et ceux qui vous accompagnent. L'officier qui vous porte cette lettre vous servira de guide.

Agréez, Monsieur, l'assurance de ma plus haute considération.

KOTCHOUBEY, grand maréchal de la Cour.

Hornblower se tourna vers Bush :

— Je suis invité à dîner avec le tsar et Bernadotte !

Il lui tendit la lettre ; Bush la regarda gravement, la tête de côté, comme s'il savait lire le français.

— Je suppose, monsieur, que vous irez ?

— Oui.

C'eût été manquer de tact que de préluder à sa première rencontre avec les autorités russes et suédoises en déclinant une offre impériale et royale.

Levant les yeux, Hornblower vit que la moitié des officiers du navire étaient là, l'observant, suspendus à ses lèvres. Cette discussion en public de ses affaires personnelles manquait de dignité, et même nuisait gravement à l'apparat et au mystère qui devaient entourer les gestes d'un commodore. Fâcheux oubli de tous ses vieux principes.

— N'avez-vous, les uns et les autres, rien de mieux à faire qu'à rester là plantés à bayer aux corneilles ? beugla-t-il, s'en prenant à tous à la fois et marchant autour du troupeau. Je pourrais envoyer en haut même les anciens officiers, si c'est nécessaire !

Ils s'éloignèrent l'oreille basse, saisis d'une crainte flatteuse, chacun faisant ce qu'il pouvait pour ne pas croiser le regard menaçant du chef. Résultat excellent. Ensuite, Hornblower s'avisa que le hussard avait une autre lettre. Il la lui prit des mains, jeta un coup d'œil sur l'adresse :

— Celle-ci est pour vous, colonel ! dit-il, la tendant à Wychwood.

Puis, tourné vers Bush :

— Le tsar et Bernadotte sont à Peterhof. Le palais est marqué sur la carte, là, sur la côte d'Oranienbaum. Naturellement, en mon absence, vous prenez le commandement !

Le visage de Bush exprimait à la fois des émotions contradictoires. Sans doute pensait-il à d'autres circonstances où Hornblower lui avait laissé le commandement pour aller à terre défier un tyran furieux de l'Amérique centrale ou pour s'engager, sur les côtes d'Europe, dans quelque téméraire aventure. Hornblower savait que Bush se remémorait tout cela.

— Bien, monsieur.

— Il faut que je choisisse mon état-major ! Selon vous, qui serait heureux de dîner avec le tsar ?

Il pouvait se permettre de badiner, avec un Bush qui avait nominalement le même rang que lui, surtout après la récente manifestation de sa dignité.

— Monsieur, vous aurez sans doute besoin de Braun !

— Je le crois !

Dîner avec le tsar serait un événement mémorable pour n'importe quel jeune officier, une chose sur laquelle il pourrait broder à loisir pendant toute sa vie. Une telle invitation pouvait servir à récompenser de bons services ; elle fournirait à un futur amiral les éléments d'une expérience précieuse.

— Je prendrai Hurst ! dit soudain Hornblower.

Le premier lieutenant n'avait pas l'étoffe d'un amiral, mais la discipline exigeait qu'il fût compris dans la suite du commodore.

— Le jeune Mound aussi ! Voulez-vous lui faire envoyer un signal ? Et puis un aspirant. Qui proposez-vous ?

— Monsieur, Somers est le plus épatant !

— Le gros Somers ? D'accord. Je le prendrai. Et vous, colonel, êtes-vous invité aussi ?

— Oui, monsieur, dit Wychwood.

— Il faut être là à quatre heures. Combien de temps pour arriver ?

Il regardait le hussard. Mais le hussard ne le comprenait pas. Puis il chercha Braun du regard ; mais Braun avait quitté le pont, ce qui était parfaitement enrageant. Quand Hornblower s'était tourné vers la foule des désœuvrés, il n'avait pas du tout voulu éloigner Braun, la chose allait sans dire. Cela ressemblait bien à Braun, à ses faux airs d'humilité, de prendre à la lettre les paroles du chef. Irrité, Hornblower fit passer l'ordre de faire venir Braun sur-le-champ et attendit, plein d'humeur, qu'il parût ; mais quand Braun fut là, il y eut peu de chose à tirer de lui ; car, la question de Hornblower ayant été traduite au hussard, celui-ci se borna à lever les yeux au ciel, à hausser les épaules, enfin à fournir ce renseignement — traduit par Braun — qu'il faudrait peut-être deux heures, mais qu'il se pourrait qu'il en fallût quatre. Le hussard était un soldat. Il ne voulait s'engager à faire aucune estimation du temps nécessaire à un voyage dans un canot !

— Nous ne pouvons pas arriver en retard à une invitation émanant d'un roi, dit Hornblower. Nous partirons dans une demi-heure !

Ponctuellement, à l'heure dite, il fut à la coupée ; les autres l'attendaient ; le jeune Somers, rouge d'avoir mis un col trop serré, Hurst et Mound mal à l'aise dans leur grande tenue, Braun raide dans son uniforme.

— Allons-y ! dit Hornblower.

Le jeune Somers passa le premier, d'accord avec la très vieille règle d'après quoi le plus jeune doit monter le premier dans un canot ; Braun suivit. Le bras levé de Braun, tandis qu'il enjambait le bordage ayant fait remonter sa tunique étroite, et le gilet du même coup, quelque chose apparut un instant au niveau de la taille de l'interprète ; quelque chose de noir... Le regard de Hornblower était justement fixé là. Puis on ne vit plus rien. Ce devait être la crosse d'un pistolet, dont le canon était fourré dans la ceinture de sa culotte, au niveau de la hanche, c'est-à-dire là où la saillie se verrait le moins. Comme le gaillard portait déjà son épée, Hornblower se mit à se demander pourquoi Braun avait également emporté un pistolet. Mais Mound et Hurst suivaient, descendaient dans la barque, et Wychwood se préparait à enjamber le bord, en tunique écarlate et un bonnet d'ours. Le hussard devait suivre afin que Hornblower descendît le dernier : mais, avec une politesse illogique, il s'attardait exprès, s'inclinant, s'effaçant pour faire passer le commodore.

— Après vous, monsieur ! disait Hornblower.

Mais l'autre avait l'air de ne pas entendre.

Hornblower dut finir par taper du pied pour obliger l'ignorant à le précéder. Enfin il enjamba le bord tandis que les sifflets des seconds-maîtres retentissaient et que les officiers du bord saluaient avec raideur. Il se laissa choir dans la chambre, gêné par son manteau. Il y avait, à l'avant, une minuscule cabine où il rejoignit Wychwood et Hurst. Mound, les officiers brevetés et le hussard restèrent discrètement à l'arrière. Le patron du canot cria un ordre en langue étrangère et l'embarcation déborda, la voile au tiers fut hissée et on mit le cap sur Oranienbaum.

D'où il était assis, Hornblower voyait Braun. L'interprète était assis, raide, à l'arrière. Cette histoire de pistolet était singulière. Braun avait-il peur d'être attaqué, arrêté à terre comme rebelle, et voulait-il avoir le moyen de se défendre ? Mais, même des Russes n'eussent pas pris sur eux de mettre la main sur un officier portant l'uniforme britannique. La crosse du pistolet avait paru énorme ; énorme, et noire. Soudain, Hornblower se mit à s'agiter sur son caisson, décroisant les jambes, les recroisant. Cette crosse, c'était celle d'un des pistolets que Barbara lui avait donnés ! Ce qu'il avait vu à la ceinture de Braun, c'était cela ! Oui, tout lui revenait. Il se rappelait trop bien la forme de l'ébène pour s'y tromper.

La présence d'un voleur à bord d'un navire est toujours troublante, bouleversante ; le vol y est si facile et les soupçons peuvent aller si loin, bien que ce ne fût pas le cas maintenant. Toutefois, accuser Braun du crime, le punir pour cela, serait déplaisant. Un pistolet rayé de fabrication anglaise, avec capsule à percussion, probablement le tout premier de son espèce à parvenir en Russie, devait valoir à la cour du tsar un prix fabuleux ; Braun pouvait raisonnablement espérer en tirer deux ou trois cents guinées. Pourtant, même instinctivement prévenu contre lui, Hornblower ne pouvait pas croire l'interprète capable d'un larcin de cette sorte.

Le patron du canot cria un nouvel ordre et la pinasse changea d'amures ; sa voile au tiers dut être rentrée puis rétablie quand il vira ; Hornblower observait la manœuvre, avec un intérêt professionnel. Les marins russes étaient assez habiles mais il fallait s'attendre à cela de la part de l'équipage de la pinasse spécialement attachée au service de l'Amirauté. Le *Nonsuch* était déjà loin, coque noyée. Une bouée apparut le long du bord, toute proche, passa rapidement à l'arrière, la vitesse de sa fuite permettant de mesurer la grande vitesse de la pinasse.

— Nous faisons maintenant route au sud-ouest, monsieur, dit Hurst. Nous sommes sortis de la passe.

Il sortit de la petite cabine, regarda vers l'avant, et reprit :

— ... La terre est droit devant nous, mais on ne voit aucune apparence de palais !

— Je ne connais pas Peterhof, dit Wychwood. J'ai été à Tsarskoïé-Selo et à l'ancien Palais d'hiver, comme officier d'état-major de Wilson, avant Tilsitt. Le Peterhof est un des palais de moindre importance. Je suppose qu'on l'a choisi pour cette réunion afin que Bernadotte puisse y venir directement par mer.

Il était vain de se demander quel serait le résultat de la rencontre de ce soir ; pourtant, la tentation était irrésistible. Les minutes s'écoulaient. A un moment donné, le patron cria encore un ordre ; la voile tomba ; les pilotis de la jetée apparurent, tout près de l'embarcation qui lofait. Des amarres furent lancées du bord et la pinasse stoppa au pied d'un large escalier qui, du haut de la jetée, descendait dans l'eau. Cette fois, la politesse de l'officier russe n'eut rien de déplacé. Premier à sortir du canot, dernier à y entrer, par ordre d'ancienneté, c'était l'étiquette de la Marine ; Hornblower se baissa pour sortir de la petite cabine, prit pied sur l'escalier et se mit à monter, s'assurant vivement que son bicorne était bien droit, son épée convenablement suspendue. Comme il arrivait sur le quai, un ordre retentit, une garde de vingt hommes se tenait là, grenadiers coiffés de bonnets à poil et vêtus de bleu, qui mirent le bras gauche en travers de la poitrine pour présenter les armes d'un geste qui parut renversé à un homme accoutumé au salut de l'infanterie de marine. Pourtant, ces uniformes et le geste lui-même semblaient à Hornblower singulièrement familiers ; il se rendit compte qu'ils lui rappelaient les soldats de bois avec lesquels jouait le jeune Richard, jouets tirés d'une boîte de soldats allemands échappée en fraude au blocus continental et qui avait été offerte à l'enfant par un diplomate ami de Barbara. L'armée russe était évidemment organisée d'après le modèle allemand, dont les uniformes avaient été introduits par Pierre III, l'empereur que sa femme avait fait assassiner. Hornblower rendit avec raideur le salut de l'officier de la garde, restant assez longtemps au garde-à-vous pour que le reste de sa suite eût le temps de le rattraper. Le hussard échangea rapidement quelques mots en russe avec Braun, qui traduisit :

— Monsieur, des voitures sont là qui nous attendent.

Hornblower les apercevait au bout de la jetée : deux grands landaus découverts, attelés de beaux chevaux ; sur les sièges des conducteurs, on voyait les cochers à queue et poudrés, vêtus de vestes rouges non point de ce rouge écarlate de l'armée britannique ou des livrées royales britanniques, mais d'un rouge plus doux, plus éteint, d'un rouge de fraise. Des valets de pied vêtus de même se tenaient à la tête des chevaux et aux portières des voitures.

— Les officiers de grade supérieur dans la première voiture, dit Braun.

Hornblower monta, suivi de Wychwood et de Hurst ; le hussard les suivit, s'excusant d'un sourire et s'assit, le dos aux chevaux. La portière fut refermée. Un des valets monta près du cocher, l'autre derrière, et les chevaux partirent au galop. La route serpentait à travers un parc immense, où les pelouses alternaient avec des bosquets ; çà et là, des fontaines lançaient vers le ciel de nobles jets d'eau ; des naïades de marbre prenaient des poses près des bassins. Par instants, les virages ouvraient sur de magnifiques perspectives, dominant des pelouses en terrasses ; on voyait de longues volées d'escaliers, de coquets petits pavillons de marbre ; mais, à chaque tournant, près de chaque fontaine de chaque pavillon, des sentinelles étaient en faction, raides, présentant les armes au passage des voitures.

— Depuis trois générations, tous les tsars ont été assassinés, dit Wychwood. Les femmes seules meurent dans leur lit. Alexandre prend ses précautions.

La voiture fit un brusque crochet. On déboucha sur une large esplanade couverte de gravier au bout de laquelle Hornblower n'eut que le temps d'apercevoir le palais, édifice sans plan défini, de style rococo, en pierre rose et grise, avec un dôme d'argent à chaque bout. Puis la voiture fit halte devant l'entrée, saluée par une autre garde. Un valet tout poudré ouvrit les portières. En quelques mots polis, prononcés en russe, le hussard entraîna les nouveaux venus, leur fit monter un perron de marbre rose et gagner une spacieuse antichambre. Un essaim de serviteurs accourut pour les débarrasser de leurs manteaux ; Hornblower se souvint à propos de tenir son bicorne sous le bras ; les autres suivirent son exemple. Tout au fond, les portes à deux battants s'ouvrirent. Hornblower et sa suite y furent reçus par un factionnaire imposant dont la tunique était du même rouge impérial aux endroits où sa couleur apparaissait sous les dentelles d'or. Ce personnage poudré tenait à la main un bâton d'ébène à bout d'or.

— Kotchoubey ! dit-il, se présentant dans un français passable. Grand maréchal du palais ! Vous êtes le commodore Hornblower ? Et lord Wychwood ?

Tous deux s'inclinèrent. Hornblower présenta ceux qui n'avaient pas été nommés ; il vit le grand maréchal de la cour embrasser d'un coup d'œil tous les uniformes, comme pour s'assurer que rien d'indigne de la Cour du tsar n'entrerait plus avant dans le palais. Puis, revenant à Hornblower et à Wychwood :

— Son Excellence le ministre de la Marine serait, dit-il, très honoré si le commodore Hornblower acceptait de lui accorder quelques instants d'entretien.

— Je suis au service de Son Excellence ! dit Hornblower, mais je suis ici, invité par Sa Majesté Impériale.

— C'est très aimable à vous, monsieur, mais Sa Majesté Impériale ne paraîtra pas avant quelque temps, et Son Excellence le ministre des Affaires étrangères serait très honoré, de son côté, de pouvoir s'entretenir, pendant quelques minutes, avec Lord Wychwood.

— Je suis au service de Son Excellence, dit Wychwood.

Pour un homme de son expérience, son français était singulièrement indigent.

Kotchoubey remercia, se tourna ; sur un geste qu'il fit, trois autres officiers de la cour s'approchèrent. Ils portaient moins de dentelles d'or que le grand maréchal. Aux clefs d'or, brodées sur leurs revers, Hornblower sut qu'il s'agissait des chambellans. Il y eut de nouvelles présentations, de nouvelles courbettes. Kotchoubey dit à Hornblower :

— Voulez-vous, monsieur, avoir la bonté de m'accompagner ?

Deux chambellans prirent soin des jeunes officiers, un autre de Wychwood ; Kotchoubey emmena lui-même le commodore. Hornblower jeta un dernier coup d'œil sur sa suite. Même le flegmatique Hurst, même Mound, délibérément nonchalant, paraissaient si effarés d'être ainsi abandonnés par leur capitaine dans un palais impérial que Hornblower se prit à songer à des enfants confiés par leurs parents à une nurse étrangère.

L'expression de Braun était différente. Ses yeux verts luisaient de passion ; son visage était comme crispé ; il jetait autour de lui les regards d'un homme qui se prépare à une action décisive. Hornblower se sentit envahi d'un pressentiment. Dans son émotion de se trouver transporté en Russie, il avait presque oublié Braun, le pistolet volé, tout ce qu'il savait de son interprète. Il avait besoin de réfléchir à tout cela, et Kotchoubey le pressait, ne lui laissait point de loisir. Ils traversèrent une salle magnifique (Hornblower n'eut que le temps d'entrevoir le mobilier, les tableaux, les statues), franchirent une porte à deux battants, ouverte, tout au fond, à leur approche, par deux de ces valets de pied qui semblaient se compter ici par centaines, et se trouvèrent dans un corridor large et haut de plafond, l'air plutôt d'une galerie de tableaux que d'un vestibule ; mais Kotchoubey n'y fit que quelques pas. Brusquement, il fit halte devant une porte peu apparente, que deux nouveaux laquais s'empressèrent de dégager à son approche.

La porte ouvrait directement sur un escalier tournant, très raide ; à mi-hauteur, dans l'escalier, une autre porte était gardée par quatre soldats de haute taille en uniforme rose, chaussés de grandes bottes et vêtus de pantalons bouffants. Hornblower comprit qu'il se trouvait devant les premiers cosaques qu'il eût vus de sa vie. Collés aux murs pour livrer le passage, ils barraient presque l'étroit escalier. Hornblower dut insister un peu pour les dépasser. Kotchoubey gratta à la porte et l'ouvrit sans attendre, entraînant vivement Hornblower après lui, d'un geste de conspirateur. Puis, ayant refermé la porte, il annonça :

— Sir Hornblower !

Le gros homme qui était là, en uniforme vaguement naval, épaulettes et brochette de décorations lui barrant la poitrine, devait être le ministre de la Marine. Il se leva, s'avança, cordial, parlant un français passable, après s'être courtoisement excusé de ne pas s'exprimer en anglais. Tout au fond de la pièce, un autre personnage, grand, svelte, gardait le silence, vêtu d'un bel uniforme bleu clair. Il était beau, d'une beauté frappante, mais l'air un peu d'être venu ici d'un autre monde ; la pâleur de ses joues, qu'accentuaient encore de courts favoris noirs, était plus étrange que maladive. Il ne faisait pas un mouvement, assis, droit et raide, dans l'angle le moins éclairé, les bouts de ses doigts reposant devant lui sur une table basse. Aucun des fonctionnaires ne laissait paraître qu'ils s'apercevaient de sa présence. Tout de suite, Hornblower sut que c'était le tsar. Il se dit que, si les fonctionnaires russes eux-mêmes feignaient d'ignorer sa présence, il ne pouvait faire moins qu'eux. Il garda donc les yeux fixés sur le ministre de la Marine.

— J'espère, dit ce dernier, que vous êtes en bonne santé ?

— Merci, dit Hornblower. Aussi bien portant que possible.

— Et votre escadre ?

— Aussi bien portante que possible, elle aussi, Excellence !

— A-t-elle besoin de quelque chose ?

De nouveau, Hornblower dut se hâter de réfléchir. D'une

part, il avait le désir de paraître tout à fait indépendant, mais d'autre part, le commodore savait que l'on ne tarderait pas à manquer d'eau. Un capitaine de navire ou d'escadre avait toujours, à l'arrière-plan de ses préoccupations ordinaires, le besoin urgent, vital, de renouveler sa provision d'eau potable. Même russe, un ministre de la Marine devait savoir cela.

— Du bois à brûler et de l'eau, comme toujours ! fit Hornblower, seraient de la plus grande utilité.

— Je m'informerai, dit le ministre. Je verrai s'il est possible d'envoyer un chargement d'eau demain matin à votre escadre.

— Je remercie Votre Excellence, dit Hornblower, se demandant ce qu'on allait réclamer de lui en échange.

Le ministre changea si manifestement de sujet que Hornblower ne put attribuer la chose qu'à la nervosité qu'il éprouvait à sentir le tsar écouter la conversation :

— Vous avez été informé, dit-il, de l'occupation de la Poméranie suédoise par Bonaparte ?

— Oui, Excellence.

— Que pensez-vous de cette opération ?

Hornblower tarda un peu à répondre : il classait ses pensées et préparait ses phrases en français.

— Typiquement bonapartien ! fit-il enfin. Bonaparte ne tolère la neutralité de la part des puissances faibles que lorsqu'il peut en tirer avantage. S'il estime qu'elle peut le gêner, il fait traîtreusement avancer son armée, et avancent aussi, dans les pas de l'armée, tous les fléaux du bonapartisme : terreur, misère, famine, prison, peloton d'exécution, police secrète. Banquiers et marchands sont dépouillés de ce qu'ils possèdent. Les hommes sont recrutés, forcés de s'engager dans les rangs de l'armée, et les femmes... Chacun sait ce qui arrive aux femmes !

— Ne pensez-vous pas qu'il n'avait d'autre objectif que le pillage ?

— Non, Excellence. Bien que le pillage soit toujours utile aux finances mal équilibrées de Bonaparte, je ne le crois pas. Je crois qu'il a envahi la Poméranie au moment où il lui est apparu que son utilité en tant que base neutre pour ses corsaires avait cessé, en raison de l'apparition de mon escadre.

Au même instant, le commodore eut une inspiration. Son expression devait avoir changé, car, comme il paraissait hésiter, le ministre le pressa de poursuivre, évidemment très intéressé.

— Qu'est-ce que monsieur allait dire... ?

— J'allais dire que Bonaparte contrôle maintenant toutes les côtes de la Baltique jusqu'aux frontières des territoires sur lesquels s'étend l'autorité de Sa Majesté Impériale. Voilà qui lui serait des plus utiles, Excellence, dans certaine circonstance particulière. Je veux dire : dans le cas où il déciderait de déclencher une offensive contre la Russie.

Hornblower avait mis dans ces paroles toute la force de persuasion dont il était capable. Le ministre hochait la tête. Quelque envie qu'il en eût, Hornblower n'osait pas jeter un coup d'œil du côté du tsar, voir quel effet ses paroles avaient eu sur lui. Il reprit :

— ... La Poméranie demeurée suédoise, Bonaparte n'aurait pas l'esprit en repos quant à ses communications aussi longtemps qu'une flotte britannique croiserait dans la Baltique. La base serait bien trop bonne pour lancer contre ses arrières une attaque convoyée par mon escadre. Il a écarté le danger. Désormais, il peut, sans craindre de se voir coupé, faire marcher une armée sur Saint-Pétersbourg, au cas où il déciderait d'attaquer la Russie. Une menace de plus pour les territoires sous l'autorité de Sa Majesté Impériale !

— Et à quel point considérez-vous comme sérieuses ses menaces à l'égard de la Russie ?

— Les menaces de Bonaparte sont toujours sérieuses. Votre Excellence est au courant de ses méthodes. Il commence par réclamer des concessions ; les concessions accordées, il pose de nouvelles demandes, de plus en plus paralysantes, jusqu'à ce que l'objet de ses attentions soit trop faible pour s'opposer à lui plus longtemps, ou soit à ce point affaibli que toute résistance par les armes lui soit fatale. Il n'aura de repos que lorsque *toutes* ses demandes seront acceptées. Ce qu'il demande n'est rien de moins que la domination du monde. Il faut que toutes les nations lui soient esclaves.

— Monsieur cultive l'éloquence !

— Si je suis éloquent, Excellence, c'est que je parle selon mon cœur. Depuis dix-neuf ans, depuis l'adolescence, je sers mon pays contre le pouvoir monstrueux qui obscurcit l'Europe entière.

— Et à quoi ce combat de votre pays a-t-il abouti ?

— Mon pays est encore libre. Dans l'histoire du monde, c'est une chose qui compte, et qui compte beaucoup. Au temps où nous sommes, cela compte encore davantage. L'Angleterre rend coup pour coup. Le Portugal, la Sicile sont libres, et cela grâce à l'Angleterre. Pendant que je parle à Votre Excellence, nos armées progressent en Espagne. Bonaparte en sera bientôt réduit à défendre contre elles les frontières mêmes de l'empire dont il se prévaut avec arrogance. Nous avons trouvé le point faible de l'immense édifice, nous sommes en train de le scruter, d'en sonder les fondements mêmes. Bientôt, toute la masse laborieusement édifiée s'écroulera, tombera en poussière...

Il devait faire très chaud dans la petite pièce. Hornblower se sentait en nage, sous son uniforme pesant.

— Et ici ? Dans la Baltique ?

— L'Angleterre y a pénétré aussi. Pas un des navires de Bonaparte ne bougera désormais sans ma permission. L'Angleterre est prête à donner son appui, prête à verser l'argent à flots, l'argent et les armes, pour aider la puissance qui voudra résister au tyran. Bonaparte est cerné par le sud, par l'ouest, par le nord. L'est seul lui reste ouvert. C'est là qu'il frappera, c'est donc par là qu'il faut lui faire obstacle.

A la vérité, c'était au beau jeune homme pâle, assis dans le coin sombre de la pièce, que ces réflexions s'adressaient. Le ministre de la Marine avait sur le damier de la politique internationale un enjeu beaucoup plus petit que n'avait son maître. D'autres rois risquaient dans la guerre une province ou deux, leur honneur ou leur renommée ; le tsar, le souverain le plus puissant, le plus autocratique aussi entre tous, risquait sa vie. Il n'y avait pas à le nier : un mot du tsar pouvait expédier en Sibérie un des membres de la noblesse ; un autre mot pouvait mettre en campagne un demi-million d'hommes ; mais si l'une ou l'autre mesure s'avérait une erreur, le tsar risquait de payer l'erreur de sa vie. Une défaite militaire, la perte momentanée de son autorité sur ses courtisans, sur ses gardes, le tsar était perdu ; voué, d'abord, à être détrôné ; ensuite inévitablement à être massacré. Tel avait été le sort de son père, celui de son grand-père, celui de son arrière-grand-père. S'il entrait en guerre et s'il était vaincu ou s'il renonçait à se battre et perdait son prestige, il pouvait s'attendre à ce qu'un foulard de soie fût noué autour de son cou, une douzaine d'épées enfoncées entre ses côtes.

Une pendule d'or massif, posée au mur sur une console, fit entendre un timbre argentin.

— L'heure sonne, Excellence, vous l'entendez ! dit Hornblower.

L'émotion qui le bouleversait le faisait trembler. Il se sentait faible, comme vidé.

— Oui, l'heure sonne, répondit le ministre.

Il faisait un suprême effort pour ne pas se retourner, pour ne pas regarder le tsar.

— En ce qui concerne la pendule, je regrette profondément, mais si je vous retenais plus longtemps, vous seriez en retard pour la réception de l'Empereur.

— Chose impossible ! dit Hornblower.

— Je vous remercie de la forme directe que vous avez donnée à l'exposé de votre position, capitaine. Nous aurons le plaisir de nous revoir au cours de la réception. Son Excellence le grand maréchal va vous indiquer le chemin de la salle de Tauride.

Hornblower s'inclina, évitant toujours de laisser ses regards s'égarer vers le tsar ; il réussit à sortir de la pièce sans tourner le dos à l'empereur et sans que son comportement parût manquer de naturel. Accompagné par Kotchoubey, il redescendit l'escalier, se faufilant entre les cosaques, et regagna le rez-de-chaussée.

— Par ici, monsieur, je vous prie ! dit Kotchoubey.

XII

L'ENNEMI DANS LA PLACE

Des valets de pied ayant ouvert deux autres grandes portes, la délégation pénétra dans une vaste salle dont le plafond se développait en forme de dôme et dont les murs n'offraient aux yeux que surfaces de marbre et d'or. Une foule y grouillait ; des hommes vêtus d'uniformes de toutes les couleurs de l'arc-en-ciel, des dames en robes de cour, avec des aigrettes, des traînes. Les décorations, les bijoux renvoyaient en éclairs la lumière d'innombrables bougies.

Un groupe rieur d'hommes et de femmes, qui plaisantaient en français, s'entrouvrit pour accueillir Hornblower et le grand maréchal.

— J'ai l'honneur de vous présenter...

Les présentations se prolongèrent : comtesse de ceci, baronne de cela, duchesse d'autre chose. De belles femmes, les unes l'œil hardi, provocant, d'autres molles et nonchalantes. Hornblower s'inclinait, s'inclinait encore, son étoile de l'ordre du Bain revenant heurter sa poitrine chaque fois qu'il se relevait.

— Capitaine, dit le grand maréchal, vous accompagnerez à table la comtesse Canerine.

Hornblower s'inclina encore :

— Enchanté ! fit-il. Enchanté !

De toutes les dames présentes, la comtesse semblait la plus hardie et la plus belle. De grands yeux noirs brillaient sous l'arc des sourcils, limpides, mais brûlant d'un feu contenu. Son visage offrait un ovale parfait ; le teint était celui des pétales de roses, au-dessus du large décolleté de la robe de cour, la poitrine superbe était d'une blancheur de neige.

Le grand maréchal poursuivait :

— Comme étranger de marque, vous aurez préséance immédiatement après les ambassadeurs et les ministres. Pourtant, l'ambassadeur de Perse, Son Excellence Gorza Khan, aura le pas sur vous.

Du geste, le grand maréchal désignait un personnage coiffé d'un turban et rutilant de diamants. Hornblower dut bénir sa chance : le Persan était, dans toute cette foule, le personnage le plus facile à identifier. Les autres membres du groupe regardaient peut-être avec plus d'intérêt encore ce capitaine anglais à qui l'on faisait une telle faveur. La comtesse coulait sur lui un regard appréciateur ; le grand maréchal interrompit l'échange de coups d'œil, poursuivant les présentations. Les messieurs saluaient très bas. Profitant d'un silence, le grand maréchal annonça que Sa Majesté Impériale porterait l'uniforme des gardes Simonouski.

A l'autre bout de la salle, Hornblower aperçut Wychwood, sa toque de fourrure sous son bras, Bassé près de lui. On le présentait à un autre groupe. Ils échangèrent de loin des signes de tête et Hornblower revint, un peu distrait, à la conversation avec le groupe auquel il appartenait. La comtesse l'interrogea sur le *Nonsuch ;* il s'efforça de lui en parler, tout en regardant, par les portes du fond, une double haie de soldats, de grands jeunes hommes portant des pectoraux qui luisaient comme de l'argent (et sans doute était-ce vraiment de l'argent), des casques du même métal et des aigrettes blanches qui ondulaient.

— Ce sont les chevaliers de la Garde, lui dit la comtesse. Tous ces jeunes gens sont de noble naissance.

Elle-même les examinait avec une satisfaction très nette ; ils se rangeaient contre le mur, à des intervalles de deux ou trois mètres, et, dès qu'ils avaient atteint leur place, demeuraient immobiles, pareils à des statues d'argent.

La foule s'écartait peu à peu, laissant libre le centre de la salle. Hornblower se demandait où ses lieutenants étaient passés ; ayant jeté les yeux partout, il se rendit compte qu'une autre foule d'uniformes occupait la galerie qui, au premier étage, se développait autour des trois quarts de la base du dôme. Sans doute était-ce de là que les invités de moindre importance étaient admis à assister aux faits et gestes des plus notoires. Il aperçut Hurst et Mound, penchés par-dessus la balustrade. Derrière eux, se tenait le jeune Somers ; son chapeau bas à la main, il s'adressait, grâce à une savante pantomime, à un trio de jolies filles, mollement enlacées, et qui riaient. Dieu seul savait quelle langue Somers essayait de parler, mais il était évident qu'il avait réussi à plaire.

Mais c'est de Braun surtout que Hornblower avait souci. La violence de son émotion après sa tirade au ministre, les bavardages, l'éclat des lieux autour de lui, les coups d'œil orageux de la comtesse, rendaient toute pensée difficile. Il dut sérieusement se contraindre pour garder l'esprit fixé sur son sujet. Le pistolet à la ceinture de l'interprète, l'expression farouche de Braun, et cette galerie, là-haut... Sans doute, avec tous ces morceaux, il eût pu reconstituer le puzzle, mais à la condition qu'on le laissât se recueillir. Or, la comtesse lui disait :

— Le prince de Suède va faire son entrée, avec Sa Majesté Impériale !

Le prince de Suède ! Bernadotte, le fondateur d'une nouvelle dynastie, celui qui avait supplanté Gustave, Gustave pour qui Braun avait risqué sa fortune, sa vie ! Alexandre avait conquis la Finlande et Bernadotte la lui avait abandonnée ! Alexandre et Bernadotte ! Les deux hommes que Braun avait le plus de raison au monde de haïr allaient paraître, et Braun était armé ; il portait un pistolet à double canon, un pistolet rayé, avec des capsules qui jamais ne rataient, qui portaient à cinquante mètres ! Hornblower parcourut des yeux la galerie. Braun se tenait discrètement tout au bout, entre deux colonnes...

Il fallait faire quelque chose : il fallait agir tout de suite. Le grand maréchal était là, qui bavardait aimablement avec un couple de courtisans. Abandonnant la comtesse, Hornblower se tourna vers lui, et, s'immisçant un peu brutalement dans la conversation, eut recours à la seule excuse qui lui vint à l'esprit.

— Impossible, lui dit le grand maréchal, l'œil sur la pendule. Dans trois minutes et demie, Sa Majesté Impériale et Son Altesse Royale vont faire leur entrée.

Hornblower insista :

— Je regrette, dit-il, je regrette beaucoup, mais il le faut... c'est absolument nécessaire !... C'est urgent !...

D'inquiétude, il trépignait presque sur place ; ses gestes

renforçaient encore la raison qu'il avait invoquée. Le grand maréchal hésitait, pris entre l'ennui fâcheux d'interrompre une cérémonie et la crainte d'offenser un homme qui, la récente entrevue l'avait montré, avait peut-être l'oreille du tsar.

— Eh bien, monsieur, fit-il enfin, comme à regret, et désignant l'une des portes, sortez par là ! Et, je vous en prie, revenez sans attirer l'attention sur vous !

Hornblower s'enfuit, se faufilant, vite, mais aussi discrètement que possible, à travers les groupes d'invités. La porte franchie, il regarda autour de lui. Le grand escalier, à sa gauche, devait mener à la galerie. Il saisit son épée par le fourreau pour qu'elle ne le fît pas trébucher, grimpa quatre à quatre. Quelques valets qu'il dépassa lui accordèrent à peine un regard. La galerie était encombrée, bien que les robes ne fussent pas aussi belles, ni les uniformes aussi rutilants qu'en bas. Hornblower se hâta de gagner l'endroit où il avait aperçu Braun ; il allait à longues enjambées, faisant de son mieux pour avoir l'air d'un flâneur nonchalant. A un moment donné, son regard croisa celui de Mound ; mais il n'avait pas le temps de parler ; d'ailleurs, il n'eût pas voulu risquer une parole à cet endroit. Mais il mit dans son regard une intention si poignante qu'il espéra décider Mound à le suivre. Il entendit, au rez-de-chaussée, le bruit de portes qu'on ouvrait ; le murmure des conversations cessa. Une voix claire, dure, annonça :

— Sa Majesté l'Empereur ! Sa Majesté l'Impératrice ! Son Altesse Royale le prince de Suède !

Braun était là, entre les deux piliers, penché par-dessus la balustrade. Il mit la main à sa ceinture ; il dégagea le pistolet. Il n'y avait qu'un moyen de l'arrêter sans faire d'esclandre. Hornblower tira son épée, son épée de cent guinées, son épée à poignée d'or, le don du Fonds patriotique, et qui coupait comme un rasoir, et il frappa Braun au poignet, si fort qu'il lui sectionna les tendons. Les doigts s'ouvrirent, le pistolet tomba sur le tapis.

Braun s'était tourné, hagard de surprise, regardant tour à tour le sang qui coulait de son bras, puis le commodore. Hornblower leva la pointe de la lame, toucha la poitrine de Braun ; il lui eût suffi de se fendre, il l'eût tué. L'expression de son visage devait attester la violence de sa décision, car Braun n'eut même pas un cri, ne dit pas un mot, ne fit pas un geste. Quelqu'un surgit près d'Hornblower. Dieu merci, c'était Mound. Ce n'était que Mound !

— Surveillez-le, lui murmura le commodore. Bandez ce poignet, arrangez-vous pour le sortir d'ici !

Il regarda par-dessus la rampe. Des membres de la famille royale s'avançaient par les grandes portes, Alexandre dans son uniforme bleu pâle auprès d'un homme basané de haute taille, avec un grand nez qui devait être Bernadotte ; quelques dames, dont deux portaient couronne (ce devaient être l'impératrice et la reine-mère), les autres avec des aigrettes de plumes. Braun eût été certain de réussir.

Tout autour de la vaste salle, la Cour rendait hommage au couple royal, les hommes s'inclinant très bas, les femmes faisant la révérence. Puis la foule entière reflua, les plumes et les uniformes confondus, comme une vague fleurie qui déferlerait. Le commodore s'arracha à ce spectacle, rengaina son épée, ramassa le pistolet, le fourra dans sa ceinture. L'éternelle nonchalance de Mound avait fait place à de vifs mouvements de chat ; de ses longs bras il avait enlacé l'interprète, l'avait appuyé sur lui. Hornblower tira son mouchoir, le glissa dans la main de Mound ; le temps manquait pour faire davantage. Se hâtant par la galerie, le commodore s'éloigna. Tout le long de la galerie, les conversations avaient repris. Il était heureux qu'au moment critique, les courtisans n'eussent eu d'yeux et d'oreilles que pour le groupe royal. Hurst et Somers flirtaient avec les jeunes femmes ; leurs regards croisèrent celui de Hornblower.

— Allez rejoindre Mound ! leur dit-il. Il a besoin de vous !

Il se hâta de descendre, trouva la porte de la salle, dépassa le valet de pied qui la gardait. Un coup d'œil lui suffit ; il retrouva le groupe qu'il avait quitté et reprit sa place auprès de la belle comtesse. Le groupe royal faisait le tour de la salle, adressant quelques mots aux personnages de distinction. Plusieurs minutes s'écoulèrent ; ils arrivèrent devant Hornblower. Le grand maréchal de la Cour présenta le commodore. Hornblower était encore sous le coup de l'émotion qu'il avait eue ; tout lui semblait se passer comme dans un cauchemar ; il s'inclina devant les têtes couronnées, puis devant Bernadotte.

— C'est pour moi un plaisir de rencontrer le commodore Hornblower, fit l'empereur, gentiment. Nous avons tous entendu parler de ses grands exploits.

— Votre majesté est trop bonne, fit Hornblower, la gorge serrée.

Le groupe passé, Hornblower se tourna de nouveau vers la comtesse. Le fait que le tsar lui avait adressé personnellement la parole confirmait ce que la dame avait soupçonné dès l'abord : ce commodore était un homme influent ; le regard qu'elle lui jeta trahit l'importance qu'il venait de prendre à ses yeux.

— Séjournerez-vous longtemps ici ? demanda-t-elle.

Il était encore difficile à Hornblower de garder l'esprit fixé sur quoi que ce fût. Il ne désirait qu'une chose, une seule : rester assis, se reposer, être tranquille ; et il se torturait l'esprit pour trouver une réponse polie. Les messieurs du groupe se mirent à le harceler de questions, sur la marine britannique, sur les affaires maritimes en général ; il faisait de son mieux pour répondre des choses sensées, en vain.

Des valets de pied roulaient dans la salle les longues tables qui servaient de buffets, resplendissant de vaisselle d'or et d'argent. Hornblower se contraignait à observer ce qui se passait, pour ne faire aucune entorse à l'étiquette. Le groupe royal avait pris place d'un côté, les impératrices et le tsar dans des fauteuils ; les princes et les princesses sur des chaises à haut dossier ; les invités veillaient à se tourner dans cette direction, afin de ne pas commettre le crime abominable de montrer à l'empereur un dos humain. Les gens s'approchaient déjà des buffets ; il n'était plus question de préséance. Mais l'ambassadeur de Perse était là, mâchonnant des choses qu'il prenait dans une assiette d'or ; Hornblower était donc fondé à se diriger du même côté. C'était bien là le dîner le plus curieux auquel le commodore eût jamais assisté ; tous les invités se tenaient debout, la famille royale exceptée ; et les têtes couronnées ne mangeaient rien.

— Comtesse, dit-il, puis-je vous offrir mon bras ?

Au cours d'une longue pratique, les courtisans étaient, semblait-il, passés maîtres dans cet art de manger debout, leur chapeau sous le bras, ce qui n'était pas très facile. Pour Hornblower, son épée qui ballottait à son côté risquait de le faire tomber, et cet infernal pistolet pénétrait dans ses côtes et lui faisait mal.

Les valets de pied qui servaient ne comprenaient pas le français. La comtesse dut venir au secours de Hornblower pour passer la commande.

— Ceci, c'est du caviar, lui dit-elle ; et ceci, c'est de la vodka, la boisson du peuple russe. Je pense que vous serez d'avis que les deux choses vont admirablement de pair.

Elle ne se trompait pas. Le machin gris, à l'aspect peu appétissant, était proprement délicieux. Quant à la vodka, Hornblower en supa un peu, prudemment. Il avait les nerfs encore si tendus que c'est à peine s'il fut sensible au mordant de la liqueur forte ; mais, il n'y avait pas à en douter, la vodka et le caviar faisaient ensemble un mélange exquis. Hornblower sentait la chaleur de l'alcool le pénétrer ; ceci l'aida à se rendre compte qu'il était éperdument affamé. Le buffet était encombré d'aliments de toute nature, les uns gardés au chaud, les autres froids. Guidé par la comtesse, Hornblower ne fut pas loin de se mesurer avec tous. L'un des plats, des champignons étuvés, eût-on dit, était excellent ; il y avait aussi des tranches de poisson fumé, une salade indéfinissable, divers fromages, des œufs à la fois chauds et froids, et quelque chose qui ressemblait à un ragoût de porc. Et puis d'autres liqueurs. Hornblower mangeait et buvait, son esprit, brillant par éclairs, animant la conversation, et de plus en plus reconnaissant envers la comtesse. Sans doute, c'était un drôle de dîner, mais Hornblower se disait que jamais il n'avait rien mangé d'aussi délicieux. La vodka commençait à lui tourner un peu la tête ; il connaissait ce signal, qui voulait dire : danger ; mais cette fois, il ne s'irritait pas comme d'habitude. Il s'arrêta net au milieu d'un éclat de rire, juste à temps pour ne pas être indiscret.

Rires, bavardages, lumières brillantes, c'était vraiment l'une des plus belles réunions auxquelles il lui eût été donné d'assister. Il avait l'impression qu'un autre que lui, il y avait une heure à peine, avait tailladé le poignet de Braun avec une épée. Il replaça sur le buffet le plat de fine porcelaine, parmi la vaisselle d'or, s'essuya la bouche à l'une des serviettes de soie qui se trouvaient là. Il se sentait à l'aise, et repu, en proie à la sensation agréable d'avoir mangé peut-être un peu trop, et d'avoir bu tout juste assez ; il espérait que l'on servirait bientôt le café ; une tasse de café était tout ce dont il avait besoin pour porter à son comble la satisfaction de son estomac. Il s'entendit parler, dire à la comtesse :

— J'ai extrêmement bien dîné !

L'expression du visage de la comtesse lui parut remarquable : elle avait levé les sourcils ; elle ouvrit la bouche, comme si elle allait parler, puis la referma, et se contenta de sourire, comme intriguée, ou inquiète. Encore une fois, elle fut sur le point de dire quelque chose ; mais les paroles restèrent sur ses lèvres.

On venait d'ouvrir solennellement d'autres grandes portes, et l'on vit bientôt émerger de là vingt ou trente valets qui se rangèrent et formèrent la haie jusqu'à une salle suivante. Le groupe impérial venait de se lever, se formait en cortège. Le silence qui s'établit apprit à Hornblower qu'un instant solennel était arrivé. Des couples glissaient à travers la salle, à la façon de navires manœuvrant et se jouant des tours pour occuper leur place. La comtesse lui avait mis la main sur le bras, et la main appuyait doucement, comme pour le diriger. Pas d'erreur : un cortège se formait aussi derrière le groupe des têtes couronnées. Hornblower apercevait un ambassadeur, et cet ambassadeur était un Persan ; appuyée sur lui, à son propre bras, il y avait une jeune fille, et cette jeune fille lui souriait. Hornblower eut tout juste le temps d'entraîner sa cavalière et de se joindre à la procession. Après que deux ou trois autres couples eurent pris place derrière lui, le cortège se mit en marche, s'allongeant sans cesse à mesure qu'il progressait. Hornblower ne perdait pas de l'œil l'ambassadeur persan ; on franchit la haie de valets, on entra dans une autre salle.

Le cortège se disloqua, s'ouvrit, détachant, à gauche, à droite, un couple, un autre, comme pour une danse paysanne. L'ambassadeur persan prit à gauche ; et Hornblower fût allé à droite, sans un geste du grand maréchal, qui heureusement était là, debout, pour diriger les hésitants.

Éclairée par des centaines de candélabres ornés de cristaux taillés, la nouvelle salle n'était pas moins vaste que la première. Une table (l'esprit en désordre de Hornblower lui voyait une longueur d'au moins plusieurs milles) en occupait le grand axe, couverte de vaisselle d'or et de cristal ; un rempart de fleurs l'ornait de bout en bout ; elle affectait la forme d'un T avec une toute petite traverse, le long de laquelle le groupe impérial avait déjà pris place ; tout le long de la table, derrière chaque siège, un valet de pied en perruque blanche se tenait debout, et Hornblower se rendit compte que le dîner allait seulement commencer ; les plats et les boissons que l'on avait servis dans la salle du dôme n'avaient été qu'une sorte de hors-d'œuvre. Le commodore était à la fois porté à se moquer de lui pour avoir ainsi manqué de compréhension et prêt à déplorer d'avoir à faire honneur au dîner de l'empereur de toutes les Russies dans l'état de réplétion où se trouvait déjà son estomac.

A part la famille royale, tous les hommes étaient debout et les dames assises. Par-dessus la table, l'ambassadeur persan se penchait vers la jeune femme qu'il avait accompagnée ; l'aigrette de son turban fendait l'air ; ses diamants jetaient des feux. La dernière dame prit place enfin ; tous les messieurs s'assirent, pas tout à fait avec l'ensemble de l'infanterie de marine qui présente les armes, mais presque aussi bien. Presque tout de suite, le murmure de conversations s'éleva en même temps qu'une assiette à soupe en or surgissait sous le nez d'Hornblower, et qu'une soupière en or, pleine d'un potage rose, s'offrait à lui pour qu'il se servît. Il ne pouvait détourner ses regards du spectacle ; tout le monde avait été servi de potage au même instant ! C'est au moins deux cents valets de pied qui étaient chargés du service.

— Voilà monsieur de Narbonne, l'ambassadeur de France ! dit la comtesse, indiquant du regard un jeune homme élégant, assis de l'autre côté, deux places plus loin que l'ambassadeur persan. Le grand maréchal de la cour, naturellement, ne vous a pas présenté à lui ! Et voilà l'ambassadeur d'Autriche, voilà le ministre de Saxe, le ministre de Danemark, tous, officiellement, vos ennemis ! L'ambassadeur d'Espagne représente ici Joseph Bonaparte, et non le Gouvernement espagnol que vous reconnaissez. Il était à peine possible que l'on vous présentât aussi à lui ! Je ne crois pas qu'il y ait ici âme qui vive, nous, les Russes exceptés, à qui il serait à propos de vous présenter !

Devant Hornblower, dans un verre très haut sur pied, un vin frais, d'une couleur agréable, jetait des éclairs. Le commodore en supa une gorgée.

— Mon impression d'aujourd'hui, dit-il, c'est que les Russes sont le peuple le plus charmant de la terre, et les femmes russes les plus délicieuses et les plus belles.

La comtesse lui jeta, de ses yeux émouvants, un coup d'œil qui lui donna la chair de poule. C'est du moins le sentiment qu'il éprouva. L'assiette à potage en or avait été enlevée, remplacée par une assiette plate, également en or. Un autre vin parut devant lui dans un autre verre, un vin qui pétillait exactement comme il lui semblait que pétillait son cerveau : du champagne. Son valet de pied lui parla en russe, l'air de lui proposer un choix ; sans le consulter, la comtesse résolut pour lui le problème.

— Comme c'est votre première visite en Russie, lui dit-elle, je suis sûre que vous n'avez pas encore goûté nos truites de la Volga ?

Elle avait pris, tout en parlant, une truite dans un plat d'or ; le valet de pied d'Hornblower en présentait un autre au commodore.

— La vaisselle d'or a grand air, dit la comtesse, mais elle a l'inconvénient de refroidir les mets. Je ne me sers jamais de la mienne chez moi, sauf lorsque je reçois Sa Majesté Impériale. Comme les choses se passent ainsi chez la plupart des gens, je doute que Sa Majesté Impériale mange jamais un repas chaud !

Le couteau et la fourchette en or avec lesquels Hornblower décortiquait son poisson lui paraissaient bien lourds et grinçaient drôlement contre l'or de l'assiette.

— Vous avez bon cœur, chère madame.

— N'est-ce pas ? dit la comtesse.

Il parut à Hornblower que ce « n'est-ce pas ? » était singulièrement chargé de sens. La tête ne lui tournait-elle pas un peu ? Le champagne, si frais, d'un goût si subtil, semblait parfaitement de nature à lui rendre toute sa raison. Il buvait avidement.

Un couple de petits oiseaux dodus sur canapés suivit la truite ; ils étaient délicieux, ils fondaient dans la bouche. Un autre vin, que Hornblower ne connaissait pas, succéda au champagne. Puis il y eut un ragoût de venaison, suivi d'une tranche d'il ne savait quelle viande rôtie, qui devait être du mouton, mais qui était posée sur une envergure d'ail qui dépassait toute conjecture humaine. Enfin, quelque part au sein de ce cortège des plats, parut une glace rose, la troisième, ou peut-être la quatrième à laquelle Hornblower eût jamais goûté de sa vie.

— Bagatelles étrangères que tout cela ! se disait Hornblower.

Mais il savourait la glace avec délices. Il n'avait d'ailleurs aucun préjugé contre la cuisine étrangère. Peut-être se disait-il cela parce que c'était ce que Bush eût dit à cette table. Ou bien était-ce parce qu'il était un peu gris ? L'analyse qu'il pratiquait constamment sur lui-même lui apporta soudain une conclusion surprenante ; il en reçut un choc comparable à celui que reçoit un homme qui se heurterait à une épontille dans l'obscurité. Il ne fallait pas qu'il soit ivre ; il représentait son pays ; et puis, être saoul dans le grand danger qui le menaçait personnellement eût été folie. Il avait introduit un assassin dans le palais. Si la chose venait à transpirer, il lui en cuirait ; surtout si le tsar venait à s'apercevoir que l'assassin était armé d'un pistolet rayé *qui était la propriété personnelle du commodore.* Une autre chose contribua encore à le dégriser : il se rendit compte qu'il avait oublié de chercher ce qu'il était advenu de ses lieutenants. Il les avait laissés en train d'essayer de se débarrasser du blessé. Qu'en avaient-ils fait ? C'était plus qu'il ne pouvait imaginer.

La comtesse lui faisait du pied sous la table. Un courant électrique lui courait à travers le corps ; et, de nouveau, toute pensée sérieuse s'évanouit. Il sourit béatement à sa compagne, qui le récompensa d'un long regard, baissa les yeux, puis se détourna, échangea quelques mots avec son voisin, de l'autre côté. Allusion adroite, destinée à inviter Hornblower à accorder un peu d'attention à la baronne, à qui il avait à peine adressé la parole. Hornblower se lança de ce côté dans une conversation fiévreuse à laquelle un général, en uniforme de dragons étrangers, assis de l'autre côté, se mêla, à propos d'une question concernant l'amiral Keats, de qui il avait fait la connaissance en 1807.

Un valet de pied vint présenter un autre mets ; entre sa manchette et son gant blanc, son poignet tout velu était moucheté de morsures de puces. Hornblower se rappelait avoir lu dans un livre sur les États du Nord que plus on allait vers l'est, plus la vermine était méchante. La puce de Pologne était mauvaise, mais la morsure de celle de Russie était intolérable. Si elle était pire que l'espagnole, avec laquelle Hornblower avait fait intimement connaissance, ce devait être une puce remarquablement malfaisante.

Il y avait, dans ce palais, des domestiques par centaines, par milliers ; Hornblower imaginait dans quelle promiscuité ils devaient se trouver parqués. Lui qui, pendant vingt ans, n'avait cessé de faire la guerre aux poux de corps dans des navires encombrés, se rendait compte de la difficulté qu'il y a à exterminer la vermine. Pendant qu'une part de son intelligence débattait avec le général de dragons des questions d'ancienneté et de sélection dans la marine britannique, une autre part faisait réflexion qu'il serait préférable de n'être pas servi par un valet que les puces avaient dévoré.

La conversation languit de nouveau. Hornblower revint à la comtesse.

— La peinture vous intéresse-t-elle beaucoup ? lui demandait-elle.

Il répondit : « Oh ! naturellement ! » plutôt pour être poli que par conviction personnelle.

— La galerie de tableaux du palais est très belle. Vous ne l'avez pas encore vue ?

— Je n'ai pas encore eu ce plaisir.

— Eh bien, ce soir, quand la Cour se sera retirée, je pourrai vous la montrer, si cela vous plaît. A moins que vous préfériez prendre place à l'une des tables de jeu.

— J'aime beaucoup mieux voir les tableaux, dit Hornblower.

Il avait dit cela en riant. Même il avait ri un peu fort, à ses propres oreilles.

— Eh bien, quand la famille impériale sera partie, si vous voulez vous trouver près de cette porte, là-bas, à l'autre bout de la salle, je vous montrerai le chemin.

— Je serai ravi, chère madame !

Au haut de la table, on portait maintenant des toasts. Au premier, chacun dut se lever : on buvait à la santé du prince de Suède. Ensuite, la conversation se trouva forcément interrompue à chaque instant par d'autres toasts, annoncés chaque fois par un fonctionnaire géant à la voix de stentor (Stentor charpenté comme Hercule, se disait Hornblower, assez content de ce trait qui sentait son classique), placé derrière le fauteuil du tsar. Entre deux toasts, la musique jouait ; non point une musique d'orchestre, mais un chœur d'hommes, sans accompagnement, qui semblait fait de centaines de voix et qui emplissait de son bourdonnement la vaste salle tout entière. Hornblower écoutait, avec l'irritation légère, mais croissante, de l'homme insensible à toute musique.

Ce lui fut un soulagement quand le chœur se tut et que

chacun se mit debout : la famille royale se retirait par un passage près du bout de la table. A peine la porte s'était-elle refermée que les dames s'en allèrent à leur tour, emmenées vers la porte du fond par madame Kotchoubey.

La comtesse sourit à Hornblower et, en s'éloignant, lui jeta :

— A bientôt !

Les hommes commencèrent à se former par petits groupes autour de la table, où les valets s'empressaient de servir café et liqueurs. Wychwood, son bonnet toujours sous le bras, fit le tour, rejoignit Hornblower. Il était plus rouge que jamais ; les yeux lui sortaient de la tête.

— Si la Russie le veut, les Suédois se battront !

Il murmurait, mais d'un murmure râpeux, grinçant.

— Je tiens la chose directement de Bassé, qui a passé toute la journée avec Bernadotte !

Il s'éloigna, et Hornblower l'entendit qui s'exerçait à parler son français bizarre auprès d'un groupe d'officiers, un peu plus loin.

La chaleur était insupportable, sans doute à cause du nombre de bougies ; certains messieurs étaient déjà en train de gagner la sortie, près de la porte par laquelle les dames les avaient précédés. Hornblower vida sa tasse de café et se leva, ramassant le tricorne posé sur ses genoux, et le fourrant sous son bras. La salle dans laquelle il entra devait faire pendant à celle dans laquelle s'était tenue la réception, car elle était également couronnée d'un dôme, et de proportions similaires ; et Hornblower se souvint des deux dômes qu'il avait aperçus lorsque sa voiture était arrivée au palais. Cette salle-ci était meublée de fauteuils, de sofas, de tables ; autour de l'une des tables, quelques douairières jouaient déjà aux cartes ; à une autre, un couple de gens âgés se livrait au trictrac.

Il aperçut aussitôt la comtesse. Elle était assise sur un canapé, sa traîne étalée autour d'elle ; sa tasse et sa soucoupe à la main, elle bavardait avec une autre dame ; le moindre détail de son attitude proclamait une puérile innocence.

Au nombre des personnes déjà présentes, il semblait évident que c'était ici le lieu de rencontre des courtisans ; sans doute les centaines de ceux qui avaient été obligés d'assister à la réception depuis la galerie étaient-ils maintenant admis à descendre et à se mêler à ceux qui leur étaient supérieurs par le rang, après avoir dîné d'une façon moins raffinée. Le jeune Mound vint à Hornblower, toujours nonchalant, son grand corps maigre comme disloqué, l'air d'un poulain grandi trop vite.

— Nous l'avons mis là-haut, dans une petite chambre, dit-il. La perte de sang l'a fait tourner de l'œil. Nous avons dû lui appliquer un tourniquet pour arrêter l'hémorragie. La moitié de la chemise de Somers a servi à le panser. Somers et monsieur Hurst sont restés là, à le veiller.

— Quelqu'un ici est-il au courant de ce qui s'est passé ?

— Non, monsieur. Nous l'avons caché là sans avoir été vus. J'ai répandu de la vodka sur son habit. Chacun pensera qu'il est ivre !

Hornblower l'avait toujours soupçonné : Mound était homme de ressource dans une circonstance critique. Il fit :

— C'est très bien !

— N'empêche, monsieur, que plus tôt nous l'enlèverons de là, mieux cela vaudra !

Mound parlait avec la timidité à laquelle il fallait s'attendre de la part d'un officier subalterne suggérant quelque chose à son supérieur.

— Vous avez tout à fait raison, dit Hornblower. Sauf que...

Il fallait penser vite. Il serait à peine possible de prendre congé dès le dîner fini. Ce serait de l'impolitesse. Et puis, il y avait, là-bas, la comtesse. Il était probable qu'elle les observait. Si les deux Anglais s'en allaient ensemble aussitôt après s'être entretenus (et Hornblower sans tenir la promesse qu'il lui avait faite) la comtesse pourrait être prise de soupçon ; sans parler de la fureur d'une femme qui se serait tenue pour dédaignée. Partir tout de suite était impossible.

— Il nous faut rester au moins encore une heure, dit-il. Les usages l'exigent. Retournez là-haut. Occupez la position pendant ce temps-là !

— Bien, monsieur.

Mound se contraignit juste à temps à ne pas se mettre au garde-à-vous, comme il le faisait depuis des années. C'était un homme dont la tête était claire ; il se borna à faire un signe d'accord et s'éloigna, du même pas nonchalant que s'il n'avait fait que parler du temps. De son côté, Hornblower se dirigea lentement vers la comtesse. A son approche, elle sourit, et, s'adressant à sa voisine :

— Princesse, vous ne connaissez pas encore le commodore Hornblower. La princesse de Stolp !

Hornblower s'inclina. La princesse était une femme d'un certain âge, avec de beaux restes. Elle devait avoir été superbe.

— ... Le commodore, poursuivit la comtesse, a exprimé le désir de voir la galerie des tableaux. Vous plairait-il, princesse, de nous accompagner ?

— Je vous remercie. Je crains d'être trop vieille pour marcher par les galeries. Allez donc, mes enfants ! Allez-y sans moi !

— Je n'aime pas vous laisser seule ici.

— Même à mon âge, ma chère, je puis me vanter de ne jamais rester longtemps seule ! Vous pouvez me laisser sans crainte. Je vous en prie. Amusez-vous bien, mes enfants.

Hornblower s'inclina encore. La comtesse lui prit le bras ; ils s'éloignèrent lentement. Comme des valets de pied se rangeaient pour leur livrer passage, sa compagne eut le front de lui serrer le bras.

— Les tableaux italiens du XVIe siècle sont dans la galerie du fond, dit-elle, comme ils débouchaient dans un grand vestibule. Préférez-vous d'abord les modernes ?

— Comme il vous plaira, chère madame.

La porte franchie, hors des locaux officiels, le palais ressemblait à une garenne à lapins : ce n'étaient que couloirs étroits, escaliers innombrables, chambres à l'infini. L'appartement auquel la comtesse conduisait Hornblower se trouvait au premier étage. Une femme de chambre somnolente qui attendait la venue de sa maîtresse disparut dans la pièce du fond comme ils entraient dans un salon luxueusement meublé. Quelques minutes plus tard, ce fut dans cette pièce du fond que la comtesse appela Hornblower...

XIII

VICTOIRE DIPLOMATIQUE ?

Hornblower se retrouva dans son cadre, en grognant. L'effort qu'il fit réveilla la douleur de ses tempes, bien qu'il n'eût bougé qu'avec précaution. Il était fou d'avoir tant bu. C'était la première fois, depuis cinq ou six ans, qu'il éprouvait cette sorte de migraine. Il faut dire qu'il eût été bien difficile de faire autrement. Tout, d'ailleurs, avait été bien difficile à éviter. Il ne voyait pas comment il eût pu faire, une fois dans l'engrenage des événements.

Il cria pour appeler Brown. Le simple fait d'élever la voix faisait mal ; sa voix même ressemblait à un croassement rauque. Il entendit la voix de la sentinelle répéter le mot de passe, à la porte. Au prix d'un effort infini, il réussit à s'asseoir, poussa les jambes hors du lit, décidé à ce que Brown ne le trouvât pas couché.

— Apporte-moi du café ! dit-il, dès que Brown fut entré.

— Bien, monsieur.

Il s'assit sur le bord de la couchette. Au-dessus de lui, à travers la claire-voie, il entendait la voix rauque et criarde de Hurst, qui devait s'adresser à un aspirant en défaut :

— Cervelle d'oiseau ! disait Hurst. Regardez-moi ces cuivres ! Vous appelez ça astiqué ? Où avez-vous les yeux ? Qu'est-ce qu'elle fait, depuis une heure, votre compagnie ? Ah là là ! Où va la Marine si on se met à breveter des freluquets qui ne sont pas f...ichus de se moucher avec un épissoir en bois ? Vous vous appelez des officiers ? Des enseignes de Sa Majesté ? Vous êtes des rien du tout, des je-ne-sais-quoi !

Hornblower prit le café que Brown lui apportait :

— Porte mes compliments à monsieur Hurst, grommela-t-il, et demande-lui gentiment de ne pas faire tant de raffut sur ma claire-voie !

— Bien, monsieur.

La première satisfaction que lui apporta cette journée fut d'entendre Hurst interrompre soudain sa tirade et se tenir coi. Il supa le café brûlant avec un plaisir indicible. Pas étonnant que Hurst fût de mauvais poil ! Le pauvre avait eu, la veille au soir, une sacrée corvée ; Hornblower se rappelait Hurst et Mound portant Braun, puant l'alcool et inanimé, dans la voiture arrêtée devant la porte du palais. Hurst, lui, n'était pas ivre, mais il faut croire que l'effort qu'il avait dû faire pour veiller sur un assassin dont tout le monde devait ignorer la présence, dans le palais même du tsar, avait été trop grand pour son équilibre.

Brown reparut ; Hornblower réclama une seconde tasse. En attendant d'être servi, il profita de ce qu'il était seul pour faire passer sa chemise de nuit par-dessus sa tête. Comme il la déposait sur sa couchette, quelque chose accrocha ses regards. Une puce. Pas d'erreur, c'en était une ! Elle fit un grand saut pour sortir de la manche. Dégoûté, Hornblower abaissa les yeux sur son corps ; son ventre rond et lisse était moucheté de morsures. Commentaire éloquent sur la différence entre un palais impérial et un des navires de ligne de Sa Majesté britannique !

Quand Brown revint portant le café, Hornblower était encore en train de maudire la saleté impériale et l'obligation où il se trouvait de se débarrasser d'une vermine à laquelle il était particulièrement sensible.

— Je ne te conseille pas de sourire ! lui lança Hornblower, si tu ne veux pas que je t'envoie tu sais où ! Nous verrons si tu rigoleras, derrière les barreaux !

Brown n'avait pas souri ; de l'air qu'il avait, on n'eût pu dire qu'une seule chose : qu'il était trop manifestement le contraire d'un homme qui sourit. Ce qui avait irrité Hornblower, c'était de savoir que Brown jouissait de cet état de supériorité, de paternelle indulgence de celui qui n'a pas mal à la tête sur celui qui a la migraine.

Sa douche lui rendit un peu la paix de l'âme. Ayant revêtu du linge propre, donné l'ordre à Brown de désinfecter ses vêtements, il monta sur le pont où la première personne qu'il aperçut fut Wychwood, l'œil trouble et mal en point, lui aussi, et souffrant manifestement d'une migraine encore plus grave que celle dont il souffrait lui-même. Mais l'air piquant de ce matin de Russie était à la fois vivifiant et calmant, et le service du navire aux premières heures du jour, l'aspect de ces rangées d'hommes en train de briquer les ponts, l'aimable sifflement de l'eau sur le vaigrage étaient réconfortants et dispensaient des forces neuves.

Un aspirant vint dire à l'officier de quart :

— Monsieur, un canot se détache pour venir vers nous !

La même pinasse qui, la veille, les avait menés à terre ! Elle amenait un lieutenant de vaisseau, porteur d'une lettre en français :

Son Excellence le ministre de la Marine impériale présente ses compliments au commodore Sir Hornblower. Son Excellence a donné des ordres pour qu'une citerne d'eau potable se trouve accostée au Nonsuch *ce matin à onze heures.*

Un personnage de qualité, Monsieur le comte du Nord, ayant exprimé le désir de visiter un des vaisseaux de Sa Majesté britannique, Son Excellence se propose d'abuser de l'hospitalité de Sir Hornblower en visitant le même Nonsuch *à dix heures, en compagnie du personnage susnommé.*

Hornblower montra la lettre à Wychwood, et Wychwood confirma les soupçons que lui-même avait eus sur-le-champ :

— Pas de doute, dit-il. Il s'agit d'Alexandre. Il avait pris ce titre de comte du Nord quand il voyageait, encore tsarévitch, sur le continent. Mais il viendra incognito. Il n'y a donc pas lieu de rendre les honneurs royaux.

— Soit, fit Hornblower, un peu vexé que ce soldat lui donnât un avis qui ne lui était pas demandé. Mais un ministre de la Marine impériale est assimilé à un premier lord de l'Amirauté. Cela signifie dix-neuf coups de canon, et tous les autres honneurs. Aspirant de quart ! Portez les compliments au capitaine et dites-lui que je lui serais obligé de bien vouloir monter sur le pont.

Bush écouta le commodore lui faire part de la nouvelle, siffla un peu entre ses dents, et se tourna pour embrasser du regard les ponts et les agrès, soucieux que son bateau fût en parfait état pour cette visite d'un empereur.

— Comment faire rentrer de l'eau, fit Bush, d'un air accablé, et en même temps être en état pour que le tsar puisse venir ? Que va-t-il penser de nous ? A moins qu'on fasse faire l'eau avant la visite ?

— Le tsar est homme de bon sens, fit Hornblower. Montrons-lui les hommes au travail, c'est l'essentiel. Il ne voit pas de différence entre l'étai d'artimon et le bout-dehors de clinfoc, mais il reconnaîtra qu'une manœuvre est utile, si nous le lui montrons. Commence à faire de l'eau pendant qu'il sera à bord.

— Et les vivres ? dit Bush. Va bien falloir, monsieur, lui offrir quelque chose ?

Hornblower sourit :

— Oui, dit-il, nous lui offrirons quelque chose.

C'était un trait, chez Hornblower, en toute circonstance : plus les autres prévoyaient des difficultés, plus il devenait optimiste ; la seule personne qui pût le déprimer, c'était lui-même. Sa migraine l'avait complètement quitté ; il était souriant ; la perspective d'une matinée très remplie avait suffi. Il déjeuna de bon appétit, endossa encore une fois sa grande tenue et monta sur le pont pour trouver Bush s'agitant par tout le navire, l'équipage au complet en maillot et pantalon de toile blanche, l'échelle de coupée en place, les mains de corde blanches comme neige, les soldats astiqués, passés à la terre de pipe, les hamacs arrimés, rangés, mathématiquement superposés. Ce ne fut que lorsque l'aspirant de quart signala qu'un cotre approchait qu'il se sentit un peu nerveux ; un petit serrement de cœur, à la pensée que les heures qui allaient suivre pouvaient retentir sur l'histoire du monde, l'orienter pour des années.

Les coups de sifflet des seconds-maîtres roulaient par tout le bâtiment ; la compagnie se mit en rang, les officiers devant les hommes avec leurs épaulettes, leur épée ; à la lisse du gaillard d'arrière, Hornblower plongea les regards sur la scène. Des marins britanniques à la parade ne pouvaient évidemment pas rivaliser, quant à l'exactitude et à l'uniformité, avec la Garde prussienne ; les amener à force d'exercices à se rapprocher si peu que ce soit de ce modèle serait leur enlever les qualités mêmes qui faisaient d'eux les soldats précieux qu'ils étaient ; mais, à voir ces visages intelligents, sûrs d'eux-mêmes, un homme réfléchi ne pouvait manquer d'être impressionné.

— Du monde aux vergues ! ordonna Bush.

Un autre roulement de sifflets, et les gabiers grimpèrent dans les cordages, torrent ordonné montant à l'assaut, sans un arrêt, tour à tour renversés, pendus aux gambes de revers, ou montant, s'aidant d'une main, puis de l'autre dans les haubans de grand perroquet comme les gymnastes exercés qu'ils étaient ; s'avançant le long des vergues, pareils à des danseurs de corde, prenant leur place sur les marchepieds dès qu'ils en atteignaient un.

Diverses émotions luttaient en Hornblower. D'abord un sentiment furtif d'irritation à la pensée que ces hommes, les siens, la crème du service, soient présentés en représentation, comme des ours dressés, pour faire plaisir à un monarque oriental. Mais, la manœuvre achevée, chaque homme ayant atteint sa place, comme si, par quelque opération tenant à la magie, une bouffée de vent avait enlevé un tas de feuilles mortes pour les laisser choir, suspendues et formant un dessin d'exquise symétrie, son irritation tomba, noyée dans une satisfaction d'ordre esthétique. Il espérait qu'Alexandre, quand il verrait cela, aurait le bon esprit de se rendre compte qu'on pouvait compter sur ces hommes-là pour accomplir le même exploit dans n'importe quelle circonstance, par exemple par nuit noire et vent furieux, ou par mer démontée, le beaupré poignardant le ciel invisible, et les fusées de vergue plongeant comme pour entrer dans cette eau dérobée aux regards.

Le bosseman qui regardait par-dessus la lisse tribord fit de la tête un signe à peine perceptible : un petit groupe d'officiers montait l'échelle de coupée. Les seconds-maîtres portèrent le sifflet aux lèvres. Tout en restant au garde-à-vous, le tambour-major des fusiliers marins réussit à faire claquer ses doigts le long de la couture du pantalon ; un roulement étouffé monta des six tambours.

— Présentez, armes ! beugla le capitaine Norman.

Les cinquante mousquets, baïonnette au canon, quittèrent les épaules écarlates et firent, devant cinquante rangées de boutons luisants, une muraille verticale, tandis que les épées des trois officiers zébraient l'air, dessinant l'arc gracieux du salut militaire.

Suivis de deux aides de camp, Alexandre descendit lentement à bord, au côté du ministre de la Marine, à qui cette cérémonie était nominalement dédiée. Il mit la main à son chapeau tandis que roulait un dernier coup de sifflet. Les tambours firent entendre un quatrième roulement et le premier coup de la salve partit à l'avant, tandis que fifres et tambours de la fanfare entonnaient *Cœur de Chêne*[1]. Hornblower s'avança et fit le salut.

— Bonjour, commodore, dit le ministre. Permettez-moi de vous présenter au comte du Nord.

Hornblower salua encore, aussi impassible qu'il pouvait feindre, mais refrénant un sourire à l'idée bizarre qu'avait eue l'empereur de venir là incognito.

— Bonjour, commodore ! dit Alexandre.

A l'entendre parler à peu près correctement l'anglais, Hornblower eut un sursaut.

— ... J'espère que notre visite ne vous gêne pas trop ?

— Notre gêne, monsieur, n'est pas, de très loin, comparable à l'honneur qui est fait à mon bâtiment, dit Hornblower, se demandant si « monsieur » était la façon normale de s'adresser au tsar quand il voyage incognito.

Mais le mot parut suffire.

— Vous pouvez présenter vos officiers ! dit Alexandre.

Hornblower les fit s'avancer un par un ; ils saluèrent, s'inclinèrent, avec cette raideur gênée que l'on pouvait attendre de jeunes officiers en présence du tsar de toutes les Russies, aggravée d'un incognito.

— Vous pouvez maintenant, capitaine, donner des ordres pour que le bâtiment fasse de l'eau, dit Hornblower à Bush.

Puis, tourné vers Alexandre :

— Vous plairait-il, monsieur, d'en voir davantage ?

— Certes, dit l'empereur.

Il s'attarda sur le gaillard à regarder le début des préparatifs. Les gabiers dégringolèrent sur le pont ; Alexandre les regardait descendre, clignant des yeux dans le soleil (des yeux admirables), tandis que quelques matelots se laissaient glisser des galhaubans d'artimon et des drisses du mât de perroquet de fougue pour atterrir, derrière lui, sur le gaillard. Pressés par les seconds-maîtres, les hommes couraient à leurs besognes respectives ; dans son affairement, la scène évoquait un nid de

1. *De cœur de chêne nos bateaux, Des loups de mer nos matelots...* *(N.d.T.)*

fourmis dérangé, mais plus ordonné, plus efficace. Les panneaux furent enlevés, les pompes parées, des palans capelés aux fusées de vergue, des défenses balancées par-dessus le côté bâbord. Alexandre écarquillait les yeux à la vue d'une demi-compagnie de fusiliers s'attachant, à la queue leu leu, à un garant de palan et l'entraînant, pas à pas, en traînant les pieds sur les planches.

— A la fois soldats et marins, monsieur ! lâcha Hornblower d'un ton dépréciateur, comme il descendait le premier, précédant ses hôtes pour leur montrer le chemin.

Alexandre était un homme de haute taille, plus grand que Hornblower d'un pouce ou deux ; il était obligé de se courber presque en deux pour passer sous les barrots du pont inférieur, et regardait autour de lui, clignant des yeux myopes. Hornblower le mena à l'avant le long de la batterie basse où le jeu sous plafond n'avait pas plus de cinq pieds six pouces ; il lui montra le poste des aspirants, le mess des officiers, tous les détails déplaisants de la vie du marin. Il appela un groupe de matelots, leur fit désarrimer, puis gréer leurs hamacs, et s'y coucher, afin que Alexandre pût voir plus clairement ce que signifiait un jeu de vingt-deux pouces par homme ; il fit une description imagée d'un entrepont plein de hamacs se balançant dans la tempête, les hommes collés les uns aux autres, ne formant qu'une masse. Les sourires des hommes qui illustraient la démonstration disaient assez, pour l'empereur, non seulement la vérité des propos de Hornblower, mais aussi le courage de ces Anglais, très différents des paysans patients et mal dégrossis qu'Alexandre était accoutumé à voir dans les rangs de son armée.

On regarda, par la claire-voie, l'équipe des matelots occupés à sortir les barils d'eau potable et à les préparer pour le remplissage ; une bouffée de la pestilence du faux-pont monta même jusqu'à eux, odeurs mêlées d'eau de cale, de fromage et d'humanité.

— Vous êtes depuis longtemps au service, n'est-ce pas, commodore ? dit Alexandre.

— Depuis dix-neuf ans, monsieur.

— Et combien de temps avez-vous passé à la mer ?

— Seize ans, monsieur. Pendant neuf mois, j'ai été prisonnier en Espagne, et en France pendant six mois !

— Je connais l'histoire de votre évasion. Vous avez couru

des dangers pour reprendre la vie que vous menez aujourd'hui !

Le beau front du jeune Alexandre se ridait, intrigué par le fait qu'un homme pût passer seize ans de sa vie dans de pareilles conditions et rester sain de corps et d'esprit.

— Depuis combien de temps avez-vous le grade ?

— Comme commodore, monsieur, depuis deux mois seulement. Mais, comme capitaine, j'ai neuf ans d'ancienneté.

— Et avant cela ?

— J'ai été six ans lieutenant, quatre ans aspirant.

— Quatre ans ? Vous avez vécu quatre ans dans un lieu comme celui où sont les couchettes que vous m'avez montrées ?

— Pas tout à fait aussi confortable, monsieur. Car j'étais presque tout le temps sur une frégate, sous les ordres de Sir Edward Pellew. Un vaisseau de guerre est moins encombré qu'une frégate.

Hornblower observait l'empereur ; il voyait qu'il était impressionné ; il devinait quelles pouvaient être ses pensées. Le tsar était moins frappé par les conditions misérables de la vie à bord d'un bateau (s'il connaissait, si peu que ce soit, la vie de ses sujets, il devait savoir que presque tous vivaient dans des conditions sensiblement pires) que par le fait que de telles conditions pussent servir à former un officier de talent. Il soupira, révélant un instant le côté humain et sensible de sa nature que la rumeur publique lui attribuait depuis longtemps :

— Je suppose, fit-il, que c'est nécessaire !

Lorsqu'ils remontèrent sur le pont, le bateau-citerne était le long du bord. Quelques matelots du *Nonsuch* y étaient descendus et se mêlaient aux Russes pour aider à la manœuvre. Des équipes manœuvraient énergiquement les pompes ; on voyait les longs serpents de toile enfler à chaque pulsation. A l'avant, des hommes hissaient en chantant des fagots de bois à brûler.

— Grâce à votre générosité, monsieur, dit Hornblower, nous allons pouvoir, si c'est nécessaire, tenir la mer pendant quatre mois sans entrer dans un port !

Le déjeuner fut servi pour huit personnes dans la cabine du commodore : Hornblower, Bush, les deux officiers supérieurs et les quatre Russes. Bush transpirait d'énervement à la vue de la table à laquelle manquaient tant de choses. Au tout dernier moment, il avait pris à part Hornblower et tenté, d'ailleurs sans succès, de le faire revenir sur sa décision et de faire servir quelques-unes des réserves de choix, pour corser le menu du bord. Bush ne pouvait se dégager de cette obsession : qu'il était nécessaire de bien nourrir le tsar. Un officier subalterne recevant un amiral à sa table eût ruiné pour toujours tout espoir de promotion s'il avait servi la ration de bœuf des hommes, et Bush ne pouvait imaginer qu'on pût recevoir autre chose que des amiraux.

Le tsar considérait avec intérêt la soupière d'étain, usée et déformée, que Brown plaça devant le commodore.

— C'est de la soupe aux pois, monsieur, expliqua Hornblower. Un des grands régals de la vie à bord !

Du fait d'une longue habitude, Carlin se mit à tapoter la table avec son biscuit de mer, cessa brusquement quand il se rendit compte de ce qu'il faisait, puis recommença, l'air coupable, se rappelant que chacun devait se comporter comme s'il n'y avait pas à table de convive de qualité. Hornblower avait même appuyé cet ordre d'une menace directe de punition en cas d'oubli et Carlin savait que Hornblower ne menaçait jamais en vain. Alexandre regardait Carlin, puis Bush, l'air intrigué.

— Monsieur Carlin tape son biscuit pour en faire sortir les charançons, monsieur, dit Bush, réussissant à vaincre sa timidité. Ils sortent tout seuls, à condition de taper tout doucement. Comme ceci !

— Très intéressant ! fit Alexandre.

Mais il ne mangea pas de biscuit. L'un de ses aides de camp répéta l'expérience, regarda bouger les gros charançons blancs à tête noire qui sortaient de la galette et lâcha ce qui devait être un chapelet de jurons russes. C'étaient presque les premiers mots qu'il eût prononcés depuis qu'il était à bord.

Après ce début de mauvais augure, les visiteurs ne goûtèrent au potage qu'avec appréhension. Mais, dans la marine britannique, la soupe aux pois, comme Hornblower l'avait fait observer, était le mets de choix. Après l'avoir goûtée, l'aide de camp, que les charançons avaient fait jurer, poussa un grognement de satisfaction mêlée de surprise, se hâta d'avaler sa ration et s'en laissa servir une seconde. Après le potage, il n'y avait qu'un plat, mais trois sortes de viande : côtes de bœuf au sel et bouillies, la langue de bœuf salée et bouillie, porc salé et bouilli, le tout accompagné de choux aigres. Alexandre examina les trois plats et, très sagement, accepta une tranche de langue ; sur le conseil du commodore, le ministre de la Marine et les aides de camp prirent un panaché des trois, découpé à leur intention par Hornblower, par Bush et par Hurst. L'aide de camp, devenu bavard, se mit à dévorer son bœuf salé avec un véritable appétit de Russe et s'aperçut que ce n'était pas une petite affaire.

Ensuite Brown servit du rhum.

— Le sang de la marine, monsieur, dit Hornblower, regardant Alexandre qui examinait le contenu de son gobelet. Puis-je vous demander, messieurs, de boire avec nous tous à une santé qui nous est chère : à la santé de l'Empereur de toutes les Russies ! Vive l'Empereur !

Tous se levèrent, sauf Alexandre ; à peine s'étaient-ils rassis qu'Alexandre se dressa à son tour :

— Au roi de Grande-Bretagne ! dit-il.

L'aide de camp eut recours à son mauvais français pour tenter d'expliquer l'impression profonde que faisait sur lui, dès la première rencontre, le rhum de la marine. Même, il fournit la preuve flagrante du cas qu'il en faisait en vidant son gobelet jusqu'au fond et le tendant à bout de bras pour que Brown le remplît de nouveau. La table allait être débarrassée quand Alexandre se leva pour un autre toast :

— Au commodore Sir Horatio Hornblower, fit-il, et à la marine royale britannique !

Pendant que l'on vidait les verres, Hornblower, jetant les yeux autour de lui, se rendit compte qu'on s'attendait à ce qu'il réponde. Il se leva :

— La Marine, dit-il, est la gardienne des libertés du monde ! Amie sûre, ennemie intraitable. Quand le tyran de l'Europe jette les yeux autour de lui, cherchant, par des moyens ou loyaux ou perfides à étendre partout sa domination, c'est la Marine qu'il trouve sur son chemin. C'est la Marine qui, peu à peu, étrangle le tyran. C'est la Marine qui, à chaque tournant, a entravé sa marche, drainé le sang vital de son présomptueux empire, et c'est elle qui, pour finir, le conduira au néant, à la ruine. Le tyran peut bien se vanter de victoires ininterrompues sur terre, il ne peut que déplorer sur mer de continuelles défaites. C'est à cause de la Marine que chaque victoire le laisse affaibli, contraint, comme Sisyphe, de rouler de nouveau son rocher vers un sommet inaccessible. Un jour, ce rocher lâchera et l'écrasera. Dieu veuille que ce soit plus tôt que plus tard !

Un ardent murmure salua ces dernières paroles. Hornblower se sentait de nouveau très en train ; cette occasion de prononcer un speech l'avait pris un peu par surprise, mais, dès qu'il avait entendu parler du projet de visite du tsar, il avait souhaité qu'une occasion s'offrît durant la journée d'appeler une fois de plus l'attention de l'empereur sur le concours que l'alliance avec la Grande-Bretagne pourrait lui apporter. Alexandre était jeune, et influençable. Il était nécessaire de faire appel à ses sentiments autant qu'à son intelligence. Du coin de l'œil, Hornblower l'observait cherchant à deviner s'il avait atteint son but. Alexandre était assis, comme absorbé dans ses pensées, les yeux baissés sur la table. Il les leva, croisa le regard de Hornblower, sourit ; et, sur l'heure, Hornblower se sentit exultant de joie, confiant dans l'espoir que son plan avait réussi. C'était à dessein qu'il avait fait servir au déjeuner le menu le plus simple. Il avait montré à l'empereur exactement dans quelles conditions vivait, dormait, travaillait la marine anglaise. Le tsar ne pouvait ignorer la gloire de cette marine ; la vue des épreuves de la vie à bord ferait subtilement appel à ses sentiments. Expliquer comment cet appel agirait n'était pas facile, mais Hornblower était certain de ne pas se tromper. Alexandre serait poussé à aider des hommes qui avaient conquis tant de gloire au prix de telles privations, il désirerait avoir à ses côtés des combattants de cette trempe.

Il fit un mouvement, comme s'il désirait s'en aller ; l'aide de camp vida rapidement son cinquième gobelet de rhum ; succédant à ceux qui l'avaient précédé, ce gobelet-là lui fit un tel effet qu'il ne put résister, quand ils débouchèrent sur le gaillard, à jeter les bras autour de Bush et à lui appliquer de grandes tapes affectueuses dans le dos. A chaque coup, la brochette de médailles et d'ordres divers lui tintait sur la poitrine. Conscient que les yeux de tous les soldats étaient fixés sur lui, Bush tentait de se dégager, sans y réussir. Il était très rouge quand il lança l'ordre d'occuper les vergues.

C'est avec un soulagement évident qu'il vit l'empereur de Russie s'engager sur l'échelle de coupée, obligeant son aide de camp à le suivre.

XIV

GRANDS SOUCIS, GRANDES MANŒUVRES

Un vent d'est n'était pas chose à gaspiller. Le *Nonsuch* et la flottille rebroussaient chemin, toutes voiles dehors, dans le golfe de Finlande. Le commodore arpentait le gaillard d'arrière, retournant et pesant les problèmes qui obsèdent un commandant en chef. Du moins celui de l'eau potable était-il résolu ; il se passerait bien deux mois, quatre, si c'était nécessaire, avant qu'il eût à s'en soucier de nouveau. Le simple fait d'avoir regarni ses barils d'eau potable offrirait une espèce de justification pour avoir noué des rapports avec la cour de Saint-Pétersbourg, au cas où Downing Street ou Whitehall se formaliserait de son activité récente. Hornblower retrouva dans sa mémoire les termes exacts de son rapport ; il avait insisté autant et davantage sur les avantages obtenus que sur l'opportunité du contact avec le Gouvernement russe. Il y avait là une bonne cause à plaider. D'autre part...

Il se tourna pour regarder l'escadre.

— Faites signaler au *Lotus !* dit-il. « Pourquoi n'êtes-vous pas à votre poste ? »

Les flammes montèrent aux drisses et Hornblower vit la corvette se hâter de se ranger.

— Le *Lotus* a aperçu le signal, monsieur, dit l'aspirant.

Hornblower fit, hargneux :

— Alors, envoyez : « Pourquoi ne répondez-vous pas à ma question ? »

Quelques secondes s'écoulèrent, puis la réponse vint :

— Monsieur, le *Lotus* signale : « Inattention de la part de l'officier de quart ! »

— Aperçu ! dit Hornblower.

Il avait suscité du grabuge là-bas. Vickery devait enrager de ce blâme public ; l'officier de quart en cause regretterait longtemps d'avoir été inattentif à ce moment-là. En somme, rien de mal fait ; et peut-être un peu de bien. Mais Hornblower savait très bien qu'il n'avait lancé le blâme que pour se fournir un prétexte pour différer le moment de penser à la chose désagréable sur laquelle il fallait prendre une décision. Et il se demandait combien de réprimandes pareilles il avait vu distribuer au cours de sa carrière, combien lui-même, officier subalterne, en avait encaissées, combien avaient été administrées par des amiraux excédés comme diversion à des pensées plus déplaisantes. Quant à lui, il avait à considérer le cas de Braun.

Les côtes basses de la Finlande étaient précisément visibles, vers le nord ; en bas, sur le pont principal, Carlin exerçait sa compagnie d'artilleurs ; les hommes chargeaient, mettaient en batterie. Avec le vent presque en plein par l'arrière et les bonnettes établies, le *Nonsuch* faisait bonne vitesse ; si la mer venait à grossir davantage, il faudrait diminuer de voile afin de permettre aux galiotes à bombes de suivre. A l'avant, un second-maître entreprenait un des matelots avec carguepoint de petit hunier, beaucoup trop gros pour cet usage. A son corps défendant, Hornblower fut sur le point d'intervenir quand il vit un lieutenant s'interposer et lui en épargner la peine. Ses préventions et ses désirs avaient évidemment dû parvenir, à travers Bush, à la connaissance des officiers subalternes. Il vit les trois hommes se séparer de nouveau et retourner chacun à ses affaires jusqu'à ce qu'il n'y eût absolument aucune raison de les observer davantage. Non, il n'avait rien de mieux à faire qu'à s'occuper du cas de Braun.

Braun avait tenté de commettre un meurtre ; d'après la loi anglaise et d'après le code militaire, Braun devait mourir. Mais, nanti d'un brevet du ministre de la Marine, le cas de Braun devait être tranché par un tribunal de cinq capitaines commandant des navires d'au moins vingt canons ; eux seuls pouvaient prononcer la sentence de mort. Or, il n'y avait pas cinq capitaines de vaisseau à cent milles à la ronde. Bush et Hornblower étaient les seuls, Vickery et Cole n'étaient que capitaines de frégate. Aux termes de la loi, Braun devait donc être mis aux arrêts jusqu'à ce qu'un tribunal compétent pût être réuni, à moins — et Hornblower avait ici liberté d'agir — à moins que le bien du service, la sécurité du navire ou la prospérité de l'Angleterre exigeât d'agir immédiatement. Dans ce dernier cas, Hornblower avait le droit de convoquer un tribunal composé des officiers supérieurs disponibles, de juger le coupable, et le pendre sur-le-champ. Les preuves seraient accablantes ; son propre témoignage et celui de Mound suffiraient à faire pendre Braun dix fois et davantage.

La nécessité d'une justice expéditive n'était, toutefois, pas tellement apparente. Braun, qui dépérissait à l'infirmerie, avec une main droite dont il ne pourrait plus jamais se servir, presque mourant d'avoir perdu du sang, n'était certainement pas sur le point de susciter une mutinerie parmi les matelots, de mettre le feu au navire, de détourner les officiers de leur devoir. D'autre part, les histoires les plus invraisemblables devaient déjà circuler dans l'entrepôt. Hornblower ne pouvait se représenter comment les matelots tenteraient d'expliquer que Braun ait été ramené gravement blessé du palais du tsar. Il y aurait des potins, des cancans, qui, tôt ou tard, arriveraient aux oreilles des agents de Bonaparte. Et Hornblower connaissait trop bien les méthodes de Bonaparte pour douter qu'il saurait tirer d'une telle occasion le meilleur parti, semer la dissension entre deux adversaires. Alexandre ne pardonnerait jamais à un pays qui l'avait exposé à être à un cheveu d'être assassiné. Quand les autorités anglaises viendraient à connaître de l'incident, elles seraient irritées au dernier point, et ce serait lui, Hornblower, qui serait l'objet de leur fureur. Il songeait à ce rapport enfermé à clé dans son bureau, et marqué « secret et confidentiel », dans lequel il avait exposé les faits. Il imaginait ce rapport apporté devant une cour martiale comme un témoignage contre lui ; il se représentait l'opinion que les capitaines ses confrères, devenus ses juges, en tireraient.

Le temps d'un éclair, il caressa l'idée de cacher l'incident, une fois pour toutes, d'éviter de le mentionner dans son rapport ; mais il écarta cette conception, l'estimant peu pratique. Quelqu'un pouvait parler. D'autre part, ses ordres contenaient une clause qui lui imposait de faire le plus libre emploi de l'expérience de Braun ; cette clause pouvait couvrir l'interprète ; elle impliquait que Braun devait avoir des amis puissants qui pourraient avoir intérêt à le protéger, et, à coup sûr, à se protéger eux-mêmes, et à qui, en conséquence, un scandale public devait déplaire. Tout cela créait une situation très complexe.

— Monsieur Montgomery, dit Hornblower avec humeur, quelle route suivent donc vos quartiers-maîtres ? Dites-leur de gouverner avec moins de barre, si vous ne voulez pas que je vous demande une explication.

— Bien, monsieur.

Il avait du moins fait ce qu'il avait pu pour entraîner la Russie dans la guerre contre Bonaparte. Le dernier message reçu de Wychwood avant de quitter Cronstadt avait été pour lui dire que Alexandre avait fait, aux dernières demandes de Bonaparte, une réponse qui avait le caractère d'un défi. Si la guerre devait en résulter, le gros des forces de Bonaparte devait être engagé cet été dans l'est, ce qui donnerait à Wellington la possibilité de frapper un grand coup dans le sud. Mais quelles chances la Russie avait-elle de pouvoir résister à un assaut éventuel de Bonaparte ? Depuis douze ans, chaque année avait été témoin d'une grande victoire française, avait vu l'une ou l'autre nation vaincue après une campagne de quelques semaines. Le prochain hiver pourrait voir la Russie battue et aussi soumise à Bonaparte que l'étaient déjà l'Autriche et la Prusse ; placé devant le fait nouveau de l'hostilité de la Russie, le Gouvernement britannique se souviendrait avec regret de la vague neutralité antérieure, et cela d'autant plus que, sans doute, Bonaparte ne manquerait pas de tirer avantage d'une défaite russe pour envahir la Suède. Ce serait alors la totalité de l'Europe, du cap Nord aux Dardanelles, qui serait liguée contre l'Angleterre ; la Grande-Bretagne serait chassée du maigre point d'appui qu'elle avait déjà en Espagne, placée face à l'alternative : continuer une lutte où l'on ne voyait aucune perspective d'allégement, ou conclure la paix, une paix encore plus dangereuse, avec un tyran dont la malveillance ne pourrait jamais être apaisée. Dans de pareilles circonstances, l'initiative d'avoir contribué à la catastrophe que représentait l'entrée de la Russie dans la guerre ne serait point portée au crédit de l'homme responsable.

Bush était monté sur le pont, certainement appelé par

Montgomery comme officier de quart. Il lisait ce que Montgomery avait inscrit sur l'ardoise et il étudiait le renard [1]. Il finit par venir du côté tribord du gaillard, et, touchant du doigt son chapeau, dit à Hornblower :

— Monsieur, Reval (ou Tallinn, comme l'appellent les cartes suédoises) doit se trouver à vingt-cinq milles par le sud-est, selon mon estimation. Cette pointe de terre à bâbord est le cap septentrional de l'île Naissaar, qui se prononce je ne sais pas comment.

— Merci, capitaine Bush.

Hornblower sentit même passer l'envie de décharger sur Bush sa mauvaise humeur. Mais il ne savait que trop que Bush céderait : il se représentait le coup d'œil offensé dont Bush accueillerait la raillerie sur sa mauvaise prononciation de noms étrangers et sa gaucherie sur ce point. Bush offrait aux brocards une cible vraiment trop facile ; se moquer de lui ne rendait que trop. Pendant que Hornblower jouait avec la tentation mauvaise, Bush était devant lui, debout, attendant des ordres. Il était même amusant de le garder là à attendre ; Bush devait se demander, très impressionné, quelle démoniaque envie le commodore caressait. Une réaction suivit, et Hornblower n'éprouva plus que mépris pour lui-même. Il était bien assez déplaisant que l'officier de quart inconnu de Vickery dût être tourmenté parce que son commodore lui-même l'était de ne savoir que faire de Braun ; il était beaucoup plus déplaisant que le brave Bush fût malheureux pour la même raison.

— S'il vous plaît, capitaine Bush, faites route sur Kœnigsberg !

— Bien, monsieur.

La réaction alla si loin que Hornblower poursuivit, expliquant les motifs qu'il avait de prendre une telle décision :

— ... Danzig, Kœnigsberg, la Prusse orientale, dit-il, sont des bases d'opération pour Bonaparte. L'armée qu'il a massée en Pologne est ravitaillée de là-haut par les fleuves et par les canaux, par la Vistule, le Pregel, et par Memel. Nous allons voir s'il y a moyen de mettre des bâtons dans les roues du char de Bonaparte.

— Bien, monsieur.

1. Tableau qui sert à marquer les routes suivies. *(N.d.T.)*

— Ce matin, je fais faire de grandes manœuvres à l'escadre.

— Bien, monsieur.

Bush rayonnait de cette détente de son chef, aussi remarquable qu'imprévisible. C'était un être patient ; comme officier en second, il était fondé à considérer qu'il était de son droit d'être admis à partager les secrets du commodore. Après tout, un boulet égaré, la chute d'un espar, une maladie pouvaient, du jour au lendemain, le porter au commandement de l'escadre. Il n'en restait pas moins reconnaissant de la moindre miette d'information que Hornblower condescendait à lui abandonner.

Le *Nonsuch* vint dans le vent bâbord amures tandis que Bush et le maître de manœuvre décidaient de la route à prendre. Il s'inclinait sous les pyramides de toile, les agrès tendus à se rompre et sifflant dans le vent. Hornblower passa de tribord à bâbord, côté du vent, comme c'était son droit, et considéra le reste de l'escadre, derrière lui, chaque bâtiment brassant ses voiles dans le sillage du vaisseau de tête : le *Lotus* et le *Raven*, le *Moth* et le *Harvey*. Le *Clam* n'était plus avec eux ; il avait été laissé à Cronstadt ; il suivrait avec les nouvelles que Wychwood pourrait recueillir ; mais cinq navires faisaient un nombre tout à fait suffisant pour faire faire l'exercice et manœuvrer.

— Apportez-moi le code des signaux ! dit Hornblower.

Des flammes montèrent rapidement aux drisses, mais, sur les autres bâtiments, des yeux perçants regardaient dans les longues-vues, déchiffrant le langage des flammes avant même qu'elles fussent frappées, et des officiers inquiets ordonnaient de frapper les réponses, prêtes à hisser sans perdre un instant. L'escadre vira de bord par la contremarche, en ligne de relèvement, vint de nouveau dans le vent en ligne de file. Les bâtiments réduisirent la toile, à l'imitation de celui de tête ; dès que l'intention de Hornblower se précisait, chaque navire envoyait dans les vergues tous les matelots disponibles afin de carguer basses voiles et perroquets, puis établissait de nouveau les voiles. Ils prenaient un ris dans les huniers, puis deux, puis de nouveau les larguaient. Ils mettaient en panne, mettaient leurs canots à la mer, remplis d'hommes armés pour l'abordage, et puis les rembarquaient. Reprenant leur route, ils ouvraient leurs sabords, mettaient en batterie, amarraient de nouveau leurs canons, les remettaient en batterie, les amarraient encore. Un nouveau signal monta aux drisses du *Nonsuch*, surmonté du numéro du *Raven*.

— Commodore au capitaine. Pourquoi n'avez-vous pas obéi à mon ordre ?

La lunette de Hornblower avait décelé que le *Raven* n'avait pas complètement amarré ses pièces, qu'il n'avait pas boulonné ses sabords afin de pouvoir les rouvrir plus vite si l'ordre en était donné. Hornblower voyait les sabords s'entrouvrir avec le roulis ; en outre, à en juger par ce qu'il pouvait voir des gestes des servants, le *Raven* n'avait pas dételé et arrimé ses palans d'amarrage, ce qui lui donnait cinq pleines secondes d'avance sur les autres bâtiments de l'escadre. Il était ridicule de la part de Cole d'user d'un truc aussi usé que celui-là, aussi facile à déceler ; il était juste que la faute honteuse du *Raven* fût proclamée à tout le reste de la division. L'objectif des manœuvres consistait pour une large part à aiguiser la perspicacité des capitaines ; s'ils réussissaient à deviner les ordres du commodore, tant mieux, ils ne réussiraient que plus sûrement à prévoir la manœuvre d'un Français, s'ils en rencontraient un.

Le *Raven* se hâta de fermer ses sabords, de fixer ses palans d'amarrage. Pour insister sur la leçon, Hornblower attendit d'être certain que l'ordre avait été donné sur les ponts du *Raven*, puis lança le signal : « mettre en batterie ». Le contrordre suivant l'ordre d'aussi près prit le *Raven* de court. (Hornblower imaginait les officiers jurant sur le pont.) Le *Raven* fut sept secondes pleines après n'importe lequel des autres bâtiments avant de hisser le signal « manœuvre terminée ». Le fait se passait de commentaire, mais tout l'équipage du *Raven* saurait ce qui s'était passé. Une nouvelle réprimande ne pourrait qu'affaiblir l'autorité de Cole sur son personnel.

Ce fut une matinée pleinement occupée pour les matelots de l'escadre, et Hornblower, se remémorant le temps où il était aspirant, se représentait le soupir de soulagement qu'on avait dû pousser quand, à midi tapant, il fit signaler de reprendre la route, et donner aux matelots l'occasion de dîner. Il regarda l'équipage du *Nonsuch* se mettre en rang pour recevoir sa ration d'alcool ; les matelots pressés et blaguant, chacun portant son écuelle de bois au-dessus du bassin de grog, avec son inscription peinte « Dieu bénisse le Roy », Montgomery et deux seconds-maîtres surveillant la distribution. Hornblower vit même un des matelots s'avancer jusqu'au bassin et se faire repousser sans ménagement, d'un geste indigné ; ce devait être un puni, privé de ration et qui n'en avait pas moins tenté de resquiller. Une telle tentative vaudrait à un matelot au moins deux douzaines de coups de fouet sur certains bâtiments ; mais, à en juger par les agissements de Montgomery, la punition ne comporterait pas autre chose qu'une nouvelle privation, une corvée aux pompes, ou peut-être une visite aux pommes de mât ?

L'entrain, le courage de tous étaient rassurants. Hornblower pouvait compter sur ces hommes-là pour combattre avec tout l'acharnement qu'exigerait n'importe quelle circonstance. Chose non moins importante, il pouvait compter sur eux pour supporter les longues journées fastidieuses passées à louvoyer par-ci par-là, la monotonie mortelle de la vie à bord d'un vaisseau de ligne, sans se plaindre plus qu'il était normal. Mais il fallait donner à entendre à Bush qu'il était souhaitable que cette heureuse condition pût durer. Un concours de binious gallois, un spectacle d'amateurs, ou il ne savait quoi dans ce goût-là serait bientôt nécessaire, à moins que le hasard fît que l'une ou l'autre action se déroulât pour occuper les esprits. Ayant ainsi décidé, Hornblower se tourna et descendit ; l'activité de la matinée avait réussi à chasser de son esprit le souci de la mesure à prendre à l'égard de Braun, quand celui-ci serait guéri de sa blessure. Il pouvait d'ailleurs arriver aussi que Braun mourût.

En outre, il fallait étudier les cartes du Frisches Haff et les abords de Kœnigsberg et préparer des plans pour attaquer les lignes de communication de Bonaparte dans ces parages, si la chose s'avérait possible. Si ce vent favorable persistait, il ne lui restait que trois jours pour imaginer un moyen d'attaquer là-bas. Il avait fait déployer les cartes et se penchait dessus, réclamant d'un ton irrité des lampes pour éclairer sa chambre obscure afin de pouvoir lire les chiffres minuscules, disséminés partout. Les fonds étaient d'une complication fantastique. Le problème qui consistait à les étudier n'était pas facilité par le fait qu'il avait devant lui trois cartes différentes, une suédoise, avec les fonds en pieds suédois, une française récente, avec les fonds en mètres, et une anglaise, celle-ci sommaire et marquée en brasses. Les comparer n'était pas une petite affaire, en outre parfaitement décevante, vu qu'elles ne concordaient pas.

Il n'en restait pas moins que l'opportunité de frapper un coup en ce point était évidente. Dans une Pologne et une Prusse orientale dénuées de routes, le seul moyen de répartir vivres et munitions à des armées toujours plus nombreuses était les voies d'eau. La principale base avancée de Bonaparte était Danzig, d'où les troupes de Pologne centrale pouvaient être approvisionnées par la Vistule, mais les forces de Prusse orientale et de Pologne dépendaient des autres systèmes fluviaux qui rayonnaient de Kœnigsberg et d'Elbing vers le Frisches Haff. Ce Frisches Haff, lagune étroite et allongée, presque séparée de la Baltique par une longue dune de sable, devait être très certainement le lieu d'un trafic intense par chalands entre Elbing et Kœnigsberg. Longue de cinquante milles, large de douze, et peu profonde (trois à quatre brasses au plus) avec son goulet étroit gardé par les batteries du fort de Pillau, le Frisches Haff devait être, du point de vue français, une route parfaitement sûre pour les approvisionnements par eau, abritée à la fois contre les tempêtes et contre les entreprises des Anglais. Danzig était évidemment le meilleur objectif pour un coup à tenter le long de la côte baltique ; mais Danzig était à l'abri, à plusieurs milles de la mer en amont de l'estuaire de la Vistule, en outre solidement fortifié. S'il avait fallu, à Bonaparte et à cent mille hommes, trois mois pour capturer Danzig, Hornblower avait peu de chance d'entreprendre quoi que ce fût contre cette place avec quelques centaines de soldats d'infanterie de marine. Pour lui, Danzig était imprenable.

Pour les mêmes raisons, il en était de même d'Elbing et de Kœnigsberg. Mais les communications entre les deux places étaient vulnérables ; c'étaient elles que Hornblower pouvait espérer disloquer. Faire davantage n'était pas nécessaire. Et le vent était favorable. Un Romain eût considéré cela comme de bon augure.

XV

LE BARRAGE

Nuit idéale pour reconnaître l'entrée du Frisches Haff. Couverte. Peu de clarté, d'un ciel d'été. Le soleil juste sous l'horizon et une bonne brise. La corvette que Hornblower venait de quitter avait pris un ris dans ses huniers au début de la soirée. Bonne brise et mer clapoteuse, cela voulait dire : moins de chance de rencontrer des garde-côtes armés par des terriens et surveillant le barrage mobile que Hornblower partait justement inspecter.

D'autre part, Hornblower souffrait d'embarras personnels graves, causés par ce clapotement de la mer. Le cotre dans la chambre duquel il était assis se cabrait et tanguait, se dressant d'abord sur l'avant, puis sur l'arrière, les embruns volant par le travers en nappes ininterrompues, de sorte que deux matelots étaient obligés d'écoper sans arrêt. L'embrun réussissait à pénétrer dans les interstices de son manteau. Il était mouillé, et il avait froid ; et le froid et le mouvement le faisaient inévitablement penser au mal de mer. L'estomac était aussi mal à l'aise que le reste du corps. A cause de l'obscurité, il ne pouvait voir Vickery, assis à la barre, à côté de lui, non plus que Brown en train de raidir l'écoute ; il éprouvait une espèce de soulagement à la pensée que sa pâleur et son malaise n'étaient pas visibles. Il se disait (avec quelle amertume !), contrairement à des malades qu'il avait bien connus, qu'il ne pouvait jamais avoir le mal de mer sans en être humilié. Avec l'irritante manie qu'il avait de toujours s'analyser, il se disait que la chose n'eût pas dû le surprendre, puisqu'il n'était jamais tout à fait à l'aise.

Il changea de place à l'arrière, serra plus étroitement son

manteau contre lui. Les Allemands et les Français qui gardaient Pillau n'avaient encore aucun soupçon qu'une escadre anglaise fût aussi proche ; il y avait d'ailleurs à peine une heure qu'il était arrivé dans l'obscurité avec les deux corvettes, laissant à l'horizon le *Nonsuch* et les galiotes à bombes. A Kœnigsberg, un officier supérieur un peu confiant pouvait hésiter à donner l'ordre à un garde-côtes de capayer laborieusement de long en large pour garder le barrage mobile par une nuit aussi agitée ; même si l'ordre avait été donné, il y avait beaucoup de chance pour que le second-maître à qui le bateau avait été confié se dérobât à son devoir, surtout que les Français, qui occupaient les emplois supérieurs et les Allemands, à qui les grades inférieurs étaient réservés, ne devaient pas pouvoir se sentir.

Un avertissement partit de l'homme de bossoir, et Vickery mit un peu sa barre dessous, amenant le cotre plus près du vent. Le bateau se leva sur la crête d'une vague ; comme il retombait dans le creux, un objet foncé apparut sur l'eau, discernable dans l'ombre au sein d'une rafale d'écume.

— Un câble, monsieur ! fit Vickery. Et voilà le barrage, droit devant nous !

Sur la surface agitée de la mer, tout près et en avant, on distinguait une vague tache noire.

— Placez-moi à le toucher, dit Hornblower.

Vickery vint dans le vent ; sur son ordre, la voile au tiers fut halée bas, et le cotre se rangea contre le barrage. Le vent soufflait de telle sorte qu'ils étaient légèrement à l'abri de l'estacade flottante ; de l'autre côté, de grosses vagues venaient s'y briser, en mugissant ; de leur côté, sur une petite étendue, la surface de l'eau était lisse, couverte d'une écume qui accrochait le peu de lumière qui descendait du ciel obscur. Les brigadiers s'étaient amarrés au câble, exactement à l'endroit où il était attaché au barrage.

Hornblower enleva sa pèlerine et, exposé aux embruns qui se ruaient sur lui, prit son élan, sauta et atterrit sur le barrage. Au même instant, une vague vint se briser dessus, le trempant jusqu'à la peau, si forte qu'il dut s'accrocher des pieds et des mains pour ne pas être emporté. Il se trouvait chevauchant un gros tronc flottant, si lourd que ce que l'on voyait du commodore au-dessus de l'eau était vraiment très peu de chose. Il était naturel que les Français eussent choisi les arbres les plus lourds pour garder l'entrée du port d'un pays où les bois de construction sont les premiers de l'Europe et où ils disposaient des facilités de transport par eau.

A quatre pattes le long de ce tronc, accroché des pieds et des ongles, il avança, gardant sur sa monture qui tanguait et roulait un équilibre singulièrement instable. Promenade de cauchemar. Un gabier entraîné ou Vickery lui-même eussent probablement avancé debout ; mais Hornblower voulait recueillir sur le barrage le témoignage de ses sens, non point un rapport de seconde main. Le câble, lorsqu'il l'atteignit, était le plus gros qu'il eût vu de sa vie ; un câble d'au moins soixante-quinze centimètres alors que le plus gros à bord du *Nonsuch* n'avait que quarante-huit centimètres. Tâtonnant tout le long de l'arbre, tandis que l'eau glacée lui giclait aux oreilles, il finit par trouver ce qu'il cherchait : un des câbles-chaînes qui attachaient ce madrier au suivant. C'était une chaîne de huit centimètres, ayant une charge de rupture d'une centaine de tonnes environ, solidement amarrée au tronc à l'aide de crampons. Presque aussitôt, une recherche plus poussée lui en révéla une autre. Il devait y en avoir aussi sous la surface, ce qui devait faire quatre ou cinq en tout. Même un vaisseau de ligne, chargeant tête baissée, l'arrière au vent, pourrait à peine briser ce barrage et ne ferait que se causer des dégâts irrémédiables sous la ligne de flottaison. Observant à travers les embruns, Hornblower pouvait apercevoir l'extrémité du tronc suivant et son câble ; l'intervalle n'était que de trois mètres. Le vent l'avait poussé aussi loin que les câbles le permettaient, le barrage et les câbles formant arête de poisson, les câbles aussi tendus que tout ce que l'on pût concevoir.

Hornblower rebroussa chemin, toujours agrippé des mains et des pieds, reprit son élan, sauta pour regagner le canot. Dans cette ombre, étant donné le mouvement du barrage et celui de la barque dans la houle, il n'était pas facile de choisir le moment le plus propice au saut. Hornblower atterrit maladroitement en travers du plat-bord, une jambe dans l'eau ; Vickery le hissa dans la barque. Le moins que l'on pût dire, c'est que le commodore y laissa un peu de sa dignité.

— Laissez culer sous le vent ! commanda-t-il. Je désire qu'on fasse un sondage à chaque madrier.

Vickery manœuvrait adroitement, gardant l'avant du canot au vent après avoir poussé ; avec une paire d'avirons tirant sans à-coups, il longea chaque câble, tandis que le canot dérivait sous le vent. Brown se tenait debout au milieu de la barque, réglant son équilibre sur les plongeons extravagants de l'embarcation, et sondant à l'aide de la perche de neuf mètres, fort peu maniable. Il fallait être vigoureux pour s'en servir ainsi, dans le vent qui soufflait ; mais, bien manœuvré, ce moyen était plus rapide et surtout beaucoup moins bruyant qu'une petite sonde. Quatre brasses, trois brasses et demie, quatre brasses... Comme il était naturel de s'y attendre, le barrage était établi exactement par le travers du chenal. A l'extrémité au vent, il n'avait pas plus de deux cents mètres (une encablure) de la plage de Pillau, et Hornblower, écarquillant les yeux dans la nuit, faisait mieux que soupçonner l'existence d'un barrage supplémentaire partant de ce rivage-là ; barrage qui, doublant celui-ci, obligerait tout navire entrant au port à manœuvrer en chicane. Cela signifiait qu'un navire qui tenterait de pénétrer là dans une intention hostile serait facilement coulé et incendié par les pièces lourdes de Pillau.

Ils atteignirent l'extrémité du barrage sous le vent. Une nappe d'eau claire s'étendait ici dans la direction des dunes de sable (les Allemands les avaient baptisées le Nehrung) qui séparaient, sur une longueur de vingt milles, le Frisches Haff de la Baltique. La largeur de cette nappe devait mesurer un quart de mille, mais elle ne pouvait servir à la navigation. La perche de Brown y releva, pendant quelques sondages, une profondeur de trois mètres ; ensuite l'eau devenait encore moins profonde jusqu'à ne plus avoir que six ou huit pieds de fond.

Soudain, Vickery mit sa main sur le bras de Hornblower, lui montra la direction de la terre. On voyait là un noyau d'obscurité plus dense : un garde-côtes devait louvoyer sur les hauts-fonds pour surveiller les approches du barrage.

— Les avirons dans l'eau ! dit Hornblower. Et au large !

On avait muni de paillets les manches des avirons pour étouffer le bruit qu'ils faisaient contre les tolets ; les hommes y allèrent de toute la force de leur dos ; le cotre se glissa dehors, vers la mer, tandis que le garde-côtes poursuivait sa ronde. Quand les deux bateaux furent assez loin l'un de l'autre pour que la toile fût invisible, Hornblower donna l'ordre de hisser la voile au tiers et on fit route vers le *Lotus*. Dans ses vêtements tout trempés, Hornblower frissonnait malgré lui, honteux que Vickery pût voir son commodore trembler à cause d'une vareuse mouillée dont un matelot aguerri ne songe même pas à se soucier. C'était irritant, mais ne fallait-il pas s'y attendre ?

La première tentative pour retrouver le *Lotus* dans l'obscurité fut infructueuse. Le cotre dut louvoyer et chercher au vent avant d'en repérer dans la nuit la silhouette noire. Quand enfin l'appel du *Lotus* frappa leurs oreilles, Brown fit un pavillon de ses mains pour crier :

— Commodore !

Vickery amena le cotre sous le vent du *Lotus*. Quand le canot eut accosté, Hornblower escalada la muraille du sloop. Arrivé sur la dunette, Vickery se tourna vers lui pour prendre les ordres.

— Faites voile et prenez le large, monsieur Vickery ! lui dit Hornblower. Assurez-vous que le *Raven* nous suit. Il faut qu'au lever du jour nous soyons hors de vue de la côte.

Dans la cabine minuscule de Vickery, pendant qu'il enlevait ses vêtements mouillés, et Brown tournant autour de lui, Hornblower tenta d'exciter son esprit engourdi à résoudre le problème qui s'offrait à lui. Brown lui donna une serviette ; le commodore se frictionna ; Vickery vint frapper à la porte. S'étant assuré que son bâtiment était en route, il venait voir si le commodore ne manquait de rien. Hornblower, qui avait fini de se frotter les jambes, voulut se redresser de toute sa hauteur : sa tête heurta violemment les poutres du pont ; cette sacrée corvette avait à peine un peu plus de cinq pieds de haut. Un juron échappa au commodore.

— Monsieur, fit diplomatiquement Vickery, il y a un pied de plus sous la claire-voie !

La claire-voie mesurait trois pieds sur deux. En se tenant exactement dessous, Hornblower pouvait tout juste se tenir debout ; même alors, ses cheveux frôlaient le vitrage. Suspendue à un crochet, la lampe se balançait à une poutre du pont, près de l'ouverture ; un mouvement imprudent amena l'épaule nue de Hornblower en contact avec l'appareil ; un peu d'huile chaude et malodorante se répandit sur sa clavicule ; il laissa échapper un nouveau juron.

— On va vous apporter du café chaud, monsieur ! dit Vickery.

Le café, quand il arriva, était d'une sorte à laquelle Hornblower n'avait pas goûté depuis des années : décoction de pain brûlé, avec une vague saveur de fève. Du moins le breuvage réchauffait-il ; Hornblower le supa, rendit la tasse à Brown, prit sa chemise sèche sur la culasse du canon de douze livres, et s'efforça d'entrer dedans.

— Pas d'autres ordres, monsieur ? demanda Vickery.

Hornblower fit : « Non », d'un air accablé, la tête portée en avant pour être sûr qu'elle ne heurterait pas de nouveau les poutres du pont. Il tentait de faire en sorte que sa déception et son humeur ne parussent pas dans sa voix, mais il craignit de n'avoir pas tout à fait réussi. Il lui coûtait de devoir reconnaître qu'une tentative contre le Frisches Haff n'avait aucune chance de réussir. Pourtant la prudence, le bon sens, son instinct tout entier, tout lui dictait de renoncer à une telle tentative. Il ne fallait songer ni à forcer le barrage, ni à le tourner, en tout cas pas à bord d'un des bâtiments sous ses ordres. Il se rappelait avec amertume les paroles qu'il avait prononcées inutilement devant Bush sur l'opportunité d'effectuer un raid dans cette zone. Il aurait mieux fait de se taire. Si jamais il avait eu besoin d'une leçon, il en recevait une aujourd'hui. La flottille tout entière s'attendait à passer à l'action ; il allait décevoir tout le monde, remettre à la voile sans avoir rien fait. A l'avenir, il la bouclerait, et à double tour ! En l'absence d'ordres contraires, Bush devait naturellement avoir parlé du projet avec ses officiers, éveillant de folles espérances. Chacun s'attendait à de grandes choses de la part de l'audacieux commodore, dont la réputation, l'audace, l'ingéniosité étaient légendaires. Hornblower se disait tout cela, riant d'un rire amer.

Accablé comme il l'était, il reprit néanmoins toutes les données. A l'extrémité-dunes du barrage, il y avait assez d'eau pour permettre à une flottille de canots de passer. Il pouvait y envoyer trois ou quatre chaloupes, armées de canons de quatre livres montés à l'avant, et cent cinquante hommes à bord. Il était très probable que, de nuit, on pouvait franchir l'estacade et, prenant par surprise les occupants de la lagune, causer en un tournemain de sérieux dommages au trafic côtier. Oui, on devait pouvoir détruire ainsi des milliers de tonnes. Quant à sortir de là, c'était une autre affaire. Il ne fallait pas y compter. La sortie serait bien trop attentivement surveillée ; les batteries seraient armées jour et nuit, une nuée de canonnières patrouilleraient autour de l'extrémité du barrage ; peut-être même des canonnières armées de terriens, s'il y en avait assez, attaqueraient et détruiraient les assaillants. Son escadre pouvait mal se permettre de perdre cent cinquante marins entraînés, le dixième de son contingent total. Or, des forces plus faibles risquaient d'être gaspillées inutilement.

Non, aucune destruction de caboteurs ne valait la perte de cent cinquante matelots. Il fallait abandonner l'idée. Symbole de cette décision, il voulut enfiler le pantalon sec que Vickery lui avait procuré. A ce moment-là, une jambe déjà passée, et l'autre pas encore, une idée, tout à coup, lui vint à l'esprit. Il s'interrompit, debout, en chemise, la jambe gauche nue, la droite seule recouverte, de la cheville au genou.

— Monsieur Vickery, dit-il, ressortons, voulez-vous, ces cartes marines ?

— Bien, monsieur.

Il y avait dans la voix de Vickery de la hâte et de l'émotion, un écho de l'émotion qui devait avoir passé dans la voix de Hornblower. Le commodore s'en aperçut, tandis qu'il bouclait sa ceinture. Il se répéta sa résolution d'être plus prudent ; il fallait à tout prix retrouver sa réputation de héros silencieux. Regardant les cartes que Vickery étalait devant lui, il savait que le capitaine étudiait son visage, et il prenait le plus grand soin de ne laisser paraître aucun signe quelconque d'une décision prise, dans un sens ou dans l'autre. Quand son parti fut pris, il fit : « Merci, monsieur Vickery », sur le ton le plus neutre qu'il put feindre. Puis, retrouvant soudain son interjection la plus prudente, il s'éclaircit la voix :

— Hum ! Hum ! fit-il, sans aucune expression.

Satisfait du résultat, il répéta, fit traîner sa voix : « Hu-u-um ». L'air égaré de Vickery lui causa une grande joie.

Le lendemain matin, revenu dans sa chambre du *Nonsuch*, il prit une douce revanche à observer les visages des capitaines assemblés tandis qu'il leur exposait son programme. Tous étaient avides de commander, de risquer leur vie ou leur liberté dans une mission qui, à première vue, pouvait paraître follement téméraire. Les deux commandants ne guettaient qu'une occasion d'obtenir la promotion au grade de capitaine d'un vaisseau d'au moins vingt canons ; les lieutenants espéraient devenir commandants.

— C'est M. Vickery qui commandera ! dit Hornblower.

Ce lui fut une nouvelle occasion d'observer les jeux de physionomie de son auditoire. Mais comme dans le cas présent, chacun avait le droit de savoir pourquoi il avait été laissé de côté, le commodore ajouta quelques mots :

— Les deux capitaines des galiotes à bombes, dit-il, sont irremplaçables ; nous n'avons pas d'autres lieutenants qui sachent se servir comme eux de leurs machines infernales. Je n'ai pas à vous expliquer pourquoi il en est de même du capitaine Bush. Il se fait que c'est M. Vickery qui est venu avec moi inspecter le barrage ; il en sait donc plus long sur la situation que M. Cole, qui est évidemment l'autre candidat au commandement.

Il n'y avait pas d'inconvénient à adoucir les regrets de Cole par une excuse comme celle-là ; il ne servirait à rien de laisser les gens deviner qu'il n'eût pas voulu confier à Cole un commandement en dehors de son propre contrôle, au pauvre vieux Cole, grisonnant et déjà voûté, presque trop vieux pour sa besogne et qui, contre toute espérance, souhaitait encore être un jour promu capitaine ! Hornblower n'en restait pas moins mal à l'aise à l'idée que Cole eût pu voir clair à travers cette excuse. Il réussit à se consoler en se disant — pensée banale — que jamais une action n'est engagée sans que les sentiments de quelqu'un soient blessés. Il enchaîna rapidement, passant au point suivant :

— Messieurs, cette question étant réglée, j'accueillerai volontiers vos points de vue sur un autre point : Qui voyez-vous comme subordonnés de M. Vickery ? Monsieur Vickery, parlez le premier ; vous êtes le principal intéressé !

Ces détails-là étant réglés, on aborda le point suivant. Il s'agissait de préparer les quatre canots pour l'expédition : chaloupe et cotre du *Nonsuch,* cotres du *Lotus* et du *Raven.* Un quatre livres à bord de chacun des cotres : des vivres, de l'eau, des munitions, des matières inflammables pour incendier les prises.

Les équipages désignés pour l'expédition furent passés en revue et inspectés ; les marins armés du pistolet et du coutelas, les soldats d'infanterie de marine du mousquet et de la baïonnette.

Vers la fin de la journée, Vickery revint à bord du *Nonsuch* pour la confirmation finale du rendez-vous.

— Bonne chance ! lui dit Hornblower.

— Merci, monsieur, répondit Vickery, les yeux dans les yeux du commodore. Tant de choses, monsieur, pour lesquelles j'ai à vous remercier !

— C'est vous-même qu'il faut remercier ! dit Hornblower, avec une pointe d'humeur.

Il trouvait ennuyeux d'être remercié parce qu'il décidait de risquer la vie du jeune Vickery. Il calculait que, s'il s'était marié étant aspirant, il eût pu maintenant être père d'un fils qui aurait l'âge de Vickery.

Au crépuscule, l'escadre se rapprocha de la terre. Le vent reculait un peu vers le nord, mais une bonne brise soufflait encore ; et, bien que la nuit ne fût pas tout à fait aussi noire que celle de la veille, il y avait toute chance pour que les canots pussent se faufiler sans être vus.

Hornblower les regarda partir juste comme la cloche piquait deux heures du matin. Quand ils eurent disparu dans l'ombre, il fit demi-tour. Il allait maintenant falloir attendre. Une fois de plus, la découverte qu'il eût sincèrement préféré être lui-même de l'affaire l'intéressa. Oui, il eût préféré risquer sa vie, l'intégrité de son corps et sa liberté même, là, dans ce Frisches Haff, que d'être ici à l'abri, en pleine mer, avec rien autre chose à faire qu'à attendre les résultats. Il se considérait un peu comme un lâche, car il redoutait la mutilation. L'idée de la mort lui était un peu moins désagréable ; il était donc particulièrement intéressant de s'apercevoir qu'il y avait des choses qu'il détestait plus encore que le danger.

Quand le temps se fut écoulé qu'il fallait aux canots pour franchir le barrage (ou pour tomber, qui sait ? aux mains des ennemis), Hornblower descendit prendre un peu de repos pendant l'intervalle qui le séparait encore du lever du jour. Il ne put que faire semblant de dormir, seulement s'imposer de rester étendu dans son cadre, s'empêcher de se tourner, de s'agiter.

Ce lui fut un véritable soulagement de se retrouver dehors sur la dunette lorsque le ciel commença à s'éclairer, de se doucher le corps sous la pompe, puis de monter sur le gaillard et d'y boire son café tout en regardant par-dessus la hanche tribord (le navire était en panne, bâbord amures) du côté où se trouvaient Pillau et l'entrée du Haff.

La lumière du jour, de plus en plus haute, révélait tout cela à travers sa lunette. Hors de portée s'étendait, jaune et vert, le promontoire sur lequel Pillau était situé ; les clochers jumeaux étaient nettement visibles. La ligne du barrage mobile se montrait par le travers de l'entrée, marquée par des vagues qui déferlaient, et, de temps en temps, par l'apparition furtive d'un bois de charpente tout noir. Ces buttes sombres, par-dessus le bord de l'eau, devaient être les batteries établies là pour défendre l'entrée. De l'autre côté, s'étendait la longue bande du Nehrung, ligne de collines de sable, d'un jaune verdâtre, montant et descendant en légères ondulations, aussi loin que l'œil pouvait voir, et sans doute au-delà. Mais, en travers de l'entrée, il n'y avait rien, rien à voir, rien d'autre que l'eau grise, tachée de moutons blancs là où les hauts-fonds émaillaient la lagune. La rive opposée du Haff était trop loin pour être visible.

— Capitaine Bush, voudriez-vous être assez bon pour envoyer à la tête du mât un officier ayant de bons yeux, avec une lunette ?

— Bien, monsieur.

Hornblower regarda le jeune lieutenant monter dans les enfléchures, aussi vite qu'il pouvait, l'œil de son commodore fixé sur lui, tour à tour renversé en arrière quand il escaladait les gambes de revers, accroché d'une main, puis de l'autre ; dans les haubans de perroquet. Hornblower savait que, dans son état présent, il n'eût pas pu en faire autant sans se reposer un moment dans la grand-hune ; il savait aussi que ses yeux n'étaient plus ce qu'ils avaient été, pas aussi bons que ceux du lieutenant, en tout cas. L'officier s'installait à la tête du mât, ajustait sa lunette, balayait l'horizon. Hornblower attendait impatiemment un signal. A la fin, perdant patience, il saisit son porte-voix :

— Ohé, là-haut ! Que voyez-vous sur la rive intérieure ?

— Rien, monsieur. Trop de brume pour bien voir. Pas de voile, en tout cas !

Peut-être la garnison se moquait-elle de lui. Peut-être les canots étaient-ils tombés dans un piège. Et l'ennemi s'amusait-il à observer l'escadre en train de s'embarquer dans une attente qui n'aurait pas de fin, après des canots qu'on ne reverrait pas, des marins qui étaient perdus. Mais non. Hornblower se refusait à être pessimiste. Il se mit à se représenter ce qui avait dû se passer dans les batteries, et dans la ville, quand l'aurore avait révélé la présence de cette escadre anglaise, à l'ancre, hors de portée. Il imaginait les tambours battant, les trompettes retentissant, les troupes courant aux armes pour parer à un débarquement possible. C'était cela qui devait se passer, en ce moment même. La garnison, le gouverneur français devaient encore ignorer que des loups s'étaient glissés jusqu'au cœur de la bergerie, que les équipages de canots britanniques avaient pénétré dans les eaux du Haff, où aucun ennemi n'avait été vu depuis cinq ans, depuis que Danzig était tombé aux mains des Français. Hornblower tentait de se réconforter à la pensée de l'effervescence qui se produirait lorsque la situation véritable se révélerait à l'ennemi : des messagers galoperaient, portant des ordres, les canonnières seraient alertées, les caboteurs et les chalands se hâteraient de chercher refuge sous les batteries les plus proches ; si tant est qu'il y eût là des batteries ; Hornblower était prêt à parier qu'il n'y en avait pas, entre Elbing et Kœnigsberg ; aucune défense n'avait, en effet, été nécessaire jusque-là.

— Ohé, là-haut ! Voyez-vous quelque chose sur la côte ?

— Non, monsieur... Si, monsieur ! Des canonnières prennent la mer.

Hornblower, lui aussi, les voyait maintenant. Une flottille de petits bâtiments à deux mâts, gréés avec les voiles à livarde des petits bâtiments de la Baltique, et qui prenaient la mer au départ d'Elbing. Ils faisaient un peu penser aux bachots du comté de Norfolk. Chacun devait porter un canon lourd, peut-être un vingt-quatre livres. Ils jetaient l'ancre, par instants, dans les eaux basses, évidemment pour donner au barrage une protection supplémentaire, au cas où une tentative aurait lieu par là. Quatre d'entre eux poussèrent plus loin et jetèrent l'ancre de manière à garder les hauts-fonds, entre le barrage et le Nehrung. On ne pouvait pas dire qu'ils fermaient la porte de l'écurie après que le cheval avait été volé ; Hornblower rejeta cette comparaison qui lui était d'abord venue à l'esprit ; ils fermaient la porte de l'écurie pour empêcher le voleur de sortir, en admettant qu'ils sussent déjà (ce qui était encore douteux) que le voleur était entré.

La brume se levait ; de minute en minute, on la voyait fondre ; au-dessus, le ciel était presque bleu, et un soleil mouillé commençait à se montrer au travers.

— Ohé ! Du pont ! Pardon, monsieur, je vois maintenant une fumée au fond de la baie. Je ne distingue pas très bien, mais c'est une fumée noire. Ça pourrait venir d'un bateau en feu.

Mesurant au jugé la distance décroissante entre le navire et le barrage, Bush donnait l'ordre de manœuvrer pour gagner de nouveau un peu plus au large. Les deux corvettes se conformèrent aux mouvements du *Nonsuch.* Hornblower se demandait s'il avait mis trop de confiance dans le jeune Mound et dans ses galiotes à bombes. Mound avait, pour le lendemain matin, un rendez-vous important. Tout comme le *Moth* et le *Harvey,* il était hors de vue sous l'horizon. La garnison d'Elbing n'avait encore vu que les trois navires britanniques ; elle devait ignorer l'existence des galiotes. État de choses favorable, pour autant que Mound exécutât correctement les ordres ; mais un coup de vent pouvait survenir, un changement de vent lever trop de ressac pour le projet qu'Hornblower avait en tête.

Hornblower sentit une inquiétude le poindre. Il dut se contraindre à se détendre, à paraître calme. Il s'accorda d'arpenter le pont, mais en ralentissant son pas, trop nerveux, en l'amenant à une allure de flânerie.

— Ho ! Du pont ! Il y a encore plus de fumée, monsieur ! Je vois deux foyers, maintenant ! On dirait qu'il y a maintenant deux navires en feu !

Bush venait de donner des ordres de masquer de nouveau le grand hunier, et comme le navire mettait en panne, il vint à Hornblower pour lui dire :

— Monsieur, Vickery a dû capturer quelque chose, vous ne croyez pas ?

Il souriait.

— Espérons-le, répondit Hornblower.

Bush ne laissait voir aucune inquiétude ; son visage ne

dénotait qu'une ardente satisfaction, à la pensée de Vickery lâché au milieu du trafic côtier. Sa magnifique confiance rassura un peu Hornblower jusqu'au moment où le commodore se dit que Bush ne tenait pas assez compte des circonstances. Bush savait que Hornblower avait organisé cette attaque ; cela lui suffisait. Il ne pouvait imaginer qu'un échec fût possible ; Hornblower trouvait cela profondément irritant.

— Ohé ! Du pont ! Deux petits bâtiments font voile à travers la baie, au plus près, vers la ville. Et, je ne suis pas tout à fait sûr, monsieur, mais je crois que le second est notre cotre !

Presque aussitôt, une autre voix cria :

— Monsieur, c'est lui, c'est notre cotre !

Tous les matelots inoccupés étaient allés se percher sur les mâts.

— Ce doit être Montgomery ! dit Bush.

Il avait ajusté son pilon dans le piton du palan de la dernière caronade vers l'arrière, de façon à pouvoir sans effort se tenir debout sur le pont, qui se levait doucement à la lame.

— Il l'a eu, monsieur ! reprit la voix partie de la pomme du mât. Notre cotre ! Il l'a capturé !

— Une cargaison de pain et de bœuf que Bonaparte n'aura pas ! dit Bush.

Une sérieuse destruction de la navigation côtière dans le Haff pouvait, dans une certaine mesure, compenser la perte de cent cinquante marins de choix. Mais il serait difficile de faire partager cette conviction à Leurs Seigneuries de l'Amirauté, si la preuve de la destruction n'était pas certaine.

— Ohé ! Du pont ! Les deux voiles se séparent. Notre cotre fuit devant le vent. L'autre a ses taillevents cargués, je crois. Et il... on dirait...

Le lieutenant s'arrêta net au milieu de sa phrase :

— Monsieur, le voilà qui saute ! cria une autre voix.

Des acclamations montaient de toutes les vigies.

— Il a sauté ! cria le lieutenant, si ému qu'il oubliait d'ajouter « monsieur » en s'adressant au commodore. Je vois une colonne de fumée aussi haute qu'une montagne ! Vous devez la voir du pont, vous aussi !

Et, en effet, on voyait maintenant du pont une colonne de

fumée que couronnait un nuage, en forme de champignon, noir et pesant. Arrivée au-dessus de l'horizon, elle s'attarda pendant un temps appréciable avant que le vent la dispersât, l'éparpillant d'abord en étranges lambeaux tout déchiquetés.

— C'était pas du bœuf et du pain ! dit Bush, abattant de toute sa force son poing droit dans sa main gauche. C'était de la poudre ! Une péniche de poudre ! Cinquante tonnes de poudre, sacredieu !

— Ohé ! Du mât ! Et le cotre ?

— Se porte bien, monsieur. L'explosion n'a pas l'air de lui avoir fait mal ! Sa coque est déjà sous l'horizon, monsieur.

— A la poursuite d'une autre, s'il plaît à Dieu ! dit Bush.

La destruction d'une péniche de poudre était la meilleure preuve possible que Bonaparte utilisait les voies d'eau intérieures pour le transport de ses approvisionnements militaires. Hornblower eut le sentiment qu'il avait accompli quelque chose d'utile, même si Whitehall ne devait pas être pleinement convaincu ; et il se surprit à sourire ; mais il réprima ce sourire dès qu'il en eut conscience ; sa dignité n'exigeait-elle pas que le succès le laissât aussi impassible que l'incertitude ?

— Monsieur, dit Bush, il ne reste plus, ce soir, qu'à tirer de là Vickery et les hommes !

— Oui, dit Hornblower, aussi calme qu'il pouvait feindre.

L'explosion du chaland de poudre était la seule preuve certaine qu'on eût ce jour-là, sur le *Nonsuch,* d'un succès dans le Haff, bien que, plus d'une fois, les guetteurs crussent apercevoir de la fumée à l'horizon, au-delà du Nehrung.

Comme le soir tombait, un autre train de canonnières fit son apparition, venant probablement de Kœnigsberg et prit position le long du barrage. Un moment, on put voir aussi une colonne de troupes, en marche pour aller renforcer les défenses de Pillau ; vareuses bleues et pantalons blancs furent clairement visibles, même du pont du *Nonsuch.* De toute évidence, l'entrée du Haff allait être sérieusement défendue, au cas où les Britanniques songeraient à tenter un coup de main.

Au cours de la soirée, Hornblower monta de sa chambre, où il avait fait semblant de manger son dîner ; il regarda de nouveau autour de lui, bien que son flair eût été si éveillé sous le pont que le coup d'œil ne lui apprit rien qu'il ne sût déjà. Le vent tombait un peu, en même temps que le jour déclinait ; le soleil ne tarderait pas à se coucher, mais il ferait encore jour pendant une couple d'heures, pour le moins.

— Capitaine Bush, je vous serais obligé de bien vouloir envoyer vos meilleurs pointeurs aux pièces du pont inférieur, à tribord.

— Bien, monsieur.

— Branle-bas de combat et les canons en batterie, je vous prie ! Puis je voudrais que vous rapprochiez le bateau de la terre, à portée des batteries ! Pour attirer leur feu sur nous.

— Bien, monsieur.

Les coups de sifflet roulèrent par tout le bâtiment ; le maître d'équipage et les seconds-maîtres de manœuvre crièrent des ordres ; les hommes coururent prendre leurs postes. Une longue vibration de tremblement de terre secoua le navire, tandis que la masse pesante des pièces de vingt livres roulait par le pont inférieur pour se mettre en batterie.

— Et veillez, s'il vous plaît, à ce que les chefs de pièces soient sûrs de leur coup ! dit Hornblower.

Il savait combien la vue qu'on avait du pont inférieur était limitée pour celui qui regardait par un sabord placé à un mètre seulement au-dessus du niveau de l'eau, et il ne voulait pas que l'ennemi pût imaginer que la feinte à laquelle il allait se livrer n'était qu'une feinte. Les hommes aux bras de grand hunier, marchant adroitement sur le pont, firent tourner la grand-voile, et le *Nonsuch* vint au vent et prit peu à peu de la vitesse.

— Bâbord un peu ! dit Bush au timonier. Laissez arriver ! Rencontrez ! Comme ça !

— Comme ça ! répéta le timonier, et puis, dans un exploit très réussi de gymnastique faciale, il fit passer sa chique de sa joue sur sa langue ; l'instant d'après, il cracha, très exactement dans le crachoir placé près de la barre, sans distraire le moins du monde son attention du grand hunier et du compas dans l'habitacle.

Le *Nonsuch* arrivait en dépendant sur l'entrée et sur les batteries. Affaire délicate, épineuse ; venir là pour se faire tirer dessus. Non loin des batteries, on apercevait de la fumée, comme d'un incendie. Peut-être n'était-ce que la fumée des poêles de la garnison ; ce pouvait bien être aussi celle des fourneaux qui servent à chauffer les boulets au rouge. Mais Bush connaissait le danger couru au cas d'une action contre des batteries côtières ; il n'avait pas eu besoin d'être averti. Tous les hommes disponibles étaient au garde-à-vous avec des seaux à incendie, toutes les pompes, tous les tuyaux étaient armés. Il était en train d'estimer la distance.

— Encore un peu plus près, s'il vous plaît, capitaine Bush, dit Hornblower.

Il était évident qu'ils étaient toujours hors de portée. Pendant un instant, une gerbe d'eau apparut, à la surface de la mer clapoteuse, à deux encablures par tribord avant.

— Pas encore assez près, capitaine Bush ! dit Hornblower.

Dans un silence chargé de menace, le navire avança encore. Toute une grappe, un véritable essaim de gerbes d'eau surgit de la mer, tout près, sous la hanche tribord ; l'une d'elles si près, qu'une écopée d'eau, échappée au caprice d'une vague et du vent, vint frapper Bush en plein visage.

— Dieu brûle dans l'enfer celui qui m'a fait ça ! bredouilla Bush, s'essuyant les yeux.

Cette batterie n'avait pas le moyen de tirer si près. En outre, aucune fumée n'était visible de ce côté. Qu'est-ce que cela voulait dire ? Hornblower braqua sa lunette, fit un tour d'horizon et, soudain, eut un haut-le-corps. Une autre batterie avait tiré ! Plus loin sur la gauche ; il n'en avait pas jusque-là soupçonné l'existence. L'herbe avait dû pousser suffisamment sur les parapets pour la masquer, même à une inspection très attentive. Elle s'était démasquée un peu trop tôt. Si l'officier qui la commandait avait eu la patience d'attendre dix minutes de plus, le *Nonsuch* eût pu se trouver dans une position difficile.

— C'est assez, capitaine Bush ! dit Hornblower.

— Près et plein ! dit Bush à l'homme de barre. Puis, élevant la voix : « Brassez sous le vent ! »

Le *Nonsuch* évita, offrant son travers tribord aux batteries et, au plus près, arrivait maintenant en dépendant sur elles, beaucoup moins vite. Hornblower désigna du doigt à l'aspirant de quart la position exacte de la batterie qui venait de se révéler, puis le dépêcha au pont inférieur porter l'information aux pièces.

— Tenez-vous au plus près ! grogna Bush au timonier.
Le timonier répéta :
— Au plus près, monsieur.
Pendant quelques instants, des colonnes d'eau jaillirent de la surface de la mer tout alentour ; le bruit de boulets qui passaient en l'air sifflait aux oreilles. Ce fut merveille qu'ils ne fussent pas touchés ; du moins Hornblower trouva-t-il la chose remarquable, jusqu'à ce que, levant les yeux, il vît deux trous en forme d'ellipse dans le hunier d'artimon. Tir médiocre, car c'était au moins vingt canons lourds qui tiraient sur eux, d'après les fumées que Hornblower voyait s'élever du rivage. Il prit minutieusement note des emplacements des batteries ; on ne savait jamais quand ces renseignements pourraient être utiles.
— Ouvrez le feu, s'il vous plaît, capitaine ! dit Hornblower.
La formule de politesse n'avait pas fini de passer ses lèvres que Bush levait déjà son porte-voix, répétait l'ordre, criant de toute sa force. Le second-maître canonnier posté au grand panneau repassa le message au pont inférieur. Il y eut un court silence, silence favorable, se dit Hornblower, parce qu'il prouvait que les chefs de pièces prenaient la peine de bien viser, et non seulement de mollir les palans au moment où l'ordre les atteignait. Puis, ce fut le fracas terrible de pièces qui ne tiraient pas toutes ensemble ; le navire fut secoué tout entier ; la fumée s'éleva, fut dispersée par le vent. A la lunette, Hornblower put voir du sable voler en l'air tout autour de la batterie masquée. Les dix-sept pièces de vingt-quatre livres crachèrent de nouveau, coup sur coup, plusieurs fois de suite : sous les pieds de Hornblower, les déflagrations et le roulement des caronades faisaient trembler le pont.
— Merci, capitaine Bush ! dit-il. Vous pouvez maintenant faire virer de bord.
Bush cligna un instant des yeux dans la direction de son chef. Son instinct combatif était si allumé qu'il dut s'immobiliser et se forcer à réfléchir avant de donner l'ordre.
— Bien, monsieur.
Il leva sa trompette :
— ... Cessez le feu ! Pare à virer !
L'ordre fut transmis aux pièces ; le vacarme mourut si

brusquement que le cri : « la barre dessous ! » de Bush à l'homme de barre sonna beaucoup plus fort qu'il était nécessaire.

— Bordez la grand-voile ! beugla Bush.

Tandis que le *Nonsuch* virait lourdement, s'élevant d'un bloc à la lame, ses voiles claquant, un nouvel essaim de gerbes d'eau, pour la première fois étroitement serrées, se leva de la surface de la mer par tribord avant. Si le bâtiment n'avait pas fait sa brusque abattée, les coups l'eussent peut-être atteint ; Hornblower eût pu n'être plus à cette minute qu'un corps mutilé gisant sur le gaillard d'arrière, ses entrailles éparses autour de lui.

Le *Nonsuch* avait franchi le lit du vent ; ses voiles se gonflaient à l'arrière.

— Changez devant ! cria Bush.

Les voiles s'emplirent aussi à l'avant tandis que les matelots venaient aux bras de l'arrière et le *Nonsuch* s'établit sur ses nouvelles amures.

— Pas d'autres ordres, monsieur ? demanda Bush.

— Ça suffira pour le moment !

Au plus près tribord amures, le bâtiment s'éloignait rapidement de la terre, louvoyant vers l'endroit où les deux corvettes culaient en attendant. Sur le rivage, les gens devaient exulter d'avoir repoussé une attaque sérieuse ; un canonnier bavard devait jurer avoir vu de ses yeux des coups faire mouche. Il fallait les encourager, leur faire croire qu'un coup de main forcené était encore envisagé dans ce coin-là.

— Aspirant ! dit Hornblower.

Des chapelets de flammes de couleur montèrent aux drisses du *Nonsuch ;* c'était pour l'aspirant aux signaux un excellent exercice que d'essayer d'épeler : *« Le couvre-feu sonne le glas du jour qui meurt* [1] » en se servant du plus petit nombre possible de pavillons. Sa lunette pointée, l'aspirant déchiffra la réponse du *Raven.* Il lut :

« Le trou... ce doit être *beuglant...* non, c'est *pente ! »* « Que veut-il dire ? » *« Par... la... parla... pleine... »*

A bord du *Raven,* Cole connaissait l'élégie de Gray : *« Lentement le troupeau beuglant serpente par la plaine »* et celui qui, à son bord, était responsable du hissement des

1. C'est un vers de la célèbre *Élégie* de Gray. *(N.d.T)*

pavillons avait eu l'idée d'utiliser le mot *« parla »* du code pour « par la » et *« pleine »* pour *« plaine »*. En somme, économie de pavillons.

— Monsieur, dit l'aspirant intrigué, je lis « *Lentement le troupeau beuglant serpente par la plaine* ».

— Très bien ! Signalez : Aperçu !

Tous ces signaux entre vaisseau de guerre et corvettes devaient être visibles de la côte, exciter follement la curiosité. Hornblower insista. Il envoya sous le numéro du *Lotus* un autre signal. « *Le laboureur rentre chez lui, cheminant avec peine* » pour ne recevoir qu'une réponse intriguée : « Signal pas compris. » Purvis, le premier lieutenant du *Lotus,* qui commandait en ce moment, était évidemment beaucoup moins instruit. Que devait-il déduire de tout ceci ? Hornblower ne pouvait l'imaginer ; la pensée amena un sourire à ses lèvres.

— Bon ! fit-il. Annulez le signal et substituez : « *Signalez immédiatement nombre hommes mariés cheveux roux à bord !* »

Il attendit la réponse. Il eût souhaité que Purvis fût moins prosaïque et capable d'imaginer une réponse qui combinât ingénieusement les caractères (d'ailleurs à peu près incomparables) de déférence et d'esprit, au lieu de signaler simplement : Cinq ! Puis, il revint à ses affaires :

— ... Signalez aux deux corvettes : Avancez sur le barrage d'une manière menaçante mais en évitant engagement !

Dans la lumière finissante, il regarda les deux bâtiments s'avancer comme pour attaquer, virer de bord, laisser porter, puis se retirer. Par deux fois, Hornblower repéra une bouffée de fumée, et entendit, faisant écho sur la mer, le boum sourd d'un vingt-quatre livres, tandis qu'une canonnière tirait, cherchant la portée. Puis, comme il y avait tout juste assez de lumière pour que le signal pût encore être lu, il hissa : « Suspendez action après une demi-heure ! »

Il avait fait tout ce qu'il avait pu pour attirer l'attention de l'ennemi vers cette extrémité-ci de la baie, vers l'unique sortie. La garnison devait être maintenant tout à fait certaine que les canots des assaillants tenteraient de s'échapper par là. Sans doute s'attendait-elle à une ruée de ce côté, aux premières lueurs de l'aube, une ruée qui doublerait une attaque par les gros bâtiments. Il avait fait tout ce qu'il avait pu ; il ne restait qu'à aller se coucher et à passer tranquillement le reste de la nuit, si la chose s'avérait possible.

Mais, naturellement, la chose n'était pas possible quand le sort de cent cinquante matelots était en jeu, sans parler de sa propre réputation de commandant veinard et ingénieux. Une demi-heure après s'être couché, il se surprit à désirer avoir donné à trois des jeunes officiers subalternes l'ordre de se joindre à lui pour jouer au whist jusqu'à l'aube. Même il envisagea un instant de se lever et de le faire ; mais il y renonça, certain qu'agir ainsi, à cette heure, reviendrait à informer tout le monde qu'il n'avait pu dormir. Il ne pouvait que se tourner et se retourner stoïquement dans les draps, se forcer à demeurer couché jusqu'à ce que le jour vînt le délivrer.

Quand il monta sur le pont, la brume perlée du matin sur la Baltique rendait plus vagues encore les contours des choses visibles. Il y avait promesse d'un beau jour : un vent modéré, qui reculait un peu. Bush était déjà sur le pont ; Hornblower le savait avant d'y être monté lui-même : il avait entendu la jambe de bois pilonner le pont par-dessus sa tête. Dès qu'il l'aperçut, Hornblower espéra que son propre visage ne trahissait pas les mêmes signes d'inquiétude et d'insomnie qu'il voyait à son capitaine. Ce qu'il vit eut du moins pour effet de le raffermir jusqu'à cacher sa propre inquiétude au moment de rendre à Bush son salut.

— J'espère, monsieur, dit Bush, que Vickery va bien !

Le seul fait que Bush se hasardât à s'adresser à Hornblower à cette heure matinale, après tant d'années passées sous ses ordres, était la meilleure preuve qu'il était inquiet.

— Oui, dit Hornblower, un peu brusquement. Je lui fais confiance. Il est homme à se tirer de n'importe quel mauvais pas !

Déclaration sincère ; mais, tout en disant cela, qu'il avait déjà pensé fréquemment, l'idée lui vint que son souci et son inquiétude n'étaient pas vraiment en relation avec les faits de la cause. Il avait fait ce qui était humainement possible. Il se rappelait l'étude approfondie qu'il avait faite des cartes marines, son examen du baromètre, ses efforts, maintenant manifestement réussis, pour prédire le temps. Si on l'avait obligé à parier, il eût parié que Vickery était sain et sauf ; il eût même estimé que les chances étaient au moins à trois contre une. Mais cela ne l'empêchait pas d'être inquiet. Ce qui l'empêchait de montrer son inquiétude, c'était le spectacle de la nervosité de Bush.

— Avec ce vent-là, monsieur, dit Bush, il ne doit pas y avoir eu beaucoup de ressac ?

— Naturellement non.

Bien qu'il eût pensé à cela au moins cinquante fois au cours de la nuit, il essayait de faire semblant de n'y avoir pensé qu'une fois. La brume était maintenant assez légère pour qu'on pût distinguer la côte ; les canonnières étaient toujours le long du barrage ; un canot de ronde attardé l'arpentait dans toute sa longueur.

— Le vent est bon pour les galiotes, monsieur, dit Bush. Elles devraient avoir repêché Vickery, à l'heure qu'il est, être en train de faire route vers nous.

— Oui.

Bush leva le nez pour s'assurer que les vigies étaient à leurs postes, et éveillées. C'était à douze milles de l'extrémité du Nehrung, de cette longue langue de sable qui séparait le Haff de la Baltique, que Mound et les galiotes à bombes devaient aller cueillir Vickery et ses hommes. Vickery devait débarquer dans l'obscurité sur le Nehrung même, abandonner ses canots, traverser la langue de sable, retrouver Mound une heure avant le lever du jour. Avec leur faible tirant d'eau, les galiotes seraient en sûreté, parmi les hauts-fonds. Elles pourraient détacher et envoyer leurs canots, emmener Vickery. Les quatre canots des bateaux de Vickery seraient perdus, mais c'était payer d'un prix modeste la destruction qu'il devait avoir causée. Hornblower espérait que, d'une part, la diversion de sa propre démonstration au large de Pillau, d'autre part, l'idée que Vickery pouvait envisager d'abandonner ses canots, pouvaient fort bien ne pas venir à l'esprit de l'ennemi. Sur le Nehrung même, Vickery ne trouverait aucune opposition. Même si une résistance se produisait là, le Nehrung avait quinze milles de long ; on pouvait compter sur Vickery, avec cent cinquante hommes décidés, pour se frayer un chemin à travers n'importe quel mince rideau de sentinelles ou de douaniers.

Pourtant, si tout s'était bien passé, les galiotes devraient être bientôt en vue. Les quelques minutes qui allaient suivre seraient décisives.

— Hier, avec le vent dans la baie, dit Bush, nous ne pouvions pas entendre le bruit du canon ! Ils peuvent avoir rencontré n'importe quel bâtiment armé, dans la baie !

— Cela se peut, dit Hornblower.

— Voile en vue ! cria la vigie de la pomme du mât. Deux voiles ! Par le travers bâbord. Monsieur, ce sont les galiotes ! Ce sont elles !

Il se pouvait qu'elles rentrassent sans avoir pu recueillir Vickery ; mais, dans ce cas, il était peu probable qu'elles fussent rentrées si vite.

Bush affichait un large sourire ; tous ses doutes étaient dissipés.

— Je pense, capitaine, dit Hornblower, que vous pourriez mettre la barre dessous et vous porter à leur rencontre.

Il n'eût pas été conforme à la dignité d'un commodore d'arborer un signal interrogateur alors que les bâtiments se rapprochaient jusqu'à être à distance visible, signal qui pourrait être lu au moment où une lunette du *Harvey* pourrait discerner les pavillons. Mais le *Nonsuch* faisait cinq bons nœuds, l'eau clapotant joyeusement sous son avant ; le *Harvey* en faisait autant : de sorte que l'attente n'était qu'une affaire de minutes.

— Signal du *Harvey,* monsieur ! dit l'aspirant.

Il lut les pavillons, se reporta en hâte au code et dit : « marins à bord » ! monsieur.

— Très bien. Signalez : Commodore au capitaine. Venez à bord avec monsieur Vickery faire votre rapport.

Il n'y eut plus beaucoup à attendre. Comme les deux embarcations étaient à portée de voix, ils lofèrent et la yole du *Harvey* descendit dans l'eau et vint vers le *Nonsuch* en faisant des plongeons.

Ce fut un Vickery bien las qui monta à bord, avec Mound ; son visage était gris ; ses yeux cernés trahissaient qu'il n'avait pas dormi pendant trois nuits consécutives. Il s'assit, soulagé, dès que Hornblower lui en donna la permission, c'est-à-dire dès qu'ils furent dans la chambre du commodore.

— Eh bien ? dit Hornblower. Parlez, Vickery. Je vous entendrai le premier.

— Monsieur, ça s'est très bien passé !

Vickery tirait de sa poche un bout de papier sur lequel il avait dû prendre des notes.

« Il n'y a pas eu de difficulté à passer le barrage dans la nuit du 15. Nous ne vîmes rien de l'ennemi. A l'aube du 16, nous étions au large de l'embouchure du fleuve de Kœnigsberg. Là, nous capturâmes et détruisîmes le... (il consultait ses notes) le *Fried Rich,* caboteur d'Elbing, environ deux cents tonnes, sept hommes d'équipage, chargement de seigle et de cochons vivants. Nous l'avons incendié et envoyé l'équipage à terre dans son propre canot. Puis nous capturâmes le... le *Blitzer,* également d'Elbing, cent tonnes environ, chargé de grain. Également incendié. Puis le *Charlotte,* de Danzig, gréé en trois-mâts franc, quatre cents tonnes, vingt-cinq hommes d'équipage, chargé de fournitures militaires : tentes, brancards, fers à cheval, dix mille caisses de petites armes. Incendié. Puis le *Ritter Horse,* péniche de poudre, soixante-dix tonnes environ. Nous l'avons fait sauter.

— Il me semble, dit Hornblower, que nous avons dû voir cela. C'était le cotre du *Nonsuch ?*

— Oui, monsieur. Tout cela se passait à ce bout-ci de la baie. Puis nous laissâmes porter vers l'ouest, et nous capturâmes le *Weece Ross* de Kolberg, deux cents tonnes. Il portait quatre pièces de six livres et faisait mine de vouloir combattre, mais Montgomery monta à l'abordage et les gars jetèrent bas leurs armes. Nous avons eu deux hommes blessés. Incendié aussi celui-là. Ensuite...

— Combien en tout ?

— Monsieur, un trois-mâts carré, onze caboteurs à voile, vingt-quatre péniches. Tous détruits !

— Excellent ! fit Hornblower. Et puis ?

— Monsieur, il était pour lors presque nuit. J'ai jeté l'ancre du côté nord de la baie, jusqu'à minuit. Puis je me suis porté vers la langue de sable. Nous y trouvâmes deux soldats, que nous fîmes prisonniers. Traverser la langue fut assez facile ; nous allumâmes un feu bleu et prîmes contact avec le *Harvey.* Il a commencé à nous prendre à bord à deux heures du matin ; moi, je suis monté à trois heures, au petit jour, parce que, avant de m'embarquer, monsieur, je suis retourné brûler les canots.

— Encore mieux !

L'ennemi n'avait donc même pas la triste compensation de capturer quatre canots, en échange de l'effroyable destruction que Vickery avait consommée. Hornblower se tourna vers Mound :

— Je n'ai rien de spécial à dire, monsieur, dit Mound. Sans doute, ces eaux-là sont peu profondes, mais je n'ai eu aucune difficulté à trouver ma route jusqu'au rendez-vous. Après avoir pris à bord l'équipage de monsieur Vickery, nous avons un peu talonné. Nous avions embarqué près d'une centaine de matelots supplémentaires. Nous devions caler un pied de plus. Mais nous nous sommes très bien déséchoués. J'ai fait courir les hommes d'un bord à l'autre, pour balancer le bateau, j'ai masqué partout, on s'en est tiré.

— Je vois.

Hornblower regardait, impassible. Il souriait intérieurement de se voir si bien feindre la nonchalance. Chercher sa route dans le noir, à travers les bancs de sable, vers le rendez-vous, devait avoir été un exploit épique. Hornblower se rendait pleinement compte des qualités de manœuvrier qu'il impliquait, mais il n'était pas dans la tradition de la marine britannique d'insister sur les difficultés surmontées. Un officier moins sûr que Vickery eût pu tenter de cacher que son bateau avait touché le fond. Ne l'avoir pas caché devait être porté au crédit de Mound.

— J'attirerai l'attention de l'Amirauté, dit Hornblower, faisant tout son possible pour combattre l'emphase, qui transparaissait dans sa voix, « sur la conduite des deux officiers que vous êtes ». Je la trouve parfaite. Naturellement, je vous demanderai de me faire immédiatement vos rapports par écrit.

— Bien, monsieur.

Maintenant qu'il était commodore, Hornblower éprouvait plus d'indulgence pour les officiers supérieurs qui s'étaient parfois adressés à lui avec une certaine emphase ; lui-même parlait maintenant avec un peu d'exagération. Cela permettait de cacher qu'il avait été inquiet.

XVI

GRANDES ET PETITES NOUVELLES

Hornblower dînait seul. Il avait solidement coincé devant lui son Gibbon [1] contre le pot à fromage, étendu ses jambes à l'aise par-dessous et s'offrait aujourd'hui le luxe exceptionnel d'une demi-bouteille de vin ; l'odeur du pâté de viande salée dont il allait se tailler une tranche était des plus appétissantes. C'était une de ces journées où tout allait bien dans le monde, où rien ne clochait ; Hornblower pouvait, sans réfléchir, se laisser bercer au rythme du navire ; ce qu'il mangeait lui semblait bon, et le vin délicieux. Il plongeait sa cuiller dans le pâté de viande quand on frappa. Un aspirant entra :

— Monsieur, le *Clam* est en vue au vent !

— Bien.

Hornblower fit passer du plat dans son assiette le morceau de pâté, l'éparpilla pour lui permettre de refroidir ; son esprit s'éveilla. Le *Clam* allait apporter des nouvelles ; il avait été laissé à Saint-Pétersbourg exprès pour cela. Peut-être la Russie était-elle aujourd'hui en guerre avec Bonaparte. Ou bien Alexandre avait-il décidé l'abjecte soumission qui seule pouvait le garder de l'invasion ? Peut-être Alexandre était-il mort, assassiné par ses officiers, comme l'avait été son père. Ce ne serait pas la première fois qu'un changement dans la politique russe coïnciderait avec une révolution de palais. Peut-être cela, peut-être autre chose. N'importe quoi ! Mais en attendant les nouvelles, le pâté de viande refroidissait. Hornblower lui donnait de nouveau toute son attention quand l'aspirant frappa de nouveau.

1. Voir note p. 53.

— Monsieur, le *Clam* signale « Avons dépêches pour commodore ».

— A quelle distance est-il ?

— Monsieur, la coque est visible. Nous descendons sur lui.

— Signalez : « Commodore au *Clam*. Envoyez dépêches à bord aussitôt possible. »

— Bien, monsieur.

Rien de surprenant dans ce message du *Clam ;* ce qui eût été surprenant, c'est qu'il n'apportât aucune dépêche. Hornblower se trouva mâchant son pâté plus vite ; comme si, plus il mangerait vite, plus les dépêches arriveraient rapidement. Puis, refrénant sa hâte, il supa un peu de vin. Mais le vin ni le pâté n'avaient plus d'attrait.

Brown entra et servit du fromage ; Hornblower en mangea un petit bout et se dit qu'il avait bien dîné. Dressant l'oreille aux bruits qui venaient du pont, sur sa tête, il comprit qu'un canot venait d'accoster. Tout de suite après, on frappa encore et l'on annonça lord Wychwood. A son entrée, Hornblower se leva, lui offrit un siège, puis à dîner ; saisit la volumineuse dépêche enveloppée de grosse toile que Wychwood lui tendait, signa le reçu, se rassit, les nouvelles sur ses genoux.

— C'est la guerre ! fit Wychwood.

Hornblower ne pouvait se permettre de demander : « Avec qui ? » Il se contraignit à attendre.

— Alexandre en a ainsi décidé, reprit Wychwood. Ou plutôt, c'est Bonaparte ! Bonaparte, il y a dix jours, a passé le Niémen avec quinze corps d'armée. Sans déclaration de guerre, naturellement ! Ce n'est pas l'espèce de courtoisie que l'on pouvait attendre de deux potentats qui se sont mutuellement agonis d'injures dans les journaux de toutes les langues de l'Europe. La guerre était inévitable dès l'instant où Alexandre eut envoyé sa réponse, il y a un mois, c'est-à-dire la veille du jour où vous nous avez quittés. On va voir, maintenant, ce qui va se passer.

— Qui gagnera ?

Wychwood haussa les épaules :

— Je ne puis imaginer que Bonaparte soit battu. D'après ce que je me suis laissé dire, l'armée russe ne s'est pas montrée à son avantage, l'année dernière, en Finlande, bien qu'elle passât pour avoir été réorganisée. Et Bonaparte a un million d'hommes en marche sur Moscou.

Un million d'hommes !... La plus grande armée que le monde eût vue depuis que Xerxès avait traversé l'Hellespont !

Wychwood poursuivait :

— ... Du moins la guerre avec la Russie occupera-t-elle Bonaparte durant tout l'été. L'an prochain, nous verrons où en seront les choses. Peut-être perdra-t-il tant d'hommes là-bas que son peuple ne supportera pas la guerre plus longtemps !

— Espérons ! dit Hornblower.

Il prit son couteau, ouvrit la dépêche :

Ambassade britannique
Saint-Pétersbourg
24 juin 1812

Monsieur,

Le porteur de cette dépêche, le colonel Lord Wychwood, vous informera de la situation dans ce pays et vous dira que l'état de guerre existe maintenant entre Sa Majesté Impériale le tsar et Bonaparte. Vous prendrez naturellement toutes mesures pour donner à notre nouvel allié l'aide qu'il est en votre pouvoir de lui accorder. Je suis informé, et j'ai toutes raisons de croire, que, tandis que le gros de l'armée de Bonaparte marche sur Moscou, un détachement très important, que l'on croit constitué par le corps d'armée prussien et un corps d'armée français, tous deux sous les ordres du maréchal Macdonald, duc de Tarente, et qui comptent 60 000 hommes environ, a été dirigé vers le nord, visant Saint-Pétersbourg. Il est hautement désirable que cette armée soit mise dans l'impossibilité d'atteindre son but. A la requête de l'état-major impérial russe, je me dois d'attirer votre attention sur le secours que votre escadre serait capable de porter à Riga, dont les Français doivent fatalement s'emparer avant de poursuivre leur avance. Je désire ajouter mon propre conseil à celui de l'état-major russe, et insister auprès de vous, de la façon la plus pressante, pour vous prier de donner à Riga aide et assistance, pour autant que la chose soit compatible avec les ordres que vous avez antérieurement reçus.

En vertu des pouvoirs qui me furent conférés aux termes de mes instructions, je dois vous informer également que je tiens nécessaire et désirable, pour notre sécurité nationale, que le cotre Clam, *actuellement sous votre commandement, soit dépêché vers l'Angleterre, afin d'y porter avec toute la célérité possible les nouvelles de la guerre qui vient de commencer. Je compte et j'espère que vous ne mettrez à ce projet aucun obstacle.*

J'ai l'honneur d'être, monsieur, etc. etc.

CATHCART,

ministre plénipotentiaire de Sa Majesté Britannique, ambassadeur extraordinaire de Sa Majesté Impériale.

— Cathcart est un homme de valeur, dit Wychwood, voyant que Hornblower avait terminé sa lecture. Tant comme soldat que comme diplomate, il en vaut deux comme Merry à Stockholm. Je suis content que Wellesley lui ait donné un poste à l'étranger.

Il était évident que cette dépêche était mieux rédigée que la dernière que Hornblower avait reçue ; en outre, Cathcart ne se permettait pas de donner des ordres au commodore.

— Vous poursuivrez votre voyage à bord du *Clam*, dit Hornblower. Vous rentrerez en Angleterre. Mais je dois vous prier d'attendre que j'aie terminé mes propres dépêches pour l'Amirauté.

— C'est tout naturel.

— Ce sera d'ailleurs l'affaire de quelques minutes. Peut-être vous entretiendrez-vous avec le capitaine Bush, en attendant. Beaucoup de lettres doivent attendre d'être portées en Angleterre. Je renvoie aussi, à bord du *Clam*, mon secrétaire. Je vous confierai les documents relatifs à son cas.

Seul dans sa chambre, Hornblower ouvrit son bureau, trouva une plume et de l'encre. Il n'y avait que peu de chose à ajouter à sa dépêche officielle. Il en relut les derniers mots :

Je désire instamment attirer l'attention de Leurs Seigneuries sur la conduite et les capacités professionnelles du commandant William Vickery et du lieutenant Percival Mound.

Puis il entama un nouveau paragraphe :

Je saisis l'occasion du départ du Clam pour l'Angleterre pour vous faire parvenir cette lettre. En plein accord avec la recommandation de Son Excellence Lord Cathcart, je me mets immédiatement en route avec le reste de mon escadre pour donner toute l'assistance en mon pouvoir aux forces russes de Riga.

Un instant, il songea à ajouter quelque formule conventionnelle, telle que « J'espère que cette ligne de conduite aura l'approbation de Leurs Seigneuries », puis il y renonça. Une formule de plus ne signifiait rien. C'était du verbiage... Il trempa de nouveau sa plume et se borna à mettre :

J'ai l'honneur d'être
Votre obéissant serviteur
Horatio HORNBLOWER, capitaine et commodore.

Il ferma la lettre et appela Brown. Pendant qu'il inscrivait l'adresse :

Edward Nepean Esq.,
secrétaire des hauts commissaires de l'Amirauté.

Brown apporta une bougie et de la cire à cacheter. Il cacheta la lettre, la rangea, prit un autre feuillet, se remit à écrire :

A bord du vaisseau de ligne Nonsuch, *dans la Baltique.*

Ma chère femme,

Le cotre attend que je termine mon courrier pour l'Angleterre. Je n'ai que le temps de vous adresser ces quelques lignes pour les ajouter aux autres lettres qui attendaient une occasion de faire le voyage. Je suis en excellente santé ; le développement de la campagne reste satisfaisant. La grande nouvelle de la guerre engagée entre Bonaparte et la Russie vient de m'arriver. J'espère que les événements feront appa-

raître que cette décision constitue la pire faute que Bonaparte ait commise. Il reste que je ne puis qu'envisager une lutte longue et coûteuse, et peu de chances pour moi de retrouver votre chère présence, du moins avant que la prise des ports par les glaces rende impraticables de nouvelles opérations dans les parages où nous sommes.

J'espère de tout cœur que vous êtes en bonne santé, et heureuse ; que les rigueurs de la saison à Londres ne vous ont pas trop éprouvée. J'aime à penser que le grand air de Smallbridge rendra des roses à vos joues afin que l'humeur des modistes et des couturiers n'exige point de la santé de votre corps et de la paix de votre esprit un tribut trop élevé.

J'espère aussi que Richard remplit envers vous tous les devoirs d'obéissance que vous êtes en droit d'attendre de lui, que ses dents continuent à pousser en lui causant le minimum de peine. Ce serait pour moi un très grand plaisir s'il était en âge de m'écrire, surtout parce que cela me donnerait d'autres nouvelles de vous ; seule une lettre de votre main pourrait me causer plus de joie. Mon grand espoir, c'est que des lettres m'arriveront bientôt d'Angleterre et que j'aurai le bonheur d'apprendre que tout va pour le mieux en ce qui vous concerne.

La prochaine fois que vous verrez votre frère, lord Wellesley, j'espère que vous lui présenterez mes devoirs, mes respects. Je réserve pour vous tout mon amour.

Votre époux affectionné

HORATIO.

Wychwood prit les lettres que Hornblower lui tendait et lui en donna reçu, sur le bureau même, et avec la plume de Bush. Puis, offrant la main au commodore :

— Au revoir, monsieur !

Il hésita un peu, puis ajouta dans un élan :

— Dieu sait comment tournera cette guerre. Je pense que les Russes seront battus. Mais vous avez fait plus que quiconque pour qu'elle se déclenche. Vous avez fait tout votre devoir.

— Merci, dit Hornblower.

Il était troublé, agité, debout sur le gaillard d'arrière du *Nonsuch*, tandis qu'au-dessus de sa tête, le pavillon était marqué par l'adieu au *Clam*. Il regarda le cotre mettre à la voile, le suivit des yeux jusqu'à ce qu'il le perdît de vue, tandis que le *Nonsuch* faisait route pour Riga pour telles aventures qui l'attendaient là-bas. Hornblower savait bien ce qu'il éprouvait ; il avait la nostalgie. Il connaissait cette tempête de trouble intérieur qui l'assaillait chaque fois qu'il écrivait chez lui.

Chose bizarre, les dernières paroles de Wychwood ajoutaient encore à son désarroi. Elles lui avaient rappelé le poids terrible des responsabilités qui pesaient sur lui. L'avenir du monde, la survivance de son pays allaient être profondément affectés par ce qu'il allait faire. Si l'aventure qui commençait devait finir en défaite, en désastre pour la Russie, chacun voudrait en repousser la responsabilité, et c'est lui qui serait blâmé. On le condamnerait comme incapable et comme imprévoyant. Même il se surprit à envier Braun, qui était maintenant aux arrêts et sur le chemin du retour, attendant un jugement probable et une exécution possible. Il se rappelait avec d'amers regrets ses petits ennuis de Smallbridge, souriait en pensant que, là-bas, son plus grand souci avait été de recevoir une députation du village chargée de lui porter la bienvenue. Il songeait à la gentillesse de Barbara, à l'immense plaisir qu'il avait connu la première fois qu'il s'était aperçu que Richard l'aimait et tirait agrément de sa compagnie. Ici, il lui fallait se contenter de la loyauté irraisonnée de Bush, et de l'admiration incertaine des jeunes officiers.

Revenant à la réalité, il s'imposa de se remémorer avec quel débordement d'émotion il avait accueilli l'ordre qui le rendait au service actif, de quel cœur léger il avait quitté son enfant, le sentiment (il n'y avait pas à se le cacher) oui, d'émancipation, dans lequel il avait pris congé de sa femme. La perspective d'être de nouveau son maître, entièrement son maître, de n'avoir plus à déférer aux vœux de Barbara, de ne plus être incommodé par les dents de Richard, lui avait alors semblé pleine d'attrait. Et voilà qu'il se plaignait maintenant du fardeau de ses responsabilités, comme si ces responsabilités n'étaient pas le prix inévitable dont il fallait payer son indépendance. L'irresponsabilité pouvait-elle coexister avec l'indépendance ?

Raisonnement logique. N'empêche qu'il n'y avait pas à esquiver le fait qu'il eût aimé être chez lui. Son imagination réveillait en lui avec tant de force le contact de la main de Barbara sur la sienne que la déception lui était cruelle de se rendre compte que ce n'était qu'une illusion. Il eût voulu avoir encore son fils sur ses genoux, riant à s'égosiller de la plaisanterie énorme que lui faisait son père en lui pinçant le nez. Mettre en péril sa réputation, sa liberté, sa vie, par des opérations combinées avec ces Russes aux réactions imprévisibles, dans un misérable coin du monde comme ce Riga, ne lui faisait nullement envie. Or, dans le même instant, son intérêt s'éveillant de la façon la plus imprévue, il décida qu'il ferait bien de descendre et d'aller relire dans sa chambre les instructions nautiques pour Riga ; une étude minutieuse de la carte marine de la baie de Riga pouvait n'être pas non plus inutile.

XVII

UN PRISONNIER DE CHOIX

Comme toujours, l'été du continent nord était venu vite. La semaine précédente, à Pillau, un soupçon d'hiver s'attardait encore dans l'atmosphère. Aujourd'hui, avec Riga devant soi, sous l'horizon, l'été battait vraiment son plein. Cette chaleur brûlante eût pu justifier un coup de cafard, n'eût été la vertu vivifiante que les tropiques n'ont jamais connue. Un soleil insolent tombait d'un ciel sans nuage ; il y avait tout juste assez de brume pour laisser imprécis l'horizon lointain. Une petite brise de deux nœuds soufflait du suroît, tout juste suffisante pour donner au *Nonsuch* assez d'erre pour gouverner toutes voiles établies, bonnettes des deux côtés des cacatois.

L'escadre faisait tout ce qu'elle pouvait de vitesse, le *Lotus* la coque sous l'horizon par tribord avant, le *Raven* tout près, sur l'arrière, et les deux galiotes à bombes traînant bien loin en arrière ; même le gros *Nonsuch* pouvait, dans les conditions qui régnaient, les gagner de vitesse.

Tout était paisible. A l'avant, un groupe de matelots, sous la surveillance du voilier, étaient en train d'examiner une grand-voile déchirée. Sur le pont milieu, un autre groupe traînait un « ours », grand paillet de fibre lesté de sable, qui raclait le plancher plus efficacement que la brique. Sur le gaillard arrière, le premier-maître de manœuvre donnait un cours de navigation, ses seconds-maîtres et les aspirants debout autour de lui, en demi-cercle, leur sextant à la main. Hornblower poursuivit sa promenade, passa assez près pour entendre un des aspirants, presque un enfant, répondre à la question du premier-maître d'une voix qui n'avait pas mué :

— La parallaxe d'un objet se mesure par l'arc d'un cercle vertical intercepté entre une ligne tirée du centre de la terre et une ligne... une ligne... une ligne...

L'aspirant se tut soudain, conscient de la terrible proximité du commodore. Sa voix chevrota et mourut ; il avait jusqu'alors cité l'*Épitome de la Navigation* de Norie avec une exactitude littérale. C'était le jeune Gérard, neveu du second lieutenant du *Sutherland*, que Bush avait pris à son bord pour faire plaisir à son oncle, lequel languissait encore sous les verrous d'une prison française. Le premier-maître de manœuvre fronça le sourcil :

— Allons, monsieur Gérard ! fit-il.

Hornblower se représenta soudain le jeune Gérard plié en deux sur la culasse d'un canon tandis qu'une canne flexible lui enseignait au moins la nécessité de savoir par cœur l'*Épitome* du manuel de canonnage. Pris de compassion, il se hâta d'intervenir :

— Entre une ligne tracée du centre de la terre, dit-il par-dessus l'épaule de Gérard, et une autre allant de l'œil de l'observateur au centre de l'objet visé. Est-ce bien cela, monsieur Tooth ?

— Tout à fait exact, monsieur, dit le premier-maître.

— Je parie que monsieur Gérard le savait ! dit encore Hornblower. N'est-ce pas, jeune homme ?

— Euh... oui, monsieur.

— J'en étais sûr ! J'avais votre âge, ou à peu près, quand j'apprenais ce même passage.

Hornblower reprit sa promenade, espérant avoir sauvé du châtiment le derrière maigre du jeune Gérard. La hâte soudaine de l'aspirant de quart à saisir ardoise et crayon lui apprit que l'un des bâtiments de l'escadre venait de lancer un signal. Deux minutes plus tard, l'aspirant vint le saluer, son message à la main :

— *Lotus* au commodore. Terre en vue, au sud.

Ce devait être le cap Pitraga, le promontoire sud de l'entrée du golfe de Riga.

— Répondez : « Mettez en panne, attendez commodore ! » dit Hornblower.

Si le temps n'était pas si chargé, l'île d'Oesel devait être tout juste en vue, au nord, du haut du mât. Ils étaient sur le point de franchir le seuil d'une nouvelle aventure. A quelque soixante-dix milles en avant, au fond du golfe, était Riga, peut-être attaquée en ce moment même par les armées de Bonaparte. Avec le semblant de brise qui soufflait, il faudrait une couple de jours avant de l'atteindre. Le fait qu'ils entraient de nouveau dans les eaux russes ne faisait pas la moindre ride à la surface tranquille de la vie à bord. Tout semblait se poursuivre comme hier ; pourtant, Hornblower sentait jusqu'au fond de l'âme que beaucoup de ceux qui entraient maintenant dans le golfe de Riga n'en sortiraient plus, en admettant qu'un seul en sortît. Même avec ce soleil brûlant, sous ce ciel radieux, le commodore sentait le frisson d'un pressentiment qu'il était difficile d'ignorer ou de méconnaître. Lui-même... Curieuse pensée que d'imaginer que son corps pourrait être inhumé là, en terre russe.

Quelqu'un, les Russes, les Suédois ou les Finnois, avait efficacement balisé le chenal qui serpentait à travers les traîtres bancs du golfe. Bien que l'escadre dût mouiller pour la nuit, un léger fraîchissement avec changement de vent leur permettrait d'atteindre le fond du golfe au cours de la soirée du jour suivant. A midi, ils embarquèrent un pilote, un homme barbu, chaussé de bottes et vêtu, par cette journée torride, d'une veste épaisse. Il se trouva qu'il était anglais et s'appelait Carker ; depuis vingt-quatre ans, il n'avait pas vu son pays natal. Les yeux écarquillés, de l'air ébloui d'un hibou, il écouta Hornblower lui décocher un feu roulant de questions sur le cours des opérations militaires. Oui, des patrouilles de cavalerie française et prussienne avaient été vues, progressant vers Riga. Les dernières nouvelles de la principale offensive parlaient de combats acharnés autour de Smolensk ; tout le monde s'attendait à ce que Bonaparte soit battu. Quant à Riga, le pilote pensait que la ville se préparait à être assiégée ; en tout cas, quand il était parti, la veille, à bord de son cotre, Riga était pleine de soldats. Des proclamations, appelant la population à combattre jusqu'au dernier homme, couvraient les murs ; mais personne ne croyait que les Français attaqueraient sérieusement la place.

Hornblower finit par se détourner du bavard, impatienté, tenant le pilote pour le type parfait du civil mal informé, ignorant de tout, n'ayant aucune notion de la gravité de la situation. La Livonie qui, pendant des siècles, avait été le champ de bataille du nord de l'Europe n'avait pas vu un ennemi depuis trois générations ; elle avait oublié jusqu'au souvenir de l'invasion. Hornblower n'avait pas la moindre intention d'engager sa division dans la Dvina (avaient-ils de drôles de noms, ces Russes !) s'il y avait une seule chance que la retraite lui soit coupée. Quand la côte, basse et verte, finit par être visible du pont, il l'inspecta longuement à la lunette. Presque franchement derrière l'escadre, le soleil se couchait à l'horizon dans un lit flamboyant de nuages ; mais il restait encore deux heures de jour et le *Nonsuch* avançait, s'approchait de Riga, d'une marche régulière. Bush rejoignit le commodore sur le pont, toucha du doigt son chapeau.

— Excusez-moi, monsieur, mais est-ce que vous n'entendez pas quelque chose ? N'est-ce pas le canon ?

Hornblower tendit l'oreille.

— Oui, ma parole, c'est le canon ! dit-il.

De la côte encore lointaine, le vent, en effet, apportait un grondement sourd.

— Les mangeurs de grenouilles y sont arrivés avant nous ! dit Bush.

— Tenez-vous prêt à jeter l'ancre ! dit Hornblower.

Le *Nonsuch* avançait toujours vers la terre, à la vitesse de trois ou quatre nœuds ; autour de lui, la mer était d'un gris teinté de jaune par la vase qu'apporte toujours avec soi un grand fleuve. L'estuaire de la Dvina n'était qu'à un ou deux milles en avant ; pluies de printemps, fonte des neiges, le fleuve devait être en pleine crue. Les bouées d'un haut-fond, au second plan, permettaient à Hornblower de s'assurer de sa position exacte ; il arrivait à portée des canons de ces rivages verts et plats. Comme plantée au sein des eaux jaunes, une église était visible par tribord avant, dôme bulbeux surmonté d'une croix qui, même à cette distance, renvoyait le feu du soleil couchant. Ce devait être le village de Daugavgriva, sur la rive gauche ; s'il était aux mains des Français, l'entrée du fleuve serait dangereuse, voire tout à fait impossible, dès qu'on y aurait installé des pièces lourdes. Peut-être était-ce déjà fait ?

— Capitaine Bush ! dit Hornblower. Je vous serais obligé de bien vouloir jeter l'ancre.

Le câble ferrailla à grand fracas dans l'écubier et le *Nonsuch* vira, tandis que les matelots, rués dans la mâture, se hâtaient de serrer les voiles. Le reste de l'escadre rejoignit, se préparant lui aussi à mouiller, au moment même où Hornblower commençait à se dire qu'il avait agi trop précipitamment, ou du moins regrettait que la nuit fût venue avant qu'il eût pu entamer des communications avec la côte.

— Appelez mon embarcation, capitaine Bush, ordonna-t-il, je vais passer sur le *Harvey*. En mon absence, vous prendrez le commandement de l'escadre.

Mound était à la coupée pour l'accueillir, tandis qu'il enjambait le franc-bord de la galiote.

— Brassez carré, monsieur Mound. Nous allons serrer un peu la côte en direction de cette église. Mettez un bon matelot à manier la sonde.

La galiote à bombes, son ancre caponnée et prête à être larguée, se mit à glisser sur l'eau calme. Il venait encore du ciel beaucoup de lumière, car, par le 57e degré de latitude nord, à quelques jours du solstice, le soleil n'était pas très loin sous l'horizon.

— Monsieur, dit Mound, la lune se lèvera dans une heure, trois quarts pleine.

Il faisait une soirée magnifique, fraîche, tonifiante. A l'avant du dundee, l'eau de la surface argentée ne faisait qu'un faible murmure. Hornblower se disait qu'il eût suffi de quelques jolies femmes à bord et de quelqu'un qui eût gratté une guitare pour faire de cette aventure une joyeuse partie de plaisir. Quelque chose, sur la côte, attira son attention ; il braqua sa lunette au moment même où, à côté de lui, Mound faisait exactement la même chose.

— Des feux sur le rivage ! dit Mound.

— Des feux de bivouac ! dit Hornblower.

Il avait déjà vu des feux de bivouac : il avait vu ceux d'El-Supremo en Amérique centrale, ceux des troupes de débarquement à Rosas. Ils scintillaient, rougeoyant par instants, dans le crépuscule, en alignements réguliers. Inspectant l'horizon, Hornblower repéra d'autres feux groupés et nota qu'il y avait un trou noir entre les deux groupes de lueurs. Il le fit remarquer à Mound.

— Ce doit être le *no man's land* entre les deux forces, dit-il. Les Russes doivent tenir le village comme un ouvrage avancé sur la rive gauche du fleuve.

— Les feux ne pourraient-ils être tous français, monsieur ? demanda Mound. Ou russes ?

— Non. Les soldats ne bivouaquent pas quand ils peuvent loger dans les villages. S'il n'y avait pas là deux armées en présence, tout le monde serait confortablement endormi, couché dans des lits, ou bien dans des granges.

Il y eut un long silence pendant que Mound méditait là-dessus.

— Deux brasses, monsieur, dit-il à la fin. J'aimerais laisser porter si je pouvais.

— Très bien. Continuez. Tenez-vous aussi près de la côte que vous jugez bon.

Le *Harvey* vint dans le vent, une demi-douzaine de matelots halant vigoureusement sur l'écoute de grand-voile. La lune parut, se levant, ronde et rouge, sur le pays ; le dôme de l'église se silhouetta sur elle. Un cri aigu partit de la vigie avant :

— Canot devant ! Juste par bâbord avant, monsieur. A l'aviron !

— Capturez-le, si vous pouvez, monsieur Mound, dit Hornblower.

— Bien, monsieur. Tribord deux quarts ! Dégager la yole ! Les hommes parés à monter dedans !

On distinguait vaguement, pas très loin, la silhouette du canot. Même on voyait maintenant les éclaboussements provoqués par les avirons ; Hornblower avait l'impression que les rameurs ne devaient pas être très adroits et que le responsable n'était pas très vif. S'il avait l'intention d'éviter la capture, il eût dû faire tête immédiatement vers les eaux basses ; au lieu de cela, il essayait d'opposer les avirons aux voiles — tentative sans espoir, même avec la légère brise qui soufflait. Il se passa plusieurs minutes avant qu'ils fissent route dans la direction du rivage ; durant ce temps, leur avance avait beaucoup diminué.

— Lofez ! rugit Mound. Affalez la yole !

Le *Harvey* vint dans le vent. Comme il perdait son erre, son canot toucha l'eau presque en même temps que son équipage y entrait.

— Faites-moi des prisonniers ! rugit Hornblower comme l'embarcation démarrait.

Déjà les avirons trouaient l'eau. On entendit la réponse :

— Bien, monsieur.

Sous l'impulsion des bons rameurs, la yole eut vite fait de

gagner sur l'autre canot ; on vit la distance diminuer avant que les deux barques eussent disparu. Presque aussitôt, les lueurs d'une demi-douzaine de coups de pistolet trouèrent la brume, suivies de détonations assourdies.

— Espérons, monsieur, que ce ne sont pas des Russes ! dit Mound.

Hornblower y avait songé ; c'est pourquoi il se sentait nerveux, mal à l'aise ; mais il n'en laissa rien paraître.

— Des Russes ne se sauveraient pas ! dit-il. Ils ne pouvaient s'attendre à trouver des Français en mer !

Bientôt les deux canots émergèrent de la pénombre, ramant lentement.

— Nous les avons, monsieur ! Nous les avons tous ! dit une voix, en réponse à l'appel de Mound.

Cinq prisonniers furent poussés sur le pont du *Harvey,* l'un d'eux gémissant, une balle de pistolet lui ayant traversé le bras. Quelqu'un survint avec une lanterne, éclaira la scène. Hornblower poussa un soupir de soulagement quand il vit que la croix qui luisait sur la poitrine du chef était celle de la Légion d'honneur.

— J'aimerais connaître votre nom et votre grade, dit-il.

— Jussey, chef de bataillon du génie, armées de l'Empereur.

Un chef de bataillon du génie ! Capture intéressante. Hornblower s'inclina et se présenta, cherchant déjà comment décider le commandant à lui dire tout ce qu'il savait.

— Je regrette, dit-il, la nécessité où je suis de vous faire prisonnier. Surtout au début d'une campagne si pleine de promesses. Il reste que la chance pourrait un jour me fournir l'occasion de conclure un « cartel » pour un échange de prisonniers à une date pas trop lointaine. Monsieur le chef de bataillon a sans doute dans l'armée française des amis qu'il aimerait informer de ce qui lui arrive ? Je saisirai l'occasion du premier drapeau blanc pour le faire.

— Le maréchal duc de Tarente, dit Jussey, un peu plus en train, sera content d'avoir de mes nouvelles. Je fais partie de son état-major.

Le maréchal duc de Tarente s'appelait Macdonald. C'était le commandant en chef français de la place. Il était fils d'un émigré écossais qui s'était enfui après la révolte du prétendant Charles Stuart ; il semblait donc vraisemblable que

Jussey était, non point un simple chef de bataillon, mais le commandant en chef des troupes du génie, capture plus importante encore que ce que Hornblower avait cru d'abord.

— C'est une malchance extrême, dit Hornblower, que vous soyez tombé entre nos mains. Vous n'aviez évidemment aucune raison de soupçonner la présence d'une escadre britannique dans la baie de Riga.

— En effet, dit Jussey. Nos renseignements nous disaient le contraire. Ces Livoniens...

Ainsi, l'état-major français tenait ses renseignements de traîtres ; Hornblower eût pu le deviner, mais il était préférable d'en être sûr.

— Naturellement, comme tous les Russes, dit Hornblower, bon enfant, ce sont des inutiles. Votre empereur a dû rencontrer très peu de résistance ?

— Smolensk est à nous, et l'Empereur marche sur Moscou. Nous avons pour mission d'occuper Saint-Pétersbourg.

— Mais passer la Dvina sera peut-être difficile ?

A la lueur de la lanterne, il vit Jussey hausser les épaules.

— Je ne le pense pas. Une poussée hardie à travers l'embouchure suffira. Les Russes battront en retraite dès que leur flanc sera tourné...

C'était donc là ce que Jussey était en train de faire quand on l'avait surpris : il faisait une reconnaissance, cherchant un endroit convenable où débarquer des troupes du côté russe de l'estuaire.

— Un coup d'audace, renchérit Hornblower, digne des grandes traditions de l'armée française ! Mais sans doute avez-vous tous les bâtiments nécessaires pour transporter vos forces ?

— Une douzaine de péniches, à peu près. Nous avons pu les capturer à Mitau avant que les Russes aient pu les détruire !

Jussey se tut brusquement, comme regrettant déjà d'en avoir trop dit.

— Les Russes se montrent toujours incapables, dit Hornblower, d'un air de complet accord. Une attaque brusquée de votre part, qui ne leur laisse aucune chance de s'établir solidement, est évidemment le meilleur plan d'opération. Mais vous m'excuserez, monsieur, j'ai affaire.

Il n'y avait aucune chance, pour l'instant, de tirer autre

chose de Jussey par la flatterie. Au moins Hornblower avait-il recueilli un renseignement d'intérêt vital : les Français avaient mis la main sur une flottille d'allèges que les Russes avaient négligée, ou n'avaient pas eu l'occasion ou le temps de détruire ; et ils projetaient une attaque directe à travers l'embouchure de la Dvina. En feignant l'indifférence, Hornblower sentait que Jussey pouvait de nouveau être entraîné à parler librement. Le prisonnier s'inclina. Hornblower se tourna vers Mound.

— Nous allons regagner l'escadre, dit-il.

Mound donna les ordres qui amenèrent le *Harvey* au plus près, tribord amures. Les prisonniers français se hâtèrent de se baisser, tandis que le gui imposant de la grand-voile pivotait par-dessus leurs têtes ; les matelots les heurtaient en courant aux écoutes. Pendant que Jussey et Hornblower s'entretenaient, deux prisonniers avaient coupé la manche du blessé et lui avaient bandé le bras ; et tous se tenaient maintenant accroupis dans les dalots, hors du passage, tandis que le *Harvey* glissait en silence pour regagner l'endroit où le *Nonsuch* était mouillé.

XVIII

SOIRÉE INTERROMPUE

— Lève rames ! dit Brown.

L'équipage de l'embarcation cessa de nager. Les avirons en dedans !

Le canotier avant amena son aviron dans le canot, saisit la gaffe et Brown amena gentiment l'embarcation le long du quai tandis que les eaux de la Dvina en crue tourbillonnaient alentour. Une foule de curieux, hommes et femmes de Riga, assistaient, l'œil écarquillé, à la manœuvre, et regardaient Hornblower monter en courant l'escalier de pierre, atteindre le niveau du quai : les épaulettes, l'étoile, l'épée jetaient des éclairs au soleil. Au-delà de l'alignement des entrepôts, le commodore devinait vaguement un large carré entouré de bâtiments médiévaux en pierre de taille, coiffés de hauts toits aux pentes raides ; mais son attention était ailleurs, car c'était la première fois qu'il voyait Riga de tout près. Il fallait d'abord saluer l'habituelle garde d'honneur, et l'officier qui commandait, et, près de l'officier, précédant la garde, la silhouette corpulente du gouverneur, le général Essen.

— Soyez le bienvenu, monsieur, dans notre ville, dit Essen.

C'était un Allemand des pays baltes, descendant de ces chevaliers de l'Épée qui avaient conquis la Livonie sur les païens, bien des siècles auparavant. Le français qu'il parlait avait un peu de cette vertu explosive du français parlé par les Alsaciens.

Une voiture découverte à laquelle étaient attelés deux chevaux fougueux, qui piaffaient impatiemment, attendait les Britanniques. Le gouverneur aida Hornblower à monter et s'assit près de lui.

— Le trajet ne sera pas bien long, dit-il, mais nous saisirons l'occasion pour nous montrer au peuple.

La voiture bondissait, faisait sur les pavés de terribles embardées. A deux reprises, Hornblower dut remettre droit son bicorne déporté par les chocs ; mais il s'appliquait à garder le buste bien droit et à rester assis d'un air impassible, tandis que le véhicule fonçait par des rues étroites encombrées de passants qui les dévisageaient avec curiosité. Il n'y avait pas de mal à laisser les habitants d'une ville assiégée voir un officier de marine anglais en grande tenue. Sa présence était une preuve que Riga n'était pas seule à l'heure de l'épreuve.

— Voici le Ritterhaus, la maison des chevaliers, expliquait Essen, comme le cocher arrêtait ses chevaux devant un bel édifice ancien où des sentinelles étaient rangées, en faction.

Une réception les attendait ; des officiers en grande tenue, quelques civils en noir et un très grand nombre de dames en costumes de gala. Parmi les officiers, il s'en trouvait plusieurs que Hornblower avait rencontrés le matin même à la conférence de Dvina Maude ; Essen entreprit de présenter les plus notoires parmi les autres :

— Son Excellence l'intendant de Livonie et la comtesse...

— J'ai déjà eu le grand plaisir, dit Hornblower, de rencontrer madame la comtesse.

— En effet, le commodore a été mon cavalier au dîner à la Peterhof, dit la femme de l'intendant.

Elle était plus belle, plus enjouée que jamais ; peut-être, tandis qu'elle se tenait là, une main sur le bras de son mari, son regard était-il moins provocant. Elle s'inclina avec une indifférence polie. Le mari était grand, lourdement charpenté, d'âge mûr ; une fine moustache lui tombait de la lèvre ; ses yeux myopes avaient besoin du secours d'un lorgnon. Hornblower s'inclina devant lui, s'efforçant de se conduire comme s'il ne s'agissait que d'une rencontre ordinaire. Il était ridicule de se sentir embarrassé, et cependant il l'était ; il était obligé de faire un effort pour dissimuler. Pourtant l'intendant de Livonie au nez crochu le regardait avec plus d'indifférence encore que ne faisait sa femme ; la plupart des autres personnes présentées à Hornblower étaient manifestement enchantées de rencontrer un officier de marine anglais ; l'intendant, lui, ne faisait aucun effort pour cacher qu'à ses yeux, à lui, représentant du tsar, habitué des palais impériaux, cette réception provinciale était ennuyeuse et sans intérêt, et l'invité d'honneur sans rien de remarquable.

Hornblower connaissait sa leçon ; il n'ignorait plus l'étiquette d'un dîner officiel en Russie ; il savait maintenant que les tables couvertes de hors-d'œuvre n'étaient que des préliminaires. Il goûta encore au caviar et à la vodka ; l'agréable mélange de saveurs réveilla en lui un flot de souvenirs. Sans pouvoir se retenir, il jeta un regard sur la comtesse ; leurs regards se croisèrent tandis qu'elle bavardait avec plusieurs messieurs graves en uniforme. Cela ne dura qu'un instant, mais cela suffit. Le regard de la comtesse semblait dire qu'elle-même était hantée par les mêmes souvenirs. Hornblower en éprouva comme un vertige ; il résolut sur-le-champ de ne plus rien boire ce soir-là, pivota sur les talons et se lança dans une conversation animée avec le gouverneur.

— Comme la vodka et le caviar se complètent délicieusement ! dit-il. Mélange savant, digne de prendre rang parmi les savoureuses découvertes des pionniers de l'art gastronomique : œufs au bacon, perdreau au bourgogne, épinards, et le, et le...

Il bégayait, cherchant le mot français pour *jambon ;* le gouverneur le lui souffla, le regard de ses petits yeux de pourceau s'allumant dans sa face rouge :

— Êtes-vous gastronome, monsieur ? dit-il.

Les minutes qui précédèrent le dîner passèrent assez vite, Hornblower étant pour lors bien aise d'avoir à discuter cuisine avec quelqu'un pour qui la nourriture était de toute évidence un objet de grand intérêt. Il fit un effort d'imagination pour décrire les spécialités des Antilles et de l'Amérique centrale ; par bonheur, au cours de son dernier congé, il avait fréquenté, en compagnie de Barbara, les clubs notoires de Londres, et mangé à la table de plusieurs gourmets renommés, et à Mansion House même ; tout cela lui fournissait les éléments d'une solide expérience européenne et de quoi compléter le jeu de l'imagination. Quant au gouverneur, il avait profité des campagnes auxquelles il avait pris part pour étudier les mets des différents pays. Vienne et Prague l'avaient nourri durant la campagne qui avait abouti à la bataille d'Austerlitz ; il avait bu du vin résiné dans les Sept Iles ; il roulait des yeux extatiques au souvenir de fruits de mer qu'il avait mangés à Livourne, du temps qu'il servait sous les ordres de Souvaroff. La bière bavaroise, le schnaps suédois, la goldwasser de Danzig, il avait bu tout cela, comme il avait mangé du jambon de Westphalie, des becfigues italiens, du rahat-loukoum turc. Il écoutait avec ravissement Hornblower parler de poissons volants grillés et de ragoûts poivrés à la cassave de la Trinidad ; ce fut avec le plus profond regret qu'il prit congé du commodore pour prendre place à la tête de la table ; même alors, penché en avant, s'adressant à lui par-dessus deux dames et l'intendant de Livonie, il persista à attirer l'attention de Hornblower sur les plats qui étaient servis. Le dîner terminé, il s'excusa de la soudaineté de la fin du repas, se plaignant amèrement d'avoir dû avaler trop vite son dernier verre d'eau-de-vie parce qu'on était déjà en retard d'une heure pour la représentation de gala à laquelle ils devaient assister ensuite.

Il monta pesamment l'escalier de pierre du théâtre, faisant sonner ses éperons, son épée traînant à son côté. Deux huissiers ouvraient le cortège ; derrière Hornblower et Essen, marchaient les autres membres du cercle intime, la comtesse et son mari, et deux autres fonctionnaires avec leurs femmes. Les huissiers tinrent ouverte la porte de la loge ; Hornblower attendit sur le seuil pour laisser entrer les dames.

— Le commodore d'abord, dit Essen.

Hornblower s'engouffra dans la loge. Le théâtre était brillamment éclairé ; le parterre et les galeries étaient combles ; l'apparition de Hornblower souleva une tempête d'applaudissements, qui d'abord l'assourdit et, pendant une seconde, le paralysa. Un heureux instinct le poussa à s'incliner, d'abord d'un côté, puis de l'autre. Il se disait : « J'ai l'air d'un acteur. » Puis quelqu'un glissa derrière lui un siège, et il s'assit, entouré de tous ceux qui l'accompagnaient. Du haut en bas, des huissiers se mirent à éteindre les lampes et l'orchestre entama l'ouverture. Le rideau se leva sur un décor de forêt ; le ballet commençait.

— Quelle vie, cette Nicolas ! Quelle flamme ! dit le gouverneur, dans un murmure que tout le monde entendit. Est-ce qu'elle vous plaît ? Je puis la faire appeler, si vous le désirez, après le spectacle ?

— Merci ! fit tout bas Hornblower.

Il se sentait ridicule et embarrassé. La comtesse était tout près de lui, de l'autre côté du gouverneur ; il sentait trop la tiédeur de son corps pour se sentir à l'aise.

L'orchestre jouait ; aux lumières dorées de la rampe, le ballet se déroulait. Hornblower ne voyait là qu'une confusion aveuglante de jupes voletant, de pieds papillotant. Dire que la musique ne lui disait rien n'eût pas été poli ; le battement monotone de sa cadence, quand il était forcé de l'écouter trop longtemps, remuait bien au fond de lui quelque chose ; mais la douceur qu'il y devinait vaguement lui tourmentait l'oreille comme peut faire le supplice chinois de l'eau. Cinq minutes de musique le laissaient abruti, insensible ; quinze minutes le rendaient inquiet, agité ; au bout d'une heure, c'était pour lui une vraie souffrance. Il se forçait à rester immobile, à supporter la longue épreuve, bien qu'il eût volontiers changé sa place dans cette loge contre le gaillard d'arrière d'un vaisseau de ligne à l'instant le plus désespéré de la plus chaude des batailles. Il tentait de fermer l'oreille au bruit persistant, de s'abstraire en concentrant son attention sur les danseuses, d'abord sur cette Nicolas, qui pirouettait par toute la scène dans un papillotement vaporeux, puis sur les autres qui, le menton sur le doigt, l'autre main soutenant le coude, avançaient en rang sur la pointe des pieds au bord de la scène, gracieuses, séduisantes. Mais cela ne servait à rien, son malaise grandissait de minute en minute.

Près de lui, la comtesse aussi s'agitait. Il n'avait pas de peine à imaginer à quoi elle pensait. La littérature de tous les temps, depuis l'*Ars Amatoria* jusqu'aux *Liaisons dangereuses,* lui avait appris, au moins théoriquement, l'effet de la musique et des spectacles sur le beau sexe. Un revirement violent le poussait maintenant à détester la comtesse autant qu'il détestait la musique. Le seul geste qu'il fit, tandis qu'il restait là, supportant stoïquement, par devoir, les affres des damnés, fut de glisser le pied afin de le tenir hors d'atteinte du sien, à elle. Il sentait qu'elle allait essayer de le toucher, bien que le mari, au nez crochu chaussé du lorgnon, se trouvât assis juste derrière eux.

L'entracte ne lui offrit qu'un court répit ; enfin, la musique cessa ; il put se lever, demeura ébloui devant la porte de la loge, ouverte brusquement sur un foyer brillamment éclairé. Il s'inclina devant quelques retardataires que le gouverneur lui présenta et qui venaient offrir leurs hommages au visiteur anglais. Mais, après un moment qui lui parut n'avoir duré qu'une seconde, il fut forcé de se rasseoir, tandis que l'orchestre reprenait son raclage affolant, que le rideau se levait sur un nouveau décor.

Mais alors, une diversion lui vint. Hornblower ne fut pas très sûr, d'abord, quand il entendit ce bruit pour la première fois ; il se peut que, dans sa volonté de s'enfermer sur soi, il eût manqué les premières détonations prémonitoires. Il sortit de son rêve, conscient de la surprise qui se manifestait parmi les gens qui l'entouraient. Le grondement de l'artillerie lourde était maintenant nettement perceptible. Même, on eût dit que le théâtre vibrait à chaque déflagration. Hornblower prêtait l'oreille, la tête et le cou immobiles. Il jeta un coup d'œil au gouverneur, mais le gouverneur paraissait encore captivé par les grâces de madame Nicolas. Pourtant, le feu était maintenant très nourri. Quelque part, pas très loin, des pièces lourdes tiraient ; les coups se succédaient, rapides. La première pensée de Hornblower fut pour ses navires ; mais ils étaient en sûreté, ancrés à l'embouchure du fleuve, et, si le vent soufflait encore comme au moment où le commodore était arrivé au théâtre, Bush pouvait, quoi qu'il advînt, tirer l'escadre hors de portée, même si Riga était tout à coup enlevée d'assaut.

L'auditoire réglait son attitude sur celle du gouverneur ; et comme il refusait de se laisser distraire par le tir, chacun faisait courageusement effort pour paraître impassible. Mais les occupants de la loge se sentirent soudain nerveux quand, dehors, dans le corridor dallé de pierre, le bruit de pas rapides et d'éperons tintants annonça l'arrivée d'un officier de service. Il entra, chuchota quelques mots à l'oreille du gouverneur, et Essen le congédia. Ce n'est que lorsqu'il fut sorti, et après un silence d'une minute qui parut avoir duré une heure, qu'il se pencha vers Hornblower pour lui transmettre les nouvelles.

— Les Français, dit-il, ont tenté un coup de main sur Daugavgriva. Ils n'ont pas réussi. Il n'y a aucune chance qu'ils réussissent.

Daugavgriva était le village situé sur la rive gauche de la Dvina, dans une pointe entre la mer et le fleuve, premier objectif, tout désigné, pour une armée assiégeante désireuse de couper la ville de tout secours venant par mer. Cette pointe de Daugavgriva était presque une île, le golfe de Riga la flanquait d'un côté, la rive de la Dvina, large d'un mille, en couvrait l'arrière ; le reste était entouré de marais, de fossés, et protégé par des parapets élevés par la main d'œuvre paysanne appelée de plusieurs lieues à la ronde. Logiquement, les Français devaient tenter l'assaut direct de la place, car un succès en cet endroit leur épargnerait des semaines de siège, et ils ne savaient pas encore si les Russes étaient capables d'offrir une résistance sérieuse. C'était la première fois, depuis le début de son avance à travers la Lituanie, que Macdonald eût rencontré une opposition véritable. Le gros des armées russes était dans les environs de Smolensk, barrant ou cherchant à barrer la route de Moscou. Le matin même, Hornblower avait inspecté les ouvrages ; il avait eu l'occasion d'observer les défenses de la plage, l'excellente apparence des grenadiers russes qui y tenaient garnison, et il en était arrivé à cette conclusion qu'elle était à l'abri de tout, sauf d'un siège en règle. Mais il souhaitait avoir sur ce point la même confiance que celle du gouverneur lui-même.

D'autre part, le possible avait été fait. Si le village tombait, tant pis ; l'événement n'équivaudrait à rien de plus qu'à la perte d'un ouvrage avancé. Si l'assaut était repoussé, il ne pouvait être question de poursuivre la contre-attaque victorieuse, du moins pas aussi longtemps que Macdonald disposerait de soixante mille hommes et les Russes de quinze mille au plus. Naturellement, Macdonald était obligé de tenter un coup de main sur Daugavgriva. Ce qui était intéressant, c'était d'imaginer quel serait son prochain mouvement, au cas où l'assaut échouerait. Il pourrait remonter le cours de la rivière et tenter de forcer le passage en amont de Riga, bien que l'opération comportât l'obligation de pénétrer sur un territoire marécageux, dépourvu de routes, et la nécessité de passer le fleuve en un point où il ne trouverait pas de bateaux. Ou bien il pourrait recourir à un autre plan et utiliser les bateaux tombés entre ses mains à Mitau pour faire passer des forces à travers l'estuaire, laissant intact Daugavgriva, tandis qu'il contraindrait les Russes de Riga à choisir entre une sortie avec engagement contre le parti débarqué, une retraite en direction de Saint-Pétersbourg, ou un repli sur Riga, accompagné d'encerclement. Deviner à quoi il se déciderait n'était pas facile. Sans doute, Macdonald avait envoyé Jussey reconnaître l'embouchure du fleuve et, bien qu'ayant perdu son commandant au cours de cette tentative, il pourrait encore se laisser tenter par la perspective de poursuivre immédiatement son avance sur Saint-Pétersbourg.

Au sortir de ces réflexions, Hornblower revint à lui, enchanté de s'apercevoir que son inattention lui avait fait manquer une partie substantielle du ballet. Il ne savait combien de temps avait duré son absence ; ce devait être longtemps, car le tir avait cessé. Ou bien l'attaque avait échoué, ou elle avait complètement réussi.

La porte s'ouvrit, livrant passage à un autre officier de service, qui, lui aussi, murmura quelques mots à l'oreille du gouverneur.

— L'attaque a été repoussée ! dit Essen à Hornblower. Yakoulev m'informe que ses hommes ont à peine souffert, et le front de la place est couvert de morts, Français et Allemands.

Il fallait s'attendre à cela, vu l'échec de l'attaque. Dans un assaut infructueux, les pertes sont fatalement effrayantes. Macdonald avait risqué deux mille vies humaines dans l'espoir de brusquer le siège. Jeu risqué. Il avait perdu. Mais une armée impériale serait plutôt exaspérée que découragée par un tel revers au départ. La défense devait s'attendre à subir à tout moment de nouvelles attaques en force.

Hornblower s'aperçut qu'il avait réussi à rester assis durant un autre ballet tout entier. C'était inouï, presque incroyable. Un autre entracte commençait ; la lumière éclaira de nouveau l'intérieur de la loge ; c'était l'occasion de se lever, de se dégourdir les jambes ; il était même divertissant d'échanger des politesses dans un français teinté de la moitié des accents d'Europe. Quand l'entracte prit fin, Hornblower était tout disposé à se rasseoir et à supporter courageusement le spectacle d'un autre ballet ; mais le rideau s'était à peine relevé qu'il sentit un coude lui heurter vivement la cuisse. Essen se leva en silence, gagna la porte de la loge. Hornblower le suivit.

— Autant aller voir de ses yeux, dit le gouverneur, dès qu'ils furent devant la porte refermée. Il n'eût pas été convenable de se précipiter au début du tir. Les autres ne s'apercevront pas que nous avons pris la clé des champs.

Les chevaux d'un groupe de hussards piaffaient devant le théâtre. Des écuyers se tenaient à la tête de deux chevaux ; Hornblower comprit qu'il était invité à monter à cheval, en uniforme. Heureusement ce n'était pas la grande tenue d'apparat d'autrefois ; et il songea à la douzaine de paires de jolis bas de soie qu'il avait en réserve sur le *Nonsuch*. Essen se mit en selle ; le commodore en fit autant. Une lune ronde baignait de clarté tout le square. Ils partirent au trot, sur les pavés, suivis de l'escorte. Deux tournants et une pente douce les amenèrent au pont de bateaux jeté sur la Dvina ; la chaussée établie sur les pontons résonnait sous les pas des bêtes. De l'autre côté du fleuve, une route montait, longeant l'eau, sur une haute digue ; plus loin, le terrain était couturé de fossés et d'étangs, autour desquels brillaient des feux de camp innombrables. Essen fit halte, donna un ordre ; l'officier de hussards partit devant eux au galop avec la moitié de l'escorte.

— Je n'ai aucune envie d'être tué par mes hommes, dit Essen. Les sentinelles doivent être un peu nerveuses. Entrer à cheval dans un village qui vient de subir une attaque nocturne est aussi dangereux que de prendre d'assaut une batterie.

Hornblower était trop préoccupé pour attacher beaucoup d'importance à un tel propos. Son épée, son ruban, son étoile, son bicorne avaient encore ajouté à la difficulté de se bien tenir à cheval ; il dansait disgracieusement sur sa selle, transpirant abondamment, malgré la fraîcheur de la nuit, et s'accrochant spasmodiquement à des effets de son équipement chaque fois qu'il pouvait avoir une main libre et lâcher ses rênes. A plusieurs reprises, ils durent s'arrêter mais, en dépit des sombres pronostics d'Essen, nulle sentinelle impressionnable ne sauta à la tête de leurs chevaux. Enfin, ils firent halte en réponse à un « qui-vive », en un point où le dôme de l'église de Daugavgriva se dressait, noir sur le ciel pâle. Le bruit des fers des chevaux ayant cessé, un autre bruit retint l'attention de Hornblower, sorte de rumeur faite de lamentations et traversée de grands cris de souffrance. La sentinelle les laissa passer ; ils entrèrent dans le village, où plaintes et cris leur furent expliqués, car ils laissèrent sur leur gauche un terrain éclairé par des torches où les blessés étaient soignés... Hornblower eut la rapide vision d'un corps nu qui se débattait, maintenu sur une table sur laquelle des chirurgiens étaient penchés. A la lueur des torches, on eût dit une scène de l'Inquisition ; le lieu était couvert de blessés qui gémissaient, se tordaient de douleur. Or, tout ceci n'avait été qu'une escarmouche d'avant-postes, un combat insignifiant ; il avait fait, dans chaque camp, des centaines de blessés et de morts.

Ils mirent pied à terre à la porte même de l'église ; Essen y pénétra le premier, rendant le salut aux grenadiers barbus qui gardaient l'entrée. A l'intérieur, des bougies faisaient, dans l'ombre environnante, une clairière lumineuse. Une table était dressée là, autour de laquelle un groupe d'officiers buvait le thé d'un samovar. A la vue du gouverneur, ils se levèrent ; Essen fit les présentations.

— Général Diebitch ! Colonel von Clausewitz ! Commodore sir Hornblower !

Diebitch était polonais, Clausewitz était allemand ; c'était le renégat prussien de qui Hornblower avait entendu parler, soldat intellectuel, qui estimait que le vrai patriotisme consistait à combattre Bonaparte sans se soucier de savoir à quel parti son pays prêtait manifestement son concours. L'un et l'autre firent leur rapport en français. Au lever de la lune, l'ennemi avait tenté, sans préparation, de prendre d'assaut le village. Il avait été repoussé avec des pertes sanglantes. On avait fait des prisonniers, dont plusieurs avaient occupé une maison située à l'écart et avaient ensuite été coupés par la contre-attaque. D'autres prisonniers isolés, appartenant à différentes unités, étaient tombés aux mains des Russes en d'autres points.

— Ils ont déjà été interrogés, dit Diebitch.

Hornblower se disait que ce devait être une bien désagréable épreuve que d'être prisonnier et soumis à l'interrogatoire du général Diebitch.

— Leurs déclarations ont été très utiles, ajouta Clausewitz exhibant un feuillet qui portait des notes.

A chaque prisonnier, on avait demandé le numéro de son bataillon, combien le bataillon comptait d'hommes, combien le régiment comptait de bataillons, à quelle brigade il appartenait, de quelle division, de quel corps d'armée. Clausewitz était maintenant en bonne voie de reconstituer toute l'organisation de l'armée assaillante, et d'estimer assez exactement sa force numérique.

— Nous connaissons déjà l'importance du corps prussien, dit Essen.

Il y eut un instant de gêne ; chacun évitait de rencontrer le regard de Clausewitz, qui avait apporté aussi ce renseignement-là. Diebitch intervint, avec plus de tact qu'on eût pu en attendre d'un homme comme lui :

— Il n'y a plus qu'une demi-heure avant le lever du jour, monsieur, dit-il. Vous serait-il agréable de monter sur le dôme et de voir par vous-même ?

Le ciel était un peu moins sombre lorsqu'ils eurent fini de grimper l'étroit escalier de pierre ménagé dans l'épaisseur de la muraille de l'église. Ils émergèrent dans une galerie ouverte qui faisait le tour du dôme. La campagne marécageuse et plate tout entière apparut, livrée d'un coup d'œil à leur inspection : fossés et lacs, la petite rivière Mitau serpentant, venant de très loin, par la plaine, et qui traversait le village, passait presque au pied de l'église, pour se perdre à la pointe même où le large fleuve entrait dans la baie. La ligne des parapets et des abattis élevés par la garnison pour défendre la rive gauche était nettement visible ; au-delà, on apercevait les maigres ouvrages qui représentaient ce que l'envahisseur s'était donné la peine d'établir. La fumée d'un millier de feux de camp traînait son écharpe sur le paysage.

— A mon avis, monsieur, dit Clausewitz, l'air déférent, si l'ennemi décide de se livrer à un siège en règle, c'est par là qu'il commencera. Il tracera sa première parallèle là, entre le fleuve et ce bois de sapins, et il creusera des sapes en direction du village, établissant ses batteries sur cette langue de terre-là. Après trois semaines de travaux, il pourrait espérer faire avancer ses batteries sur le glacis, et livrer un assaut en règle. Il faut qu'il réduise ce village avant d'attaquer la ville.

— Peut-être, dit Essen.

Quant à Hornblower, il ne pouvait imaginer qu'une armée de soixante mille hommes, en marche sur Saint-Pétersbourg, condescendît à passer trois semaines à des opérations de siège contre un ouvrage avancé, sans tenter d'abord tous les moyens improvisés, comme l'assaut brutal de la nuit précédente. Il emprunta sa lunette à un officier de l'état-major, consacra quelque temps à parcourir des yeux le dédale des voies d'eau et des marais, puis, tournant autour du dôme, sur la galerie, dirigea son attention sur le panorama de Riga, sur ses clochers, au-delà du grand fleuve. Très loin, en aval du chenal, il devinait les mâts de sa propre escadre, à l'ancre à l'endroit où le fleuve allait se perdre dans le golfe. Les bâtiments n'offraient aux yeux que de petites taches minuscules dans ce vaste décor, et pourtant d'une importance si grande pour l'histoire du monde.

XIX

UNE FAUSSE MANŒUVRE

Lorsque l'alarme fut donnée, Hornblower dormait dans sa cabine du *Nonsuch.* Même endormi (ou peut-être éveillé par hasard, sans rien savoir) son subconscient avait enregistré les circonstances. Le fait certain, c'est que, lorsqu'il fut complètement éveillé, il était déjà vaguement conscient des changements qui s'étaient opérés au cours de la nuit. Son cerveau, assoupi ou presque tiré du repos, avait enregistré le changement de direction du vent qui avait fait virer le *Nonsuch* autour de son ancre, les brèves rafales de pluie qui s'étaient abattues sur le pont. Il avait dû s'éveiller au cri de la garde et entendre au-dessus de sa tête les pas de l'aspirant de quart qui accourait lui apporter les nouvelles. Il était tout à fait tiré du sommeil quand le messager frappa à sa porte et se précipita à l'intérieur :

— Monsieur ! Une fusée du *Raven* !

— Très bien ! dit Hornblower, lançant les pieds hors de son cadre.

Brown, son brave serviteur, était déjà là. Dieu seul sait comment il avait été averti, mais le fait est qu'il était là, en train de suspendre à l'une des poutres du pont une lanterne allumée, ayant déjà préparé le pantalon et la vareuse que le commodore passerait par-dessus sa chemise de nuit. Hornblower se rua dans la nuit sur le gaillard d'arrière, heurtant brutalement une autre silhouette pressée.

— Le diable t'emporte ! fit l'inconnu.

C'était la voix de Bush, qui, tout aussitôt, ajouta :

— ...'Mande pardon, monsieur !

L'air vibrait déjà du roulement des sifflets. On appelait les matelots encore couchés ; le pont principal tremblait au tambourinement des pieds nus. Montgomery, l'officier de quart, était à la lisse tribord :

— Monsieur, le *Raven* a lancé une fusée. Il y a deux minutes. Relèvement sud quart sud-est.

— Le vent est ouest quart nord-ouest, dit Bush, regardant dans la petite lumière de l'habitacle.

Un vent d'ouest et une nuit sombre, menaçante. Conditions idéales pour que Macdonald essaie de faire passer des forces à travers l'estuaire. Il disposait de vingt grands chalands, dans lesquels il pouvait entasser cinq mille hommes et quelques canons. Si jamais il réussissait avec un contingent de cette importance, la position russe serait tournée ; d'autre part, s'il perdait une force de cette importance (imaginez cinq mille hommes tués, noyés ou faits prisonniers) ce serait un coup terrible qui pourrait le faire hésiter, et qui ferait gagner du temps aux Russes. En dernière analyse, une position fortifiée n'était jamais qu'un moyen de gagner du temps. Hornblower espérait ardemment que la flottille française avait engagé le cou bien avant dans le nœud coulant avant que Cole du *Raven* eût donné l'alarme.

Un cri venant de la vigie attira son attention.

— Monsieur, tir de canon sous le vent !

Du pont, on ne voyait guère loin, vers l'ouest, qu'un point rouge, puis un autre, trouer l'obscurité.

— C'est trop à l'ouest, dit Hornblower à Bush.

— Je le crois aussi, monsieur.

Le *Raven* était à l'ancre à la lisière même des hauts-fonds, dans cette direction ; son faible tirant d'eau l'avait désigné pour ce poste. Vickery, du *Lotus,* gardait l'autre rive du fleuve, tandis que le *Nonsuch* était fatalement demeuré à l'ancre dans le chenal. Tous les canots armés de l'escadre montaient la garde dans l'estuaire ; on pouvait compter sur un cotre, armé d'un canon de trois livres, pour régler son compte à un chaland fluvial, même si ce dernier portait trois cents soldats. Mais, d'après la direction du tir, il semblait bien que Vickery avait dû donner l'alarme prématurément. La lueur d'une autre pièce s'alluma sous le vent, mais la brise empêcha de repérer le coup.

— Appelez mon canot ! ordonna Hornblower.

Il ne pouvait supporter de rester plus longtemps à attendre.

Le canot décolla du *Nonsuch,* poussa au large, et les hommes se mirent à ramer contre le vent. En dépit de l'obscurité, Brown sentait le commodore inquiet, agité :

— Souquez ! espèces de... criait-il aux rameurs.

Le canot rampait sur l'eau, en dansant, Brown debout dans la chambre, la main sur la barre.

— Autre coup de canon, monsieur. Là ! droit devant nous !

— Ça va.

Un quart d'heure suivit, plein d'inquiétude, tandis que le canot roulait et tanguait sur les petites vagues raides ; le remous de la mer et le grincement des avirons dans les tolets faisaient un accompagnement monotone aux pensées qui agitaient l'esprit de Hornblower.

Un grondement lointain s'éleva, se prolongea pendant plusieurs secondes :

— C'est toute une flopée de canons, monsieur, qui tirent ! dit Brown.

— Je les vois, répondit Hornblower.

Les départs des coups perçaient l'obscurité, l'un après l'autre ; il était évident que tous les garde-côtes s'acharnaient sur une même victime.

— Voilà le *Raven,* monsieur. Dois-je aller sur lui ?

— Non. Gouvernez sur ce qui tire !

La masse sombre de la corvette était à peine visible par l'avant ; Brown mit de la barre, de façon à ce que le canot le passât à une encablure, gouvernant sur le point d'où partait le tir.

Ils étaient par le travers de la corvette quand une lueur, suivie d'un rugissement terrible, partit de son bord. Le coup passa en hurlant par-dessus leurs têtes.

— N. de D... ! fit Brown. Ces crétins sont aveugles !

La corvette avait dû héler le canot, et, ne recevant aucune réponse, son appel ayant été emporté par le vent, elle avait tiré sans attendre. Un nouveau coup partit du *Raven.* Quelqu'un dans le canot poussa un cri rauque. Rien n'était plus démoralisant que de se voir tirer dessus par son propre camp.

— Tournez-vous vers lui, ordonna Hornblower. Allumez un feu bleu !

La corvette pouvait recommencer à tirer d'un instant à

l'autre, avec toutes les chances possibles de faire disparaître à jamais le canot de la surface de la mer ; Hornblower prit lui-même la barre, tandis que Brown luttait, jurant entre ses dents, avec le briquet et l'amadou. Le chef de nage dit quelque chose pour le presser de se hâter.

— Ferme ça ! lui jeta Hornblower.

Tout allait mal et les matelots le savaient. Brown prit du feu à l'amadou, y colla la mèche du feu bleu et alluma. La fusée partit, jetant sur le canot, sur l'eau tout alentour, une clarté presque surnaturelle. Hornblower se leva, dressé de toute sa hauteur, pour que son visage, son uniforme fussent visibles de la corvette.

Triste revanche que le spectacle de la consternation à bord du *Raven,* quand le commandant Cole s'aperçut qu'il avait fait tirer sur son commodore. Hornblower monta à bord dans un état de froide colère. Cole était naturellement là pour le recevoir.

— Alors, monsieur Cole ?

— Navré, monsieur, d'avoir tiré sur vous, mais on n'avait pas répondu !

— Il ne vous est donc pas venu à l'idée qu'avec un vent pareil, je pouvais ne pas vous entendre ?

— Si, monsieur. Mais nous savons aussi que les Français croisent dans ces parages. Les canots ont tiré sur eux il y a une heure, et la moitié de mon équipage est parti à bord des canots. A supposer que je sois abordé par deux cents Français, avais-je le droit de courir le risque ?

Il était inutile de discuter avec un homme aussi nerveux, aussi impressionnable que Cole était en ce moment.

— Vous avez lancé une fusée d'alarme ?

— Oui, monsieur. J'avais à vous communiquer que les chalands étaient à la mer.

— Vous l'avez fait dès que vous l'avez su ?

— Oui, monsieur. Évidemment, monsieur.

— Vous est-il venu à l'esprit que vous alertiez aussi les Français ?

— J'ai pensé, monsieur, que c'était ce que vous vouliez !

Hornblower se tourna, s'éloigna, dégoûté. Dans son émotion, Cole avait complètement oublié les ordres qui lui avaient été donnés.

— Monsieur, un canot approche au vent, dit quelqu'un

dont on ne voyait que la chemise blanche dans la nuit finissante.

Cole se précipita, tout ému ; Hornblower partit sur ses talons, le rejoignit au moment où l'autre s'arrêtait, debout à l'avant regardant l'eau.

— Ho ! du canot ! cria Cole dans son porte-voix.

La réponse vint, portée par le vent.

— Bien, voilà !

Réponse correcte pour un canot portant des officiers à bord. C'était un cotre, voile au tiers hissée ; Hornblower le vit diminuer de voile avec une maladresse incroyable ; ayant mis à l'aviron, il vint culer contre la corvette sous avirons. A hauteur de l'avant, il vira de bord, avec la même maladresse, et fit tête violemment pour venir accoster. Le cotre était chargé d'hommes, à craquer.

— Soldats ! cria Cole, désignant le canot d'un doigt furieux. A vos pièces ! Et vous, au large !

Hornblower apercevait des shakos, des baudriers, c'était exactement l'espèce de vision qui avait dû hanter Cole au cours de la nuit. Mais une voix rassurante, une voix anglaise monta du cotre :

— Tiens bon ! Ici le cotre du *Lotus*, plein de prisonniers !

C'était la voix de Purvis ! Aucun doute n'était possible, Hornblower avança jusqu'au milieu du pont, regarda pardessus la lisse. Purvis était là, à l'arrière du cotre ; des matelots britanniques en chemise à carreaux étaient aux avirons ; mais le moindre espace était occupé par des soldats, assis un peu partout, effrayés ou abattus. Debout à l'avant du canot, autour du canon, quatre soldats d'infanterie de marine en veste rouge les tenaient en joue, au bout de leurs mousquets.

— Faites-les monter ! dit Hornblower.

Ils grimpèrent la muraille, accueillis par les sourires des matelots au moment où ils arrivaient sur le pont, regardant autour d'eux, dans le jour qui venait. Purvis se hissa à son tour, toucha son chapeau pour saluer Hornblower.

— Monsieur, dit-il, je les crois hollandais. Nous les avons cueillis à bord du chaland que nous avons capturé. Nous avons dû tirer dans le tas pendant un bout de temps. Ça fait que nous avons mis leur chaland en pièces, nous et les autres canots. Ils nous suivent, monsieur, avec les autres prisonniers.

— Vous n'avez capturé qu'un chaland ?

— Oui, monsieur. Les autres se sont débinés dès que la fusée est partie. Mais nous avons dû faire deux cents prisonniers en tout et tuer près d'une centaine d'autres.

Un seul chaland capturé avec deux cents hommes, quand Hornblower avait espéré en prendre au moins douze et trois mille hommes ! Mais, dans son innocence, Purvis était manifestement enchanté.

— Voici un de leurs officiers, monsieur !

Hornblower se tourna vers la vareuse bleue qui enjambait le bord, l'air accablé :

— Qui êtes-vous, monsieur ? dit-il en français.

L'officier hésita un peu, puis répondit, ânonnant, mais dans la même langue :

— Lieutenant von Bulow, du 51e d'infanterie.

— D'infanterie française ?

— D'infanterie du roi de Prusse ! précisa l'officier, dur et sombre.

Il avait mis dans le mot « Prusse » une violence toute teutonne qui trahissait son ennui d'avoir été pris pour un Français.

Macdonald n'avait donc point risqué de vies françaises dans cette opération hautement dangereuse. C'était une chose à laquelle il fallait s'attendre. Dans les dix dernières années, Bonaparte avait fait la guerre aux dépens, surtout, de ses alliés.

— Je vais vous faire donner à boire, dit poliment Hornblower. Veuillez faire asseoir vos hommes contre la lisse.

L'officier aboya un ordre. Il était frappant de voir, au premier avertissement de *Achtung,* les soldats découragés se mettre vivement debout, raides, au garde-à-vous. La plupart d'entre eux étaient mouillés et crottés ; ils avaient dû se jeter à l'eau avant de se rendre. Hornblower leur fit donner à manger.

Entre-temps, les autres canots réapparaissaient, chacun avec un contingent de prisonniers. Sur les ponts encombrés du *Raven,* les deux cents captifs offraient un spectacle peu banal. Cole avait fait tourner vers le pont les deux pièces de chasse les plus avancées, les avait pointées sur eux, armées, prêtes à tirer, les chefs de pièces à leur poste, mèche allumée. Toujours ricanant, les matelots passèrent le long des rangs pour leur distribuer des biscuits, de la bière.

— Regardez-les manger, monsieur ! disait Purvis. Regardez celui-là se jeter sur son biscuit comme un chien sur un os. Ma parole, il a déjà fini ! C'est donc vrai, ce qu'on dit, monsieur, que Bonaparte ne nourrit pas ses hommes ?

Une armée impériale devait se nourrir, tout en marchant, dans le pays qu'elle traversait ; c'était la coutume. Mais les soixante mille hommes de Macdonald stationnaient déjà depuis plus de quinze jours dans un pays avarement peuplé. Ils avaient dû faire maigre chère. Chaque nouveau jour de siège devant Riga coûterait de nombreuses vies à Bonaparte ; et, bien que le tyran fût toujours prodigue de vies, le jour finirait par venir où il ne lui en resterait plus, plus de Prussiens, ou d'Italiens. Il n'en était que plus regrettable que la division qui avait tenté le passage de la Dvina n'eût pas été entièrement anéantie, ou capturée. Hornblower se disait : « C'est ma faute ! » Il n'eût pas dû confier la manœuvre essentielle de l'opération à une vieille femme nerveuse comme ce Cole. Il eût dû rester lui-même à bord du *Raven.* Mais comment être sûr d'avoir raison ? L'autre aile, celle dont il avait confié le commandement à Vickery sur le *Lotus,* était tout aussi importante. Et n'était-il pas désirable qu'il se trouvât au centre, sur le *Nonsuch,* pour coordonner les activités des deux ailes ? Si Vickery et Cole avaient changé de place (comme il allait falloir le faire), on eût pu compter sur le premier pour ne pas refermer le piège trop tôt ; mais aurait-on pu compter sur Cole pour le tenir fermé ? Il eût pu y avoir maintenant cinq mille Prussiens sur l'autre rive de la Dvina si Cole avait été chargé de leur barrer la route. Hornblower se surprit à se dire qu'il eût voulu savoir quelle nuit Macdonald ferait sa tentative ; mais autant demander la lune.

— Monsieur Cole, dit-il, signalez au *Nonsuch* : « Commodore à capitaine. Je me rends Riga avec prisonniers. » Ensuite, les canots pourront rejoindre leurs bâtiments respectifs ; et, si vous voulez bien lever l'ancre, nous partirons.

XX

LE SIÈGE DE RIGA

Hornblower se trouvait de nouveau en train d'observer les défenses de Riga depuis le dôme de l'église de Daugavgriva.

— Voyez-vous ce dont je veux parler ? lui dit Clausewitz, désignant du doigt quelque chose.

Là-bas, au-delà des ouvrages des Russes, une longue ligne s'étendait, brune sur le fond vert : le parapet de la tranchée que les Français avaient creusée pendant la nuit. Macdonald devait être un général énergique ; il faisait faire ces travaux pendant qu'il envoyait les Prussiens essayer le passage du fleuve ; pendant que la tentative échouait, il prenait ailleurs de l'avance, profitant de ce que la nuit était noire et pluvieuse pour creuser ces retranchements avancés sans être repéré.

— C'est sa première parallèle, disait Clausewitz. La batterie qu'il est en train de construire se trouve au milieu. Et, voyez-vous encore ? En ce point-là, il pousse la sape qui vient encore plus près de nous !

Hornblower regardait de tous ses yeux dans sa lunette. En un point situé non loin de l'extrémité de la première parallèle, il distinguait, en effet, quelque chose qui ressemblait à un mur fait de faisceaux de planches. Les canons des ouvrages russes à ses pieds tiraient sur ce mur ; Hornblower voyait la terre voler en l'air à chaque coup qui tombait autour de l'objectif. Tout au bout de la paroi de planches, il voyait aussi une chose bizarre, une espèce de bouclier monté sur roues. Il examinait tout cela attentivement quand, soudain, il vit le bouclier bouger, laissant un petit intervalle entre lui et le bout du mur ; dans cet intervalle, des hommes en uniforme bleu firent leur apparition pendant une seconde. Tout aussitôt, l'espace vide fut comblé par un nouveau faisceau de planches, et par-dessus ce nouveau faisceau, Hornblower voyait des fers de bêches apparaître, puis disparaître ; apparemment, le paquet de poutres était creux ; il devait affecter la forme d'un baril. Dès que ce baril fut en position, les hommes qui se cachaient derrière se mirent en devoir de le remplir de terre extraite sur place.

Hornblower comprit ce qui se passait : ce qu'il voyait exécuter là, c'était la méthode classique de progression vers une position ennemie, par gabions et fascines. Le grand panier de planches était un gabion ; on le remplissait de terre ; en arrière, et sous le couvert de la rangée de gabions pleins, les assiégeants étaient en train de recouvrir leur parapet d'autres fascines, fagots de bois de six pieds de long ; plus en arrière encore, ils consolidaient tout l'ensemble à l'aide de terre tirée d'une tranchée creusée derrière le parapet.

Hornblower regardait encore lorsque le bouclier fut soudain poussé en avant, d'un mètre à peu près, et un nouveau gabion mis en place ; les Français s'étaient approchés de trois pieds, c'est-à-dire d'un mètre, des ouvrages qui défendaient Daugavgriva ! Pas tout à fait un mètre ; plutôt un peu moins ; car la sape n'était pas tournée directement vers l'objectif ; elle était oblique ; l'avance se faisait de telle sorte qu'elle ne pouvait être prise en enfilade. Elle changerait de direction, obliquerait dans l'autre sens. Elle progressait ainsi en zigzag, inéluctablement, impitoyablement, vers la place forte. De toutes les opérations de guerre, le siège scientifique était le moyen le plus sûr, si du secours n'arrivait pas du dehors.

— Regardez, monsieur ! dit soudain Clausewitz.

Derrière un haut remblai, un long cortège de chevaux venait d'émerger, l'air de fourmis, à cette distance ; mais les pantalons blancs des hommes qui les menaient se voyaient clairement au soleil. Les chevaux traînaient une lourde pièce d'artillerie, de dimensions énormes si on la comparait à la taille des chevaux. Elle rampait vers la batterie, au centre de la première parallèle ; une myriade de fourmis en pantalon blanc grouillait autour d'elle. Le haut parapet de la première parallèle masquait l'opération aux yeux des artilleurs russes, la protégeait contre leur tir.

Lorsque tous les canons auraient été amenés à la batterie, Hornblower savait que des « embrasures » seraient pratiquées dans le parapet, et qu'à travers ces ouvertures les canons ouvriraient le feu sur le village, faisant taire la riposte de la défense et martelant les défenses jusqu'à y ouvrir une brèche ; entre-temps, la sape aurait été élargie jusqu'à devenir une large tranchée ; ce serait la « seconde parallèle » ; et de là (ou bien, si c'était nécessaire, d'une « troisième parallèle ») les assaillants se rueraient pour emporter la brèche et la franchir.

— Cette batterie sera en place demain, dit Clausewitz. Et regardez ! Voilà encore un gabion mis en place !

Les opérations de siège ont ce caractère d'inévitable, d'implacable rigueur qui rappelle la progression d'un serpent vers un oiseau que la peur paralyse.

— Pourquoi vos canons n'arrêtent-ils pas ce travail de sape ? demanda Hornblower.

— Vous voyez bien qu'ils le tentent. Mais un gabion n'est pas une cible facile à atteindre, à cette distance ; seul celui du bout est vulnérable. Et, d'ici que leur sape soit arrivée à bonne portée, le feu de leur batterie fera taire nos propres canons.

Une autre pièce de siège avait fait son apparition derrière le remblai ; elle rampait vers la batterie, pendant que celle qui l'avait précédée était installée en position dans l'embrasure du parapet.

— Ne pourriez-vous pas approcher vos navires ? demanda Clausewitz. Voyez comme le bord de l'eau est proche, en ce point, de leurs ouvrages. Vous pourriez les mettre en pièces, avec vos gros canons !

Mais Hornblower secouait la tête ; l'idée lui était déjà venue ; le long bras luisant du golfe de Riga qui pénétrait entre les terres avait de quoi tenter ; malheureusement, en cet endroit, l'eau n'avait même pas une brasse ; les galiotes elles-mêmes calaient neuf pieds, sept s'il les faisait vider des provisions qui n'étaient pas indispensables à l'action.

— Je le ferais, si c'était possible, répondit-il, mais je ne vois aucun moyen, pour l'instant, d'amener mes pièces à portée.

Clausewitz le considéra d'un œil froid. Hornblower se dit qu'entre alliés, la bonne volonté est chose fragile. Quelques heures plus tôt, le matin même, Britanniques et Russes étaient les meilleurs amis du monde ; Essen et Clausewitz étaient transportés d'avoir vu échouer la tentative de Macdonald pour passer le fleuve. Tout comme les officiers subalternes de l'escadre, ils avaient cru que la destruction d'un demi-bataillon de Prussiens équivalait à un succès notable ; ils ignoraient le plan, beaucoup plus efficace, auquel Hornblower avait songé et que la nervosité de Cole avait presque ramené à néant. Quand les choses vont bien, les alliés sont les meilleurs amis du monde ; au moindre revers, chacun est naturellement porté à blâmer l'autre. Maintenant que les travaux d'approche français progressaient vers Daugavgriva, Hornblower demandait pourquoi l'artillerie russe ne les arrêtait pas, et les Russes, de leur côté, demandaient pourquoi les canons des navires n'en faisaient pas autant.

Hornblower exposa ses raisons aussi complètement qu'il put ; Clausewitz l'écouta d'une oreille distraite. Essen en fit autant lorsque la question fut de nouveau abordée, c'est-à-dire au moment où Hornblower était sur le point de prendre congé. L'un et l'autre trouvaient que le prétexte était mince pour une marine qui se vantait que rien n'était impossible.

Hornblower regagna le *Nonsuch* dans l'après-midi, irrité et bourru : il n'eut pas un mot pour le brave Bush, accouru pour le saluer dès qu'il mit le pied sur le pont. Il trouva sa chambre inhospitalière, presque hostile. A bord, c'était jour de « sacs ». Les matelots blaguaient bruyamment sur le pont ; Hornblower savait que s'il allait faire les cent pas sur le gaillard, il serait continuellement dérangé. Pendant un instant, il eut envie de commander à Bush d'annuler l'ordre de « l'équipage aux sacs » et d'occuper les hommes à quelque besogne tranquille. Mais chacun saurait aussitôt que c'était parce que le commodore avait envie d'arpenter le pont en paix. Et Hornblower ne voulait pas priver les hommes de leur détente ; la seule pensée qu'un geste de lui pourrait être interprété comme un désir de se donner de l'importance suffit à le dissuader. Il préféra sortir dans la galerie du gaillard, et, penché en avant sous la voûte surbaissée, tenta de faire les cent pas sur un parcours qui n'atteignait pas quatre mètres.

Il se disait qu'il était en effet regrettable de ne pouvoir

amener les pièces de ses navires à tirer sur les travaux du siège. Des pièces lourdes tirant de près feraient des ravages dans les parapets des Français. Derrière le haut remblai d'où il avait vu traîner les canons, devaient se trouver le parc et le train ; quelques obus des galiotes à bombes y sèmeraient la dévastation. S'il pouvait installer les galiotes au fond de la baie, il serait facile de faire pleuvoir les obus par-dessus la digue. Dommage que, dans la plus grande partie de la baie, il n'y eût que trois ou quatre pieds d'eau, et nulle part plus de sept. Non, la chose était impossible ; le mieux était de n'y plus penser.

Pour se distraire, il enjamba la rambarde et se trouva dans l'autre galerie. Par la fenêtre de l'arrière, il plongea le regard dans la cabine de Bush. Bush dormait dans son cadre, à plat sur le dos, la bouche grande ouverte, les bras étendus, sa jambe de bois pendue à une garcette contre la cloison. Hornblower se sentit contrarié de voir son capitaine dormir si paisiblement, quand lui-même était si soucieux. Pour un rien, il eût envoyé un message à Bush, interrompu sa sieste. Mais il savait bien qu'il n'en ferait rien. Jamais il n'eût pu se résoudre à abuser de ses pouvoirs, de gaieté de cœur.

Il regagna sa propre galerie. Or, comme il enjambait la clôture, une jambe en l'air, les fémelots du gouvernail criant dans leurs aiguillots, au-dessous de lui, dans le fleuve, une idée lui vint tout à coup à l'esprit, et il demeura immobile. Puis, enjambant vivement la rambarde, il regagna sa cabine et appela un messager.

— Portez mes compliments à l'officier de quart et demandez-lui de bien vouloir signaler au *Harvey* que monsieur Mound vienne immédiatement à bord.

Mound descendit dans la cabine, l'air jeune et intrigué, mais s'efforçant de masquer sa curiosité sous une nonchalance étudiée. L'idée vint à l'esprit de Hornblower, pendant que Mound le saluait, que cette nonchalance s'inspirait de l'insouciance du commodore, d'ailleurs non moins affectée. Aux yeux de ce jeune lieutenant, il faisait un peu figure de héros, et même davantage ; cette imitation était une façon de flatterie. Il retint un sourire oblique, désigna un siège, puis, oubliant sa réflexion, entra dans le vif de la discussion :

— Monsieur Mound, êtes-vous au courant de l'état des travaux du siège ?

— Non, monsieur.

— Dès lors, voulez-vous examiner cette carte avec moi. Les Français ont une ligne de tranchées ici et une batterie ici. Le flanc principal de leur opération, et le gros de leurs approvisionnements sont ici, derrière un remblai. Si nous pouvions faire remonter la baie aux galiotes, nous pourrions les déloger de ces deux positions.

— Monsieur, il y a les hauts-fonds, fit Mound, comme à regret.

— Oui, dit Hornblower.

Il ne put se retenir d'observer un silence un peu théâtral avant de prononcer le mot décisif :

— ... Mais, en nous servant de « chameaux », nous pourrions réduire le tirant d'eau...

— Des « chameaux » ! fit Mound.

L'image pénétrait en lui, avec tout ce que cela comportait de chances ; son visage s'éclaira :

— ... Par saint Georges, monsieur, vous avez raison !

Les chameaux offrent le moyen de réduire le tirant. Ce sont des bateaux, lourdement chargés, étroitement amarrés de part et d'autre d'une embarcation, et qu'on vide ensuite, de façon à soulever le bâtiment qu'ils encadrent. Mound avait saisi ; il écoutait avidement le détail du plan.

— Monsieur, dit-il, il y a, à Riga, des allèges. On nous en donnera, ça ne fait pas un pli. Il faudra du sable, beaucoup de sable, pour les lester ; ou bien, on peut les remplir d'eau, qu'on pompera dehors ensuite. Avec deux de ces grosses allèges, je pourrais facilement réduire de cinq pieds le tirant du *Harvey,* le soulever d'autant hors de l'eau. Ces allèges jaugent deux cents tonneaux et, une fois vidées, ne calent pas plus de deux pieds.

Pendant que Mound parlait, une difficulté s'était présentée à l'esprit de Hornblower, une difficulté à laquelle il n'avait pas songé encore :

— Mais comment allez-vous gouverner cela ? dit-il. Ces allèges seront ingouvernables !

— Monsieur, je vais les équiper d'un gouvernail du Danube ! Je le ferai faire assez grand. Avec ça, on gouverne n'importe quoi !

— Oui, fit Hornblower, souriant. Qu'on me donne un point d'appui, je soulève le monde !

— Exactement, monsieur. Et je perce les allèges pour y mettre des avirons de queue. Ça ne fera pas plus d'embardées qu'un radeau. Si vous me donniez l'ordre, je mettrais des hommes au boulot sur-le-champ !

Mound parlait avec une telle impatience qu'on lui eût donné dix ans, plutôt que vingt. Sa belle nonchalance était loin !

— J'envoie une note au gouverneur, dit Hornblower, pour lui demander de nous prêter quatre allèges. J'en demanderai même six, pour tout prévoir. Que vos plans soient prêts dans une heure. Prenez, ici et sur les corvettes, ce qu'il vous faut comme matériaux, comme fournitures, et les hommes dont vous aurez besoin.

— Bien, monsieur.

Il fallait se hâter. En effet, le soir même, le bruit vint jusqu'à eux, répété à travers la baie, d'artillerie lourde qui tirait ; non point le grondement aigu, perçant, des pièces de campagne qu'ils entendaient auparavant, mais le roulement grave de pièces de siège ; l'ennemi faisait un tir d'essai avec les premiers des canons qu'il avait amenés.

Le lendemain matin, comme Hornblower paraissait sur le gaillard d'arrière, il y eut soudain un grand fracas sur le rivage, quelque chose comme un grondement de tonnerre ; c'était la salve qui inaugurait l'ouverture de l'offensive de l'ennemi. L'écho ne s'était pas tu qu'une salve plus dispersée lui succédait, puis une autre, plus dispersée encore, et ainsi de suite jusqu'à ce que l'air ne fût plus qu'un déchaînement de détonations, un orage ininterrompu, au sein duquel l'oreille attendait sans cesse un répit qui l'eût soulagée, mais qui ne lui était jamais accordé. La vigie signala une longue traînée noire, fumée chassée par le vent sur la campagne, et qui émanait de la batterie ennemie.

— Appelez mon canot ! dit Hornblower.

Par l'avant du canot du *Nonsuch,* tout un lot de canots de l'escadre était déjà réuni, où s'empilaient les approvisionnements enlevés aux deux galiotes. Dans l'aube scintillante, l'embarcation du commodore partit en dansant sur l'eau vers l'endroit où les galiotes étaient à l'ancre, chacune entre deux allèges. Duncan, le capitaine du *Moth,* était conduit à l'aviron autour du groupe dans un petit canot. Le canot du commodore approchait. Duncan porta la main à son chapeau, fit : « Bonjour, monsieur » et, tout aussitôt, se tourna vers ses hommes, le porte-voix aux lèvres :

— Trop sur l'avant ! Éloignez le câble d'une idée !

Hornblower se fit conduire au *Harvey,* sauta de son canot sur l'allège, à tribord (ce n'était pas un bien grand saut, car l'allège était encore chargée de lest), sans déranger les officiers ou les hommes à lui présenter leurs respects. Debout sur son gaillard minuscule, Mound mesurait, du pied, la tension du gros câble (pris au *Nonsuch),* bridé autour de son propre bateau et des deux allèges, deux tours autour de chacun, à l'avant et à l'arrière.

— Plus que ça, à bâbord ! Encore ! cria-t-il.

Sur chacune des allèges, de nombreux travailleurs étaient à l'ouvrage, matelots équipés de pelles en bois, pour la plupart improvisées dans des blocs de bois. Au commandement de Mound, ceux de l'allège bâbord se remirent à pelleter vigoureusement, lançant le sable par-dessus bord. Des nuages de poussière s'envolaient vers l'arrière, portés par une faible brise. Mound ne cessait de tâter la tension des câbles. Il cria :

— Encore à tribord !

Voyant son commodore approcher, il se dressa, vint le saluer :

— Bonjour, monsieur Mound ! dit Hornblower.

— Bonjour, monsieur. Vous voyez : il faut opérer lentement, pied à pied. Le vieux dundee est si léger, maintenant, qu'il va chavirer dans les câbles, si je le laisse faire !

— Je comprends, monsieur Mound.

— Les Russes se sont bien dépêchés de nous envoyer les allèges !

— Cela vous étonne ? Écoutez ! Vous entendez ? C'est la batterie française en action.

Mound prêta l'oreille, entendit. Ce devait être la première fois. Il avait été trop absorbé par sa besogne pour avoir jusque-là prêté attention aux bruits éloignés. Il n'était pas rasé ; son visage était gris de fatigue ; depuis que Hornblower l'avait convoqué, la veille après-midi, il n'avait pas pris de repos. Les deux galiotes avaient été vidées de leurs approvisionnements, les câbles relevés, enroulés autour d'elles, les allèges amenées et accostées, chaque groupe de trois bâtiments amarré de manière à ne faire qu'un bloc unique, les câbles embraqués, raidis au cabestan. Et tout cela, à la faveur de la nuit.

— Je m'excuse, monsieur, dit Mound.

Il courut à l'avant examiner le câble.

Par l'évacuation du sable, lancé par-dessus bord par cent paires de bras vigoureux, les allèges se soulevaient lentement, soulevant le dundee avec elles, câbles et couples craquant. Il fallait veiller à ce que les câbles restassent constamment tendus pendant que la montée des allèges en soulageait le raidissement. Hornblower se tourna vers l'arrière, pour voir ce qu'un autre groupe de travailleurs faisait là. Un grand baril à moitié plein d'eau avait été mis à l'eau, relié à chaque hanche du dundee par une amarre frappée sur un cabestan de fortune. En filant ou en embraquant l'amarre d'un bord ou de l'autre quand le dundee ferait route, on obtiendrait un puissant effet de levier. En somme, le baril remplacerait le gouvernail, lequel était déjà tellement sorti de l'eau qu'il était à peu près inutile.

— Ce n'est qu'un expédient, monsieur, bien sûr ! dit Mound, revenu de l'avant. Je vous l'ai dit, j'avais eu l'intention d'équiper le dundee avec un gouvernail du Danube. C'est Wilson qui a eu l'idée des barils. J'aimerais, monsieur, attirer votre attention sur Wilson. Je suis sûr que les barils feront beaucoup mieux.

Wilson entendit prononcer son nom ; il leva les yeux de dessus son travail, sourit d'un large sourire brèche-dent.

— Quelle est ta spécialité ? lui dit Hornblower.

— Second-maître charpentier, monsieur.

Mound intervint pour dire :

— Et je n'en ai jamais connu de meilleur !

— Sur quels bateaux as-tu navigué ? Quel service ? Quelle fonction ?

— Deux embarquements sur le vieux *Superb,* monsieur. Un sur l'*Arethusa,* et maintenant ici, monsieur !

— Je te ferai breveter premier-maître charpentier !

— Merci, monsieur ! Merci beaucoup !

Il eût été facile à Mound, s'il l'avait voulu, de s'attribuer l'invention de ce gouvernail de fortune. Hornblower ne l'en estima que plus, pour ne pas l'avoir fait. Il était bon pour la discipline et pour le moral des hommes de récompenser sans tarder le travail bien fait.

— Très bien, monsieur Mound ! Je vous laisse continuer.

Hornblower retourna à son canot et se fit conduire sur le *Moth.* Ici, la besogne était plus avancée ; on avait déchargé tant de sable des deux allèges que les hommes ne pouvaient plus qu'à peine lancer leurs pelletées par-dessus bord, à hauteur de l'épaule. Une large bande de doublage du *Moth* était visible, tant le dundee avait déjà été soulevé.

— Surveillez votre équilibre, monsieur Duncan, dit Hornblower. Vous gîtez un peù à bâbord !

— Bien, monsieur.

Il fallait disposer les câbles d'une manière judicieuse pour remettre le *Moth* d'aplomb.

— Il ne calera pas plus de deux pieds quand nous aurons fini, monsieur, dit triomphalement Duncan.

— Parfait !

Duncan décida d'augmenter le nombre de manœuvres dans les allèges ; les nouveaux jetteraient le sable sur le bord de l'embarcation où ceux qui le lançaient par-dessus bord n'auraient qu'à le prendre.

— Encore deux heures et ce sera fini ! dit-il au commodore. Il ne restera plus qu'à percer le bordage pour les avirons.

Il regarda du côté du soleil, pas encore très haut sur l'horizon.

— ... Monsieur, dit-il encore, nous serons prêts à l'action une demi-heure avant midi !

— Mettez dès maintenant les charpentiers à percer le bordage, dit Hornblower. Vous pourrez ainsi faire reposer vos hommes, leur donner le temps de prendre le petit déjeuner. Quand ils se remettront à la besogne, ils pourront lancer le sable par les sabords. Le travail sera encore activé.

— Bien, monsieur.

Une demi-heure avant midi. L'estimation paraissait assez vraisemblable, grâce à l'amélioration apportée au travail. Mais la fin complète aurait-elle été retardée de deux heures qu'il resterait encore bien des heures de jour au cours desquelles le coup pouvait être porté.

Pendant qu'on perçait les flancs des allèges, Hornblower appela Duncan et Mound chez lui et leur distribua les dernières consignes. Il conclut :

— Je serai là-haut dans l'église avec les signaleurs et je veillerai à ce qu'on vous aide ! Bonne chance, donc !

Ils dirent : « Merci, monsieur », presque à l'unisson. Leur émotion, leurs pressentiments, leur agitation ne laissaient aucune place à la fatigue.

Hornblower se fit donc ramener au village où une jetée minuscule devait leur épargner, à lui et aux signaleurs, de patauger dans les basses eaux ; le bruit du bombardement et celui de la riposte grandissaient à chaque coup de rame.

Comme ils montaient sur la jetée, Diebitch et Clausewitz se portèrent à leur rencontre, et, prenant les devants, se dirigèrent vers l'église. Ils contournaient le pied des terrassements qui ceinturaient le village du côté de la terre quand Hornblower leva les yeux et aperçut, en train de manœuvrer leurs pièces, quelques artilleurs russes, soldats barbus, nus jusqu'à la ceinture, en plein soleil. Un officier allait d'une pièce à l'autre, pointant celle-ci, puis celle-là.

— Il y a dans notre artillerie peu d'hommes à qui l'on puisse se fier pour pointer une pièce, lui dit Clausewitz.

Le village était déjà gravement ravagé ; on voyait de grands trous dans les murs, dans les toits des pauvres masures. Comme ils approchaient de l'église, un boulet ricocha, vint frapper le mur de l'église, envoyant voler en l'air un nuage d'éclats et de débris, et resta encastré dans une muraille de briques comme un raisin dans un gâteau. L'instant d'après, Hornblower pivota sur lui-même, surpris par un bruit singulier ; il vit ses deux aspirants restés comme figés sur place, regardant le corps décapité d'un matelot qui, l'instant d'avant, marchait sur leurs talons. Un boulet, pardessus les ouvrages, avait fait voler la tête en bouillie et lancé le corps contre les témoins. Somers considérait d'un air dégoûté son pantalon éclaboussé de sang et de cervelle.

— Venez ! lui dit Hornblower.

Dans la galerie, autour du dôme, ils purent contempler le siège de haut. La tranchée d'approche, en zigzag, était presque à mi-chemin des défenses, son poste avancé à peu près invisible à travers la terre qui jaillissait à chaque coup du tir furieux des défenseurs russes. Mais la redoute, au centre, qui couvrait l'entrée du village, était mal en point, ses parapets réduits à l'état de tertres informes. Un canon gisait, à moitié enterré près de son caisson démoli, bien que l'autre fût encore manœuvré par un petit groupe de braves. L'ensemble des ouvrages français était masqué par un mince rideau de fumée qui partait de la batterie de rupture, pas assez épais toutefois pour cacher une colonne d'infanterie en mouvement vers la première parallèle.

— Ils relèvent la garde des tranchées à midi, expliqua Clausewitz. Où sont donc vos bateaux, monsieur ?

— Les voici qui arrivent ! dit Hornblower.

Ils rampaient, en effet, sur la surface argentée de l'eau. C'était comme un tableau de rêve : les galiotes avec leurs voiles serrées entre les masses disgracieuses des allèges. Les longues rames disproportionnées, douze sur chaque bord, faisaient penser aux pattes d'une araignée d'eau sur un étang, mais beaucoup plus lentes.

— Somers ! Gérard ! fit Hornblower. Où en sont vos dispositions en vue des signaux ? Amarrez-moi ces poulies là-haut, à la corniche. Allons ! Vous n'avez pas toute une journée pour être prêts !

Aspirants et matelots se mirent à la tâche. Il s'agissait d'établir un poste de signaux sur la galerie du dôme de l'église. Des poulies furent donc fixées à la corniche, des haubans passés à travers ; l'état-major russe observait l'opération avec intérêt. Entre-temps, les galiotes approchaient toujours, sur la baie, péniblement, à l'aviron, de biais, à la façon de crabes, dépalées dans leur route par la brise légère, d'une façon tout à fait sensible pour Hornblower, d'où il était perché. Personne dans le camp ennemi ne semblait leur accorder la moindre attention ; les armées de Bonaparte, maîtresses de l'Europe, de Madrid à Smolensk, avaient eu peu d'occasions de se familiariser avec des galiotes à bombes. Le tir de la grosse batterie se poursuivait, ininterrompu, pilonnant les terrassements russes, qui ripostaient avec une énergie farouche.

Le *Harvey* et le *Moth* finirent par arriver tout près du rivage ; à la lunette, Hornblower vit de minuscules silhouettes bouger à l'avant ; il savait qu'on était en train de jeter l'ancre. Les avirons tiraient spasmodiquement, d'un côté, de l'autre... Là-haut, sur la galerie, le cœur battant,

Hornblower se représentait Mound et Duncan sur leurs gaillards, criant des ordres à leurs rameurs, manœuvrant eux-mêmes comme des cafards piqués sur un carton. Ils se mettaient en position pour jeter et mouiller d'autres ancres aussi à l'arrière, de façon qu'en virant bord et en halant sur leurs câbles, ils pussent pointer leurs mortiers sur tout le développement d'un grand arc. Clausewitz et l'état-major regardaient sans comprendre, n'ayant aucune idée du sens de ces manœuvres. Hornblower vit mouiller les ancres arrière, et de petits groupes d'hommes penchés aux cabestans ; les galiotes virèrent, insensiblement, d'abord d'un côté, puis de l'autre, tandis que les capitaines les pointaient (orientaient) à l'aide des alignements du rivage.

— Voilà le pavillon « Prêt » qui monte au mât du *Harvey* dit Hornblower, la lunette collée à l'œil.

Le réa de la poulie au-dessus de sa tête cria sous le hauban portant le signal « aperçu ». Une bouffée de fumée monta de l'avant du *Harvey ;* à cette distance, Hornblower ne pouvait pas voir le boulet en plein vol ; il attendit, un peu nerveux, se contraignant à inspecter du regard la zone voisine de la batterie, pour être sûr de le voir éclater. Mais il ne vit rien, absolument rien. A son corps défendant, il donna l'ordre de hisser le cône noir pour « rien vu ». Le *Harvey* tira de nouveau. Cette fois, Hornblower put voir l'éclatement, un petit volcan de fumée et de débris projetés en l'air, au-delà de la batterie.

— Celui-là était trop long, monsieur ! dit Somers.

— Oui. Faites-le savoir au *Harvey.*

Duncan avait pour lors fait jeter l'ancre au *Moth* et envoyait le signal « prêt ». L'obus suivant du *Harvey* tomba franchement au centre de la batterie ; immédiatement après, le premier obus du *Moth* fit de même. Dès lors, les deux galiotes entamèrent ensemble un bombardement systématique, faisant pleuvoir des obus sans interruption sur la batterie ; il ne se passait pas un instant qu'un jaillissement de terre et de fumée ne fût visible à l'intérieur de ses retranchements. C'était une construction simple, rectangulaire, sans traverses ni pare-éclats intérieurs, sans abri non plus pour les hommes, maintenant que l'adversaire avait trouvé le moyen de prendre à revers le retranchement. Les Français n'insistèrent pas ; après quelques secondes, ils cessèrent de tirer.

Puis, Hornblower put les voir courir, s'écarter de leurs pièces ; l'intérieur de la batterie ressemblait maintenant à un nid de fourmis qu'on a dérangé. Un des gros boulets de treize pouces atterrit en plein sur le parapet ; quand la fumée se dissipa, on vit que le parapet avait été littéralement nivelé, découvrant l'intérieur de la batterie au niveau même du terrain, dans le village : la gueule d'une pièce de siège démantelée, pointée vers le ciel, impuissante, était parfaitement visible dans le trou. Spectacle encourageant pour la défense.

Ce n'était qu'un début. L'une après l'autre, des brèches furent ouvertes dans les terrassements ; tout l'intérieur fut labouré par les obus. A un moment donné, une explosion beaucoup plus forte que les autres permit de deviner que la réserve de poudre gardée dans la batterie et constamment ravitaillée par l'arrière avait sauté.

Au pied de l'église, la défense avait repris courage ; le long du front menacé, les canons, l'un après l'autre, rouvraient le feu ; un coup, probablement tiré du village, atteignit la gueule de la pièce démantelée, la couchant sur le sol.

— Signalez : « Cessez le feu », dit Hornblower.

Des obus de treize pouces n'étaient pas des munitions faciles à trouver, ici, dans la Baltique, et il n'y avait aucune raison de les gaspiller sur un objectif réduit au silence, ou du moins momentanément rendu inoffensif. Puis ce fut la riposte de l'assaillant ; Hornblower s'y était attendu. Une batterie d'artillerie de campagne parut au loin, par-dessus le coteau : six pièces, minuscules à cette distance, cahotant, vacillant derrière leurs avant-trains. Le pays était marécageux ; l'été n'avait pas encore eu le temps d'assécher la campagne ; et l'artillerie, enfoncée jusqu'aux essieux, et les chevaux jusqu'au jarret dans la boue, ne progressait qu'avec les plus grandes difficultés.

— Signalez : « Changez d'objectif ! » ordonna Hornblower.

Il n'y avait aucun moyen d'observer la chute des obus sur la nouvelle cible, car les galiotes tiraient par-dessus la haute digue. Causer des dégâts, quels qu'ils fussent, était affaire de chance ; mais Hornblower était très capable d'imaginer que le parc et les dépôts d'une armée de soixante mille hommes assiégeant une place de première importance étaient susceptibles d'être à la fois éparpillés et encombrés ; quelques obus tombant en ce point-là pouvaient ne pas être inutiles.

La première batterie de campagne approchait maintenant du bord de l'eau, les chevaux faisant volte-face pour laisser les canons pointer dans la direction des galiotes, à des distances géométriquement calculées.

— Monsieur, vint dire Gérard, le *Harvey* signale qu'il change d'objectif.

— Très bien.

Le *Harvey* se mit en effet à tirer sur la batterie de campagne ; il lui fallut quelque temps pour régler son tir et les pièces de campagne, déployées sur une ligne longue et sans densité, n'offraient qu'une piètre cible à des mortiers, bien que l'objectif pût maintenant être directement observé. Une seconde batterie s'en venait, flanquant la première et (Hornblower pouvait aisément l'observer à la lunette, par-dessus l'étroite extrémité de la baie) d'autres canons allaient entrer en action, placer les galiotes sous des feux croisés. L'un des boulets du *Harvey* éclata tout contre l'une des pièces, tuant probablement tous les servants, mais laissant par hasard le canon lui-même sur ses roues. Les autres canons avaient ouvert le feu ; on voyait les gueules fumer. De l'autre côté de la baie, d'autres batteries de campagne entraient en action, quoique à bien longue portée pour de l'artillerie de campagne. Il n'y avait aucune raison de continuer à exposer les galiotes à bombes au feu du rivage. Macdonald avait deux cents pièces de campagne ; les galiotes n'étaient que deux.

— Signalez : Cessez le tir ! ordonna Hornblower.

Maintenant qu'il avait donné l'ordre, il se disait qu'il avait attendu trop longtemps. Il lui sembla que les galiotes n'en finissaient pas de lever l'ancre ; pendant qu'il attendait, plein d'inquiétude, il put compter les gerbes d'eau qui jaillissaient tout autour d'elles, provoquées par le tir de la côte. Enfin, il vit les avirons sortir des flancs des allèges, peser sur l'eau, faire virer de bord les bateaux ; puis les voiles blanches monter aux mâts, et les petits bâtiments fragiles faire route et se mettre hors de portée, dérivant largement et progressant obliquement, à la manière de crabes. Il se tourna, soulagé, et se trouva devant le gouverneur, qui était resté là, debout, observant l'opération en silence, dans une énorme longue-vue posée sur l'épaule d'un officier subalterne penché en avant, et qui devait avoir bien mal au dos.

— Bravo, monsieur ! fit le gouverneur. Au nom du tsar, je vous remercie. La Russie et la ville de Riga vous sont reconnaissantes.

— Je remercie Votre Excellence, dit Hornblower.

Diebitch et Clausewitz attendaient qu'il se tournât vers eux. Ils avaient hâte de discuter avec lui des opérations futures ; il fallait les entendre. Il congédia ses aspirants et le groupe des signaleurs, espérant que Somers aurait le bon esprit d'interpréter le coup d'œil qu'il lui jeta en guise d'avertissement ; il ne fallait pas laisser les hommes absorber les alcools lettons pendant qu'ils seraient à terre.

Alors, il reprit la conversation, d'ailleurs interrompue à chaque instant par le départ ou l'arrivée d'officiers chargés de messages et d'ordres, donnés dans des langues qu'il ne comprenait pas, mais dont les effets ne tardèrent pas à apparaître. Deux régiments d'infanterie défilèrent, baïonnette au canon, à travers le village, allant occuper les défenses, et bientôt s'élancèrent sur le glacis, poussant des hurlements sauvages. Les pièces lourdes de la batterie, dont la mitraille eût dû les hacher en charpie, restèrent muettes ; Hornblower put voir la sortie atteindre la tranchée approchée sans presque rencontrer d'opposition. Les Russes sautèrent dedans par-dessus les parapets, arrachant et démolissant les sacs de sable et les gabions dont elle était faite. Une troupe d'infanterie française accourut, mais trop tard pour les arrêter, si tant est qu'elle eût pu le faire sous le feu de l'artillerie des assiégés.

En une heure, l'affaire était achevée, la tranchée nivelée sur un large secteur, les armes capturées, les gabions encore intacts entassés et incendiés.

— Nous vous remercions, monsieur ! dit Clausewitz. Les travaux du siège ont été retardés de quatre jours.

Quatre jours ! Les Français avaient tout le restant de l'année pour continuer à pilonner les défenses. Il était du devoir de Hornblower et des Russes de les retenir là aussi longtemps qu'il serait possible. Il y avait quelque chose d'un peu déprimant dans cette perspective d'avoir à défendre cet ouvrage avancé alors que Bonaparte était irrésistiblement en marche vers le cœur de la Russie. Mais il fallait jouer le jeu jusqu'au bout.

Hornblower prit congé de ses hôtes ; il était las ; il était navré. Une ombre lui gâtait le plaisir qu'il eût pu ressentir du succès — du succès qui avait gagné quatre jours ! — de son attaque sur les Français.

Le roulement des sifflets l'accueillit lorsqu'il franchit le bord du *Nonsuch*. Le capitaine Bush, le premier lieutenant et l'officier de quart étaient sur le gaillard pour l'attendre.

— Bonsoir, capitaine Bush, dit-il. Auriez-vous la bonté de faire signaler à monsieur Duncan et à monsieur Mound de venir immédiatement à bord ?

Bush fit : « Oui, monsieur », mais ne bougea pas ; ne fit pas mine d'obéir. Il y eut un silence pénible. Enfin, Bush se ressaisit pour achever ce qu'il avait à dire :

— ... Monsieur, Mound a été tué.

— Vous dites ?

— Un des derniers coups tirés de la rive l'a coupé en deux !

Bush essayait de garder l'air rude qui lui était habituel, mais il n'était que trop visible qu'il était profondément ému. Il ne s'était pourtant pas attaché à Mound comme le commodore : Hornblower se sentit comme débordé par le torrent des regrets et des doutes qu'il allait connaître dans les jours à venir, et longtemps encore. Que n'avait-il donné l'ordre aux galiotes de cesser toute action un peu plus tôt ! N'avait-il pas été follement prodigue de vies humaines en les maintenant en action après que les batteries de campagne eurent commencé à riposter ? Mound avait été l'un des meilleurs parmi les jeunes officiers qu'il avait eu la chance d'avoir sous ses ordres. Sa mort était une perte grave pour l'Angleterre ; elle ne l'était pas moins pour lui. Le sentiment d'un deuil personnel était peut-être le plus aigu ; la pensée de la fatalité de la mort l'oppressait littéralement. Il restait encore écrasé de chagrin quand il entendit Bush lui dire :

— Monsieur, dois-je faire signaler à Duncan et au premier lieutenant du *Harvey* de venir à bord ?

— S'il vous plaît, oui, je vous en prie, capitaine Bush.

XXI

TENIR

Hornblower s'efforçait d'écrire en français une note au gouverneur de la place. Exercice pénible. Parfois, c'étaient les mots, d'autres fois les phrases qu'il n'arrivait pas à trouver ; à chaque anicroche, il faisait volte-face, revenait sur ses pas, recommençait sa période.

Ce qu'il essayait de dire, c'était ceci : « Des dépêches récemment arrivées d'Angleterre m'informent que les armées de Sa Majesté le Roi de Grande-Bretagne et d'Irlande ont eu l'avantage, au cours d'une grande bataille livrée à Salamanque (Espagne), le 14 du mois écoulé. Le maréchal Marmont, duc de Raguse, a été blessé et près de dix mille prisonniers capturés. Selon les messages reçus, le général anglais, marquis de Wellington, marche sur Madrid, qui ne peut manquer de tomber. Les conséquences de cette victoire ne sauraient être sous-estimées. »

Ici, Hornblower jura tout bas. Ce n'était pas à lui de suggérer au gouverneur l'opinion qu'il devait avoir concernant ces nouvelles ; il n'était pas moins vrai que le fait avait une énorme importance : une des armées de Bonaparte avait été battue dans une bataille livrée entre des forces numériquement égales. A la place du gouverneur, Hornblower eût fait tirer des salves, afficher des proclamations, fait enfin tout ce qui était en son pouvoir pour ranimer la confiance des soldats comme des civils, dans la tâche pénible qui consistait à défendre Riga contre les Français. Quant à l'effet d'une telle victoire sur la principale armée russe, en train de se masser dans le sud du pays en vue de défendre Moscou dans une bataille suprême, il était impossible de l'imaginer.

Il signa, cacheta le pli, appela Brown et lui remit la note, l'invitant à la faire porter à terre dans le plus bref délai. Outre les dépêches officielles qui venaient de lui parvenir, il avait près de lui une quinzaine de lettres à son adresse, toutes de l'écriture de Barbara ; depuis son départ, Barbara lui avait écrit chaque semaine ; les lettres s'étaient accumulées dans les bureaux de l'Amirauté en attendant le moment où le *Clam* repartirait avec des dépêches. Hornblower n'avait ouvert que la dernière, afin de s'assurer que tout allait bien chez lui. Il la reprit pour la relire :

Mon époux bien-aimé, les nouvelles de l'intérieur ont été entièrement éclipsées cette semaine par les grandes nouvelles arrivées d'Espagne. Arthur a battu Marmont ; tout le régime de l'usurpateur s'est écroulé dans le pays. Arthur va être fait marquis. Était-ce dans ma première lettre ou dans la seconde que je vous ai dit qu'il avait été fait comte ? J'espère pouvoir bientôt vous écrire qu'il a été fait duc ; non que je souhaite ce titre de duc pour mon frère, mais parce que cela signifiera qu'il a remporté une autre victoire. L'Angleterre, cette semaine, ne parle que d'Arthur, de même que, il y a quinze jours, l'Angleterre entière ne parlait que du commodore Hornblower, de ses exploits dans la Baltique.

Toute la maisonnée, ici, à Smallbridge, est tellement en effervescence, du fait de toutes ces nouvelles, que notre grand événement risque fort de passer presque inaperçu. Je veux parler de la première culotte de Richard Arthur. Le voilà vêtu en garçon, ses jupes sont rangées pour toujours. Il est bien jeune pour un tel changement, et Ramsbottom a fondu en larmes devant la disparition de son bébé ; mais si vous pouviez le voir, je pense que vous seriez d'avis qu'il a l'air joliment bien dans son nouvel équipage, du moins avant d'échapper à notre surveillance et de s'être livré à sa distraction préférée : faire des trous dans la terre du jardin. Richard affiche, tant physiquement que moralement, pour les travaux de la terre, une prédilection manifeste, bizarre chez le fils d'un marin aussi distingué. Quand j'aurai terminé ma lettre, je le ferai chercher pour qu'il puisse y apposer sa marque. Je suis sûre qu'il y mettra telles empreintes, malpropres autant que digitales, qui suffiront d'identifier sa signature.

Hornblower tourna la page. Les empreintes malpropres étaient bien là, et aussi la croix, tracée d'une main tremblante, que Richard Arthur avait griffonnée sous la signature de sa belle-maman. Hornblower sentit monter en lui un violent désir de voir son fils tel qu'il était alors, heureux et sale, creusant son trou dans les bosquets du jardin et lançant en l'air des pelletées de terre, gravement, absorbé dans sa tâche, plein de cette concentration suprême qui est le propre de l'enfant. Au-dessus de la croix, il relut les dernières lignes de Barbara :

Chaque jour, je fais un rêve, toujours le même : que mon cher mari me revienne bientôt victorieux. Je pourrai alors m'employer à augmenter son bonheur au lieu de me contenter de prier pour lui, comme je fais à présent.

Hornblower s'interdit de s'abandonner à devenir sentimental, à céder à l'émotion qui l'étouffait. Deux de ses beaux-frères étaient marquis, et l'un d'eux général, alors que lui-même n'était rien de plus que chevalier de l'ordre du Bain. A moins que des décès en nombre inusité vinssent à se produire parmi les anciens, il lui faudrait encore huit ans avant d'être simple contre-amiral, en admettant qu'il vive jusque-là, et que sa carrière ne soit pas interrompue par une action disciplinaire. Il étendit la main vers la première dépêche qu'il eût ouverte et relut le passage qui avait avec la situation présente le rapport le plus étroit.

Leurs Seigneuries me prient d'attirer tout particulièrement votre attention sur le fait que le Gouvernement attache la plus grande importance à ce que la défense de Riga soit prolongée aussi longtemps que possible. Elles m'informent qu'elles considèrent la sécurité de l'escadre placée sous votre commandement comme accessoire par rapport à la prolongation de ce siège et Elles vous chargent d'entreprendre, à vos risques et périls, tout ce qui est en votre pouvoir pour empêcher l'ennemi de continuer sa marche sur Saint-Pétersbourg.

« En d'autres mots, se dit Hornblower, Riga doit être défendue jusqu'au dernier homme (jusqu'au dernier navire aussi). » On le fusillerait si l'on croyait qu'il n'avait pas fait tout ce qui était « en son pouvoir ».

Il demanda son canot, ferma son bureau à clef, prit son chapeau et, après avoir hésité un instant, saisit ses pistolets, et se fit reconduire à Daugavgriva.

Le village n'était plus qu'un amas de décombres, à l'exception de l'église, dont les solides murailles avaient résisté à l'incendie qui avait ravagé la place et à la grêle incessante des éclats qui avaient ricoché au cours du bombardement des remparts. L'endroit puait la mort, car les cadavres étaient nombreux, et la terre qui les recouvrait insuffisamment épaisse. Des passages avaient été ménagés d'une cave à l'autre pour permettre la traversée du village à l'abri des obus. C'est par l'un de ces passages que Hornblower gagna l'église.

Du haut de la galerie supérieure, le spectacle était peu rassurant. L'assiégeant avait terminé sa seconde parallèle ; elle se trouvait à une distance des défenses qui ne dépassait pas deux cents mètres ; les travaux d'approche se poursuivaient ; l'avance vers les fossés continuait, impitoyable. Le tir de la grosse batterie était incessant ; la riposte qui venait des remparts était peu nourrie ; trop d'artilleurs avaient été tués, trop de canons réduits en pièces ; canons et artilleurs étaient devenus si rares qu'il était désirable de réserver ce qui restait pour repousser l'assaut, le moment venu. Le long du rivage du golfe, côté assiégeant, une batterie bien établie exhibait les canons prêts à balayer la zone où les galiotes avaient été ancrées. Il ne pouvait être question de recommencer le bombardement par surprise de la batterie de rupture, celui qui avait prolongé le siège de quatre jours, au prix de la mort de Mound.

Tandis qu'ils considéraient tout cela à la lunette, Clausewitz discutait froidement avec Hornblower. Aux yeux d'un soldat doctrinaire, un siège n'est autre chose qu'un problème pour l'intelligence. On pouvait calculer mathématiquement l'allure à laquelle l'adversaire s'approchait des défenses, l'effet de destruction de ses batteries, on pouvait prédire chaque manœuvre et contre-manœuvre, prévoir, à une heure près, l'instant de l'assaut final. Le moment était venu, maintenant qu'il n'était plus possible de maintenir un tir constant sur la tête de sape, de tenter par une sortie de retarder encore l'avance des assaillants.

— Mais, répliquait Hornblower, si les Français se rendent compte qu'une sortie doit survenir, ne feront-ils pas ce qu'il faut pour qu'elle échoue ?

— Si, dit Clausewitz.

Son œil gris était froid, son visage sans expression.

— Ne vaudrait-il pas mieux les surprendre ?

— Si. Mais comment organiser une surprise quand on est assiégé ?

— Ne les avons-nous pas surpris avec les galiotes ?

— Sans doute. Mais maintenant...

Clausewitz désignait du doigt la batterie qui interdisait l'accès du fond de la baie.

Hornblower fit :

— Pourtant... puis se mordit la langue.

Il était inutile de formuler des critiques si l'on n'avait en même temps quelque chose d'utile à suggérer. Le commodore préféra reporter toute son attention sur les travaux du siège, cherchant l'inspiration, tandis que les canons continuaient à rugir à ses pieds.

Ils ne grondaient pas moins plus en amont, où les Français avaient ouvert un autre front d'attaque sur le faubourg de Mitau, sur la rive du fleuve opposée à Riga. Les ressources de la défense ne s'en trouvaient que plus réduites. Macdonald s'acharnait à la façon d'un bouledogue ; il serait difficile de lui faire lâcher prise ; toutes les ressources de la Prusse étaient mises à contribution pour approvisionner son armée en vue du siège ; il avait prouvé que rien ne l'en distrairait, même pas le fait que les paysans lettons, livoniens et lituaniens s'étaient révoltés sur ses arrières et avaient mis tout le pays derrière lui dans un état de folle agitation.

— Les morts commencent à descendre le courant ! dit Clausewitz.

Il avait de grandes dents blanches qui, à la moindre provocation, se découvraient entièrement. Hornblower le regardait sans comprendre. Il s'expliqua :

— Ceux des combats d'il y a quinze jours ! dit-il. A Vitebsk et à Smolensk, deux cents milles plus au sud ! Quelques-uns de ces corps ont réussi à faire le voyage. Cadavres russes, pour la plupart, mais aussi cadavres français, bavarois, westphaliens, italiens. Beaucoup, beaucoup d'Italiens. Il a dû y avoir une grande bataille.

— C'est très intéressant ! dit Hornblower.

Au centre de la seconde parallèle, une nouvelle batterie était installée, dont le tir briserait toute force qui voudrait attaquer de front dans l'espoir de détruire les ouvrages. Ce serait demander beaucoup à une sortie de traverser deux cents mètres d'un glacis sans abris, sous un tel feu, avant de se risquer à prendre d'assaut un fossé et un parapet. Les flancs n'étaient pas moins gardés, l'un par le petit cours d'eau et l'autre orienté en arrière vers la baie. La baie ! Les batteries françaises pourraient bien balayer suffisamment la baie pour empêcher des galiotes d'y jeter l'ancre en plein jour, mais elles ne pourraient arrêter une attaque de troupes d'infanterie débarquées des bateaux à l'abri de l'obscurité. Ainsi, la parallèle pourrait être prise d'assaut, à l'aube, par le flanc. Hornblower se tourna vers Clausewitz pour lui suggérer cette idée.

Clausewitz l'adopta sur-le-champ. Ces continentaux étaient toujours exposés à oublier le concours de la marine quand ils échafaudaient leurs plans, mais Clausewitz, bien que Prussien, était assez souple pour apprécier les mérites d'un projet basé sur la maîtrise de la mer.

Il n'y avait pas de temps à perdre. Si l'on voulait devancer l'assaut sur Daugavgriva, il fallait donner forme au plan sans attendre ; établir minutieusement les horaires, se mettre d'accord sur les signaux, désigner les troupes pour le débarquement, les amener au point où Hornblower aurait des équipages prêts à manœuvrer les chalands qui les amèneraient au lieu choisi. Le commodore avait à désigner les officiers, les équipages, à donner ses ordres, à s'assurer qu'ils étaient bien compris. Il fallait envoyer chercher Montgomery et Duncan, Purvis et Carlin, les amener au dôme, leur faire voir les objectifs.

En attendant de les voir arriver sur la côte, Hornblower faisait les cent pas sur la galerie, l'esprit agité. Des messagers à cheval accouraient ventre à terre, ramenant la brochette de colonels russes dont les régiments étaient désignés pour faire le débarquement. Hornblower leur exposa le plan en français. Puis il s'occupa de traduire les questions que chacun désirait poser. Une demi-douzaine d'officiers russes subalternes, accroupis sur le sol de la galerie, l'air de couver des planches sur lesquelles étaient fixées des feuilles de papier, écrivaient les ordres que Clausewitz leur dictait. Essen survint au milieu de ces préparatifs ; il avait donné sur-le-champ son consentement verbal à l'opération proposée ; trouvant les préparatifs déjà si avancés, il eut le bon sens de laisser ceux qui avaient imaginé l'affaire élaborer eux-mêmes les détails.

Tout cela se poursuivait au bruit ininterrompu du bombardement ; le grondement sourd des canons faisait aux conversations comme un fond sonore ; les remparts russes croulaient peu à peu sous la grêle d'obus ; d'heure en heure, les tranchées d'approche avançaient un peu plus.

Il n'était pas midi quand Hornblower avait suggéré à Clausewitz l'idée du débarquement ; il était huit heures du soir et le soleil était couché quand tout fut prêt, que Hornblower se fut fait emmener en canot à l'embouchure de la Dvina, pour inspecter les canots qu'on avait rassemblés et pour voir défiler les grenadiers russes qui allaient y être embarqués.

— Vous avez bien compris les ordres ? demanda Hornblower à Duncan.

— Oui, monsieur.

— Voyons votre montre. Réglez-la sur la mienne.

— Bien, monsieur.

— Monsieur Montgomery, monsieur Purvis, rappelez-vous ce que j'ai dit : gardez les forces de débarquement groupées. Il faut frapper tous à la fois. Pas de débarquement au compte-gouttes. Assurez-vous que les soldats sachent bien dans quelle direction ils doivent avancer quand ils débarqueront.

— Bien, monsieur.

— Et maintenant, bonne chance !

— Merci, monsieur.

Il faisait nuit noire quand le commodore reprit pied sur la petite jetée de Daugavgriva. Obscurité complète et brise glacée. Le temps avait passé depuis que Hornblower avait jeté l'ancre dans la baie de Riga ; le solstice d'été était loin, l'automne à portée. Le commodore dut chercher son chemin à tâtons le long des tranchées ; à peine si ses jambes étaient assez fortes pour le porter jusqu'au haut de l'escalier obscur, interminable, qui aboutissait à la galerie de l'église. A peine s'il s'était assis depuis le matin ; il n'avait rien mangé ; la tête lui tournait de faim et de fatigue. Clausewitz était encore là, sous les étoiles dont la pâle clarté paraissait brillante auprès de l'ombre épaisse de l'escalier.

— Les Français semblent singulièrement actifs ce soir, dit Clausewitz. Au crépuscule, ils ont relevé la garde des tranchées.

Un chapelet de flammes orange éclaira soudain les lignes françaises ; le grondement d'une salve vint jusqu'à eux.

— Ils arrosent périodiquement le fossé à la mitraille, expliqua Clausewitz. C'est pour gêner nos équipes de réparations. Manœuvre classique ; mais, après une demi-douzaine de coups, le tir est faussé.

— Si la guerre de siège était à ce point mécanique, chaque étape évidente et à ce point prévisible, cela signifiait aussi qu'un général aux idées originales et non respectueux des règles avait toujours sa chance. Dans deux jours, les brèches et les approches seraient mûres pour un assaut. Qu'est-ce donc qui pouvait empêcher l'assaillant d'attaquer prématurément, de prendre le défenseur au dépourvu ? dit Hornblower à Clausewitz.

— Évidemment, pontifia Clausewitz, la chose est toujours possible. Mais ne perdez pas de vue que la garde de nos tranchées est particulièrement nombreuse ce soir, en raison de la sortie à l'aube.

Tâtonnant tout autour de lui, Hornblower finit par mettre la main sur une des bottes de paille que l'on avait apportées sur la galerie afin de donner un peu de confort à ce quartier général avancé. Il fut bien aise de s'asseoir ; ses jambes tremblaient de fatigue. Serrant autour de lui son manteau pour se protéger du froid de la nuit, il eut follement envie de dormir. Il s'étendit de tout son long, se souleva sur un coude pour saisir un paquet de paille qui lui servirait d'oreiller.

— Je vais me reposer un peu, dit-il.

Il se coucha, ferma les yeux.

Il y avait quelque chose de plus que la simple fatigue dans cette irrésistible envie de dormir. Endormi, il serait débarrassé de ce siège, de sa puanteur, de ses dangers, de sa violence ; débarrassé de ses responsabilités ; il ne serait pas tourmenté par tous ces rapports sur l'avance incessante de Bonaparte au cœur de la Russie ; et surtout par le sentiment de livrer une bataille sans issue contre un ennemi qui, en raison de sa puissance colossale, devait fatalement triompher. S'il pouvait dormir, ce serait l'oubli, le népenthès ! Il aspirait de toutes ses forces à sombrer dans le sommeil comme un homme désire se perdre aux bras de sa maîtresse. Ses nerfs étaient curieusement solides, malgré la tension des dernières semaines, ou peut-être justement à cause de cela ; car sa nature était ainsi, illogique, déconcertante.

Il se tourna, se roula dans la paille et les rêves tumultueux mêmes qui l'assaillirent (il s'en rendait compte, on ne sait comment) n'étaient pas aussi sérieux que les pensées dont il eût souffert s'il avait été éveillé.

Il fut tiré du sommeil par Clausewitz qui lui touchait l'épaule, se ressaisit, redevint le Hornblower chargé de concourir à la défense de Riga, un peu comme une pièce d'un puzzle prend sa place dans la patience.

— Encore une heure avant le jour ! dit Clausewitz, à peine visible dans l'obscurité menaçante.

Hornblower s'assit. Son corps était raide ; il avait pris froid sous la couverture insuffisante de son manteau. Si tout s'était bien passé, le corps de débarquement devait dans l'ombre remonter vers le fond de la baie. Il faisait trop noir pour qu'on pût voir quoi que ce fût par-dessus la balustrade de la galerie.

Une autre ombre surgit à son côté, lui glissa dans la main quelque chose de chaud : un verre de thé. Hornblower le supa avec gratitude, se laissa pénétrer par la bienfaisante chaleur. La faible détonation d'un unique coup de mousquet atteignit son oreille, et Clausewitz allait lui dire quelque chose quand une violente fusillade lui coupa la parole. Cela se passait dans le *no man's land,* entre les deux systèmes de tranchées. Toute l'ombre en était étoilée.

— Quelque patrouille nerveuse, il faut croire ! dit Clausewitz.

Mais la fusillade restait nourrie et ne faisait pas mine de cesser. Au contraire, elle croissait plutôt en violence. Un grand fer de lance enflammé s'alluma en bas, dirigé vers une masse irrégulière d'éclairs, à l'endroit où apparemment une colonne atteignait une ligne de tranchées. Après les éclairs, ce fut le bruit du canon. Une flamme orange accompagnait chaque départ de projectile. Aussitôt après, les lueurs grandirent encore ; des matières inflammables (des boulets incendiaires, à n'en pas douter) étaient lancées par assaillants et défenseurs du haut des parapets pour éclairer l'adversaire. Partant de la baie elle-même, une traînée courbe de feu jaune se leva, monta en plein ciel avant d'éclater en une gerbe d'étoiles écarlates.

— Dieu soit loué ! fit tout bas Hornblower.

Le corps de débarquement avait atteint son objectif un peu avant l'heure fixée, et quelqu'un (des Anglais ou des Russes ?) avait sagement décidé, au vu de l'ardente fusillade, de lancer sans attendre une attaque de flanc.

Clausewitz se tourna et lança un ordre ; un aide de camp dégringola l'escalier. Presque au même instant, un messager accourait, essoufflé, parlant russe avec une telle volubilité que Clausewitz, pas très maître de cette langue, dut le faire répéter avant de se tourner vers Hornblower.

— L'ennemi est en force, dit-il. Sans doute a-t-il l'intention d'attaquer par surprise. Il pourrait gagner deux jours, s'il réussissait.

Une nouvelle alerte éclatait à leurs pieds. Le corps de débarquement rencontrait la première opposition : de nouveau le paysage invisible voisin du rivage fut étoilé d'éclairs et de lueurs. Un combat violent s'engageait, où assaillants, défenseurs et attaque de flanc étaient engagés. Les premières lueurs du jour apparaissaient à l'est, suffisantes pour éclairer un Clausewitz pas rasé, son uniforme couvert de paille, son aspect contrastant singulièrement avec l'air pimpant qui lui était habituel. Mais, de la bataille, on ne voyait encore rien, si ce n'est de vagues nuages de fumée dérivant dans une demi-obscurité. Et Hornblower se rappelait les vers de Campbell, dans *Hohenlinden,* sur le soleil levant, à l'aube, incapable de percer les obscurs nuages de la guerre. Le fracas de la mousqueterie, le grondement pressé des canons, disaient assez l'ardeur de la bataille. Même, à un moment donné, Hornblower entendit un grand cri monter de cent gorges auquel un hurlement sauvage répondit. La scène devenait de plus en plus lisible. Les premiers messagers accouraient.

— Shevstoff a pris d'assaut la batterie qui gardait le rivage ! dit Clausewitz, l'air triomphant.

Shevstoff était le général qui commandait le corps de débarquement. S'il avait pris d'assaut la batterie, les équipages des bateaux pourraient battre en retraite sans être inquiétés ; l'arrivée d'un messager à Daugavgriva signifiait qu'il était en contact avec les défenseurs, c'est-à-dire que sa troupe avait probablement exécuté les ordres reçus, donc qu'elle avait attaqué de flanc les positions françaises. La fusillade parut décroître, bien que la fumée se mêlât encore à la brume de terre propre à l'automne et gardât la scène cachée.

— Klatoff a atteint les travaux d'approche, dit encore Clausewitz. Ses hommes sont en train de démolir les parapets.

Le feu des mousquets grossit de nouveau ; mais la clarté du jour était maintenant assez vive pour qu'on ne pût voir les éclairs. Une lutte à mort était apparemment engagée, si violente que l'apparition du gouverneur sur la galerie attira à peine l'attention du groupe qui s'efforçait, à travers la brume et la fumée, de deviner ce qui se passait.

Essen recueillit quelques détails en posant à Clausewitz de brèves qucstions, puis se tourna vers Hornblower.

— J'eusse été ici il y a une heure, dit-il, mais j'ai été retenu par une arrivée de dépêches.

Le gros Essen avait l'air sombre ; il prit le bras de Hornblower et l'attira hors de portée des deux officiers d'état-major.

— Mauvaises nouvelles ? demanda Hornblower.

— Oui. Les pires. Nous avons été battus dans une grande bataille devant Moscou et Bonaparte est dans la ville.

C'étaient en effet les plus mauvaises nouvelles que l'on pût concevoir ! Hornblower songeait au jour à venir où cette bataille prendrait sans doute place auprès de Marengo, d'Austerlitz, d'Iéna, parmi les victoires écrasantes qui ruinent une nation ; l'entrée dans Moscou compterait autant que l'occupation de Berlin et de Vienne. Encore une semaine ou deux et la Russie implorerait la paix — si tant est qu'elle n'avait pas déjà entrepris de le faire. L'Angleterre resterait seule, la terre entière en armes contre elle. Y avait-il au monde quelque chose qui pût résister à l'habileté, à la puissance de Bonaparte ? La marine anglaise elle-même ? Hornblower s'imposa de supporter d'un air impassible ce coup tragique ; il ne fallait pas que son visage pût trahir la détresse qui le bouleversait :

— Nous n'en lutterons pas moins ici jusqu'au bout ! dit-il.

— Oui, dit Essen, mes hommes lutteront jusqu'au dernier. Mes officiers aussi.

Il eut presque un sourire tandis que, d'un mouvement de tête, il désignait Clausewitz. Si jamais homme avait eu le cou pris dans un nœud coulant, c'était celui-là ! Un homme qui se battait contre son pays ! Hornblower se rappelait l'insinuation de Wellesley selon quoi son escadre pourrait un jour servir de refuge à la cour de Russie. Ses navires seraient encombrés de réfugiés fuyant tout ceci, pour gagner le dernier pays du continent encore en armes contre Bonaparte.

La brume et la fumée pâlissaient, devenaient translucides, se déchiraient, et des morceaux du champ de bataille devenaient visibles ; Hornblower et Essen tournèrent leur attention vers ce qu'il fallait faire, comme soulagés de ne plus envisager l'avenir.

— Oh ! fit Essen, le doigt tendu.

Des fragments des travaux d'approche étaient en pleine vue ; çà et là, on apercevait des trous dans les parapets.

— Monsieur, dit Clausewitz, Klatoff a exécuté ses ordres.

Jusqu'à ce que ces trous soient réparés, l'un après l'autre, en partant du plus rapproché de la première parallèle, nul ne pourrait atteindre la tête de la sape, et aucune troupe en nombre ne pourrait utiliser les travaux d'approche. « On avait encore gagné deux jours », se disait Hornblower, jaugeant l'importance des destructions, avec l'expérience que lui avaient déjà fournie les occasions de juger des opérations de siège. De vifs combats se poursuivaient encore ; l'arrière-garde couvrait la retraite vers les remparts des forces qui avaient pris part à la sortie. Essen équilibrait son immense longue-vue sur l'épaule de son aide de camp ; il se mit à inspecter la scène à ses pieds. Hornblower regardait dans sa propre lunette. Les chalands qui avaient amené le corps de débarquement gisaient, abandonnés, sur le rivage ; les bâtiments qui ramenaient les équipages qui les avaient conduits étaient déjà hors de portée du tir.

Une main se posa sur son épaule. Il se tourna. C'était Essen.

— Voyez donc là, commodore ! dit le gouverneur.

Dans un éclair, la lunette révéla à Hornblower la chose sur

laquelle Essen attirait son attention. Des groupes isolés de soldats appartenant à l'armée assiégeante erraient sur le *no man's land,* regagnant leurs propres tranchées ; et (Hornblower en fut plusieurs fois le témoin) transperçaient de leur baïonnette les blessés russes qui gisaient, entassés, sur leur chemin. Peut-être ne fallait-il pas s'attendre à autre chose, dans ce siège long et sanglant, surtout de la part des hordes de Bonaparte ; il y avait, maintenant, des années qu'elles erraient à travers l'Europe ; beaucoup de ces soldats servaient depuis l'adolescence ; ils vivaient de ce qu'ils pouvaient trouver en pays conquis, ne connaissant d'autre tribunal suprême que la baïonnette et que le mousquet.

Essen était pâle de rage ; Hornblower tâchait de partager sa fureur ; il trouvait cela difficile ; cette sorte de férocité était ce qu'il en était venu à attendre ; il était préparé à continuer à tuer des soldats et des marins de Bonaparte, mais il ne se flattait pas de pratiquer la justice parce qu'il tuait celui-ci pour la raison qu'un autre avait assassiné ses alliés blessés.

En bas, dans les décombres du village, tandis qu'il allait, longeant les tranchées, il voyait les blessés qui avaient eu la chance de se traîner jusqu'ici recevoir les soins que réclamait leur état. Il frissonnait, se disant que ceux qui avaient été odieusement transpercés dans le *no man's land* étaient peut-être les plus heureux.

Il dépassa des rangs de soldats russes ; le visage noirci par la fumée et leur uniforme en haillons, ils bavardaient avec cet abandon bruyant d'hommes qui viennent de sortir miraculeusement vivants d'une victoire chèrement acquise.

XXII

LES ESPAGNOLS

Parmi la somme de courrier, longtemps retardé, qui venait d'arriver d'Angleterre, se trouvaient d'importants paquets de brochures imprimées, en français et en allemand, quelques-unes même en hollandais et en danois. Proclamations qui s'adressaient aux troupes de Bonaparte, les invitant à déserter.

Ce n'étaient pas des encouragements à déserter en masse ; elles ne s'adressaient qu'à l'individu, l'assurant qu'il serait le très bienvenu s'il voulait passer à l'adversaire. Elles démentaient la version des proclamations de Bonaparte d'après lesquelles l'Angleterre enfermait ses prisonniers sur des pontons, véritables enfers flottants, et, à force de mauvais traitements, contraignaient les déserteurs à prendre du service dans des régiments mercenaires. Elles offraient ou bien repos et sécurité, ou bien, à ceux qui désiraient se battre contre le tyran, et seulement à condition qu'ils en exprimassent le désir, le droit de s'enrôler dans les troupes britanniques. La brochure française était très habilement rédigée ; les autres aussi, probablement. Peut-être Canning, ou cet autre (comment donc s'appelait-il encore ?) Hookham Frere avaient-ils aidé à les composer.

Une lettre accompagnait les brochures, chargeant Hornblower de faire son possible pour les faire tenir aux troupes de Bonaparte. Un document intéressant y était joint : c'était la copie d'une lettre de Bonaparte à Marmont, probablement interceptée quelque part en Espagne, où l'Empereur fulminait contre ce nouveau témoignage de la perfidie britannique. Des exemplaires des brochures avaient dû lui tomber sous les yeux, l'avaient touché au point sensible. A en juger par le texte de sa lettre, cette tentative pour détourner ses troupes de leur devoir l'avait rendu furieux. Si la violence de la réaction de Bonaparte pouvait servir d'indication, le moyen devait être efficace. Habituellement bien nourris et entretenus sous les ordres de Macdonald, les Prussiens en étaient réduits à la portion congrue, maintenant que le pays d'alentour avait été vidé par les fourrageurs. L'offre d'une vie de repos et d'abondance, combinée avec un appel à leur patriotisme, pourrait provoquer des désertions en grand nombre. Hornblower imaginait le texte d'une lettre officielle au gouverneur dans laquelle il suggérerait l'envoi de colporteurs dans le camp français, sous couleur de vendre des objets de luxe, en réalité pour distribuer des brochures. Ici, où les soldats de Bonaparte souffraient de privations réelles et ne remportaient que peu de succès, l'appel pourrait avoir plus d'effet que sur le gros de l'armée à Moscou. Hornblower était plutôt enclin à se méfier du délirant bulletin russe sur l'incendie de Moscou, et de même de la déclaration publique solennelle par laquelle Alexandre disait qu'il ne ferait jamais la paix, aussi longtemps qu'il resterait un seul Français sur le sol russe. Il était d'avis que le moral français était probablement encore assez haut et la force de Bonaparte assez grande pour imposer dans Moscou la paix à la Russie à la pointe des baïonnettes, même si la destruction de Moscou était moins complète, même si elle était aussi grande que Moscou le prétendait.

On frappa à la porte. Hornblower hurla :

— Entrez !

L'interruption l'irritait ; il avait eu l'intention de passer toute la journée à rattraper le retard qui pesait sur sa paperasserie.

— Une lettre de la côte, monsieur ! dit l'aspirant de quart.

C'était un billet du gouverneur. Une seule phrase :

Quelques nouveaux arrivés viennent de débarquer ici, qui, je crois, vous intéresseront, si vous pouvez trouver le temps de me rendre visite.

Hornblower soupira ; son rapport à Londres ne serait donc jamais fini. Mais comment ne pas se rendre à une invitation pareille ?

— Appelez mon canot, dit-il à l'aspirant, se tournant pour fermer à clef son bureau.

Dieu seul savait quels étaient ces nouveaux arrivés. Les Russes étaient parfois si mystérieux pour des bagatelles. Ce n'était peut-être qu'une plaisanterie. N'empêche qu'il fallait savoir de quoi il s'agissait avant d'envoyer la dépêche en Angleterre..

Comme son canot dansait sur l'eau, il jeta un coup d'œil sur les lignes des assiégeants ; les pièces françaises tiraient toujours ; mais son oreille était tellement habituée au bruit qu'il n'y prit garde que lorsque le spectacle retint son attention. Le long nuage habituel de fumée rampait toujours sur un terrain sans accident.

Puis le canot entra dans l'embouchure du fleuve ; les décombres de Daugavgriva disparurent à ses regards ; il ne vit plus que le dôme de l'église où il avait si souvent guetté la bataille. Riga se rapprochait ; il fallut ramer tout près du rivage pour éviter l'endroit où le courant de la Dvina était le plus rapide. Enfin, les avirons cessèrent leur office et le canot accosta les degrés qui menaient au quai. Le gouverneur et son état-major attendaient, avec un cheval qui devait porter Hornblower.

— Le trajet n'est pas long ! dit Essen. Je crois que vous trouverez que ce voyage valait la peine !

Hornblower monta en selle, remerciant d'un signe de tête le palefrenier qui tenait la tête de l'animal. On partit au trot, les fers des chevaux claquant sur le pavé des rues. Une poterne s'ouvrit devant eux dans les fortifications, à l'est (aucun ennemi n'avait encore mis le pied sur cette rive de la Dvina) ; ils passèrent sur un pont-levis. Le fossé franchi, une troupe nombreuse de soldats apparut sur le glacis, les hommes accroupis et en rangs. Dès que le cortège apparut, tous se mirent debout, s'alignèrent, puis, obéissant à une sonnerie de clairons, présentèrent les armes, le drapeau régimentaire déployé au vent qui soufflait. Essen arrêta son cheval et rendit le salut.

— Eh bien, monsieur, que pensez-vous de cela ? dit-il à Hornblower, retenant un sourire.

Les soldats étaient en haillons ; la peau nue paraissait maintes fois par des trous de leurs uniformes, bleus ou gris sale. Soldats traînant les pieds, aussi peu martiaux que possible. Des soldats qui ont durement combattu peuvent bien être en haillons, mais Hornblower avait plutôt l'impression d'une saleté et d'un désordre volontaires. Essen souriait toujours ; il ne pouvait avoir amené ici le commodore uniquement pour lui montrer des uniformes en lambeaux. Au cours des trois derniers mois, Hornblower en avait assez vu, pour tout le restant de sa vie. Combien étaient-ils ? Plusieurs milliers, certes ; une forte brigade, ou bien une faible division. Hornblower voulut compter les drapeaux, pour connaître le nombre d'unités présentes ; c'est alors seulement que, de surprise, il faillit perdre l'équilibre. Ces drapeaux étaient rouges et jaunes ; c'étaient les couleurs de l'Espagne ! Ces haillons, c'était ce qui restait des uniformes bleu et blanc des Bourbons, les mêmes qu'il avait tant détestés, dix ans plus tôt, durant sa captivité au Ferrol. Et ce n'était pas tout : à l'extrême gauche de l'alignement lamentable, claquait au vent un unique étendard, bleu et argent, le drapeau portugais, brandi devant ce qui restait d'un seul bataillon de soldats qui évoquait plutôt l'image d'un bataillon d'épouvantails à moineaux.

— Je pensais bien que vous seriez surpris, dit Essen, pouffant de rire.

— Qu'est-ce que c'est que ces hommes-là ?

— Quelques-uns des alliés volontaires de Bonaparte, répondit Essen, ironique. Ils faisaient partie du corps de Saint-Cyr, à Polotsk. Un jour, placés à la lisière des lignes d'avant-postes, ils se sont ouvert un chemin vers l'aval du fleuve afin de nous rejoindre. Allons voir leur général !

Il mit sa bête au trot. Hornblower le suivit jusqu'à l'endroit où un officier, pas beaucoup mieux vêtu que ses hommes, se tenait sur un cheval blanc décharné, à la tête d'un état-major encore plus mal monté que lui.

— J'ai l'honneur, dit Essen le plus cérémonieusement du monde, de vous présenter Son Excellence le Conde de los Altos ! Son Excellence le commodore Sir Horatio Hornblower !

Le Conde salua ; il fallut quelques instants à Hornblower pour se remémorer un peu d'espagnol. La dernière fois qu'il s'était servi de cette langue, c'était durant l'attaque avortée contre Rosas, deux ans plus tôt.

— Il m'est très agréable, dit-il, de rencontrer Votre Excellence.

Le visage du Conde trahissait son heureuse surprise de se voir adresser la parole dans sa langue.

— Vous êtes, dit-il, monsieur l'amiral anglais ?

Hornblower ne jugea pas l'instant opportun pour entrer dans des explications sur la différence entre un amiral et un commodore. Il se borna à faire de la tête un signe d'accord.

— J'ai demandé, dit le Conde, que mes hommes et les Portugais qui les accompagnent puissent être ramenés en Espagne, où ils iront combattre sur leur sol contre Bonaparte. On me dit que, puisque cela ne peut être fait que par mer, il faut votre consentement. Il va sans dire, n'est-ce pas, que vous le donnerez ?

C'était beaucoup demander. Cinq mille hommes, à quatre tonnes par homme (vivres et armes compris) représentaient vingt mille tonnes de fret. Cela faisait un important convoi. Engager son Gouvernement à fournir vingt mille tonnes de fret pour porter les Espagnols de Riga en Espagne, c'était outrepasser ses pouvoirs. Jamais il n'y aurait assez de bateaux. En outre, il fallait penser à l'effet, sur le moral de la garnison de Riga, dc l'arrivée de ce renfort si opportunément tombé du ciel et qu'on songeait à rembarquer à peine arrivé. Mais, d'autre part, il fallait prévoir que la Russie pouvait faire la paix avec Bonaparte ; et, dans ce cas, plus vite les Espagnols seraient tirés des griffes de l'un ou de l'autre pays, mieux cela vaudrait. En Espagne, où l'on pouvait s'attendre à ce que des Espagnols fournissent leur maximum d'effort, cinq mille hommes représentaient une armée nombreuse, tandis qu'ils n'étaient qu'une poignée dérisoire dans cette guerre continentale où des millions de soldats étaient aux prises.

Mais tout ceci était beaucoup moins important que le côté moral de l'affaire. Quel serait l'effet de cette désertion massive sur tous les autres alliés, contraints à servir Bonaparte contre leur gré : Prussiens, Autrichiens, Italiens, Bavarois, quand ils apprendraient non seulement qu'un contingent d'une seule nation s'était frayé de force un chemin pour rejoindre les Russes, mais avait été reçu à bras ouverts, fêté, considéré et finalement rembarqué vers son pays natal dans les délais les plus courts ? Hornblower se dit qu'une telle nouvelle permettait de prévoir une réaction formidable, surtout si les Russes mettaient à exécution leur décision de continuer à combattre durant tout l'hiver. Ceci pouvait n'être rien de moins que le début de l'écroulement de l'empire français.

— Je suis tout disposé à vous renvoyer en Espagne, vous et vos hommes, dès que les dispositions pourront être prises. Je vais donner des ordres aujourd'hui même pour que l'on rassemble le tonnage nécessaire.

Le Conde se confondit en remerciements. Hornblower fut forcé de l'interrompre. Il avait quelque chose à ajouter :

— En retour, dit-il, il est une chose que je désire vous demander.

Le visage du Conde parut s'assombrir :

— Qu'est-ce, monsieur ?

Le soupçon, résultat des années au cours desquelles il avait été la victime de la duplicité internationale, des mensonges, des déceptions, des menaces (depuis les pitoyables subterfuges de don Manuel de Godoy y Alvarez de Faria jusqu'aux brimades brutales de Bonaparte) durcit sur-le-champ le visage de l'Espagnol.

— Votre signature sur une proclamation, dit Hornblower. Rien de plus. Je désire faire circuler, parmi les autres alliés enrôlés de force par Bonaparte, la nouvelle que vous avez rejoint la cause et le parti de la Liberté. J'aimerais que vous attestiez qu'elle est vraie.

Le Conde fouilla encore un instant du regard le visage du commodore, puis :

— D'accord, dit-il, je signerai.

Ce consentement était un compliment. Compliment qui s'adressait, d'abord, à l'honnêteté d'intention d'Hornblower, ensuite à la réputation que la marine britannique s'était faite de remplir toujours ses engagements.

— Donc, rien d'autre à faire, dit Hornblower, que de rédiger la proclamation et de trouver des bateaux pour vos troupes.

Tandis que cette conversation se poursuivait en espagnol, Essen, à côté d'eux, s'agitait sur sa selle. Il ne connaissait pas un mot d'espagnol ; cela l'inquiétait. Hornblower trouva cela plaisant. Au cours des derniers mois, il avait dû assister tant de fois, sans comprendre, à des conversations en russe et en allemand ! C'était un peu comme une revanche.

— Vous a-t-il parlé des conditions qui règnent dans

l'armée de Bonaparte ? demanda Essen. Avez-vous entendu dire que la faim y régnait, et la maladie ?

— Pas encore.

Les informations ne tardèrent pas. A l'instigation pressante d'Essen, le Conde répondait brièvement, par monosyllabes. Les troupes de Bonaparte mouraient debout, longtemps avant d'avoir atteint Moscou ; la faim, la maladie avaient décimé la grande armée que le tyran poussait à marches forcées à travers les steppes arides.

— Presque tous les chevaux sont morts ! dit le Conde. On n'avait rien à leur donner que du chiendent !

Si les chevaux étaient morts, il serait impossible d'amener vivres et munitions au corps principal ; l'armée devrait s'éparpiller ou mourir de faim. Or, aussi longtemps que les Russes disposaient d'une armée quelconque, l'éparpillement des troupes françaises serait impossible. Aussi longtemps qu'Alexandre tiendrait, aussi longtemps qu'il poursuivrait la lutte, il y avait de l'espoir. On commençait à comprendre que, pour arriver à Moscou, l'armée de Bonaparte avait dépensé le meilleur de ses forces. Le seul moyen qui restait aux Français d'exercer une nouvelle pression sur le tsar, c'était de marcher sur Saint-Pétersbourg avec l'armée, qui justement, faisait le siège de Riga. Il n'en était que plus nécessaire de tenir ici à tout prix. Car Hornblower doutait de la constance d'Alexandre si le tsar venait à perdre ses deux capitales.

Pendant cet échange de propos, la malheureuse infanterie espagnole était restée debout, présentant les armes. Hornblower avait pitié d'elle. Il fit exprès de porter plusieurs fois les yeux de ce côté, pour rappeler le Conde au sentiment de son devoir. L'Espagnol finit par comprendre. Un ordre à son état-major fut repris par les colonels ; les régiments déposèrent maladroitement les armes, reprirent la position de repos, chose qu'ils avaient dans le sang.

— Son Excellence me dit que vous avez servi en Espagne, dit le Conde. Avez-vous des nouvelles de mon pays ?

Il était malaisé de donner des détails précis sur l'histoire compliquée de la péninsule, au cours des quatre dernières années, à un Espagnol, qui, durant tout ce temps, avait été coupé de tout contact avec son pays. Hornblower fit de son mieux, palliant l'effet des innombrables défaites espagnoles, mettant l'accent sur le dévouement et l'efficacité des guérilleros, et concluant sur le mode optimiste lorsqu'il en vint à la récente prise de Madrid par Wellington.

Pendant qu'il parlait, l'état-major espagnol s'était rapproché ; les officiers se pressaient autour de lui. Pendant quatre longues années, c'est-à-dire depuis que le peuple espagnol avait manifesté sa volonté, cessant d'être l'allié obséquieux pour devenir le plus farouche ennemi de l'Empire, Bonaparte avait veillé à ce que pas un mot sur la situation réelle de l'Espagne ne pût toucher les Espagnols à son service, opérant à trois mille milles de chez eux. Ils n'avaient connu que les mensonges des bulletins impériaux ; c'est là-dessus qu'ils avaient échafaudé leurs théories. Étrange expérience que celle qui consistait à parler à ces exilés ; Hornblower éprouvait une sensation curieuse, tandis qu'il se rappelait dans quelles conditions lui-même avait appris le changement de front de l'Espagne ; cela s'était passé sur le pont du *Lydia,* sous les tropiques, en plein Pacifique, au sein d'un océan non porté sur les cartes marines. Pendant quelques secondes, les souvenirs affluèrent en lui : le bleu et l'or du Pacifique, la chaleur, les tempêtes, les combats qu'il avait livrés, El Supremo, le gouverneur de Panama ; c'est à tout cela qu'il dut s'arracher pour revenir à ce terrain de manœuvres sur les côtes de la Baltique.

Un officier de service accourait vers eux, au galop, les pieds de son cheval soulevant la poussière. Il stoppa devant Essen, salua d'un air absent, la main encore levée à hauteur du front alors qu'il délivrait déjà son message. Un mot du gouverneur le fit repartir d'où il venait, à la même allure. Essen se tourna vers Hornblower.

— L'ennemi occupe en masse ses tranchées, dit-il. Il est sur le point d'attaquer Daugavgriva.

Il se mit à crier des ordres. Des chevaux pivotèrent, piaffant, les éperons plantés dans les flancs, le mors tiré de côté, les forçant à tourner la tête. En quelques secondes, une demi-douzaine d'officiers galopaient dans des directions différentes, emportant les messages qui venaient de leur être donnés.

— J'y vais ! dit Essen.

— Moi aussi ! dit Hornblower.

Hornblower eut de la peine à rester en selle quand son cheval énervé pivota sur lui-même pour suivre celui du gouverneur ; il put se rétablir, la main sur le pommeau, et remettre, tout en courant, le pied dans l'étrier qu'il avait perdu. Essen tourna la tête pour crier un ordre à l'un des officiers qui les accompagnaient, éperonna de nouveau son cheval. Pendant que les bêtes prenaient de la vitesse, le murmure sourd du bombardement grandissait.

Les sabots claquèrent longtemps par les rues ; puis le pont de bateaux résonna sous les fers. Par ce clair soleil d'automne, la sueur coulait sur le visage de Hornblower ; son épée dansait contre sa cuisse ; à chaque instant, son bicorne lui glissait sur le front ; une fois même, il le rattrapa par miracle, le saisissant à pleines mains au dernier moment. Comme ils tournaient le pont de la Dvina, Hornblower eut le temps de voir l'eau tourbillonner ; puis il la revit à sa droite tandis qu'ils galopaient le long des quais. Le bruit du bombardement grandissait toujours. Tout à coup, ce fut le silence.

— C'est l'assaut ! hurla Essen, penchant son gros corps en avant dans son effort pour aider son cheval à courir.

Ils étaient arrivés au village, parmi les ruines des maisons. Ils croisaient des soldats abattus, refluant pêle-mêle, des uniformes bleus devenus gris par la poussière, des officiers qui, l'injure à la bouche, essayaient de les rallier, frappant des hommes ahuris du plat de l'épée. Essen éleva de nouveau la voix, une voix de clairon fêlé, agitant son épée au-dessus de sa tête et poussant son cheval en avant, dans la foule en désordre. A sa vue, les hommes commencèrent à se ressaisir, à se tourner, à faire front à l'ennemi, à se reformer. Une colonne ennemie avançait en désordre à travers les ruines ; elle avait dû, dans son élan, franchir la brèche. Pour l'instant, c'était plutôt une foule qu'une colonne, les officiers bondissant à la tête des soldats, agitant leurs chapeaux, leurs sabres. Un drapeau claquait au-dessus des têtes. La vue des Russes en train de se reformer fit hésiter les nouveaux venus ; puis des coups de feu partirent des deux camps ; Hornblower vit un des officiers tomber mort tandis qu'il invitait ses hommes à le suivre. Il se tourna vers Essen, mais Essen était masqué par la fumée. Alors il tourna bride, courut sur le flanc des Français. Son esprit travaillait à une vitesse folle ; des balles sifflaient à ses oreilles ; il sentait l'instant critique. Arrêter un instant cette colonne assaillante... N'importe quel incident dérisoire pourrait ensuite retourner la situation, renvoyer la colonne en arrière, aussi vite qu'elle était venue...

Il atteignit la porte de l'église au moment même où une ruée de soldats en sortait. C'était la garnison qui se hâtait d'assurer sa retraite avant d'être coupée, ou isolée. Hornblower dégaina son épée. Réussissant à rester en selle, il cria :

— En avant !

Les soldats ne comprenaient pas ce qu'il disait. La vue de ce personnage, tout bleu et or, surgi devant eux et donnant des ordres, les arrêta. Le premier venu eût compris. Derrière le groupe des Russes, Hornblower aperçut un instant Clausewitz et Diebitch ; c'était à eux de prendre ici le commandement ; mais l'heure n'était pas à discuter et l'esprit du commodore lui disait que, si ces deux chefs étaient peut-être de grands soldats scientifiques, leur intervention serait inutile au sein d'une action désordonnée et brutale comme celle-ci. Il cria :

— En avant ! En avant !

De son épée, il désignait le flanc de la colonne des assaillants.

Les Russes se tournèrent pour le suivre. Aucun soldat, d'ailleurs, n'eût pu résister à son geste et à son exemple. Entre la colonne française et la ligne russe, des salves continuaient à claquer ; la colonne progressait encore ; la ligne russe commençait à flotter, à céder du terrain.

— Serrez les rangs ! Serrez les rangs ! hurlait Hornblower, tourné sur sa selle, le bras tendu, gesticulant du poing pour montrer à ses hommes ce qu'il voulait d'eux.

— ... Chargez vos mousquets !

Ils se serrèrent, se rangèrent derrière lui, tenant leurs baguettes de fusil ; deux cents hommes au plus, se bousculant, franchissant les ruines des maisons. Ils étaient maintenant sur le flanc même de la colonne ; Hornblower vit que des visages se tournaient vers eux ; il était même assez près pour lire sur ces visages de la surprise et du désarroi ; les Français venaient de se rendre compte qu'on allait les prendre de flanc.

— Feu ! cria Hornblower.

Une salve et des coups de feu isolés partirent. Hornblower vit deux baguettes de fusil jaillir en l'air, parties de deux mousquets, tirées par des hommes troublés, pris en train de charger sur son ordre, et qui avaient porté leur arme à l'épaule et tiré. Une des baguettes se planta, comme eût fait une flèche, dans le corps d'un Français. La colonne oscilla, perdit son élan. Pas un homme sur cent ne s'était attendu à cette attaque ; toute l'attention des assaillants avait été accaparée par les soldats d'Essen qui leur faisaient face.

— Chargez ! hurla Hornblower, agitant son épée et lançant son cheval en avant.

Les Russes le suivirent, criant aussi. Hornblower vit toute la colonne ennemie se mettre à flotter, à fondre, ses rangs se disloquer, se disperser. Il vit des Français qui tournaient le dos et un dicton revint à son esprit en proie à la fièvre, un dicton qu'il avait entendu, il ne savait où. Le spectacle le plus réconfortant pour un soldat, c'est le havresac d'un ennemi.

Un des Français fit volte-face, leva son mousquet, le visa. En même temps qu'un peu de fumée sortait du canon de l'arme, le cheval de Hornblower eut un sursaut, pencha le cou, mit le nez à terre et rua. Hornblower fut lancé en l'air. Il était trop excité, trop exalté pour connaître la peur ; le choc qu'il sentit en heurtant le sol lui fit plutôt l'effet d'une surprise. Il fit : Ouf ! La secousse ébranla tout son corps, mais sa tête continuait à penser clairement. Il entendit, il vit, il sentit l'attaque de flanc qu'il avait menée balayer l'adversaire, le dépasser en criant. Ce ne fut que lorsqu'il fut debout qu'il se rendit compte qu'il était meurtri et sans force. Il avait peine à garder l'équilibre ; ses jambes cédaient presque sous lui. Il fit quelques pas, chancelant, pour aller ramasser son épée qu'il voyait luire à quelques pas, entre deux corps.

Il se sentit soudain très seul ; mais l'instant d'après, une vague humaine déferla sur lui. C'étaient Essen et son état-major, hurlant de joie, qui le félicitaient, d'un air exalté, tout à fait incompréhensible. Un des officiers sauta de son cheval. On hissa Hornblower dessus et l'on repartit à petite allure, les chevaux enjambant prudemment les morts et les blessés, à travers un sol labouré, dans la direction des remparts. Les débris de la vague d'assaut avaient été refoulés à travers la brèche.

Comme on approchait des fortifications, les canons des assiégeants rouvrirent le feu ; des boulets passèrent avec un grand bruit par-dessus leurs têtes. Essen fit halte et, très raisonnablement, dirigea le pas de son cheval en dehors de la ligne de tir.

— Voilà une heure dont on pourra se souvenir, fit-il, regardant tout autour de lui.

Hornblower pensait à ce que cet échec signifierait pour les assiégeants. Après les furieux combats préliminaires, ils avaient avancé à la sape jusqu'aux remparts, fait leur trouée, lancé l'assaut qui devait emporter la place ; tout cela pour être finalement rejetés au-delà d'une brèche déjà entre leurs mains. Macdonald aurait les plus grandes difficultés à décider ses hommes à un nouvel assaut ; un échec aussi sanglant les découragerait, ils seraient moins prêts à donner leur vie. Macdonald devrait laisser passer quelque temps, recommencer à battre les remparts, multiplier de nouveaux travaux d'approche et des parallèles avant de risquer un nouvel effort. Qui pouvait savoir ? Peut-être la ville tiendrait-elle. Peut-être cette attaque-là serait-elle la dernière. Hornblower se sentait soudain prophétique, inspiré. Il se rappelait comment il avait appris la retraite de Masséna devant Lisbonne, événement qui avait marqué le début du reflux de Bonaparte, au sud. Wellington était maintenant dans Madrid et menaçait la France. Peut-être Riga serait-elle l'extrême limite de l'avance de Bonaparte au nord. Peut-être la tentative de percée des défenses devant Riga resterait-elle dans l'histoire comme le point le plus septentrional que les hommes de Bonaparte auraient atteint.

Hornblower sentait son cœur battre plus vite à l'idée que l'attaque de flanc qu'il avait menée, que cette charge imprévue de deux cents Russes rassemblés à la hâte au sein du désordre, serait le coup qui avait bouleversé les plans de Bonaparte en passe de conquérir le monde. Oui, voilà ce qu'il avait fait ! Cela ferait joliment bien dans les colonnes du *Times :* « Le commodore Sir Horatio Hornblower, chevalier de l'ordre du Bain, a eu son cheval tué sous lui, en chargeant les Français devant Riga. » Voilà qui ferait plaisir à Barbara.

Cette exaltation cessa brusquement ; de nouveau Hornblower se sentit soudain faible et malade. Il sut que, s'il ne mettait pas sur-le-champ pied à terre, il tomberait de son cheval. Il saisit le pommeau, dégagea son pied droit, leva la jambe ; puis, comme ses pieds allaient toucher le sol, ce fut le sol qui vint à sa rencontre.

Il ne reprit conscience que bien des minutes plus tard, pour se trouver assis par terre, le col de son uniforme encore fermé, son visage mouillé de sueur froide. Essen était penché sur lui, l'air inquiet, et quelqu'un (sans doute un chirurgien) agenouillé à son côté. La manche de sa chemise était roulée au-dessus de son coude ; sa lancette à la main, le chirurgien était sur le point de le saigner. Hornblower retira vivement son bras ; il ne voulait pas être touché par cette chose, ni par ces mains, souillées du sang d'autres hommes. L'état-major tout entier élevait la voix, protestait ; de ces protestations, Hornblower ne tenait aucun compte.

Brown parut, coutelas au côté et pistolets à la ceinture, suivi d'autres membres de l'équipage du canot. Il avait dû voir le commodore galoper sur le pont ; en bon serviteur, il avait amené l'embarcation pour venir le prendre. Son visage était tendu d'inquiétude ; lui aussi se jeta à genoux :

— Blessé, monsieur ? Où ça ? Est-ce que...

— Non, non et non ! dit Hornblower, repoussant Brown avec humeur et se mettant debout, encore chancelant. Ce n'est rien. Rien du tout !

Il était étonnant de voir le visage de Brown exprimer de l'admiration.

Non loin de là, probablement au pied de la brèche, une sonnerie de clairon retentit, impérieuse comme un défi. Les témoins en furent distraits de leur inquiétude. On regarda dans la direction d'où venait l'appel. Un groupe d'officiers russes approchait, encadrant un personnage aux yeux bandés, vêtu de l'uniforme bleu garni d'astrakan gris de l'état-major impérial français. Essen fit enlever le bandeau. L'officier portait une moustache grise à la hussard ; il salua, très digne.

— Chef d'escadron Verrier ! fit-il. Aide de camp du maréchal, duc de Tarente. Chargé par le maréchal de proposer une trêve de deux heures. Sur ses deux faces, la brèche est couverte de blessés ; la plus élémentaire humanité commande de les évacuer. Chaque parti enlèverait les siens.

— Je suis certain qu'il y a plus de blessés français et

allemands que de russes, dit Essen, dans l'horrible français dont il était capable.

— Français ou Russes, dit le parlementaire, ils mourront si on ne leur porte pas rapidement secours.

L'esprit de Hornblower recommençait à fonctionner. Les idées lui venaient comme les épaves montent sur l'eau autour d'un navire naufragé. Son regard rencontra celui d'Essen ; il y eut un signe d'accord ; bon diplomate, Essen ne fit pas mine d'avoir consulté l'Anglais.

— Au nom de l'humanité, monsieur, dit-il à Verrier, votre requête est acceptée.

— Au nom de l'humanité, dit Verrier, je remercie Votre Excellence.

Il salua, puis chercha quelqu'un qui lui bandât de nouveau les yeux pour le reconduire.

Dès qu'il se fut éloigné, Hornblower se tourna vers Brown.

— Ramène le canot au navire, ordonna-t-il. Vite ! Porte mes compliments au capitaine Bush et dis-lui qu'il me serait agréable que vous me rameniez le lieutenant von Bülow. Un des lieutenants de même grade devra l'accompagner. Vite !

— Bien, monsieur.

Avec Brown comme avec Bush, cela suffisait. Un ordre déclenchait simplement, intelligemment, l'obéissance.

Hornblower salua Essen :

— Serait-il possible que Votre Excellence fît passer les troupes espagnoles de ce côté-ci de la Dvina ? J'ai un prisonnier allemand ; je vais le rendre à l'ennemi ; j'aimerais qu'il vît les Espagnols de ses yeux.

Essen sourit de ses lèvres épaisses.

— Je fais toujours mon possible, dit-il, non seulement pour satisfaire chacun de vos désirs, mais même pour les devancer. Le dernier ordre que j'ai donné de l'autre côté du fleuve était pour faire passer les Espagnols de ce côté-ci. J'avais l'intention de les utiliser comme garnison dans les entrepôts sur les quais. Ils doivent y être déjà. Vous aimeriez qu'ils défilent par là ?

— Si vous le voulez bien.

Hornblower était comme par hasard à la jetée quand le canot accosta. Le lieutenant von Bülow, 51e régiment d'infanterie prussienne, débarqua, escorté de M. Tooth, de Brown et de ses matelots.

— Lieutenant ! fit Hornblower.

Bülow salua, raide, visiblement intrigué par le nouvel événement qui l'enlevait à sa prison, à bord du navire, pour le mener en quelques instants dans un village en ruines.

— Une trêve a été signée, lui dit Hornblower, entre votre armée et la nôtre. Non, ce n'est pas la paix ; il s'agit simplement d'évacuer les blessés tombés sur la brèche. Mais j'entends saisir l'occasion pour vous rendre à vos amis !

Bülow le dévisageait, cherchant à comprendre.

— ... Cela épargnera beaucoup de formalités, reprit le commodore. Vous êtes libre de vous rendre à la brèche et de rejoindre votre corps. Sans doute, l'échange n'a pas été fait dans les formes, mais vous me donnerez votre parole d'honneur que vous ne servirez, ni contre les Anglais, ni contre les Russes, avant qu'un échange officiel de prisonniers ait eu lieu.

— Je vous donne ma parole ! dit Bülow, après avoir réfléchi un instant.

— Parfait ! Je vous accompagne jusqu'à la brèche.

Ils quittèrent la jetée et marchèrent dans la direction des ruines du village ; Bülow jetait autour de lui le coup d'œil d'un professionnel ; il avait parfaitement le droit, quel que soit le code militaire, de tirer avantage de la distraction de son adversaire. Hornblower bavardait :

— Vous avez dû entendre ce matin le bruit de votre assaut ? D'après ce que j'ai pu juger, au vu des uniformes, il a été mené par des grenadiers triés sur le volet. Troupes choisies. Il est vraiment regrettable qu'elles aient subi des pertes si sensibles. Quand vous rejoindrez vos amis, portez-leur mes condoléances. Mais ils n'avaient aucune chance de réussir.

Au pied de la tour de l'église, ils tombèrent sur un régiment espagnol ; les hommes étaient couchés par terre. A la vue de Hornblower, le colonel les fit lever et salua. Hornblower rendit le salut ; à son côté, Bülow avait soudain changé d'attitude et d'allure ; machinalement, son pas s'était allongé et raidi ; il avança ainsi, au pas de l'oie, aussi longtemps que dura le salut. Mais il était certain qu'il avait vu. Visiblement, il brûlait de poser des questions.

— Troupes espagnoles, fit négligemment Hornblower. Une division. Espagnols et Portugais. Ils sont venus à nous il y a déjà quelque temps. Ils appartenaient à la grande armée de Bonaparte. De braves soldats, et qui se battent bien ; ce sont eux qui ont finalement repoussé le dernier assaut. Il est curieux de voir les victimes de Bonaparte se détacher de lui, maintenant que sa faiblesse commence à apparaître.

Bülow dit quelques mots entre ses dents, sans doute en allemand, car Hornblower ne put comprendre, mais le ton en disait assez.

Hornblower reprit :

— Il va sans dire que j'aimerais voir la magnifique armée prussienne se ranger, elle aussi, parmi les ennemis de Bonaparte, et se joindre à nous. Mais, naturellement, votre roi sait ce qu'il a à faire, à moins, naturellement, que, encadré comme il l'est par les hommes de Bonaparte, il ne soit pas libre de choisir...

Bülow le dévisageait, surpris ; absolument comme si ce point de vue était nouveau pour lui. Hornblower parlait toujours, de l'air le plus détaché du monde :

— ... Mais tout cela, dit-il en riant, c'est de la haute politique !

Il fit de la main un geste évasif, puis :

— ... Il se peut, cependant, qu'un jour, dans l'avenir, nous puissions nous rappeler cette conversation et dire qu'elle fut prophétique. Qui sait ? Il se peut qu'un jour, nous nous rencontrions de nouveau, l'un et l'autre plénipotentiaires. Je vous rappellerai alors notre entretien d'aujourd'hui. Voici la brèche. Je regrette d'avoir à vous dire au revoir, mais je suis heureux de vous rendre à vos amis. Mes vœux les plus cordiaux, monsieur, pour vous... et pour l'avenir !

Bülow salua de nouveau, avec raideur ; puis, comme Hornblower lui tendait la main, il la prit, la serra. Pour ce Prussien, c'était une chose remarquable de voir un commodore condescendre à serrer la main d'un simple subalterne. Il passa dans la brèche, franchit l'amas de terre bouleversé, où des brancardiers opéraient encore, comme autant de fourmis dérangées, relevant et portant des blessés. Hornblower le suivit des yeux jusqu'à ce qu'il eût rejoint les siens, puis fit demi-tour. Il était terriblement las, et mécontent de sa faiblesse. Il eut tout juste assez de force pour rebrousser chemin avec dignité jusqu'à la jetée. La tête lui tournait quand il s'assit dans la chambre de son canot.

— Monsieur va bien ? demanda Brown avec sollicitude.

— Très bien, voyons ! fit-il, surpris de tant d'impertinence.

La question l'irritait. Cette irritation durait encore quand il atteignit son vaisseau ; elle l'aida à grimper à bord au plus vite ; il accueillit avec froideur les saluts qu'il reçut sur le gaillard d'arrière. En bas, dans sa chambre, cette irritation persistait ; elle l'empêcha de céder à son premier mouvement qui le poussait à se jeter en travers de son cadre pour s'allonger, pour se détendre. Il s'imposa d'arpenter le carré pendant quelques instants. Machinalement, il se regarda dans la glace. Après tout, Brown avait quelque excuse de poser des questions. Le visage du commodore était gris, souillé de poussière, et comme encroûté de sueur ; une tache de sang sur une pommette provenait d'une légère écorchure. L'uniforme lui-même était dégoûtant ; une épaulette était presque arrachée. En somme, il avait l'air de quelqu'un qui vient de sortir d'une bataille à mort.

Il se regarda encore. Son visage était ridé, tiré ; ses yeux cernés de rouge. Ayant un peu tourné la tête, il vit autre chose : ses cheveux, sur les tempes, étaient blancs ! Non seulement il avait l'air de quelqu'un qui revient de la bataille, mais il ressemblait à quelqu'un qui s'était longtemps surmené. C'était bien le cas, en effet ; il s'en rendait compte, tout surpris. Après tout, il portait en lui, depuis des mois, le souci de cet horrible siège. Il ne s'était pas encore avisé que son visage pourrait révéler des choses sur Hornblower, tout comme le visage d'un autre. Durant toute sa vie, il avait lutté pour empêcher ce visage de révéler ce que lui-même éprouvait en secret. Il était intéressant, mais non dépourvu d'ironie, de constater qu'il ne pouvait empêcher ses cheveux de grisonner, ni les rides de se creuser autour de sa bouche.

Son pupitre, sous lui, parut se balancer, comme si le navire était en pleine mer ; ses jambes, ses jambes de vétéran de la mer, avaient peine à le soutenir ; il dut s'accrocher, devant lui, à une console. Ce ne fut qu'en hésitant qu'il put, enfin, lâcher prise, atteindre son cadre et se laisser tomber dessus, en travers du matelas, le visage dans l'oreiller.

XXIII

LA GRANDE RETRAITE

Le problème que Hornblower cherchait à résoudre, tout en arpentant le gaillard du *Nonsuch,* à l'ancre dans la baie de Riga, était de ceux qui ne perdent pas de leur urgence pour avoir été depuis longtemps prévus. L'hiver arrivait ; du plus loin que Hornblower pût se rappeler, de fortes gelées sévissaient la nuit ; les deux derniers jours avaient vu souffler des rafales de neige, qui, d'abord, avaient blanchi tout le paysage et laissaient sur les versants nord des talus de longues écharpes blanches. Les jours raccourcissaient, les nuits allongeaient ; l'eau saumâtre de la baie de Riga se couvrait par endroits d'une mince feuille de glace. Si l'escadre s'attardait ici beaucoup plus longtemps, les navires seraient bloqués. Essen avait eu beau lui garantir que, pendant au moins deux semaines encore, il pourrait sortir de Riga par un canal scié, dans la glace même, par des manœuvres que le gouverneur s'engageait à fournir, Hornblower n'avait pas la même confiance ; d'autant plus qu'une brise du nord pouvait à chaque instant se lever. Des vents contraires pouvaient le retenir ici prisonnier pendant que le vent bloquerait le goulet entre Oesel et la terre ferme. Ni des scies ni des explosifs ne pourraient briser la glace entassée par la dérive et le courant. Une escadre bloquée dans les glaces, l'hiver, serait immobilisée jusqu'au printemps ; proie certaine pour les Français au cas où Riga viendrait à tomber. Vingt ans plus tôt, une escadre hollandaise avait été capturée à Amsterdam par des hussards français qui avaient chargé sur la glace. Quel bulletin ronflant de triomphe pour Bonaparte si une escadre britannique commandée par le célèbre commodore Hornblower tombait entre ses mains de la même façon !

Hornblower pivota sur les talons avant d'avoir atteint le bout de son espace libre. Son parti était pris. La prudence dictait une retraite immédiate.

Les bragues de cette caronade-ci étaient usées. Si Bush venait à s'en apercevoir, quelqu'un passerait un vilain quart d'heure...

Et pourtant, il ne pouvait pas se retirer. Quand il avait fait allusion à la possibilité de son départ, Essen avait laissé paraître plus que de l'inquiétude. Si les troupes du gouverneur voyaient les navires britanniques s'éloigner, elles croiraient que la place était perdue. Le courage les abandonnerait. L'officier anglais qui avait conduit la charge finale à Daugavgriva était devenu pour eux figure légendaire ; mieux que cela : une mascotte, un symbole de chance. S'il les quittait, c'est qu'il avait perdu tout espoir. Non, Hornblower ne pouvait pas se retirer.

Mais il pouvait recourir à un compromis ; il pouvait renvoyer la plus grande partie de l'escadre et ne garder ici qu'une corvette et une canonnière ; il pouvait aussi renvoyer tous les bâtiments et rester lui-même. Mais cet expédient équivalait à quitter son commandement, et quitter son commandement était en violation directe avec le code militaire.

Un étourdi d'aspirant se trouva tout à coup en travers de sa route, allant et venant comme s'il faisait exprès de le distraire de ses pensées. Tant pis pour lui. Cela lui vaudrait de monter à la tête du mât. Il y avait assez longtemps que durait le service pour que chacun à bord sût qu'il était interdit de déranger le commodore quand il faisait les cent pas sur le pont.

— Monsieur... c'est un... un canot ! Un canot... qui vient ! finit par bégayer le jeune homme. C'est meu... meu... monsieur Hurst qui m'a dit de vous le dire. Il croit que le gou... que le gouverneur est à bord.

— Pourquoi ne pas me l'avoir dit plus tôt ? fit Hornblower.

Puis, à monsieur Hurst :

— ... Avez-vous envoyé chercher le capitaine Bush ? Appelez la garde !

— Bien, monsieur.

Bush parut sur le gaillard dans l'instant même où les mots

passaient les lèvres de Hurst. La garde se rangeait déjà à l'arrière du mât de misaine. Hurst avait pris ses dispositions sans attendre des ordres. Réveillé brusquement au plus fort de sa rêverie, Hornblower ne s'en était pas aperçu. Il gagna la lisse ; le gouverneur approchait dans une grande chaloupe à rames qui suivait le milieu du chenal resté libre au travers de la mince couche de glace ; les derniers remous de la Dvina ménageaient encore ce passage avant de se perdre dans la baie.

Apercevant le commodore, le gouverneur se mit debout, agitant son bicorne ; même il esquissa, au risque de tomber par-dessus bord, un pas de danse, les bras agités au-dessus de sa tête.

— Monsieur, dit Bush, il doit se passer quelque chose !

— Oui. On dirait une bonne nouvelle !

Le gouverneur parut sur le gaillard, son bicorne encore à la main, et, tout de suite, jetant les bras autour du commodore, il le serra, le secouant si fort qu'à un moment donné Hornblower se sentait soulevé. Le commodore imaginait les sourires qui devaient s'échanger autour de lui tandis qu'il battait l'air ainsi, de ses deux pieds, comme un bébé avec lequel on joue. L'ayant reposé sur le pont, le gouverneur redressa d'une main son bicorne, de l'autre saisit d'abord la main de Hornblower, puis celle de Bush, cherchant à les entraîner tous les deux dans une ronde folle. Il n'y avait pas plus moyen de le calmer qu'on ne peut maîtriser les caprices d'un ours.

— Quelles sont donc les nouvelles, Votre Excellence ? finit par demander Hornblower.

La poignée de main d'Essen lui fit mal.

— Ah ! dit-il, lâchant les mains de l'Anglais pour pouvoir de nouveau écarter les bras. Il y a, monsieur, que Bonaparte a commencé à battre en retraite !

— Pas possible ?

— Que dit-il, monsieur ? demandait Bush, incapable de comprendre le français d'Essen.

Mais Hornblower n'avait pas un instant à consacrer à Bush. Le gouverneur lui jetait les nouvelles à la volée. C'était comme un torrent de gutturales, emprunté, pour les mots, au vocabulaire de la moitié des langues de l'Europe, de sorte que le commodore lui-même avait peine à comprendre.

— Il a quitté Moscou, il y a cinq jours ! rugissait Essen et nous l'avons battu à Malo-Jaroslavetz ! Battu en bataille rangée ! Pour l'instant, il gagne à grandes enjambées Smolensk et Varsovie. Il n'y arrivera pas avant la neige ! Il aura même de la chance s'il y arrive jamais ! Chichagov avance à marches forcées pour lui couper la retraite à la Bérésina. Il est fichu ! Ses soldats meurent à la cadence de quelques milliers chaque nuit ! Ils n'ont rien à manger ! Et voilà l'hiver !

Essen piaffait, grotesque, par le pont, pareil, plus que jamais, à un ours savant. Bush regardait le commodore :

— Monsieur, s'il vous plaît, que dit-il ?

Hornblower traduisit du mieux qu'il put ; sur le gaillard, les autres officiers prêtaient effrontément l'oreille. Quand le caractère merveilleux des bonnes nouvelles leur apparut, ils ne purent retenir un hourra. La joie gagna par contagion le pont principal ; de tout le bâtiment, des hourras montèrent ; les hommes jetaient en l'air leurs bonnets, ignorant encore ce qu'ils acclamaient, gagnés par quelques mots qui circulaient, de bouche en bouche : « Bonaparte est battu ! Bonaparte est battu ! »

— Chouette ! fit Bush, faisant claquer ses doigts. On va pouvoir sortir de cette baie avant les glaces !

Il était évident que si Bush n'avait pas eu une jambe de bois, il eût dansé comme les autres.

Hornblower regardait au loin, vers la terre.

— Macdonald, dit-il, ne donne encore aucun signe de retraite. S'il y avait eu quelque chose de ce côté, le gouverneur nous l'aurait dit !

— Mais... ne pensez-vous pas qu'il y sera forcé ?

Sur les traits mobiles de Bush, la joie avait fait place à l'inquiétude. L'instant d'avant, tout ce qu'il y avait d'heureux paraissait possible, évasion de la baie de Riga, même de la Baltique, cernée de partout ; peut-être même, pourquoi pas ? retour en Angleterre. Maintenant, Bush était rendu à la réalité : le siège de Riga n'était pas levé.

— Il se peut qu'il doive, lui aussi, battre en retraite, dit Hornblower. Mais en attendant, nous restons ici. A moins que je reçoive des ordres contraires.

Essen vit leurs visages s'assombrir. Il se tourna vers eux, allongea dans le dos de Bush une claque qui fit chanceler l'unijambiste, fit claquer ses doigts sous le nez de Hornblower, pirouetta sur place avec toute la grâce d'un phoque savant. Il était à peine croyable qu'au milieu de tout ce désordre : questions de Bush concernant l'avenir, comportement d'un gouverneur déchaîné, équipage oublieux de la discipline dans son délire, Hornblower fût encore capable de raisonner, d'échafauder des plans. Bonaparte en retraite, Bonaparte battu, cela signifiait un revirement formidable de l'opinion, d'un bout à l'autre de l'Europe. Le monde entier savait que Wellington menaçait la France par le sud ; et voilà que l'Empire était en péril du côté de l'est. Il serait à peine possible à l'armée bousculée de Bonaparte de s'accrocher en Pologne une fois qu'elle aurait commencé sa retraite. La prochaine campagne verrait les alliés aux frontières de la Prusse et de l'Autriche ; l'un et l'autre de ces pays seraient probablement enchantés de changer de camp. Le roi de Prusse était pratiquement prisonnier des Français, l'armée prussienne pouvait agir plus librement, si elle le voulait. Or, l'armée prussienne, c'était la majeure partie des forces qui assiégeaient Riga. La désertion des Espagnols avait donné l'exemple, les brochures que le commodore avait fait imprimer à Riga et distribuer aux assiégeants par des colporteurs russes ne leur laisseraient pas oublier la leçon. D'ailleurs, Bülow était là pour porter témoignage de la véracité du fait. Hornblower était de plus en plus content de l'avoir libéré.

— J'envoie Diebitch sonder les lignes des assiégeants. Il va tenter une sortie, disait Essen. Il faut voir comment ils accueillent les nouvelles. Vous plairait-il, monsieur, de m'accompagner ?

— Naturellement ! dit Hornblower, sortant soudain de sa rêverie.

Était-ce la fatigue (il était toujours fatigué depuis quelque temps) ? Était-ce l'émotion, la préoccupation ? Le fait est qu'il se sentait un peu « touffu » comme on disait des ivrognes dans son village, quand il était enfant. Il annonça son départ à Bush qui osa protester :

— Vous êtes éreinté, monsieur ! Vous n'êtes plus que l'ombre de vous-même. A votre place, j'enverrais quelqu'un. Moi, par exemple. Ou bien Duncan. Tout ce qui était nécessaire, vous l'avez fait.

— Pas encore ! dit Hornblower.

Toutefois, il alla jusqu'à risquer d'être en retard pour offrir des rafraîchissements. Il fallait, dit-il à Essen, porter un toast pour célébrer une aussi glorieuse nouvelle. Mais, au soulagement du commodore, Essen refusa :

— Non, merci, dit-il. Diebitch doit attaquer au crépuscule, et les jours sont courts.

Bush insistait :

— Vous prendrez votre canot, je suppose ? Eh bien, monsieur, emmenez Brown ! Prenez Brown avec vous !

Bush était comme une mère inquiète auprès d'un enfant trop hardi, comme une poule qui n'aurait qu'un poussin. Il n'était jamais tout à fait tranquille de savoir son précieux commodore aux mains de ces Russes indéchiffrables ; sa sollicitude arracha à Hornblower un sourire.

— N'importe quoi, dit-il, pour que tu sois content !

Dans le sillage de la chaloupe du gouverneur, le canot de Hornblower prit donc le chenal, à travers les glaces ; Hornblower était assis avec Essen à l'arrière du bateau russe. Un vent froid soufflait ; le ciel était gris.

— Il neigera encore, dit Essen, les yeux levés vers les nuages. Tant pis pour les Français !

En l'absence du moindre rayon de soleil, un froid mortel régnait dans l'air. Hornblower pensait à cette grande armée en marche à travers des steppes désolées ; au fond, il plaignait les Français.

Et, en effet, cet après-midi-là, la neige se mit à tomber, noyant fleuve et village, transformant les parapets bouleversés, les canons démolis, les tombes éparses en autant de tertres inoffensifs. Il faisait déjà presque nuit quand les rudes grenadiers russes avancèrent vers les tranchées pour monter à l'assaut des lignes ennemies. Ils n'avaient pas franchi la moitié du *no man's land* quand les canons se mirent à tirer, poignardant de leurs éclairs le rideau de neige.

— Pas signe de retraite ici ! dit Clausewitz, observant de la galerie de l'église, aux côtés d'Essen et de Hornblower, l'acharnement de la bataille.

Et, comme si une confirmation était nécessaire, les assaillants eux-mêmes allaient la fournir. Ils ne tardèrent pas à battre en retraite, regagnant, décimés, à la faveur de l'ombre, leur ligne de départ. La sortie avait été reçue avec un mordant remarquable. Le *no man's land* était surveillé, gardé par des patrouilles. Les Russes s'étant repliés, les représailles ne se firent pas attendre : presque aussitôt les assiégeants rouvrirent le feu avec leur artillerie de rupture ; le grondement de ses décharges faisait trembler la terre ; de nouveau, la nuit noire fut poignardée par les éclairs jaunes des canons. Il était impossible de régler savamment le tir dans l'obscurité ; bientôt les boulets se mirent à tomber au hasard par tout le village, de sorte que les défenseurs, même ceux qui tenaient les rives du fleuve, durent se tenir cachés dans leurs tranchées. Des obus s'en venaient aussi, après de hautes trajectoires, des batteries de mortiers que les assiégeants avaient établies dans leur seconde parallèle. Ils tombaient çà et là, partout, toutes les deux ou trois minutes, faisant jaillir des gerbes d'éclats et de feu sauf quand le hasard les faisait plonger dans une couche de neige où les mèches venaient s'éteindre.

— En ont-ils à gaspiller, des munitions ! grognait Essen, tout frissonnant dans son manteau.

— Peut-être projettent-ils de contre-attaquer dans l'obscurité, dit Clausewitz. J'ai gardé les tranchées occupées, au cas où l'envie leur en prendrait.

Sous les yeux mêmes de Hornblower, une batterie lourde de quatre pièces tirait des salves régulières à de brefs intervalles. Maintes et maintes fois, il observa les quatre jets de flamme ; c'est ainsi que, lorsqu'un intervalle plus long s'établit entre deux salves, il fut tout de suite alerté, d'abord par le silence, puis par l'explosion inopinée. Il se demandait ce qui différenciait cette dernière salve de la précédente, en dehors même du long intervalle qui les avait séparées. Un des coups de départ, celui de droite, n'avait pas été aussi clairement visible que les trois autres ; plus long, mais encore puissant. Sans doute une erreur dans le chargement. Alors vint la salve suivante ; celle-là ne donna que trois éclairs ; cette fois, le canon de droite n'avait pas tiré. Peut-être s'était-il enrayé, faisant sauter l'ajustage de la lumière, comme il arrivait quelquefois. Un autre très long intervalle suivit, puis encore une salve : deux brefs éclairs, cette fois, suivi d'un plus long. Le coup suivant, deux canons seulement tirèrent. Hornblower comprit ce qui se passait. Il toucha la manche d'Essen.

— Ils font sauter leurs pièces ! dit-il. Quelques coups sur

nous, et, à chaque salve, un coup sur les tourillons d'un de leurs canons. Il y avait là quatre canons, et voyez, Excellence, maintenant, il n'y en a plus que deux !

— C'est possible ! fit Essen, écarquillant les yeux dans l'obscurité.

— C'est, en tout cas, la fin du tir, appuya Clausewitz. Ou bien sont-ils simplement las de gaspiller des munitions !

Mais, à la salve suivante, il n'y eut qu'un unique éclair. Encore fut-ce une drôle de lueur.

— La dernière pièce ! dit Essen. Ils ont dû la faire éclater en forçant la charge.

Il promenait sa lunette fouillant l'obscurité.

— Regardez là-bas, dit-il encore. Regardez leur camp ! Observez les feux. Ils ont l'air de brûler encore, et pourtant...

Hornblower dirigea sa propre lunette sur les rangées de feux de camp, qui scintillaient au loin dans l'ombre épaisse. Il arpenta des yeux l'un des alignements, dans un sens, puis dans l'autre, tâchant de les voir tous ensemble. Il lui sembla que l'un des feux clignait de l'œil et s'éteignait, mais il ne pouvait l'affirmer. Le froid et l'attention trop soutenue faisaient pleurer ses yeux. Il les frottait encore quand Essen ferma brusquement sa lunette.

— Les feux s'éteignent, dit-il. J'en suis sûr. Or, pas une troupe ne laisserait mourir ses feux par une nuit pareille. Clausewitz, préparez vos hommes à attaquer de nouveau ! Diebitch...

Le gouverneur se mit à lancer des ordres. Hornblower eut un mouvement de pitié pour ces soldats russes, entassés, recroquevillés dans leurs tranchées, à moitié gelés, encore sous le coup de leur récent échec et de leurs pertes, et qui recevaient l'ordre de repartir, dans la nuit, vers ce qui devait leur sembler un échec certain. Le vent s'était levé, et sifflait, pénétrant Hornblower jusqu'aux moelles, malgré le manteau dont il s'enveloppait.

— Monsieur, dit soudain la voix de Brown, je vous ai apporté une couverture. Enroulons-la autour de vous, sous votre manteau. Et voici vos gants !

Adroitement, dans l'ombre, Brown enroula la couverture autour de son maître, de façon que le manteau la maintînt fixée aux épaules. Au grand jour, la silhouette serait grotesque, mais il faisait encore nuit. Hornblower frissonnait, battait la semelle, s'efforçait en vain de se réchauffer.

— Ces hommes vont-ils finir par attaquer, Clausewitz ? grommelait Essen. Quelle heure est-il ? Une heure ? Envoyez quelqu'un à votre général de brigade. Qu'on lui dise que je le ferai casser si ses hommes n'avancent pas immédiatement !

Il y eut encore un long intervalle. Enfin, l'obscurité crépita, des petits points lumineux constellèrent l'ombre, vers la seconde parallèle ; les mousquets étaient entrés en action. Essen poussa un long soupir. Puis il y eut une autre longue attente. Enfin un messager parut. La sortie avait trouvé les premières tranchées abandonnées, à part quelques postes avancés. Elle poussait de l'avant vers le camp principal, à travers la nuit et la neige.

— C'est donc qu'ils s'en vont ? fit Essen. Faites assembler la cavalerie, deux heures avant l'aurore. Dès qu'il fera jour, je me lance à leur poursuite ; je rattrape leur arrière-garde ! Il faut que, pour lors, toutes les troupes aient passé de l'autre côté du fleuve. Et, maintenant, pour l'amour de Dieu, un verre de thé !

Se réchauffant au feu qui brûlait sur le sol dallé de l'église, buvant son thé entre des dents qui claquaient, Hornblower regardait autour de lui ces hommes de fer. Ils ne montraient aucun signe de fatigue. A peine souffraient-ils du froid. Lui-même avait trop froid, il était trop las pour qu'un repos de quelques heures, sur les bottes de paille éventrées, près du grand autel, pût lui faire un peu de bien. Essen ronflait comme un volcan ; il ronflait encore lorsque son aide de camp vint le réveiller.

Il faisait encore nuit, et plus froid que jamais, quand les chevaux furent amenés à l'église.

— Il serait préférable, monsieur, que je vous accompagne, dit Brown. J'ai moi-même un cheval.

Comment Brown avait-il fait pour se procurer un cheval ? Hornblower ne put l'imaginer, étant donné surtout les difficultés provenant de la langue. Il avait dû apprendre à monter à cheval aux jours invraisemblablement lointains de Smallbridge. La cavalcade se mit lentement en marche vers le faubourg de Mitau, les chevaux glissant et butant dans la neige ; Hornblower regrettait sa couverture, car, à l'approche de l'aube, il faisait plus froid que jamais. Soudain, loin en avant, un coup sourd éclata, un autre, puis un autre encore... Des pièces de campagne tiraient à très grande distance.

— Diebitch traque leurs arrière-gardes, dit Essen. Il y a du bon !

On y voyait maintenant assez clair pour constater l'état de désolation des lieux, à l'approche des travaux de siège abandonnés. Le regard plongeait dans des tranchées encombrées ; on apercevait ce qui avait été des batteries, les pièces de siège brisées, encore debout, l'air ivre, aux embrasures ; des chevaux morts, couchés sur le dos, le ventre couvert d'un paquet de neige, d'où les pattes raides pointaient vers le ciel gris. C'était ici le camp principal, formé de rangées multiples de petites huttes ; la plupart n'ayant que deux ou trois pieds de haut, avec leurs feux éteints, déjà recouverts par la neige. Devant l'une des huttes, plus grande que les autres, un soldat gisait, roulé dans la capote grise de l'armée française, la face contre terre, encore vivant ; on voyait les pieds remuer.

— S'est-on battu ici ? fit Essen, intrigué.

Sur le soldat, nulle trace de blessure. Quelqu'un mit pied à terre, étendit l'homme sur le dos. Le visage était plein de marques violacées, les yeux, ouverts, ne voyaient plus.

— Arrière ! cria soudain l'un des aides de camp. Arrière ! C'est la peste !

Chacun s'écarta du mourant. La peste était là, partout autour d'eux. L'une des huttes était pleine de morts ; une autre pleine de mourants.

Essen mit son cheval au trot ; le groupe suivit.

— Elle est même déjà dans nos rangs ! dit tout bas Essen, s'adressant à Hornblower. Il y a deux jours, Kladoff a relevé dix cas dans sa division.

Cette première retraite de l'armée d'invasion découvrait déjà les points faibles. Le long de la piste qu'ils suivaient, en dépit du fait qu'aucun combat n'y avait eu lieu, il y avait des morts, des malades et des mourants. A la tête de la poursuite, Diebitch était sur la route de Mitau, loin sur la gauche, où des canons, par instants, tiraient encore. Quand Hornblower et ses compagnons atteignirent enfin le point où la piste rejoignait la grand-route, les signes de combats réels devinrent apparents : soldats morts et blessés, Russes, Français et Allemands ; c'était là que l'avant-garde russe avait attaqué les arrière-gardes de l'adversaire.

Un peu plus loin, ils rattrapèrent les colonnes russes. Elles allaient, lourdes, mais vigoureuses. Au trot, ils les dépassèrent dans toute leur longueur, une division, puis une autre ; les hommes étaient muets de fatigue ; ils avaïent marché aussi vite que leurs jambes pouvaient les porter, sous les lourds havresacs ; quatre lieues d'une avance rapide avaient beaucoup atténué la jubilation du départ.

— Au prix de l'abandon de ses malades et de ses canons, Macdonald a fait une bonne retraite, dit Clausewitz. Je me demande pendant combien de temps il pourra soutenir une telle allure.

Hornblower ne se souciait pas de prendre part à la discussion. Sa selle le blessait, l'empêchait de penser, sans parler de sa fatigue, de son malaise. Mais ne fallait-il pas qu'il fît rapport à son Gouvernement, qu'il dise qu'il avait suivi l'armée en retraite, ne fût-ce que pendant une étape, sur la route qui ramenait l'adversaire en Allemagne ; il serait même préférable que ce fût pendant deux ou trois. Et puis, il y avait encore autre chose. Il voulait rattraper les Prussiens, même si ce devait être son dernier geste sur la terre. N'était-il pas étrange qu'il éprouvât ce sentiment, que c'était la dernière chose qu'il ferait encore. La tête lui tournait. Il éprouvait un singulier réconfort à savoir que Brown venait d'arriver, avec les ordonnances.

Un messager apporta des nouvelles de l'avant-garde. Hornblower entendit Clausewitz parler comme on entend parler dans un rêve :

— Les Prussiens résistent au carrefour des deux routes, là-bas devant nous, dit-il. Ils couvrent la retraite des deux autres corps d'armée.

Chose étrange, c'était exactement à cela que Hornblower s'était attendu. Tout se passait comme s'il entendait raconter pour la deuxième fois la même histoire. Il fit :

— Les Prussiens ?

Machinalement, il pressait les flancs de son cheval pour hâter son allure, gagner au plus tôt le lieu où le bruit du canon disait que c'était là que les Prussiens contenaient les avant-gardes. L'état-major était maintenant détaché du corps principal, trottant sur une route crevée d'ornières, au travers d'un bois touffu de conifères. Au-delà du bois, le paysage désolé s'ouvrait, révélant un pont, après lequel la route s'élevait, montait, loin devant eux. De chaque côté de la route, une brigade d'avant-garde russe était stoppée ; une batterie d'artillerie était en action ; tout en haut de la côte, on pouvait voir les colonnes de l'infanterie prussienne, blocs noirs, qui s'enlevaient sur la grisaille des prés. Plus loin, sur la droite, une colonne russe, vêtue de gris, avançait lourdement, à travers champs, sans doute pour tourner le flanc de la position ; entre les deux forces, des Cosaques trottaient, seuls, ou par deux, sur leurs petits chevaux au poil ébouriffé, tenant droites leurs longues lances.

Un soleil mouillé perça les nuages, faisant encore mieux sentir la tristesse du paysage. Un général s'avança pour saluer Essen, mais Hornblower ne voulait pas savoir ce qu'il avait à dire. Il voulait avancer, rejoindre les Prussiens ; et, les autres chevaux s'étant mis à suivre le sien, ils escaladèrent la côte, Essen inconscient de ce que faisait son cheval tant il écoutait le rapport de son général. Il ne fut rappelé à lui que par le hurlement brutal d'un coup de canon. L'obus vint éclater tout près, au bord de la route, projetant dans toutes les directions de la terre et de la neige.

— Que croyez-vous que nous faisons ici ? fit Essen, tout surpris. Nous allons nous faire tuer !

Hornblower regardait devant lui l'armée prussienne, le scintillement des baïonnettes, les fanions noirs lisibles sur la neige.

— Je désire aller là où sont les Prussiens ! dit-il.

La salve d'une batterie toute proche couvrit la réponse d'Essen, mais ce qu'il avait voulu dire était assez clair.

— J'avance ! dit encore Hornblower, obstiné.

Son regard croisa celui de Clausewitz :

— Venez-vous aussi, colonel ?

— Il ne peut pas, voyons ! fit Essen, scandalisé. Clausewitz ne peut pas risquer d'être fait prisonnier !

Renégat, combattant son propre pays, Clausewitz était exposé à être pendu si les Prussiens mettaient la main sur lui.

— Il vaudrait mieux qu'il vienne ! dit, impitoyable, le commodore.

Ce qui se passait en lui, il n'eût pu l'expliquer : un sentiment étrange, fait à la fois de voyance et d'animosité.

— J'accompagne le commodore, dit Clausewitz, soudain, prenant ce qui peut-être était le parti le plus courageux de sa vie.

Peut-être fut-il emporté par la témérité presque machinale qui poussait Hornblower lui-même ; folie qui fit hausser les épaules d'Essen.

— Eh bien, allez-y ! fit-il. Je tâcherai de capturer assez de généraux pour les échanger contre vous !

Ils partirent au trot, droit devant eux ; Hornblower entendit Essen hurler au commandant de la batterie l'ordre de cesser le feu. Il se retourna ; Brown les avait suivis ; il trottait derrière eux, à distance respectueuse. Ils passèrent tout près des Cosaques, qui les regardèrent, surpris. Presque aussitôt, ils se trouvèrent parmi des tirailleurs prussiens qui, abrités derrière des buissons et des inégalités de terrain, tiraient de loin sur les Cosaques. Pas un seul ne tira sur eux, bien qu'ils fussent à leur portée. Même, un capitaine prussien, au bord de la route, leur fit le salut, que Clausewitz rendit.

Tout de suite après la ligne d'escarmouches, ils tombèrent sur la première formation d'infanterie. C'était un régiment prussien en colonnes de compagnies, deux bataillons d'un côté de la route, et un de l'autre. Debout sur la route, le colonel et ses officiers regardaient venir l'étrange trio : le marin britannique, tout bleu et or, Clausewitz dans son uniforme russe avec sa rangée de médailles, et le matelot anglais portant coutelas et pistolets à la ceinture. Le colonel leur cria quelque chose qui avait l'air d'une question. Clausewitz répondit, retint son cheval.

— Dites-leur que nous désirons voir le général, dit Hornblower, s'adressant à Clausewitz en français.

Entre Clausewitz et le colonel, il y eut un rapide échange de répliques, puis le colonel fit signe à quelques officiers à cheval, probablement son adjudant ou bien des chefs de bataillon, les invitant à accompagner les trois cavaliers. Ils aperçurent une troupe d'infanterie plus nombreuse, puis une rangée de canons, enfin un groupe d'officiers à cheval, tout plumes, soutaches et médailles, accompagnés d'ordonnances montées. A n'en pas douter, c'était l'état-major d'un général, et ce devait être le général York. Oui, Hornblower se rappelait qu'il s'appelait York. York reconnut Clausewitz sur-le-champ, s'adressa à lui en allemand. Quelques mots, lancés de part et d'autre, parurent tendre encore davantage une situation déjà naturellement tendue. Il y eut un silence.

— Il parle français ! dit Clausewitz à Hornblower.

York et Clausewitz se tournèrent, attendant que le commodore parlât :

— Mon général... dit Hornblower.

Il se sentait comme dans un rêve, et c'est dans cette atmosphère de rêve qu'il se contraignait à parler :

— ... Mon général, je représente ici le roi d'Angleterre. Le colonel Clausewitz représente l'empereur de Russie. Nous nous battons, lui et moi, pour libérer l'Europe du joug de Bonaparte. Combattez-vous pour maintenir le règne d'un tyran ?

Éloquence déclamatoire à laquelle aucune réponse n'était possible. Contraint au mutisme, York ne pouvait qu'attendre le reste de ce que Hornblower avait à lui dire.

— ... Mon général, reprit le commodore, Bonaparte est battu ! Il bat en retraite à travers la Russie, abandonnant Moscou fumant. A peine dix mille hommes de son armée pourront-ils atteindre l'Allemagne. Vous savez que les Espagnols l'ont abandonné. Les Portugais ont fait de même. L'Europe entière se tourne contre lui, ayant fini par découvrir ce que valent toutes ses promesses. Vous savez comment il a traité l'Allemagne ; inutile d'insister, je crois, là-dessus. Combattre pour lui, c'est réussir à le maintenir quelques jours de plus sur un trône déjà chancelant. Vous pouvez prolonger d'autant l'agonie de l'Allemagne. Mais votre devoir est ailleurs. Vous vous devez à votre patrie asservie. Vous vous devez à votre roi, qui n'est qu'un prisonnier de Bonaparte. Vous pouvez libérer l'un et l'autre, mettre fin à l'effusion inutile du sang de vos soldats ! Vous le pouvez à l'instant même !

York détournait les yeux ; blême, il regardait la campagne ; et, dans cette campagne, l'armée russe en train de se déployer lentement. Enfin, il dit :

— Que proposez-vous ?

C'était tout ce que Hornblower désirait entendre. Si York posait des questions, au lieu de les faire tous deux prisonniers sur l'heure, l'affaire était autant dire réglée. Il pouvait laisser Clausewitz discuter en allemand, s'abandonner à la fatigue qui, maintenant, après cette émotion, après cet effort, l'envahissait, le submergeait ainsi qu'une marée. D'un regard, il amena Clausewitz à parler :

— Un armistice ! dit Clausewitz. Une suspension immédiate des hostilités. Les termes définitifs peuvent en être réglés à loisir.

York hésitait encore. Si las, si malade qu'il fût, Hornblower l'observait : le visage était dur, tanné par le soleil jusqu'à paraître d'acajou ; la blancheur des cheveux et de la moustache y faisait un contraste étrange. York était au bord du destin. Encore loyal sujet du roi de Prusse, il n'était qu'un général relativement obscur. Il n'avait qu'à dire deux mots pour devenir, en même temps qu'un traître, un personnage dont on parlerait toujours dans l'Histoire. La défection de la Prusse, ou tout au moins celle de l'armée prussienne, ferait éclater devant l'univers le néant de l'empire napoléonien comme rien au monde n'eût pu le faire, et cette défection dépendait de York. York dit :

— J'accepte.

Hornblower ne désirait rien entendre de plus. Il pouvait retourner à son rêve, ou plutôt à son cauchemar ; laisser la discussion prendre le cours qu'elle voudrait.

Quand Clausewitz fit volte-face et se retourna sur la route, le cheval de Hornblower suivit sans que le cavalier eût à intervenir. Brown parut ; ou tout au moins le visage de Brown ; car Hornblower ne vit que cela.

— Monsieur, vous n'êtes pas malade ?

— Bien sûr que non ! fit Hornblower.

Son air était d'un automate. La terre sur laquelle il marchait était molle ; il avait l'impression d'avancer sur un lit de plumes, ou sur le bout d'une voile trop peu tendue. S'étendre serait préférable. Et soudain, Hornblower eut conscience qu'il y avait, après tout, quelque chose de beau dans la musique. Durant toute sa vie, il avait cru que ce n'était qu'une irritante confusion de bruits ; la révélation lui venait enfin. Elle était merveilleuse, enchanteresse, extatique, cette musique qu'il entendait. Accords et carillons, mélodies prenant leur essor. Il fallait élever la voix, pour s'unir à cette harmonie ; chanter, encore, chanter toujours.

Mais la musique se tut sur un furieux accord final, laissant après elle un silence où la voix de Hornblower sonnait rauque et faux, pareille au cri d'un corbeau. Il cessa de marcher, tout déconcerté. Autant valait qu'un autre reprît la chanson. L'autre, c'était le batelier. Le batelier chantait en tirant sur ses avirons.

— Je vous emmène... O Philomène... au lac d'amour...

Une très belle voix de ténor. A cause de cette voix, Hornblower était tout prêt à excuser le batelier de l'impertinence qu'il y avait à chanter ainsi, en nageant pour remonter le courant du fleuve.

— O Philomène... je vous emmène... au grand soleil...

Près du commodore Hornblower, Barbara riait, délicieusement. Le soleil, en effet, était merveilleux, et vertes les pelouses, sur les rives du fleuve. Le commodore était forcé de rire, de rire, de rire. Et voici que le petit Richard était là aussi, qui lui grimpait sur les genoux. Pourquoi diable Brown regardait-il Hornblower avec ces yeux-là ? Pourquoi le regardait-il ainsi ?

Table des matières

Achevé d'imprimer en mai 1994
sur les presses de l'Imprimerie Bussière
à Saint-Amand (Cher)

POCKET - 12, avenue d'Italie - 75627 Paris Cedex 13
Tél. : 44-16-05-00

— N° d'imp. 1314. —
Dépôt légal : mai 1994.

Imprimé en France